新潮文庫

漆黒の霧の中で

彫師伊之助捕物覚え

藤沢周平著

新潮社版

3668

漆黒の霧の中で

彫師伊之助捕物覚え

第一章

一

藍（あい）を溶いたような空がひろがっている。その空にわずかな風が動いて、塀のうちの木の梢（こずえ）をゆするのがみえた。若葉の梢は、風が吹き過ぎるたびに、いたずらを仕かけられた小娘のように、大げさにさわいで日の光をはじく。

相生（あいおい）町の北通りに出るまでの、左右に武家屋敷がならぶ道は木が多かった。松、杉、椎（しい）、それにいま花ざかりの李（すもも）、辛夷（こぶし）の大木などが塀の外からも見え、一部は塀越しに道の上まで枝先をのばしている。

どこの家にも梅があるとみえ、春先のもっと早い時期は、このあたりに息苦しいほど濃密な梅の花の香がただよっていたものだが、いまは若葉の匂いがそれに代っている。

木々の若葉もさまざまに匂う。晴れた日も匂うが、ことに小雨の日暮れ刻（どき）など、若葉の香は、生ぐさいほどの精気に溢（あふ）れて鼻を刺して来た。

人気のない、通いなれたその道を、版木彫り職人伊之助はいそぎ足に歩いていた。昨夜仕事仲間の峰吉と遅くまで飲み、二日酔い気味で頭が重い。その重くどんよりした頭に、今朝早出して片づけるはずだった仕事と、怒り狂った親方の顔が浮かんでいる。親方の藤蔵は短気者で、怒るといきなり商売道具の鑿をつかんだりする。それがこわいわけではないが、気のいい藤蔵を怒らせたくはなかった。近ごろ、仕事場ではうまくいっている。

しかし、もう手遅れのようでもある。日は高くのぼって、並みの職人なら、いまごろひと仕事もふた仕事も片づけ終った時刻である。

——ま、しょうがねえ。

屋敷町を抜けて相生町に出たところで、伊之助は足どりをゆるめた。しばらく顔をみせなかった怠けぐせが、胸の中でひょいと伊之助を振りむいたようである。親もいなければ養う妻子もいない。腕を上げて名の知れた版木彫りになるつもりもなかった。考えてみれば、なんとなく背を押されて生きている、といったあんばいの味気ない暮らしが、もう何年もつづいているのである。いまさら親方の機嫌をとったり、がつがつ働いたりすることもない、と思われてくる。

——昔はこうじゃなかった。

女房がいて、身丈に合った仕事があった。誰かを喜ばせるために、懸命に働くというのはいいものだった、と伊之助はちらと思い返した。だが、伊之助は三十になる前にその両方を一度に喪った。世の中を斜めに眺めずにはいられない。

伊之助がそういう逃げ腰の生き方をさらけ出すと、鋭い悪態を浴びせるおまさという女がいて、片方腰かけのつもりで雇われたいまの仕事場が存外居心地がいいこともあって、伊之助はふだんは昔のことを忘れたような顔で暮らしている。わびしいひとり暮らしも、それなりに慣れて板についた。

だが、それで気持が昔にもどったということでもない。ひとにのぞかれたくないものが、いまも気持の奥深いところにじっとひそんでいて、どうかした拍子にひょいと表に浮かび上がって来ることがある。それは仕方なかった。一度喪ったものが、またもどって来ることはないのだ。過ぎ去った時間と、人——。

伊之助は怠惰な身ぶりで、通りの人の流れを横切ると相生町の町並みに入った。短い道を抜けると、竪川の河岸である。そこにも日がかがやいていた。

河岸をやわらかく覆う帯のような若草、萌黄いろの新芽をつけた柳、そのそばを流れるたっぷりと水量のある川。日はその上にまんべんなく光をそそぎかけていた。わずかにうねる川波の間にはじける光、風が吹きすぎるとき、柳の若葉にきらめいては静まる光。

伊之助は、二日酔いの頭には明るすぎる河岸の風景を横目に見ながら、二ノ橋にかかった。向う岸のあたりが、不自然にざわめいているのに気づいたのは、橋を半ばまで渡ったときである。ひとが走っていた。その中には、女や子供もまじっている。

走る人びとは、伊之助が見ているうちにひと所に集まり、黒山の人だかりになった。橋から数間西に寄った、物置があるあたりの河岸である。

橋を渡っている通行人も気づいたとみえて、伊之助のそばを駆け抜けて向う岸に走る者がいた。立ちどまって、橋の上から人だかりを眺める者もいる。伊之助もそういう中に混って、欄干越しに向う岸をのぞいた。

人間が水の中から岸に引き揚げられるところだった。着ている物で男だとわかった。男の両腕をつかんで、ごぼう抜きに岸の草の上まで引っぱり上げたのも、二人の男だった。ほかに手を貸している者はいない。

二人の男の動きには、この種の仕事に馴れているといった、どこかきびきびした感じがあらわれていた。無造作で、そのくせ無駄なく力を使っているように見えた。河岸に町雇い人小屋がある。二人はそこから来た男たちかも知れなかった。

草の上の男は、水から揚がっても、引っぱり上げられたときのままに両腕を不自然にのばし、ぴくりとも動かず横たわっている。

その頭の上にしゃがみこんで、二人の男は内緒話でもするように話しこんでいる。話しながら、横たわった男の顔を指さしたり、振りむいて伊之助がいる橋の方を指さしたりしているが、草の上の男を介抱する様子はなかった。その男はもう死んでいるようである。

着物の裾がまくれて、開き気味の二本の脚が腿のへんまで見えている。男にしては白すぎるような脚だった。あるいは長く水に漬かっていた水死体なのかも知れなかった。

だが明るすぎるほどの光が、その水死人から死体が通常まとっている暗さを奪っていた。ぼってりと白いむき出しの脚が、場違いな淫らな眺めにさえ見える。

「みろよ、飛び込みだぜ」

遅れて伊之助のそばに来た男が、大声でそう言った。職人のなりをした男だった。同じ三十前後の年恰好の連れがいて、そちらは肩に大工道具をかついでいる。

「ありゃ男かい、女かい？」

と、連れの方が言った。水死人の白い脚が眼についたらしい。

「おめえは近眼か。着ているものをみなって。男じゃねえか」

「なんだ、男か。色気もねえ」

連れは興ざめたように言い、肩の大工道具をひとゆすりしてから仲間に言った。

「だが変だな。大の男がこんなところで身投げするかね。すぐそばに大川があるてえのによ」

「そんなこたあ、身投げする本人の勝手だろ？　気になるなら死人に聞いてみな」

橋の上の人たちはくすくす笑い声を立てた。だが道具を肩にした男はしつこかった。額に皺をつくって言った。

「このあたりはひと眼が多いし、第一おれだったらこのぐらいの川じゃ泳いじゃって死ねねえや。それともあの死人は年寄りかい？」

「おめえもしつこいな」

先に来た男の方が音を上げたように言った。

「そんなこたあ、どうだっていいじゃねえか。これから死のうって人間は、場所なんぞ選びやしねえよ。しゃにむに死に急ぐのさ」

「……」

「それともおめえは何か？　大川に義理でもあるのかよ。よし、それならおめえがやるときは大川にはまりな」

橋の上の人びとは、どっと不謹慎な笑い声を立てた。見物人は、退屈な日常の暮らしの中に不意に現われた水死人を見て、いつもとは違う眼の前の光景を残酷に楽しんでいた。大工と思われるその男は、自分の軽口が誘い出した笑い声に気をよくしたらしく、軽薄な口調でつづけた。

「しかし、おめえの言うことにも一理あるわな。ひょっとしたら酔って足をすべらせた仏かね。富蔵、気をつけようぜ、お互えにまだ嬶(かかあ)が若い」

そのとき、水死人を引き揚げた男の一人が、人垣をかきわけて道に上がるのが見えた。町役人を呼びに行くのだろう。自身番は松井町の河岸地の西はずれにある。

そこまで見て、伊之助も橋の欄干をはなれた。少しいそぎ足に橋を渡った。いくら何でも遅くなりすぎたと思っている。だが思いがけない死人を見たせいか、二日酔いの頭は、家を出たときよりも幾分はっきりして来たようだった。その頭に、気になるものがひっかかったのを伊之助は感じた。

竪川に水死人が浮かぶことはないことではなかった。じかに見たのは今度がはじめてだが、伊之助は前にも子供が足をすべらせて溺(おぼ)れたとか、気がふれた女が水に入って死んだとかいう噂(うわさ)を耳にしたことがある。

大工職人は、大の男が身投げする川でないようなことを言っていたが、そんなこともないだろう。その気になれば、死ぬのに十分な幅も深さもある川である。川幅は二ノ橋のあたりでは十間そこそこのものだろうが、大川への落ち口では二十間近い幅になる。

伊之助が聞いていないだけで、二ノ橋から身投げした男だっていたかも知れない。ただ大工も言っていたように、竪川は町の中を流れる川である。ひと眼が多い。それに材木を運ぶ舟が通る。

身投げしたとすれば夜だろう。気持にひっかかったのはそこのようである。夜は世の中にのぞみを絶った男が川に身を投げるのにふさわしい時刻かも知れないが、そうでない男を、誰かが川にほうりこむのにつごうのいい暗さに満ちてもいる。そう考えるのは、伊之助が四年前まで岡っ引を勤めていたからだろう。

伊之助は、松井町と林町にはさまれた道で立ちどまった。ちょっと首をかしげたが、腹を決めていそぎ足にいま来た道をもどった。

何かありそうだ、というのは勘に過ぎなかった。だが伊之助は凄腕(すごうで)の岡っ引と呼ばれた男である。胸の中に昔の勘が動いていた。見過しにしては気がかりが残りそうである。

河岸の人垣はいくらかまばらになっていた。見飽きて家にもどった者がいるのだろう。橋の上の見物人は、もう五、六人に減っていた。

「水死人かね」

いきなり死体のそばにしゃがんで、伊之助がそう言うと、張り番をしていた男は、疑う様子もなく、そのようですと言った。一歩さがって、伊之助が見るままにまかせる姿勢になったのは、伊之助をその筋の人間と間違えたようでもある。

伊之助は注意深く水死人を見た。三十半ばの平凡な顔つきの男だった。橋の上から見たときは古い仏かと思ったが、そうではなく、皮膚には傷がなくむくみも出ていなかった。色青ざめているが、のっぺりした顔はきれいだった。死臭もほとんどない。

一見してお店者といった感じの男である。だが手を調べてみると、指の腹に細かな傷があった。伊之助は首をかしげた。何か手仕事のようなものをしていた男らしい。

むき出しの脚を見てから、濡れた着物の前をひろげて胸と腹を見た。傷あとは何もなく、腹もさほどに膨れていなかった。念のために掌で腹を押さえてみたが、水音もしなかった。

――水死じゃないな。

と伊之助は思った。袖をまくって腕を見、つぎにあごを持ち上げて、頸のまわりを丹念に調べたが、締められた痕も見当らなかった。死人の頭を地面にもどし、今度は背中を調べようかと思った。

「おい、手伝ってくれ」

死人の身体に手をかけて言ったとき、伊之助は横をむいた死人の耳のうしろに、小さな傷があるのを見つけた。

伊之助は男を制して、傷口に眼を近づけて見た。虫に噛まれた痕ともみえる小さな傷で、髪の生えぎわに隠れて見えないぐらいだった。しかしそのあたりが幾分変色してみえるのは、生きているうちに刺された傷で、しかもただの虫の嚙み傷などでないことを示していた。鬱血の痕である。

「…………」

伊之助は顔を上げた。人垣がざわめいて、町役人が来た様子だった。伊之助はすばやく立ち上がると、河岸のゆるい傾斜をのぼった。そのときになって、張り番の男が、あんたどなたですかい？　と咎める声がしたが、振りむかずに人垣をわけると道に出た。

——殺しだよ。

傷は、柔術で言う独古と呼ぶ急所を抉ったあとだった。それだけのことを確かめたことに満足して、伊之助はいそぎ足に河岸から遠ざかった。

二

十日ほど経った日暮れに、伊之助の仕事場彫藤を石塚宗平がたずねて来た。石塚は南の定町回り同心で、本所一帯と小名木川から北の深川の回りを受け持っている。

「八丁堀の旦那が、おめえに何の用があるんだ？」

仕事場の隅に伊之助を呼ぶと、親方の藤蔵は気色ばんで言った。いそぎの仕事が入って、今夜は五ツ半（午後九時）まで居残り仕事と決めたばかりである。

「さあ、何の用か、お話を聞いてみないことにはわかりません」

「ちぇッ」

藤蔵は舌打ちして頬をふくらませた。

「しかしおかしいな、あの旦那は前にもお前に呼び出しをかけたことがあるぜ」

「あのときは、あっしの知り合いの男のことでいろいろ聞かれただけですよ」

この仕事場で、伊之助はもと岡っ引という身分を隠している。

「ふーん、ほんとにそれだけか？」

藤蔵は疑わしそうに言ったが、家の前に八丁堀とひと眼でわかる石塚が、のっそり立っている。町の者は何かと思うに違いなかった。藤蔵は、いまいましそうにもうひとつ舌打ちした。

「行って来い」

「しかし、遅くなるかも知れませんぜ」

「うるせえ」

藤蔵はすっかり機嫌が悪くなっている。険しい眼で伊之助をにらんだ。

「旦那の用が終ったら、何刻だろうともどって来るんだ。おめえだけ楽させるわけにゃいかねえ」

「わかりました。もどりますよ」

と言ったが、伊之助は腹の中で手をさし上げて背のびした。今日の仕事は終りだと思った。峰吉や圭太にはわるいが、もどる気はなかった。

峰吉は二人の話を聞いているかどうかわからないような顔で、版木に鑿を走らせているが、圭太には伊之助の魂胆がわかっているらしく、ちらちらとこちらを見る眼に、うす笑いが浮かんでいる。

目ざとく見つけて、藤蔵が八つあたりの声を張り上げた。

「なにをきょろきょろしてやがる。身を入れて仕事をしろい」

荒れ気味の藤蔵の声は表にも洩れたとみえて、伊之助が出て行くと石塚は気の毒そうな顔をした。

「そろそろ仕事もしまいかと思って来たのだが、いそがしかったようだな。気の毒をした」

「なに、かまいません」

伊之助が言うと、石塚はちょっとそこまでつき合ってくれるかと言った。いやに腰が低かった。

伊之助は、岡っ引をしていたころは、深川回りの同心半沢清次郎の手札をもらっていた。石塚と半沢は同じ組屋敷に住み、回り区域も隣り合っている関係で、伊之助は石塚とも知らない仲ではない。

ことに一年ほど前、深川万年町の材木商高麗屋が黒幕の人殺しがあって、別のことからこのときの人殺しにかかわり合う羽目になった伊之助は、そのとき半沢、石塚両同心に力を貸す恰好で働いている。

そうは言っても、伊之助と奉行所とのつながりは半沢同心を通じてのもので、そのつながりも、いまは切れている。石塚が何となく遠慮した物言いをしているのは、そういう事情をよく承知しているからだと思われた。

ことに伊之助には、二度と十手を握る気持はなかった。一年前の探索でも、手札を出そうかという半沢の申し出をことわっている。

十手は、いまも伊之助の胸に暗い記憶を呼びおこして来る。伊之助が清住町の親分と呼ばれ、探索の腕が評判になって自分でも仕事に脂が乗って来たと思っていたちょうどその時期に、女房のおすみは男をつくって、その男と心中した。おすみは岡っ引という仕事を心から恐れ、忌み嫌っていたのだとさとったのは、死なれた後である。

十手を返すとき、伊之助は半沢に問われるままに、あらましのそういう事情を打ち明けている。その話は、ある程度石塚宗平にも伝わっているはずだった。

その石塚が、遠慮した口ぶりながら呼び出しをかけて来たというのは、探索がからんだ頼みがあるからだろうと、伊之助にも大体の見当はついている。

だが、黙ってついて行った。話を聞いてみないことにはわからないことだった。

「ここだ」

石塚は、森下町の四辻を西にまがって、六間堀町に近づいたところにある小粋なつくりの小料理屋の前で足をとめた。

店の前はきれいに水が打ってあって、開いた格子戸の前に盛り塩がしてある。石塚は器用に肩でのれんをはね上げて中に入った。

「あら、旦那」

板場の中に立ち上がった、細おもての眼のきれいな女が言った。

「相かわらず、お早いこと」

「何を言ってやがる」

石塚はうれしそうに言った。

「この店を潰しちゃならんと思うから、こうして来る。店があくのを待ってたように言われるのは、ちと心外だぜ、おかみ」

「はいはい、ありがとう存じます。でも旦那だって、この店が潰れちゃお困りでしょ？　だいぶツケがたまってますよ」

おかみは石塚に応酬しながら、伊之助の方にもぞくりとするような流し目を送って来た。

「おい、そんなにたまったかね」

「いえ、気になさるほどじゃありませんよ。ただお忘れになるといけませんから、時どき言ってさしあげるだけ。こちらさんは？　はじめてね」

「わしの知り合いで、伊之助という男だ」

「よろしくね、伊之助さん」

おかみはにっこり笑った。

「今日は伊之助とちょっとこみいった話がある。部屋を支度してくれ」

「はい、どうぞ。いつもの奥がよろしゅうございましょ？」

そのときになって、店に女中が二人出て来たが、おかみは自分で石塚と伊之助を部屋に案内した。

四畳半の狭い部屋だったが、開いた障子の外に庭がみえて、静かな部屋だった。おかみが行燈に灯をいれると、縁先の庭が急に夜景に変った。

「ま、楽にしてくれ」

と石塚は言って、自分も刀を床の間に置くと、無造作なあぐらになった。前にも石塚が森下町の番屋の中で、大あぐらで誰かを取り調べているのを見かけたことがある。石塚は血色よく太って、体裁をかまわない男である。

「近ごろ半沢に会ったかね」

と石塚は言った。

「いえ、いそがしいもので、ちっとも顔出ししてません」

「そうか。あいつ、ひと月ほど前にちょっとした手柄を立ててな。めずらしく益田のおやじにほめられた」

益田というのは、石塚たちの支配役を勤める与力である。かまきりのように痩せていて口やかましい与力のことは、伊之助も顔だけはおぼえている。

石塚は、半沢清次郎が深川の一色町から佐賀町にかけて、大きな商家を三軒も襲った泥棒をつかまえた話をした。

「その泥棒が二人組で、なんと舟を漕ぎ回って盗みを働いていたのだ」

そう言ったとき、若い女中が酒と膳を運んで来た。酒をみると、石塚は露骨にうれしそうな顔をした。石塚は無類の酒好きである。

「ま、一杯いこう」

伊之助の盃に酒をつぎながら、石塚は艶のいい顔に笑いをうかべた。

「今夜は公用だからな。飲んでも咎められることはない」

「いただきます」

「この店は魚が新しいのがいい。遠慮せずに喰ってくれ」

石塚はまめまめしく世話を焼きながら、その間に自分も手酌で盃をあけた。伊之助がつぐひまもなかった。

「ところで今夜来てもらったのは、だ」

ひとしきり盃をあけてから、石塚は不意に盃を伏せ、腰から煙草入れを出した。

「ちと困ったことが出来てな。相談に乗ってもらおうかと思ったのだ」

「…………」

「いや、半沢には話してある。伊之の手を借りてえと言ったら、半沢もそれがよかろうと申した」

「どういうことでしょうか」

と伊之助は言った。

「ご存じのようにあっしは捕物からは手を引いております。手を貸すと言いましても大したことは出来ませんが」

「わかっておる」

石塚は煙草のけむりを吐いた。

「そこは承知してるさ。だから、十手を持ってすけてくれとは言わん。ま、話だけでも聞いてくれるか」

「はい、うかがいます」

「三日の朝だ。二ノ橋の川しもに仏が浮かびやがった」

伊之助は無表情に石塚の顔を見つめた。

「ざっと見て、その仏を川端の番屋まで運んだのは多三郎だよ」

「常盤(ときわ)町の親分ですか」

と伊之助は言った。多三郎は竪川の南一帯の町ににらみをきかせている岡っ引である。齢は六十近いだろう。

「そうだ。常盤町の親分は、ひと眼みてクサイとにらんだらしくて、わしが回って行くまで仏を番屋にとめておいた。そこでわしが検死したのだが、これがただの水死人じゃなかった」

「………」

「殺しだよ。多三郎は、この仏は水をのんでいませんと言ったが、そのとおりでな。やったあとで水に投げこんだのだ。めんどうなことをしやがる」

「………」

「ほかにも、調べているうちに多三郎が気づいてなかった殺しの証拠が見つかった。いや、そうじゃねえかとおれはみたのだが……」

「左耳のうしろの刺し傷ですか？」

伊之助が言うと、石塚はお、おと言った。細めた眼で、なめるように伊之助を見た。

「どうしてそれを知ってるんだ？」

「あの朝、仕事場に来る途中で、ちょうど水から揚がった仏を見たんですよ」

伊之助は手短かにそのときの様子を話した。石塚は黙って聞いていたが、ぷかりとけむりを吐き出すと、煙管（きせる）を置いて伊之助を見た。

「それなら話が早い」

石塚は勢いこんだ口調で言った。

「殺しじゃ、捨てちゃおけねえから、多三郎に言って身元を調べさせたのだ。いや、それが案外に手こずった。人ひとり殺されて、この世から姿を消したのだ。どっかにとどけが出ているだろうと言ったのだが、それが何にも出て来ねえ」

「………」

「いや、それでも身元は知れたのさ、四日前のことだがね。名前は七蔵という男だった」

七蔵は深川富川町の人間だった。容易に身元が知れなかったのは、富川町の金右衛門店（だな）という裏店でひとり住まいをしていたからである。割下水北の三笠町にある経師屋（きょうじや）に勤める通い職人で、齢は三十四。

「職人ですか」

と伊之助は言った。あの朝見た、女のようにぽってりした白い脚を思い出していた。死体には職人とは違う感じがひとつあったような気がするのだが、むろんいろいろな職人がいるだろう。

それに経師職人は、身体は使うかも知れないが、やはり居職である。女のような脚を持つ職人がいても不思議ではない。

「そうだよ」

と石塚は言った。まだ盃には手をのばさず、煙管をとり上げて新しく煙草をつめた。

「三笠町の経師屋というのは、その名も三笠屋というぞろっぺな名前の店だが、七蔵を雇ったのは一年ほど前だと言ってたな。仕事っぷりは年のわりには半玄人で、店じゃ半端仕事をあてがっていたらしい。しかし本人が安手間に文句も言わず働くので、親方は重宝してたようだ」

「………」

「さあ、そこまではわかったが、その先がうまくねえ。裏店でも仕事場でも、七蔵を恨んでるような人間は一人もいねえ。というよりも、七蔵という男はすこぶるつきの好人物で無口、つまりその……」

石塚は煙管を左手に持ちかえて、あごをかいた。

「目立たない男だったのですな？」

「それそれ」

石塚は首をさしのべて、手焙りから煙管に火を吸いつけた。

「目立たんというより、何ちゅうか、大そう影のうすい男だったらしいな。朝起きると竪川を横切って三笠町の店に行く。仕事が終れば、日暮れにはちゃんと家にもどって来る。その途中、どこかに曲るということもない。酒をのむなどということも、絶えてなかったらしいな。めずらしい男さ」

酒好きの石塚はちょっぴり我が田に水を引いた。

「そうかといって、べつにひとに嫌われていた様子もない。無口なだけで、裏店でも経師屋でもにこにこしていたというから、嫌いようもないわけだ。だから、七蔵が殺されたと言うと、どこでもびっくりしてたよ」

伊之助の眼に、一人の男の姿がうかんでいる。無口だが、どちらかといえば愛想のいい男だ。ひとがお天気の挨拶をすれば、それに挨拶を返すだけの分別をそなえた男である。

だがその男は、自分からすすんでひとの話に加わったりすることはない。いつもひとが話しこんでいるうしろを、すーっと通り抜けて行くような暮らし方をしている。安手間にも文句ひとつ言わず、ひとに笑顔をみせるときのほかは、仕事場でも道を歩いているときも、うつむきがちにしている男である。

人びとは、すぐそばにそういう男がいることは知っている。だが男のことを気にして、あれこれ話したりすることもなかった。なにしろ空気のように無害で目立たない男なのだ。その男が殺されたと知って、人びとはびっくりするが、数日も経てば、男の記憶ははやうすれ、ひと月もすれば、もう思い出す者もいなくなるだろう。

三十四の孤独な男は、酒ものまず女も買わなかったようである。いったい何を楽しみに生きていたのかと伊之助は思う。またそんな男を、どこの誰が、何のわけがあって殺したのだ、とも思った。

男は、出合いがしらの喧嘩（けんか）で殺されたわけではない。はっきりと、殺すつもりで殺した傷痕を、伊之助は死体の上に見ている。

「どっから来たかわからねえ、などという男がいるものかと、わしは多三郎に言ったわけよ」

石塚宗平の声に、伊之助は顔を上げた。つい考えに引きこまれて聞きのがしたが、石塚は七蔵の素姓（すじょう）がはっきりしないことを言っているようだった。

「江戸の経師屋という経師屋をぜんぶ洗ってみな、とね。多三郎もそのつもりで、とりあえずひとを使って本所一帯から調べに手をつけたのだが、ついに音を上げちまった。何にもひっかかりがねえそうだ」

「………」

「こうなると、七蔵という名前だって怪しいもんだ。金右衛門店を預かっている大家は甚兵衛という男だ。甚兵衛を呼びつけて、素姓も知れねえ男を入れちゃ困る、と叱りつけたのだが、後の祭りさ」

「………」

「どうだろうな?」

石塚は煙草のけむりの中から、不意に顔を突き出すようにして伊之助を見た。

「手を貸してくれというのはそこだが、少し七蔵の素姓をさぐっちゃくれめえか」

「………」

「いや、気が乗らねえことはわかってるのだ。ただこっちも事情があってな。多三郎は、腕利きの岡っ引で鳴らした男だが、やっぱり齢だ。むかしの根気はなくなっている。だからすぐに音を上げちまうのだな」

「………」

「犯人までさがしてくれろとは言わん。七蔵の素姓をはっきりさせてくれれば、あとはわしがやる」

「常盤町をすけることになりますんで?」

「いやいや」

石塚は太ってまるっこい手を振った。

「そうじゃねえ。一人で勝手に動いてくれてけっこう。それにお前さんの仕事の邪魔もせん。仕事のひま、といってもそんなひまはねえかも知れねえが、ま、ついでをみて調べてくれればいいのだ」

どうかね、と重ねて言われて伊之助は考えこんだ。そういうことなら出来ないことではない。あの仏にはまんざら縁がないわけでもないしとも思った。まぶしいほど晴れた朝の光の中で見た死体を思い出している。

投げ出された白い脚。耳のうしろに隠されていた、虫刺されの痕のようにも見えた致命傷。孤独な三十四の男、不明の過去。そこまで考えたとき、伊之助の耳の奥に、橋の上の見物人の笑い声がひびいた。生きているとき、とかくあたりに無視されがちだった男は、死んだときも、ひとにあざ笑われていたようである。

伊之助は顔をあげた。

「そのぐらいのお手伝いでよろしかったら、やってみましょうか」

「やってくれるかね。そいつはありがたい」

石塚はいそいで煙管をしまうと、徳利を取り上げて、伊之助に酒をついだ。

「いや、べつに半沢と張り合う気はないが、いつまでも片づかんでは、奉行所の中の聞こえも悪いからな。いや助かる」

石塚は自分も手酌でのむと、や、酒がすっかりさめてしもうた、熱いやつをもらおうとひとりごちた。勢いよく手を叩いた。

石塚の顔にも身のこなしにも、いやにいきいきした感じが出て来た。石塚は奉行所の人間らしからぬ酒好きである。話が一段落してほっとしたというよりも、これで腰を据えて一杯やれるという感じが露骨に出ていた。

石塚は手酌ですばやく口に酒を運び、その間にまたせわしなく手を叩いた。

「ところで、死人の頸にあった傷だがな……」

盃を宙にとめたまま、石塚は伊之助の顔をのぞいた。

「凶器は何だろうな？」

「さあ」

伊之助は首をかしげた。伊之助にも、そのことははっきりつかめているわけではない。

「畳針か何か、そんなものだと思いますが」

「畳針ねえ」

番屋の検死で見た傷を、もう一度思いおこすように、石塚は宙に眼を据えた。

三

「また危ないことがあるんじゃないでしょうね」

その夜遅く、おまさの店に寄って、石塚から御用を頼まれたと言うと、おまさは顔を曇らせてそう言った。一年前のことを思い出した様子だった。

一年前、伊之助は若いころに世話になったもと岡っ引の弥八に頼まれて、一人娘の行方をさがすうちに、高麗屋という巨悪にぶつかった。そして高麗屋に使われている得体の知れない男たちに襲われて、一度手ひどい傷を負っている。

そのときは高い熱が出て、おまさの親身の介抱がなかったら、どうなったかわからない。だが、今度はそんなことにはならねえさ、と伊之助は思った。一人の男の素姓をさぐるだけだ。

「大丈夫さ。素姓の知れねえ男をちょっと調べるだけだ」

「そんならいいけど」

おまさがそう言ったとき、奥にいた男たちが立ち上がった。職人姿の男たちで、相当のんだらしく、立ち上がったところで三人とも身体がふらついている。

二人が先に出て、勘定をはらう一人だけが残った。上体をゆらしながら、飯台の上に出した金を何べんも数え直していた男は、やっと手をあげて言った。

「またくるぜ、おかみ」

男は見送られて帰って行ったが、外に出るときおまさの臀をさっとなでて行った。案外にすばやい手つきだったので、見ていた伊之助は苦笑した。

「ほんとはおれ、あんまり顔出さねえ方がいいんだがな」

「どうして？」

「ここへ来る客は、大概がおめえを目当てに来るんだろうが、亭主づらして、金も払わずに酒のんでるやつがいちゃまずいな」

「変なことを言わないでよ」

とおまさは言いながら、外へ出てのれんを取りこんだ。

「そんなことを気にするような、お品のいい客じゃないんだから。いてもいなくても同じさ」

「そうかね」

「そうよ。それより、お酒もういい加減にしたら？　今夜はだいぶ酔ってるようよ」

「石塚さんとのんで来たからな」

「そうよ。泊らずに帰るんでしょ？」

「帰る。明日の朝は早い」

石塚に呼び出されてそれっきりだから、親方はかんかんに怒っているだろう。せめて明日の朝は早く出なくちゃと伊之助は思った。

「おめえは泊るのか？」

「ええ。もう遅いし、めんどうだもの」

おまさの家は鳥越明神（とりごえみょうじん）のそばにあって、そこに父親と妹がいる。父親が病気で寝こんでいるので、おまさは大概店を閉めてからもどるようにしているのだが、疲れたときは、鳥越まで帰るのを億劫（おっくう）に思うらしかった。

「二階に行く？　熱いお茶をいれて上げる」

誘いだとわかったが、伊之助はうんと言った。常盤町二丁目の角を、おまさの店がある方角に曲ったとき、伊之助にもその気があったようである。

稀（まれ）に、たまらなくひと肌が恋しくなることがある。今夜がそうだった。おまさとは、ここ半月ほど顔を合わせていなかった。

店の戸に心張棒をかい、灯を消し、板場に入るおまさをうしろにみて、伊之助は二階に上がった。自分で行燈の灯をいれた。

六畳の部屋が茶の間にも、おまさの寝間にもなっていて、長火鉢に鉄瓶の湯がたぎり、隅には箪笥と箱の上に立てかけた手鏡があった。女の部屋だった。仰むけに寝ころんで眼をつむると、おまさの匂いがした。

やがて軽い足音がして、おまさが部屋に上がって来た。部屋に入って伊之助のそばに来ると、無言で身体をぶつけるようにして坐った。眼をひらくと、上から見おろしているおまさの眼とかち合った。

伊之助は仰むけに寝たまま、手をのばして女の胸をさぐった。おまさは拒まなかった。襟をくつろげて伊之助の手が動きやすいようにした。豊かでなめらかなものが伊之助の掌に入って来た。おまさは背をのばして坐ったまま、黙って伊之助を見おろしていたが、伊之助の指が乳首をつまむと、急に息を乱して顔をそむけた。

おまさは眼をつむったまま、だんだんに上体を倒し、ついに伊之助の胸に顔を伏せた。だが胸を放した伊之助の手が、まるい膝がしらをさぐると、顔をあげて静かにその手を押しのけた。

「ちょっと待って」

とおまさは言った。わずかな間に、おまさの顔は赤くなり、眼がうるんでいる。声まで少し変っていた。押しのけた伊之助の手を両手で包むようにしながら、おまさはささやいた。

「いま、夜具を敷くから」

重そうに身体を動かして立ち上がると、おまさは押し入れをひらいた。

半刻(一時間)後、おまさは乱れた髪を撫でつけながら火鉢のそばにもどると、お茶をいれはじめた。

「ねえ、大丈夫かしら?」

明るい声音で、おまさが言った。

「町木戸、帰るまで閉まらないかしら」

「大丈夫さ」

「いっそ、泊っていかない?」

「そうはいかない。なに、走って帰るさ」

「元気ねえ」

おまさは小さな笑い声を立てた。声音にたっぷりと男の愛情をたしかめた安堵がふくまれている。

——あの男は……。

夜具の上に仰むけに寝ころびながら、伊之助は七蔵という男のことを考えていた。七蔵は女の肌を恋しいと思うことはなかったのだろうか。

たったいま視野いっぱいに躍りはねた白い肌が、眼の裏に残っている。女には懲りた、人生投げたと、一度は思ったおれでさえ、女の肌が恋しくなれば、こうして盲目のようになってこの部屋に来る。あの男には女の血のあたたかみも、白い肌もいらなかったのだろうか。

この安息は必要でなかったのだろうか。

「ねえ、何考えてるの？」

とおまさが言った。

「べつに、何も考えちゃいねえよ」

「お茶が入った。起きないの？」

おまさの声に、伊之助は起き上がって身づくろいすると、火鉢のそばに坐った。おまさが手早く猫板の上にお茶と漬物を出した。

おまさの顔には、まださっきの血のざわめきが残っている。頰に赤味が残り、眼が濡れたように光っていた。おまさは二十九だが、とてもそんな齢には見えず、三つも四つも若く見える。

「いやねえ。まだ顔が赤いでしょ？」

伊之助に見つめられると、おまさは頰を両手ではさみ、テレた笑いをうかべた。テレているが、その笑いには満ち足りた感じがふくまれている。声が丸味を帯び、やさしかった。

「ねえ、あたしたちいつになったら一緒になれるのかしら？」

伊之助は眼をそらしてお茶を飲んだ。情事のあとの女のやさしさが嫌いではない。だが女はそのやさしさで、すぐに男を根こそぎからめ取りにかかって来る、と思った。

「なにしろ、おとっつぁんが動けない病人だからねえ」

「………」

「いっそ、あんたがここに越して来てくれれば一番いいんだけど」

「…………」

「だめ?」

「考えてみるよ」

「だめね」

おまさは自分で言って溜息をついた。顔にさびしい表情が出た。

おまさの父親は、中風で倒れてから数年、寝たきりになっている。それに加えて、妹のおくみも身体が弱く、縁遠かった。おまさはこの二人を養っている。もっとも、おくみが嫁に行って、父親をみるひとがいなくなったら、おまさはこの店をやって行くことも出来ないだろう。

どっちみち、おまさは家にしばりつけられている。それが、この先何年つづくかもわからないのだった。

「だめよ、あんたはそういうことが嫌いなひとだもの。たまにご飯つくりに行ってもいい顔しないんだから」

伊之助は黙っていた。

「ほんとに、いつになったら人なみの暮らしが出来るのかしらね。いい加減にくさくさする。もうそろそろおばあちゃんになるというのにさ」

「…………」

「ねえ、聞いてるの？」

「聞いてるよ」

　と伊之助は言った。

「だって、ちっとも返事してくれないじゃないか」

「いま、さっき話した職人のことを考えてたんだ」

「職人て、死人のこと？　おお、いやだ」

　おまさは大げさに眉をひそめた。

「こんな晩に、どうして死人のことを考えなきゃいけないのさ」

「気になる」

　おまさは伊之助を見つめ、それから力のない溜息をついた。

「男と女って、ほんとに考えることが違うんだねえ」

　そうでもないさ、と伊之助は思った。伊之助も、男と女のことを考えていたのである。七蔵には、ほんとに女がいなかったのだろうか。

四

　石塚にああ言われたせいでもないが、伊之助はその後仕事が混んで、彫藤からさほど遠くもない富川町に行くのが、四、五日あとになった。

　その日、親方は機嫌がよかった。一日は遅れるか、などと言っていたいそぎの仕事が、存外に早く仕上がって、めずらしく催促をうけることもなく注文の版を渡すことが出来たからである。

「みんなくたびれたろう。今日は早じめえにしな」

親方はそう言っただけでなく、懐からしなびた巾着をひっぱり出し、峰吉を呼ぶと一分銀を渡した。

「途中で一杯やって帰りな。もっともあんまり早くて、まだ店がやってねえかな」

と大変なご機嫌である。気の変らないうちにと、伊之助たちは大いそぎで道具を片づけ、外に出た。

親方が言ったとおり、外はまだ明るかった。晩春の光が、やわらかく町にふりそそいでいる。

「どうするね？　この間の店に行くか？」

銀をにぎりしめた峰吉が二人の顔を見ながら言った。この間の店というのは、伊之助と二人でおそくまでのんだ家のことである。屋台に毛が生えたほどの狭くるしい飲み屋で、場所は二ノ橋に近い林町の裏である。

「どこでもいいや。こうなりゃ地獄の先までおともしますぜ」

とお調子者の圭太が言った。圭太はまだ独り身で、やっと酒や女の味をおぼえはじめたところである。思いもかけない親方の奢り（おご）にうきうきしている顔つきだった。

「おれはいい」

と伊之助は言った。

「ちょっと富川町に用があるんだ。二人でやってくれ」

残念がってみせる二人と、三間町の角で別れて、伊之助は一人で富川町にむかった。

——また荒れなきゃいいが。

と伊之助は思った。酔うにつれて、しつこくからんで来たこの間の峰吉のことを思い出している。

そのとき誘ったのは峰吉の方である。峰吉はあまり酒をのまない男だと思っていた伊之助はびっくりしたが、二人ともかなり酔いが回ったころになって、峰吉が急に泣きそうな顔になり、女房が浮気している様子だと打ち明けたので、誘ったわけはこれかと納得した。相手は芝居の役者だという。

峰吉夫婦は芝居好きで、よく猿若町に行く。女房の浮気相手は、筆之助という若い役者で、二人が浅草の茶屋町あたりを連れ立って歩いていたのを見た者がいる。ただし峰吉は現場を押さえたわけではない。

峰吉の女房は、話には聞いていても会ったこともない女だった。しかし話を聞いた伊之助はなぐさめた。はっきりと証拠もないのに疑っちゃかみさんがかわいそうだとか、あまり事を荒立てない方がいいのではないか、などとあたりさわりのないことを言った。

そのあたりまではよかったのだが、そのうちに峰吉は、だんだんに眼が据わり、顔色も青ずんで来て、しきりに伊之助にからみ出した。てめえはおれの女房を知りもしねえくせに、きいたふうな口を叩くなとか、おめえは以前は何をやっていた、うさんくせえ野郎だとか、にわかに口まで汚くなって、立ち上がってはしなだれかかって来るので伊之助は往生した。無口でおとなしい男と思っていたのはとんだ見込み違いだった。

とどのつまりその夜は、誘った峰吉が正体をなくしたので伊之助が金を払い、次の日は二日酔いに悩まされ、ひとつもいいことはなかったのである。

――圭太も峰吉の酒癖は知らねえだろう。

と伊之助は思った。伊之助が抜けると知ってにっこりしたようだが、今夜は圭太が手を焼く番だと思った。他人の災難はみていてたのしい。自分はうまく難をのがれたので、よけいに楽しい。

行徳街道を東に歩きながら、伊之助は腹の中に笑いが動くのを感じた。

石塚が言ったとおり、細川能登守（のとのかみ）の下屋敷の東角に辻番所があり、その横から入る路地があった。路地をまっすぐ奥に入ると、右手に金右衛門店の木戸が見えて来た。日が傾いたので、裏店の上には半分ほど細川家の塀が影を落としている。井戸端のあたりだけが明るかった。

伊之助が木戸を入って行くと、井戸端にいた二、三人の女たちが、手を休めてこちらを見た。物売りのようでもない男が、何の用事だろうという眼つきをしている。

本所三笠町の経師屋の者だが、ちょっと聞きたいことがあって来た、というと女たちは顔を見合わせた。

「経師屋さんに、なんか頼んだ?」

「いや、そうじゃねえんで」

と伊之助は言った。

「この間竪川に落ちて死んだ七蔵の店の者です。その七蔵のことでちょっと……」

「ああ、あのひと」

と、あごが二重になっている太った若い女がうなずいた。

「あのひと、畳屋で働いてたんじゃなかったの?」

「いや、あっしらの店にいたんですよ」

「で、聞きたいことって何ですか?」

「どなたか、七蔵の身よりのひとを知りませんかね」

伊之助は女たちの顔を見回した。

「店に七蔵の残した物があるもんで、出来れば身よりのひとにとどけてやりてえと、親方が言うもんで」

「………」

「なにしろあっしら、あいつはここに住んで一人暮らしだとしか聞いてねえものですから、弱りました」

「残した物って何だね」

と言ったのは色の黒い中年の女だった。ほかの二人も熱心に伊之助を見つめている。

「なに、大した物じゃありません。着換えとか手拭いとか、そんなものですが捨てるのもナニなもんですから」

女たちは急に興ざめした顔つきになった。色の黒い女がそっけない口ぶりで言った。

「身よりなんてひとは誰も知らないんだよね、ここのひとは。そういうことは甚兵衛さんにでも聞いたらわかるんじゃない？」

「しかしおかしいな」

と伊之助は言った。

「七蔵は三十四の男ですぜ。子供はいなくとも女房ぐらいいそうなもんじゃありませんか。女房もいないが兄弟はいるとか。そういうひとがたずねて来たことはありませんかい」

「ひとがたずねて来たなんてことは、まずなかったねえ」

色の黒い女は、同意を強いるように、あとの二人の顔を見ながら言った。

「なにしろ、いるかいないかわからないようなひとだったからねえ。誰かたずねて来たなんて言えば、そりゃすぐにわかりますよ。わかるどころか、ここの噂になりますよ」

女たちは、伊之助の用がそれだけのものだとわかると、それぞれにやりかけの仕事にもどった。

二人は洗濯で、もう一人のひらべったい顔つきの、若くて色白の女は、二人から少しはなれて赤かぶを洗いにかかった。そばにとぎ上げた米を入れた笊があって、こちらは晩飯の支度にかかっている様子だった。

夕日のいろが濃くなり、女たちの濡れた手が光った。

「七蔵が川にはまった日ですがね」

と伊之助は自分も地面にしゃがんで言った。

「どっかいつもと変ったところはありませんでしたかい？」

「………」

「聞いた話じゃ、夕方に一度ここにもどって来たようなんだが、お前さんがたは、やっこさんを見てませんでしょうな」

「あたしは見てないけど、うちの亭主が木戸の外で会ったと言ってたね」

二重あごの太った女が言った。

「左官をしてるんだよ、うちの亭主。その日は仕事が早じまいだったもんで、いつもより早くもどったわけ。それであんときはさ」

女の話は途中から、隣の色の黒い女とのおしゃべりに変った。

「あたしは早じまいなんてことを聞いてなかったから、飯の支度もまだやってなかったのよね。それが亭主ときたら、家へ入るなり、腹へった、飯出せーッてこうだろ。あたしゃむかっ腹が立ってさ」

「どこの亭主も似たりよったりさ」

と色の黒い年輩の女が言った。顔を上げずにせっせと手を動かしている。

「うちのだってあんた、大きな声こそ出さないものの、帰って来てちょっとでも飯を待たせたらそりゃたいへん。むっとふくれづらになって、ろくに物も言わないんだから」

「男って、どうしてああいばりたがるのかねえ。一人じゃろくに着がえも出来ない半チクのくせしてさ」

「子供とおんなじさ。考えることがガキ並みなんだよ。だからさ、へたにさからわずに、ほどほどにおだてて働かせる方が得さね」

女たちは力をこめて物を洗いながら、げらげら笑った。

伊之助が、ちょっとさっきの話だが、と割りこむと、振りむいた女たちは、おや、このひとまだいたのかという顔をした。

「ご亭主が、木戸の外で七蔵に会ったというのは、そこで帰りが一緒になったのですかな？それとも……」

「すれ違ったんだそうよ」

と太った女が言った。

「そこの木戸を入ろうとすると、中から七蔵さんが走って出て来て、もうちょっとでぶつかりそうになったと言ってたわ」

「走って出た？」

「そう」

と言ったが、太った女はそこで洗い物の手をとめて伊之助を見た。

「そう言えばめずらしいことだねえ。あの七蔵さんというひとは、どう言えばいいのかしら、なにしろとってもきちょうめんなひとでさ。夜のおかずなんかも帰りの道で買って来るひとだったから、家へ帰ってから外に出るなんてことは、まずなかったもんね」

「それが走って出て行ったんですな?」

「そうそう。ばーっと走って表の道に出ると右に曲ったと言ってた。亭主もぶつかりそうになったから、びっくりして見送ったんでしょ」

「ふーん」

「そう言えば、あのひとはそれっきりここにもどらなかったんだから、いやだねえ。うちのひとが、七蔵さんを見た最後のひとになるのかしら」

「なんか、よっぽどいそぐことがあったんだな」

「そうでしょ? あのひとが走ったのなんか見たことないもの。あ、そうそう」

女は手のしずくを切って言った。

「うちのひとは、ぶつかりそうになったもんで、どうしたいって声をかけたんですって。ところが七蔵さんは、振りむきもせずに、なにかひとりごとを言いながら走って行ったそうですよ」

「ひとりごと? 何だろう?」

「さあ、そこまでは聞いてないな、あたし」

と言って、女はちょいとうしろの日射しをたしかめる身ぶりをした。そして、また仕事にもどると、手を動かしながら言った。

「何だったら、亭主に聞いておくけど」

「悪いが、ぜひそうしてもらいたいな。あとでまた聞きに来ますから」

伊之助は立ち上がった。

「いや、ありがとう。すっかり手間をとらせちまった」

伊之助は、ひとことも口をきかなかった若い女の方にまで頭をさげると、女たちに背をむけた。

五

大家の甚兵衛という男に会おうかと思ったが、甚兵衛が七蔵の素姓について、何ひとつ知らなかったことは石塚から聞いている。伊之助は、大家を後回しにした。

富川町を抜け出ると本所にむかった。途中、竪川にかかる三ノ橋を渡った。その道は、富川町から本所三笠町まで、まぎれるものもないほとんど真直（まっすぐ）の道である。朝裏店（うらだな）を出て経師屋に行き、夕方店を出ると、わき目もふらず家にもどっていたらしい七蔵という男のことが胸に浮かんで来た。

橋の上に立つと、沈む日がちょうど竪川の水を染めているところだった。金色にかがやく水の上を、材木を満載した舟が一艘（そう）、ゆっくりと漕（こ）ぎくだって行く。舟も、竿（さお）をあやつる船頭も黒い影にみえた。

――案外このあたりかも知れねえな。

と伊之助は思った。ほとんど傷みがなかった死体を思い出している。遠くから流れて来た死人ではなかった。とすれば、三ノ橋、あるいは二ノ橋とはかぎらないものの、兇行（きょうこう）はこの近辺、竪川の岸か、橋の上で行なわれたと考えていいようだった。

——それにしても……。

七蔵は、そんなにあわてふためいて、どこに行くつもりだったのだろうと思った。石塚に頼まれた仕事は、七蔵の素姓を調べることだが、伊之助の考えはどうしてもそちらに傾いて行く。

頭を振って、伊之助は橋をはなれた。緑町と花町の間を通り抜けると、南の割下水までは左右に武家屋敷がつづく。人影が少なくなり、両側に塀がならぶ屋敷町の道は、急にうすぐらく見えた。

割下水を渡るときには、もう日が落ちていたが、伊之助は暗くなるまえに三笠屋という経師屋をさがしあてることが出来た。だが、ここでの聞きこみは、金右衛門店のようにはいかなかった。

「ちょっと、いまいそがしいんだがね」

出て来た若い男が、つっけんどんな口調で言った。いまごろいそがしいというのは居残り仕事があるのだろう。

男は機嫌がよくなかった。その気持は伊之助にもわかる。

「あんた、どっから来たって？」

「金右衛門店の者です。七蔵さんのことで、ちょっと話をうかがいたくて来たのですが」

「ちょっと取りつげねえな」

男は木で鼻をくくったような言い方をした。機嫌が悪いだけでなく、いったいに人相がけわしく、物言いも乱暴な男のようである。

「仕事が残っちまったもんでよ。親方がかりかりしてるんだ。今夜のうちに納めなきゃならねえ品物だからね。取りついでも、親方は出て来ねえよ。手がはなせねえんだ、いま」

「弱ったな」

と伊之助は言った。出直してもいいが、明日また来るというわけに行くかどうかわからないのだ。

「それじゃ、おかみさんに取りついでもらえませんか」

「いま台所をやってるぜ。みんないそがしいんだ、この家は」

男はいら立ったように言ったが、伊之助が動かないのをみて、軽く舌打ちした。

「七蔵のことだって？」

「そうです」

「話すことなんぞねえと思うがな。半端(はんぱ)な野郎だったから」

「ここには素人で雇われたんですか？」

「素人じゃなかったが、あんなのは、おれらからみたら職人じゃねえよ。いい加減な仕事しか出来なかったぜ」

男は言ったが、待ちな、聞いてみらと言って中にひっこんだ。町の名をいただいたぞろっぺな店だ、と石塚が言ったが、三笠屋は古い家だった。

男が開けはなしのままで行ったので、誰もいない茶の間にある行燈の光で、部屋の中も入口もよく見える。羽目板も壁もすすけて、襖などしみだらけだった。部屋の中には、乱雑に物が散らばっている。伊之助が立っている土間も、脱ぎ捨てた履物で、足の踏み場もないほどである。隅に、二、三本傘が立てかけてあるが、その傘も、建物に相応して破けていた。

――よくこれで、注文をくれるひとがいるものだ。

と伊之助は思った。彫藤の店の方が、まだしも片づいていると思った。

だが建物は大きかった。入るとき外から見た感じでも、ざっと彫藤の二倍はあるようだった。奥の方で、絶えずざわざわと人声がしている。職人の数も多いのだと思われた。

不意に襖があいて、五十前後の女があらわれた。女は伊之助の前に来ると、早口に言った。

「いま、いそがしいんだよ。居残りになっちゃって職人に飯を出さなきゃなんないからね。七蔵のことだったら、話すことなんか何もないよ」

「すみません。突然におじゃましまして」

伊之助はひたすら下手に出た。

「若い衆にも言ったんですが、なにしろあっしらもいま困ってるもので」

「何が困ってるって？」

「七蔵の家の物の始末ですよ。茶簞笥とか鍋釜とか、大家さんに言われてあっしが預かってるんですが、身よりが見つからねえもんで渡しようがねえ。申しおくれましたが、あっしは七蔵の隣の者です」

「こっちも身よりなんか知っちゃいないねえ。ただ、働かせてくれって来たときに、ちょうど手不足だったもんだから雇っただけでね。でもうちのひとはあとでこぼしていたね。半端職人を雇っちまったって」

「その前はどこの店にいたかわかりませんかね。あっしらは七蔵はずっと畳職人だと思ってたもんで、こちらで働いていたとは知らなかった」

「へえ？　前は畳屋さんだったの？」

　おかみは、あごのしゃくれた浅黒い顔にうす笑いをうかべた。

「道理で、年にしちゃ腕が悪かったよ。家じゃせいぜい下貼(したば)りぐらいしかやらせなかったねえ。でも糊(のり)はうまく作ったし、下貼りだって、素人に出来るもんじゃないんだから、家の前にもどっかの経師屋にはいたんだよね」

　伊之助は黙って聞いていた。おかみはしゃべる気になっている。こういうときはしゃべらせておく方がいいのだ。

「そうそう。そのことはね、お上からひとが来たときにも言ったの。どっかの経師屋で働いてたには違いないんだけど、それがどこかはわかりません、て言ったんだよ」

「……………」

「大体、あまりしゃべらないひとだったからね。前はどこにいたなんてことは、誰も聞いてないんだからしょうがないわ」

　おや、こうしちゃいられないと言って、おかみは背をむけそうになった。伊之助はあわてて言った。

「女房、子供。いや親兄弟でもいいんだが、何か身よりのことを話してませんでしたか？」

「それがいま言ったとおりでさ」

　おかみは少しずつ後じさるようにさがりながら言った。

「物をしゃべらないひとだったから、何にも聞いちゃいませんよ。あたしゃてっきり女房子供がいるひとだろうと思ってたよ。着る物なんかも、わりあいちゃんとしてたからね」

　奥の方で、若い女の声がおかみさんちょっと来てください、と呼んだ。

「わるいけど、このとおりでね。いま、いそがしいの」

　背をむけるおかみを、伊之助は仕方なく見送ったが、襖をあけたところでおかみはもう一度ひょいと伊之助を見た。

「そう言や、あのひと誰かをさがしてたんじゃないのかね？」

「どうしてです？」

「どっかの占いに行って来た、と言ってたからさ。めずらしくむこうからそう言ったね」

「それはいつごろのことですか？」

「死ぬ半月前ごろかね。たずね人かと思ったのはさ、あのひと前にも占いにみてもらった話をしてたの」

「どこの易者か知りませんか?」

おかみは首をかしげたが、すぐにあわてたように手を振った。

「さあ……」

「聞いたような気がするけど、そのうち思い出しておくよ」

伊之助は経師屋を出た。腹がすいていた。割下水に沿う道を歩いて行くと、暗い水に星が映っているのが見えた。

空を見上げると、西空がわずかに白い明るみを残していたが、町はすっぽりと夜のいろに包まれている。三笠町をすぎると割下水の両側はびっしりと武家屋敷がならんでいる。ひと通りはほとんどなく、御竹蔵に近くなってから、提灯(ちょうちん)を持った供をしたがえた一人の武家とすれ違っただけだった。

——占いか。

と伊之助は思った。ただ富川町と三笠町を往復していただけの男かと思ったら、そうでもないらしかった。おかみが勘ぐったように、七蔵は誰かをさがしていたのだろうか。

それは経師屋のおかみが、七蔵が言った易者を思い出してくれれば、そこに行って確かめればわかることだと思った。あるいはその易者から、七蔵の素姓にかかわりのある話が聞けるかも知れない。

御竹蔵につきあたったところで、伊之助は道を左に曲った。あとは榛(はん)ノ木(き)馬場に出て、亀沢町の家にもどるだけだった。すきっ腹も、どうにか家までもちそうである。

六

いいことがあったあとには悪いことがやって来る。早じまいをした上に、親方が小遣いまでくれた翌日から五日ほど、彫藤では居残り仕事がつづいた。

とくい先の慶寿堂から、大いそぎのそれも肩が凝るだけの文字彫りの仕事が入って、伊之助たちは親方の叱咤を浴びながら、連日五ツ半過ぎまで仕事をした。しまいにはすっかり疲れて、親方はこの酷使を見越してさきに飴をしゃぶらせたかなと疑ったぐらいである。

いそぎの仕事の翌日は、身体はひまだったが一日中雨が降った。そんなこんなで、伊之助が金右衛門店に足をむけたのは、数日後の夕方である。日足が長くなる一方なので、仕事が終って外に出ても、町はまだ明るかった。

その日は、金右衛門店に行く前に、大家の甚兵衛の家に寄った。甚兵衛は行徳街道をもっと東に行った富川町の東はずれに、瀬戸物屋の店を開いていると聞いたが、行ってみるとけっこう間口のある大きな店だった。

甚兵衛自身が店番をしていたので、話はすぐに通じたが、収穫は皆無だった。

「石塚さまにはえらく叱られましたが、あたくしは七蔵が嘘をついたなどとはちっとも知らなかったものですから」

と甚兵衛は言った。しょげた顔をしている。伊之助は、ここでは最初から石塚宗平の名前を出したので、甚兵衛は伊之助をその筋の人間と思いこんだらしかった。

伊之助はそう思わせておいた。

「嘘をついたというのは？」

「深川にあたくしの知り合いで家持ちがおります。七蔵はそこにいた者だと言って来ましてな。その長屋のことをよく知ってましたので、すぐに信用しました。いや、あたくしがうかつでしたよ」

「嘘だということはわかったんですな？」

「はい。七蔵が死んで、常盤町の親分の御用をするひとが来ましたから、そのことを申しましたら、さっそく調べに行ったそうですが、なんの、真赤な嘘でした」

「ほう」

「あたくしもそれを聞いて仰天しましてな。その長屋の大家をしている男、これも懇意にしている人間なものですから、そこに確かめにまいりました、はい。ところが、お調べのとおりで、大家は七蔵などという男は知らないと申しました」

甚兵衛の話はそれだけのものだった。ほかに七蔵について知っていることは、何もなかった。七蔵は、甚兵衛にとっては店賃が滞ることもなく、あたりに迷惑もかけないたちのいい店子(たなこ)だったことがわかっただけである。

伊之助は、七蔵が前に住んだと嘘をついた長屋の場所を聞いて、閑散としている瀬戸物屋を出た。場所は深川の材木町だという。一度その長屋をたずねてみようと思った。

後にもどって金右衛門店に行くと、この前話したあごのくくれた太った女が、軒下から洗濯物をとりこんでいた。声をかけると、すぐに思い出した顔つきになった。

「ああ、この間のひとね」

と女は言った。

「あんたもたいへんだねえ」

「どうでした？」

と伊之助は言った。

「ご亭主は思い出してくれましたかい？」

「あのことね」

女は山と抱えた洗濯物の陰から顔だけのぞかせて、ちょっと困ったような笑い顔になった。

「思い出すことはしたけど、どうなんだろ？　大したことじゃなかったみたい」

「七蔵はなんて言ったんです」

「やっぱりあいつだ、間違いねえって、そんなことだったというんだけどねえ」

「やっぱりあいつだ、ですかい？」

伊之助はやや失望を感じながら言った。

「それだけですかね」

「それだけだってよ」

女は気の毒そうに言った。

「身よりをさがすには、何の役にも立ちそうにないねえ」

「いや、そうでもない。ありがとよ」

伊之助が礼を言ったとき、井戸の方から三人の女がいそぎ足に歩いて来た。その中に、この間顔をあわせた色の黒い中年女と、赤かぶを洗っていた若い女がいるのをみて、伊之助は頭をさげた。

すると、立ちどまった中年女が、若い方をつついて、ほらお言いよ、と言った。

「なにか？」

伊之助に見つめられて、若い女は少し赤くなった。眉を落としているから所帯持ちだろうが、まだ十八、九ぐらいの年若い女である。

「七蔵さんのことですけど……」

「ふむ、七蔵が？」

「あたしずっと前から、あのひとをどっかで見たことがあるような気がしてたんです」

「おきみさんはね」

年輩の女が、横から口をはさんだ。

「この、大工の幸ちゃんの嫁さんでね。この春深川から嫁に来たひとなんだけど、あんたがこの前ここに来て、いろいろと七蔵さんのことを聞いてったあとでね、だんだんにあのひとのことを思い出したらしいんだよ」

「ああ、そうですか」

伊之助は、この前はまったく口をきかなかった年若い女房をじっと見た。

「それで、七蔵をどこで見たか、思い出してくれましたかい？」

「はっきりそうだとは言えないんですよ。なにしろ、六、七年も前のことですから」

おきみという若女房は蚊の泣くような小さな声で言った。

「いいですよ、ぼんやりした話でも」

「七蔵さんというひとは、黒江町の駿河屋さんで、手代をしていたひとじゃないかと思うんですけど。名前も、七蔵さんとは言わなかったようです」

「ほほう」

伊之助は眼をほそめた。こわい顔になったのが自分でもわかったので、表情をゆるめて少し笑った。

「駿河屋というのは、ご商売は何です？」

「呉服屋さんです」

「失礼だが、あんたのおさとは？　やっぱりその近くですか？」

「うちは小松町です」

「ああ、永代橋の近くの……。そうですか」

伊之助はうなずいた。

「で、時どき駿河屋に買物に行ってたわけですな？」

「ええ、小さい時からおっかさんに連れられて行ってました。七蔵さんが手代でいたのは、あたしが十二、三ごろまでじゃないでしょうか」

「おきみさんのおとっつぁんはね。あのあたりじゃ名前の知れた棟梁なんだよ。おきみさんはきっとぜいたくに育ってるのさ」

と中年の女が註釈をいれた。

「あら、おばさん。棟梁なんて名前だけよ。いつもお金がなくてぴいぴいしてたんだから」

若い女房は躍起になって打ち消している。

「すると、六、七年前までは、七蔵さんは駿河屋で手代をしていたと。名前もべつだったというんですな？」

「ええ、はっきりしませんけど」

「それで、七蔵さんはそこをやめたんですかね？」

「そこまでは知りません。ただ、そのころから姿が見えなくなったような気がするんですけど、それもはっきりとは思い出せません」

「ありがとう。それでだいぶわかって来た」

と伊之助は言った。

模糊として見当もつかなかった七蔵の素姓が、濃い霧のむこうにぬっと浮かび上がったのを感じた。あとは駿河屋に行けばわかることだと思った。

七

駿河屋は、黒の漆喰塗りの土蔵を持つ、いかにも土地の老舗といった感じの大きな呉服屋だった。もう夕方だというのに、馬場通りに面したその店には客が混んでいた。

そこでも伊之助は、このあたりでは顔も名も知られている半沢の名前を出したので、すぐに茶の間に上げられた。案内した小僧が出て行くと、じきに女中がお茶を運んで来た。繁昌している店らしく、奉公人がきびきびと動いている感じが気持よかった。

「やあ、お待たせしました」

と言って入って来た男が、さっき茶の間に通されたとき、店の帳場に坐っていた若い男だったので、伊之助はびっくりした。手代かなにかだろうと思ったその男が、駿河屋の主人だったようである。

「あるじの万次郎です」

と、まだ三十にはなっていまいと思われる若い男は名乗った。きりっとした男前の顔で、人体（じんてい）を見さだめるように伊之助を見た眼が、やや鋭かった。

「半沢さんのお知りあいと言いますと？」

駿河屋はにこりともしないで聞いた。

「失礼ですが、親分さんですか？」

「ま、そんなようなものです。むかし、十手を預かっておりました」

「ああ、そうですか」

駿河屋は、そこで伊之助にお茶をすすめ、自分も茶碗をとり上げた。

「で？　今日はなにか、やっぱりその筋のおたずねでも？」

まだ硬い表情をしている。それで伊之助は自分の思い違いに気づいた。半沢同心の名前を出したので茶の間に招き入れられたと思ったが、そうではないらしい。

駿河屋は、伊之助がその筋の人間らしいとさとって、客が混んでいる店先での問答をさけたのだ、と思った。つまり歓迎されているわけではない。

だがこの種の屈辱感には、伊之助は慣れていた。わざとゆっくりした手つきでお茶をすすった。

「じつはひとをたずねて来たのです」

と言った。

「七蔵という男ですが、これは本名ではないらしい。深川富川町の金右衛門店に住んでいて、年は三十四。経師屋の職人でした」

駿河屋は、伊之助に眼をそそいだまま、じっと聞いている。

「ところが、その男は数年前まで、こちらのお店に使われていたらしいのです」

伊之助がそこまで言ったとき、うしろの障子があいて、失礼いたしますと言ってひとが入って来た。帳面を持った四十近い男だった。

その男は、伊之助にむかって、もう一度、お客さま失礼いたしますよとことわると、主人ににじり寄って帳面をひらいた。男が帳面を指でつきながら、小声で何か言うのを、駿河屋はうん、うんと聞いている。そして、男の話が終ると、やはり小声ながら、てきぱきと何かの指示をあたえはじめた。いかにも才はじけた若手の商人という感じで、渋滞のない指図ぶりにみえた。

話はすぐに済んで、小太りの奉公人は伊之助に顔をむけると、お客さま、お話中のところを失礼いたしましたと、丁寧に挨拶して出て行った。

「どんな顔の男です？」

奉公人が出て行くと、駿河屋はすぐにそう言った。伊之助は、一度見たきりの死人の顔を思いうかべながら、少しずつ特徴を言った。うすい眉、つるりとした面長の顔、女のように白い肌。

「その男は、数年前までこちらで手代さんを勤めていたらしいのです」

「ああ、それなら七之助ですよ」

と駿河屋は言った。微笑している。伊之助の用件がそれだけのものだとわかって安心したというようにもみえた。

「たしかに七之助は、六年前までこの店にいました。ちょっとした事情があってやめましたがね。あの男が、なにかお上のご厄介になるようなことでもしましたか？」

「竪川で水死人で上がったのです」

「おや、それはそれは」

と言ったが、駿河屋の表情はつめたかった。変死したもとの奉公人に対する同情はうすいようである。

「その七之助ですが……」

伊之助は新しく身分の知れた男の名前を口にした。

「身よりの者はいませんでしたか？」

「さあて」

駿河屋は腕を組んだ。眼をそらして天井の方をにらみ上げた。

「女房と二人暮らしだったように思いますがね。ええ、たしか所帯持ちでした。不確かなことを申し上げるようですが、そのころはこの店は死んだおやじの代でして、はずかしながらあたくしは、あまり店のことを知らなかったもので」

若い主人は、暗にその当時は店を外に遊び回っていた、とほのめかしている。伊之助はうなずいた。

「すると、七之助が所帯持ちでどこに住んでいたかもご存じない？」

「はっきりしませんが、たしかこの近くにいたように思いますよ。町のうちじゃなくて、隣の仲町か、それとも裏の蛤町か、そのへんにいたようです」

「材木町の長蔵店というところじゃありませんか？」

「いえいえ、そんな遠くじゃありませんな。ごく近間から通って来てたようです」

「女房がどうなったか、知りませんでしょうなあ」

「女房？」

駿河屋は、伊之助の顔をじっと見た。

「七之助の女房なら、一緒にいたんじゃありませんか？」

「ところが、七之助は富川町の金右衛門店というところで一人暮らしをしていたのですよ」

「ははあ」

「ところで、七之助は手代まで勤めたこのお店を、何でやめたんです？」

「遣い込みです」

駿河屋はそっけない口調で言った。不快そうな顔をした。

「おやじにやめさせられたのですよ」

伊之助は礼を言って膝(ひざ)をうかした。すると駿河屋は、急にこぼれるような愛想笑いを浮かべて、何もおかまいしないで失礼したと言った。半沢さまによろしく申し上げてくれ、とも言った。

家の中にいる間は気づかなかったが、外に出ると町はうす闇に包まれはじめていた。だが馬場通りには、まだひとがざわめいていて、一ノ鳥居の先には灯をともしはじめた仲町の町並みが見える。

その明るい方に背をむけて、馬場通りの北側に入りこんだ。そこも黒江町である。伊之助は、ほの暗く人通りもない町を通り抜けて、町の西の河岸に出た。

――何のことはなかったな。

と思った。堀割ぞいの道を油堀の方にむかいながら、伊之助はなんとなくしっくりしない気分を味わっている。

駿河屋の主人といろいろしゃべったが、わかったことといえば七蔵の本名が七之助だったことぐらいである。住んでいた家もわからなければ、女房がいたらしいがその女房の行方もわからないのだ。

一度浮かび上がって来た七蔵という男の素姓がいつの間にか、また暗い霧の奥に溶けこんでしまったような、心もとない感じがあった。これでは石塚に言うわけにはいかないなと思った。

七蔵というのは、じつは駿河屋の手代七之助で、六年前に遣い込みで店を出された男です、などといっても、石塚の調べの役にも立たないだろう。駿河屋を追われた七之助は、ざっと五年後、本所三笠町にあらわれて経師屋に雇われた。そのときにはもう一人暮らしだった。そうなるまでの足あとが不明である。

七之助が殺されたわけは、その不明の部分をはっきりさせないことにはわからないだろうという気がした。足どりを全部洗うしかない。石塚が言った七蔵の素姓というのは、そういう意味だと伊之助は思った。

——そうなると……。

占いのことも調べなきゃいけないな、と思った。雇われ先と家の間を、きちょうめんに往復するだけだったとみられていた男が、ひそかに占いに行っていた。そのことは見のがせながった。

愛想がいいとは言えなかった経師屋のおかみに会って、七之助が洩らした易者というのを思い出させるのだ。それに、駿河屋にも、もう一度行ってみる必要があるだろう。

──あの旦那に聞いても、大したことはわかりゃしない。

七之助をよく知っている奉公人をつかまえて、もう少しくわしいことを聞くのだ。駿河屋からそう遠くなかったという住居、女房の名前、店の金を遣い込んだというが、いったいどのぐらいくすねたのか。七之助は、その金を何に使ったのか。店を出されたあと、七之助はどこかに引越して行ったのか。

考えているうちに、伊之助はだんだんうんざりして来た。道は油堀を過ぎて、平野町の町並みに入っている。店先に灯をともしている青物屋、肴屋の前に女たちが群れていた。

──きりがねえ話だ。

調べることは山ほどあるようだった。そして丹念に、駿河屋の手代七之助が、経師屋の職人七蔵としてあらわれるまでの足どりをたどって行けば、その中に、あの男が殺された理由も浮かび上がって来るに違いなかった。

七蔵の素姓を調べてくれと言ったとき、石塚宗平は案外そこまで読んでいたのかも知れなかった。だとしたら、赤ら顔で腹の出たあの同心に、うまくはめられたのだと伊之助は思った。

小名木川までは長い道だった。とっぷりと暮れた道を歩きながら、伊之助はどっと疲れが出て来たのを感じた。足が重く、腹もすいていた。

経師屋に行かなきゃならないが、その前におまさの店で飯を喰わせてもらおうと、伊之助は思った。

八

伊之助に疑われているとも知らず、石塚宗平は、翌日の昼ごろ何喰わぬ顔で彫藤にやって来た。

「どうだ？　なかなか骨だろう」

伊之助を外に呼び出すと、石塚はそう言ったが、すぐに顔の前で手を振った。

「いや、いいんだ。いそがなくともよい。べつに催促に来たわけじゃない。ただそこの番屋まで来たから、その後どうなっとるか、様子だけ聞こうと思ってな」

伊之助は、手短かにこれまでの調べの模様を話した。石塚は腕組みをして聞いた。ときどき伊之助の顔に鋭い視線をとばすだけで、口ははさまなかった。

「うん、さすがお前さんの調べだ」

伊之助の話が終ると、石塚はさっそく持ち上げた。

「やっぱり半沢が自慢にしていた十手持ちだけのことはあるなあ。常盤町にまかせておいたのではこうはいかん。いや、助かる」

みえみえのおだてに、伊之助はあまりいい気持がしなかったが、話をつづけた。

「そういうわけで、もう一度駿河屋に行ってみないことには、その後の足どりはつかめねえと思いますが、一方、昨日の晩経師屋のおかみに聞いた易者というのも気になります」

「何てえ寺だって？」

「海竜寺です」

「ああ、荒井町のところにある寺だな」

さすがに定町回り同心で、石塚はぴたりと場所を言った。

「易者先生はそこにいるわけだ」

「海竜寺の坊を借りている浪人者で、穂積なんとかというそうですが、なかなか評判の易者で繁昌してると聞きましたよ。経師屋のおかみの話では、七蔵、いや七之助か、あの男はそこに二度も行ってるそうです」

「ふむ、面白え。やっこさん、そこで何を占ってもらったのかな」

「あっしもそれが気になります。それで今日は夕方半刻（はんとき）ばかり早上がりにさせてもらって、海竜寺に行ってみるつもりです」

「わしも行こうか」

と石塚は言ったが、その声はおざなりに聞こえた。不熱心な声である。

「いえ、旦那は姿を見せない方がようがしょう。なに、あっし一人で間にあいます」

「すまんな」

と石塚は言った。殊勝な顔になっている。そのことさら殊勝な顔つきがうさんくさくもあった。伊之助に、おれをせっせと働かせて、自分は毎晩例の小料理屋に通ってるのじゃあるまいな、とあらぬ疑いを抱かせる。

ちょっぴり伊之助は皮肉を言った。

「いえ、乗りかかった船ですからな。ま、やるだけのことはやってみるつもりです。こないだはごちそうにもなったことでもありますから」

「いやまったく、いそがしいところを相すまん」

石塚は皮肉には気づかないふりで、ひたすら下手に出ている。そして、そのとき家の中から、伊之、いつまで外で話してやがると藤蔵のどなり声が聞こえて来ると、いい潮どきといった顔になって手を挙げた。

「それじゃな、よろしくたのむぞ」

石塚宗平の、肩がまるいずんぐりしたうしろ姿は、あっという間に三間町の角のほうに遠ざかって行った。

――石塚の旦那も……。

その日の夕方、親方と喧嘩腰のやりとりの末に早上がりして、北本所にいそぎながら、伊之助は昼に会った石塚のことを思い出していた。あれで存外、苦労しているのかも知れねえなと思った。

まだ手札と十手を預かっていたころ、伊之助は半沢が仲町の茂平という岡っ引に手を焼いていたことを知っている。茂平は半沢が定町回りを拝命する前から岡っ引をしていた古狸だったが、横着な男だった。

探索の仕事が出来ると、さもいそがしそうに飛び歩く様子をみせるが、そのじつさほど探索に身を入れているわけではなく、あげくは下っ引を雇う金が足りない、と半沢の財布をしぼりにかかった。一方では、町の旦那衆から巧みに駄賃をせびるすべを心得ていて、若い半沢はそっちからも苦情を言われて、茂平の扱いに苦労していたようである。

常盤町の多三郎は、捕物でも名の聞こえた岡っ引で、茂平と一緒には出来ない。だが多三郎はもう齢だった。捕物にも倦きが来ているかも知れなかった。倦きが来たからと十手を返上すればそれはそれでいいのだが、連中はそうはしない。岡っ引の看板をかかげているだけで、黙っていても懐に金が入って来るからである。

横着な岡っ引は、頭の悪い岡っ引より始末が悪い、と半沢がこぼしていたのを、伊之助は思い出している。石塚の苦労も、多分そんなところにあるのだろう。そう考えると、遠慮しいしいもたれかかって来る石塚にも、いくらか同情が湧いて来るようだった。

海竜寺は金竜山浅草寺の末寺で、境内は千坪からあると聞いて来たとおり、かなり大きな構えの寺だった。鬱蒼としげる新緑の木立の間に、伽藍や坊が見えがくれしている。

寺門を入ると、頭上に小鳥の声がした。穂積なにがしという易者が借りている坊は、本堂につづく石だたみを歩いて行くうちにすぐにわかった。左手の木立の下に並ぶ坊のひとつから、町方の女房と思われる女が二人出て来たからである。看板は出ていなかった。

おとないをいれると、家の中から男の声が、お客さんか、遠慮なくおはいりなされと言った。

障子をあけて中に入ると、部屋の中に小机をはさんで向き合っていた二人の男が、ちらと伊之助を振りむいた。一人は二十半ばの、まだ若い浪人ふうの男で、向き合っているのは大柄で白髪、一見して商家の旦那といった感じの男である。

二人はすぐに眼を机の上にもどした。

「おわかりかな？」

若い男は、小机の上にならべた算木を指さした。落ちついた口調だった。

「商いをいそいではならんという卦が、ここに出ておる。ま、いま少し模様をみるのがよろしかろう」

「するとその取引きは……」

と白髪の男が言った。

「いつごろになったらすすめてよろしゅうございますかな？」

若い男は、無言で算木を崩すと、筮竹を取り上げてさらさらと揉んだ。無造作な手つきにみえたが、眼を閉じている痩せた顔に、すさまじい集中力があらわれた。

伊之助は意外な気がした。評判の易者だと聞いたから、もっと年輩の、様子のいかめしい男かと思って来たのだが、卦を立てるのはこの若い浪人者のようである。

若い男は、口の中で何かつぶやきながら、すばやく算木をならべた。

「来年の年明け」

と言った。

「その以前は、手をつけてはよろしくありませんな」

「はあ、来年。今年はだめですか」

大柄な男は肩を落としてつぶやいたが、不意に大きな声になって言った。

「いや、先生。ありがとう存じました。これでめどが立ちました」

金を払って出て行く客を、若い男は坐ったままで見送ったが、急に顔を伊之助にむけた。

「そちらは？」

男は無表情に声をかけて来た。

「失せ物、たずね人、なんでござったかな」

「先生、あっしは占いでおじゃましたのでねえんですが……」

「………」

若い男は無言で伊之助を見ている。感情の動きのとぼしい、ひややかにもみえる眼だったが、伊之助は強引に小机の前ににじり寄った。

「ちょっとおたずねしてえことがあっておうかがいしたんですが、ようござんすかね」

「………」

「三笠町の経師屋の職人で、いやひょっとすると深川富川町の金右衛門店にいると言ったかも知れませんが、七蔵という男のことです。二、三度こちらにおじゃましたそうですが、おぼえていらっしゃいませんかね？」

「七蔵……」

若い易者は、眼を部屋の中に泳がせたようである。だがそれは一瞬のことで、すぐに顔を伊之助にもどした。

「おぼえておる。その男がどうかしたかの？」

「へえ、ついこの間殺されましたもので」

「殺された？」

若い易者は眼をほそめて伊之助を見つめた。そして、それは気の毒な、と言った。それっきり黙然と坐っている。

「それで、先生にお聞き申してえのですが……」

「……」

「七蔵はここで何を占ってもらったんです？」

「町人」

と若い男は言った。

「そなた、岡っ引か？」

「ま、そんなものです」

伊之助のあいまいな返事をどう受けとったか、易者はじっと伊之助の顔を見つめていたが、やがて静かな声で言った。

「町方のおたずねとあれば、言わぬわけにもいくまい。占ったのは、あの男の女房の行方じゃったな」

「へえ？　女房……」

伊之助は虚を突かれたような気がした。それだけのことかという気がしたが、気を取り直してたずねた。

「それで？　占いはどう出ましたかね？」

「その女房は生きていて、乾の方角にいることはわかった。しかし森か建物か、大そう大きな物に隠されて、姿は見えんと言ったようにおぼえとるな」

九

その夜、伊之助は一人で居残り仕事をした。昨日の夕方、無理やりに早上がりをしたために、親方の報復をうけた恰好である。親方はかんかんに怒っていて、朝出て来るとすぐに今夜の居残りを言い渡した。勝手な真似はさせねえ、といきまいた。

——しかし、ますますわからなくなって来たな。

と伊之助は思った。一人で仕事をしていると、考えはどうしても七之助という男にもどって行く。

伊之助は顔を上げた。行燈の灯が暗くなっている。芯をつみ、明るさがもどったのをたしかめてから、また鑿と木槌を取り上げた。仕事は彫るにはわりあい楽な摺物の版である。ほかに誰もいない仕事場に、木槌の音がひびいた。

七之助が、女房の行方をさがしていたことはわかった。だが、それがどういう女房なのか、またそのことが、七之助の死に関係があるのかどうかはまったく不明だった。

——やはり駿河屋にもう一度行ってみねえことには、わからねえ。

そう思ったとき、足音がして仕事場の入口に親方の藤蔵が姿をあらわした。

「もういい。そのへんでやめて明日にしな」

藤蔵はそう言い、鬼瓦のような顔をゆるめて、ばあさんが熱いうどんをつくったから、喰って帰りな、と言った。お仕置は済んだというつもりだろう。伊之助は無言で鑿をおいた。親方の女房がつくってくれたうどんを喰って、伊之助が外に出たとき、時刻は五ッ（午後八時）を回っていたようである。

夜空は曇りで、町は暗かった。一寸先も見えないような場所もあった。しかし森下町の辻に出ると、町の底を這う道が白く見えて来た。遠くにある辻番所の灯が、小さくまたたいている。

——おれも物好きだな。

と思った。石塚にのせられて、少し深入りし過ぎた気がした。はじめ考えたよりもずっと深間にはまったようでもある。伊之助は憮然とした顔で、夜道をいそいだ。

弥勒寺橋を北にわたったとき、道の前方に黒い人影が動いているのを見た。伊之助はちょっといやな気がした。自分のことは棚に上げて、前を行く人影が提灯を持っていないのが気になったのである。

伊之助は足どりをゆるめた。そこは弥勒寺と宗対馬守の下屋敷にはさまれた道で、両側に高い塀がそそり立ち、昼でもうす暗いような場所である。前の人間を追い越すのは、常盤町に出てからにしようと思った。

ところが、人影はみるみる近くなった。相手は立ちどまったようでもある。本能的に伊之助はうしろを振りむいた。いま渡って来た橋の方からも、近づいて来る人影があった。足音は聞こえず、真黒な影法師に見えた。

伊之助は立ちどまると、用心深く弥勒寺の塀を背負った。はさみ討ちにかけられた、という気がしたが、一方ではまだ少し様子をみるつもりになっている。遅い時刻ではあるが、近づいて来るのは伊之助のように居残り仕事から帰る職人ということも考えられた。

だが、その考えは一瞬にして消えた。伊之助が立ちどまったのを見ると、先を歩いていた人影も、うしろから来た人間も、足音を殺して走り寄って来たのである。夜目にも屈強の身体（からだ）つきをした男たちは、手に鈍く光る匕首（あいくち）を握っていた。

無言のまま、男たちは襲いかかって来た。すごみのある跳躍力をそなえた男たちだった。二人とも一間半もの先から、宙を駆けるようにして、伊之助を刺しに来た。

伊之助は辛うじて匕首をのがれると、反対側の塀に背を貼（は）りつけて言った。

「ひとを間違えちゃいめえな。おれは伊之助という者だ。版木彫りの職人だぜ」

だが男たちはひとことも口をきかなかった。二人とも黒い布で頬かむりをしている。右手にいる男が、音もなく踏みこんで来た。伊之助は体を沈めると、匕首を持った腕をつかんだ。そのまま身体をまるめて男の懐にとび込むと、強烈な投げを打った。

男の身体は弥勒寺の塀にみしりと音を立てると、地面に落ちた。だが、休む間もなくもう一人の男が襲いかかって来た。肩先に痛みが走るのを感じながら、伊之助は体を開いて、流れる男の利き腕に手刀を叩きこんだ。男は匕首を落とした。打たれた腕をかばってわずかによろめいた男に、伊之助は鋭く襲いかかった。

肩をつかんで投げを打とうとしたとき、背後に風が動いた。一度投げられた男が、匕首を振りかざして迫っている。伊之助は身体をねじって、男の鳩尾に蹴りを入れた。がくりと男が膝を折るのを見ながら、伊之助はつかまえていた男に身体を寄せると、腰車にかけて地面に叩きつけた。

だがしぶとい男だった。男はすぐにはね起きると、腹を抱えてうずくまっている仲間を助け起こし、あっという間に弥勒寺橋の方に逃げ去った。

——ふむ。

伊之助は肩に手をやった。着物が破れ、ひりひりする痛みがあったが、かすり傷で済んだようである。若いころ、浅草誓願寺に寄食していた中鉢という浪人者に、制剛流のやわらを仕込まれた。その体術が伊之助を救ったようである。

伊之助は荒い息をついた。おれを殺そうとしたやつは誰だろうと思っていた。襲って来た男たちは素人ではなかったし、誰かと間違えたわけでもなかった。誰かがおれを殺すためにむけて来た男たちだと思った。

何のためかは、考えるまでもなかった。七之助の素姓を調べまわっているからだ。七之助を殺した同じ手が、今夜は伊之助を目がけて襲いかかって来たのである。

道の前後を見回したが、闇の中に動くものの気配はなかった。伊之助はゆっくり歩き出した。

第二章

一

障子窓をあけてあるので、そこから入って来る日射しが畳を照らしていた。その光の中に、伊之助が寝そべっている。

眼をつむっているのは日射しがまぶしいからで、眠っているわけではない。だが、そうしてだらしない恰好で寝そべっていると、うつらうつらと眠気が兆して来るようだった。まだ身体に疲れが残っている。

二晩つづいて、五ツ半（午後九時）まで居残り仕事をした。そのいそぎの仕事が、ともかく昨夜のうちに仕上がったので、親方の藤蔵はご機嫌で、今日は半日の休みをくれた。仕事場には、昼過ぎに顔を出せばいい。

自分の家なら昼まで寝ているところだが、ここはおまさの店の二階である。部屋が片づかないからと、起こされた。酒も飲ませる店をやっているわりには、おまさはそういうことはきちょうめんな女である。何度も泊って見ているが、伊之助はおまさが朝寝をしたのを見たことがない。

そこがおまさのいいところだ、と感心するが、自分も一緒に起こされるのはうなずけない、と思いながら、伊之助はうつらうつらしている。無理に起こされて、朝飯を喰ったあとは、することもなくてずっと寝ころんでいるのである。

階下から話し声が聞こえて来る。おまさと手伝いの小女が話しているのだ。手伝いはおみつと言い、まだ十五の娘である。おまさははじめのころ、伊之助が泊るとおみつの眼を憚る様子をみせたものだが、このごろは平気な顔をしている。身体のつながりが出来ると、女は図太くなるものらしい、と伊之助は納得した。

おみつは夕方までの勤めで、酒の客が来る時刻になると、家にもどる。おみつはつい近所の長屋に住む祈禱師の娘なので、おまさに男が出来たなどという噂は、そのあたりにかなりひろまったはずだが、おまさはあまり気にかけていないようにみえた。

そんなことをぼんやり考えていると、またうとうとと眠くなる。女を喰い物にしている情夫にでもなったような気がして来る。階下の女二人は、掃除を終って板場に入ったらしい。昼飯を喰いに来る客がいるので、店をあける前に、煮物などを作っておくのである。

女たちの話し声と瀬戸物の皿の音が、ふとやんだと思ったら、今度は男の声がした。おまさと何か話している。客にしては早いな、と思いながら、伊之助は寝返りを打った。

話し声がやんで、階下がしんとなったと思ったら、おまさが二階に上がって来た。足音を殺すような変な歩き方で部屋に入って来ると、おまさはお客さんですよと言った。

「おれにかい？」

伊之助はあわてて起き上がった。

「お名前をおっしゃらないけど、八丁堀の旦那ですよ。よく太った方」

「石塚の旦那だ」

と伊之助は言った。

「いるって言っちまったかい?」

「だって、嘘つくわけにもいかないじゃないか」

おまさは膝の上で、はずした襷を握りしめながら言った。眼は心配そうに伊之助を見つめている。

「会って、おことわりしたらいいじゃないか。たずねて来られたんじゃしょうがないもの」

「よし、上にあげてくれ」

と伊之助は言った。立ち上がったおまさに、お茶と火を少し持って来てくれと言った。

「よう、よう」

石塚は部屋に入って来ると、陽気に声をかけ、物めずらしそうに部屋の中を見回しながら坐った。

「仕事場に行けば休みだと言うし、二度ばかりお前さんの家もたずねたのだが、留守だ。どこに消えちまったかと思ったぜ」

伊之助は居留守を使ったのである。八丁堀の旦那などは歓迎しない親方の藤蔵は、伊之助がそう言うと喜んで石塚を追い返す役目を買って出た。

そのうえ、家にももどらずにしばらく遠ざかっていれば、七之助殺しで伊之助をこき使おうと考えている石塚も、大概あきらめるだろうと思ったのだ。もともと今度の事件には、伊之助が首をつっこまなければならない理由はなく、石塚に頼まれて、死人の素姓を洗っただけである。その役目は終った。これ以上犯人さがしにまで動きまわることはない。

　伊之助がそういう気持に変ったのは、数日前の夜、弥勒寺わきの道で、物騒な男二人に襲われてからである。むかしは、そういうことがあるとよけいにかっとなって、探索に身を入れたものだが、いまの伊之助には、三十男の分別とずるさがある。いくら石塚の旦那の頼みでも、命を狙われては間尺に合いやしねえと思ったのだ。

　はじめは、伊之助は石塚に会って事情を話し、ことわりを言うつもりでいた。まったく好んで危ないめに会うことはないのだ。知らない仲ではないが、石塚にそこまでの義理はない。だがそのことを話すと、おまさがとめた。しばらく石塚に会わないようにすればいい、とおまさは言った。

「会えば、ことわりなんか言えるはずがないんだから」

　おまさに、身体の中にある捕物好きの血を見抜いたような言い方をされると、伊之助も自信がなくなった。それで何となく逃げ回る恰好で、おまさの店の二階にくすぶっていたのだが、石塚は今日、そこまでたずねあてて来たのである。この家のことを、いったいどこで嗅ぎつけたのだろうと、伊之助は訝った。

「やあ、おかみ。すまんな。突然にじゃまして造作をかける」

　石塚はおまさがお茶を運んで来たり、火鉢に火を埋けたりして立ち働くのに、愛想よく世り出し、音立てて煙管筒を抜いた。

辞を言った。そして、おまさが襖を閉めて階下に降りて行くと、腰をさぐって煙草入れを取り出し、音立てて煙管筒を抜いた。

「ところで、どうかな？」

煙草をつめながら、石塚は言った。

「例の調べは、いくらかすすんだかね」

「そのことですが……」

伊之助は顔を上げた。

「申し上げにくいんですが、あっしはこのあたりで、あのお話からおろしてもらえねえものかと思いまして……」

「…………」

火鉢に首をさしのべて、煙草の火を吸いつけていた石塚が、無言で振りむいた。

「こんなことを申し上げちゃ、何でござんすが、ひととおりは言われたことも調べましたし……」

「死人が、もと駿河屋の手代七之助だってことかね」

石塚は、ぷかりと煙草のけむりを吐き出した。にやにや笑っている。

「だが、それだけじゃ何の役にも立たねえな。おっと、こいつはわしが言うまでもなく、お前さんの方が先刻承知のはずだ」

「…………」

「何かあったのかね？」

石塚は勘よく聞いた。お前さんが、そんなおよび腰の恰好をみせるのは、めずらしいことだぜとも言った。

「じつは先だって、妙な連中に襲われましたんで……」

伊之助は、その夜のことをくわしく話した。石塚は煙管をくわえたまま、顔をしかめて聞いていたが、伊之助の話が終ると、膝の貧乏ゆすりをやめて聞き返した。

「ふうむ。で、お前さんの心あたりは？」

「むろん、七之助の素姓を嗅ぎ回ったからでしょう。ほかに闇討ちに会うような心あたりはありませんからね」

「ふむ、消しにかかったか」

石塚は天井を見上げた。ふたたびはげしく貧乏ゆすりをはじめた。

「しかし、お前さんの調べた先は限られてるぜ。どのあたりのひっかかりで、その物騒な連中が出て来たか、見当がついてるかい？」

「さあ」

と伊之助は言った。むろん伊之助はそのことを考えたのだ。七之助の素姓調べと最近の暮らしのことで、突っこんだことを聞いた場所は二カ所。駿河屋の店と海竜寺境内に住む易者、ここしかない。

易者や駿河屋の旦那万次郎が、直接にかかわりあっているかどうかは不明だが、そのどちらかで聞いたことが、何者かの癇にさわったらしいことは見当がついている。だが、伊之助はそのことは口に出さなかった。言えばまたぞろ石塚の手に乗せられて、その先の調べに首を突っこまざるを得なくなるのは、眼にみえている。

「ともかく……」

と伊之助は言った。血なまぐさいことはごめんだ。勤めのひまには、やはりこうして日なたに寝っころがって、うとうとしているのが好ましい。

「そんなこともありましたもので、ま、出来ればこのあたりで、一件から手をひかせてもらえないものかと思いまして。あっしだって、命は粗末にしたくありませんからね」

「もっともだ」

と石塚は言った。石塚はお茶をのみ、新しく煙草の火を吸いつけ、いそがしく身体を動かした。

「手間が出るわけでなし、また、半沢ならむかしの義理というものがあるが、わしの場合は違う。気がむかぬのはもっともさ」

石塚は露骨にいやみを言った。伊之助は顔を赤くした。

「いえ、あっしはべつに損得ずくで申したんじゃござんせんので。ただ……」

「わかっておる。わしもそんなふうには思わんさ。ただお前さんが逃げたくなる気持はわかると言ったまでよ。しかしだ……」

石塚は不意に煙管を口からはなし、貧乏ゆすりもやめて、伊之助の顔をじっと見た。石塚の顔には、変にしぶといようなうす笑いがうかんでいる。

「そんなうまいぐあいにはいかんだろうぜ、伊之よ」

「………」

「じつは、またひとが殺された」

と石塚は言った。伊之助は眼をみはった。その顔に、石塚は笑いを消してうなずいた。

「今度は誰ですかい？」

「多三郎の手下だ。半次という男だよ」

「それで？」

伊之助は思わず小声になって聞いた。

「そいつはやっぱり、七之助殺しにつながっているので？」

「さようさ」

石塚は急にあいまいな表情になった。

「つながっているところもあるが、違うようなところもある」

「………」

「というのは、半次は七之助殺しを調べ歩いてはいたのだが、べつに目ぼしいものをさがしあてたわけじゃなかったと、親分の多三郎が言うのだな。それにごく最近の話だが、半次は誰かを脅していた形跡があるとも言うのだ。あまりたちのよくない男だったらしい。すると、やつはそっちの怨みで殺されたことも考えられる」

「………」

「なにせ、殺されたのがゆうべだから、まだ調べははかどっておらん。しかしひとつ言えることは、半次を殺した人間と、七之助をやった人間は同一人だということだ」

え？　と伊之助は石塚の顔を見た。石塚は残ったお茶をがぶりとのみ干してから言った。

「殺しの手口が、七之助のときと同じなのさ。針のようなもので、ぷっつりとやられている。もっとも今度は心ノ臓だった。首に手刀でも受けたかと思うような痕があったから、ひと打ちして、参ったところにとどめを刺したぐあいだな」

「………」

「もうひとつ、半次は近ごろ、例の海竜寺な、あのあたりをだいぶうろついていたらしい。寺はお寺社の受持ちだから遠慮しろと、つね日頃言っておるのだが、何の用があってかうろちょろ探し回っていたらしい」

「海竜寺といえば、七之助が占いをみてもらいに行ったところですぜ」

「さようさ。だから、それも前の殺しとのつながりのひとつ、と考えられなくもない」

「半次が殺されたのは、海竜寺の近くですかね？」

「いや、それは違うそうだ。常盤町の、多三郎の家の近くだと言っておった。わしが行ったときは、ほとけは番屋に運びこまれていたがな。それはともかく、こいつは裏の深え殺しだよ」

石塚はそう言うと言葉を切り、さっきのしぶといようなうす笑いにもどった。

「そういうわけで、気の毒だが、ここでお前さんを探索からおろすわけにはいかんのだて」

二

数年ぶりに会った多三郎は、すっかり年とっていた。面長の品のいい顔立ちはそのままだったが、白髪になり、頬に深い皺がきざまれている。顔色も悪かった。

「お前さんのことは、石塚の旦那から聞いてた」

と多三郎は言った。

「陰ですけてくれるって話でな。大きに助かると申し上げておいたよ」

「とんでもございません」

伊之助は手を振った。

「石塚の旦那とは、ちょっとした顔見知りなものですから、いやとは言えず手を貸しましたが、でしゃばったことをすると、叱られやしねえかと心配してましたよ」

「何を言うやら」

と多三郎は言った。苦笑していた。

「若えが清住町の親分と呼ばれたお前さんの手伝いだ。有難えこったと思ってたさ。それにみたとおり、おれも年とってな。若え者もむかしのようには指図を聞きやしねえのだ」

多三郎は愚痴を言ったが、気づいたように顔色をあらためた。

「半次のことで聞きたいことがあるそうだが、何でも聞いてくれ。若え者はあまりあてになられねえ。お前さんが頼りだ」

「そのことですが……」

伊之助も膝をそろえ直した。

「半次というひとは七之助殺しを調べていたそうですが、どういうところを回ったか、言ってましたかい？」

「半次は経師屋を回ってたよ」

と多三郎は言った。

「お前さんの調べで、ほとけはむかし黒江町の呉服屋で手代をしてたとわかったが、そのあとの四、五年というものが、どこをどう渡って来たかさっぱりわからない」

「………」

「うん、三笠町の経師屋、あそこは一応は竈の灰まで調べたのだ。殺されるようなわけがなかったかということだな。こいつはおいらも出向いて聞いたんだが、何にも出て来ねえ。とすると、どっから来た野郎だって言うんで、本所一帯の経師屋という経師屋を残らず洗わせたわけだ」

「そうらしゅうござんしたな」

「これはかなりきつかった。手わけして洗わせたのだが、なかなか見つからねえ。本所からはじめて、深川、北は中ノ郷のあたりまで手をひろげたのだが、そのへんで若え者が音をあげちまった。こりゃ親分、きりのねえさがし物ですぜ、などと言いやがる」

「…………」

「むかしは、そんなことは口が腐っても言わなかったものだ。足を棒にして、見つかるまで走り回ったものさ。近ごろの連中は性根というものがねえ。むかしとは大きに違って来たものだぜ、伊之さんよ。おいら、それで苦労してるのさ」

多三郎の話が、だんだん本筋からはずれて、また老いの繰り言めいて来るのを、伊之助は引きもどした。

「で、半次さんも、そっちを調べ回っていたわけで？」

「そうそ、その半次だが、こいつはほかのもんにくらべると、ちっとましな方でな。捕物てえものを心得た男だった。あまり文句を言わずに言われた場所を調べまわっていたよ。感心なのは、一度調べ上げた三笠町の経師屋に、そのあともちょいちょい顔を出して、調べ落としたことはねえかと、聞き直してたことさ。経師屋にはさぞ嫌われたろうが、そんなことで尻ごみするようじゃ一人前の下っ引とは言えねえ」

「さいでござんすな」

伊之助は、さめてぬるくなったお茶をのんだ。三笠町の経師屋に足繁く通っていたとすると、半次は例の七之助の占いのことを聞きこんだのだろうか、と思った。

「石塚の旦那の話によると、半次さんは海竜寺のあたりによく姿を現わしていたということですが、それについてお心あたりは？」

「そいつは庄助が言った話だよ」

多三郎はあまり気乗りしない表情を見せた。

「ちょうど石塚の旦那が、ここにいらしたときに、庄助の野郎が、二度ばかり半次が海竜寺の門を出て来るところを見たと言ったのを、旦那が気にしてね。お寺社の縄張りのところに、十手持ちが入っちゃならねえ、と叱られたのだが、なに、まさか例のさがし物で寺に乗りこんだわけでもあるめえ。喉が乾いて水飲みに入ったということだってあろうさ。あそこの境内に、いい水が湧いてるからな」

「本人は、そのことで何か言ってましたか？」

「いや、何にも。さがし物の筋なら、何か言うわな。それが何にも言わなかった。しかし、石塚の旦那に叱られたことでもあるし、お寺なんぞにうろちょろと出入りするんじゃねえ、と言おうと思ってた矢先に殺されたというわけさ」

「誰かを脅してた、という噂は？」

「石塚の旦那は、そんなことも言ってたかね？」

多三郎はにがい顔をした。

「そいつも庄助が言ってた話だがね、あんまりあてになることじゃねえ。庄助は半次と二人で北本所から中ノ郷のあたりにかけて、経師屋を聞き回っていたのだが、たまには二人でつるんで歩いたこともあるようだ。あるとき、さがし疲れてもどる途中、どっかの飲み屋で一杯やったそうだよ」

「………」

「そのときに、酔った半次が、いい金づるがつかめそうだ、いまにこんなケチな飲み屋でなく、どーんと大きな料理屋でおごってやるぜ、と言ったというのだな。庄助の野郎がびっくりして金づるてえのは何だと聞いたら、半次はそいつは言えねえが、金のある連中がうしろ暗え真似をしてるのを見つけた、と言ったそうだ。庄助はもっと聞きたかったが、ケチな飲み屋と言われたそこのおかみの機嫌がわるくなって、早々に店を追い出されたので、話はそれっきりになったというのだが……」

多三郎はそこであくびを噛み殺す表情になった。話し疲れたように見えた。多三郎の家は、表向きはつましい小間物屋をやっている。店の方から、さっき会った多三郎の女房と客の話し声が聞こえているが、ほかにはひとがいないらしく、家の中はひっそりしていた。

「酒が入ったときの話だ。あまりあてにはなるめえよ。もっとも半次が殺されたあとで、庄助がそう言い出したから、うっちゃってもおけめえと思って石塚の旦那には申し上げたのさ」

しかし酒が入って本音をしゃべったということだってある、と伊之助は思った。

「七之助殺しと、半次さんを刺した人間は同一人と、石塚の旦那はお見込みのようですが、そこのところは、親分はどんなふうにお考えで？」

「わからねえなあ」

と多三郎は言った。茫然とした表情になっている。

「どこでつながるのか、おいらにゃさっぱりわからねえよ。ただ……」

多三郎は言葉を切って、伊之助を見た。暗い目つきだった。

「死人は両方とも見たが、手口は同じだったな。こいつは確かだ。しかしわかってるのはそれだけさ」

あとで庄助という下っ引に会わせてもらうとことわり、殺された半次の住居を聞いてから、伊之助は腰を上げた。多三郎は店まで送って出ると、清住町の、なにしろよろしく頼んだぜと言った。伊之助をまだ岡っ引と思っているような言い方だった。

多三郎の女房は、年増女（としまおんな）の客とまだ話しこんでいた。商いの話ではなく、芝居の話のようだった。帰る伊之助には、あごをしゃくるような挨拶をひとつしただけだった。あまり愛想のよくない女房である。それで伊之助は、多三郎と話している間、出がらしのお茶一杯出ただけだったのを思い出した。

暗い家の中から出ると、外の日射しがまぶしかった。町の中とは言いながら、家々の屋敷うち、ちょっとした空地、道ばたなどにある木々の青葉が目立った。真夏とは違って、木々の緑には軽やかな淡い色合いがある。その緑が日を照り返してかがやいているのをみると、多三郎の家の中でして来た陰惨な話が嘘のように思われた。

——しかし、あれじゃな……。

と伊之助は、会って来た多三郎のことを思い返していた。伊之助が清住町に住んで岡っ引をしていたころ、多三郎はもう年輩ではあったが、まだ老け込んだところは見えなかった。二、三度捕物のつき合いがあって、知らない仲ではないが、物言いに覇気があり、ちょっぴり見えはじめた白髪にも貫禄があったものだ。

だが今日会った多三郎には、覇気のかけらも見えなかった。半次殺しという新しい事件をかかえて、次にどう手を打ったらいいか、探索の糸口もつかめずに思いまどっているというふうに見えた。あれでは、石塚同心が心細がってこっちを頼って来るのも無理はないと、伊之助は納得した。

むろん、伊之助も二つの事件について、それほどわかっているわけではない。事件の背景が、はじめ考えたよりももっと底の深いものであるらしいことが、ぼんやり見えて来ただけである。ひと筋縄で行く事件ではない。

だが、どこから手をつければいいかはわかっている。まず、七之助殺しを追ってみることだと、伊之助は思っていた。七之助殺しを追ったがために、闇夜に襲われた。あれは本気で殺しにかかって来たのだ。そのときまでに、この事件の尋常でない背景が片鱗(へんりん)をあらわしたと考えるべきだった。

今度の半次殺しも、おそらく同じ背景から出て来ている。それが七之助殺しとどうつながっているかは、調べているうちに自然にわかって来るだろう。七之助殺しの探索が先だ、と伊之助は思った。

伊之助は、小走りに森下町の角を曲った。昼飯を喰いにと外に出たのに、一刻(とき)(二時間)近くも手間どった。親方が、どこへ行きやがったとさわいでいることは眼にみえていて、走らずにはいられない。

走りながら、妙に腹に力がこもらない、と思ったら、昼飯を喰いはぐれたからだと思いあたった。多三郎をたずねて、帰りにそばでも喰うつもりだったが、話が長過ぎた。

——お茶一杯だからな。それも出がらし……。

走りながら、伊之助は腹の中で愚痴をこぼした。とんだ骨折り損だと思ったが、今度の探索からおりることが出来ないことは、よくわかっていた。

三

駿河屋が表戸をおろすのを、伊之助は見ていた。二番番頭の徳助が出て来るのは、それからさらに一刻後である。むろん、伊之助はそれまで待つつもりだった。

黒江町の先にある門前仲町のあたりは、まだきらびやかな灯がともっているが、同じ馬場通りでも、一ノ鳥居からこちらは、だいぶ暗くなっている。しかしかなりの人通りがあって、駿河屋の向かい側にある雪駄屋の軒下にいる伊之助の姿は、暗がりと人通りにまぎれてさほど目立たないはずだった。

徳助は六ツ半（午後七時）には、駿河屋を出て、仲町の方に行く。家へ帰るのだ。家は、通りが突きあたる入船町にあって、女房と三人の子供が、徳助を待っている。

だが徳助は、毎夜まっすぐ家にもどるわけではない。途中で一杯やって帰ることがある。店は馬場通りから、行きどまり横町に十足ほど踏みこんだところにある茂作という飲み屋。茂作というのはそこの主人の名で、六十を過ぎたそのじいさんには何の魅力もないが、若い白首女が二、三人いて、狭くて汚い店構えのわりには男たちの寄りがいい。

徳助は時おり、そこで飲んで帰る。酔っぱらって、横町の出口まで若い女の肩につかまって送ってもらい、ご機嫌だったこともある。だが毎晩飲んで帰るというわけにはいかないらしく、横町のところで足をとめてはみるものの、首を振って通りすぎるところも見た。だが酒好きなことは確かだった。

およそそのへんまで、伊之助は徳助のことを調べ上げている。数日通って、そこまで手間ひまかけて調べたのには、むろんわけがある。

殺された駿河屋の元手代七之助には、わからないことが多過ぎた。七之助は仲町か蛤町のあたりに、女房と二人で暮らしながら通い勤めをしていたが、六年前に遣い込みが露見して駿河屋からひまを出された。そのあとの足どりはわからず、一年前になって北本所三笠町の経師屋に、職人として雇われている。

住まいの方は、富川町の金右衛門店で、その前は深川材木町の長蔵店にいたと嘘をついている。七之助はそのときにはもう一人暮らしだったが、どうやら女房が行方不明になっているらしく、海竜寺の易者にその行方を占ってもらった。

七之助についてわかっていることは、その程度のことだった。何のわけがあって殺されたか、殺した者は誰なのか。その詮索（せんさく）の手がかりは、いまのところ皆無である。ただ、はじめと終りのところに、女房が出て来るのが、手がかりといえば手がかりだ、と伊之助は思っていた。その女房は、七之助が駿河屋に勤めていたころは、所帯を持って駿河屋からほど遠からぬところに住んでいたのである。だが、七之助が殺されるころには行方不明で、七之助は女房をさがすために占いを頼んでいるのだ。

七之助の足どりのあいまいさもさることながら、その女房はいったい、どこに行ったのかと伊之助は思うのだ。七之助の足どりを調べるのに一番手っ取りばやい方法は女房をつかまえて聞くことだが、肝心の女房の行方が知れないというのが、伊之助には気になる。

そのあたりから、もう一度調べ直すべきものだろうと思ったが、伊之助は用心した。この前襲われたのは、駿河屋か、海竜寺の易者か、そのどちらかに近づいたせいだという感触は動かなかった。そのときに聞いたどういうことが、なぜ誰かの殺意を刺戟したのかは皆目見当がつかないが、その場所に近づくには用心した方がいいと思ったのである。

伊之助は考えあぐねた末に、徳助に白羽の矢を立てた。それに危険を冒して駿河屋の主人に会っても、この前会ったとき以上のことを聞き出せるとは思わなかったし、主人が岡っ引を嫌っていることも、あのときのそぶりでわかっている。

徳助は、この前駿河屋をたずねたときに、途中で茶の間に入って来て主人と商いの打ちあわせをした男である。二番番頭で、入船町にある自分の家から通い勤めをしていることは近所でたしかめた。うまくいけば、駿河屋の者たちに気づかれずに、七之助と女房のことを聞き出せるだろう。そう考えながら、伊之助は、ひそかに徳助に会う段取りをつけたのである。

その段取りどおりに事が運ぶかどうかはわからないが、やってみるよりほかはなかった。

六ツ半近くなると、人通りは急に減った。雪駄屋の軒下に立っている伊之助の眼の前を、提灯を手にした男や女が、時おりいそぎ足で通りすぎるだけになった。近くでまだ店をあけているのは、角の煮豆屋と、店先に裸蠟燭を出している青物屋ぐらいである。通りすぎる人間は、伊之助には気づかなかった。眼を足もとに落としたまま、いそぎ足に歩いて行く。伊之助ははす向かいに見えている駿河屋の潜り戸を見ていた。

六ツ半を少し回ったと思うころ、その潜り戸があいて、男が一人出て来た。徳助だった。徳助は提灯を持っていなかった。一たん外に出てから、潜り戸の中に首だけ突っこんだのは、さるを落とすために送って出た人間と何か話しているのだろう。

徳助がむき直って歩き出すと、潜り戸が内側からしまった。徳助はあとは見向きもしないで、仲町の方に歩いて行く。黒いうしろ姿だが、小股の足運びに、身についた商人の歩きぐせが出ていた。しばらく見送ってから、伊之助も軒下を離れた。

一ノ鳥居を過ぎて、門前仲町にかかると、町はまた明るくなった。小間物屋、呉服屋、足袋屋、履物屋などが、ここではまだ店先に懸け行燈をともし、店をあけて商いをしている。その間にはさまって、小さな飲み屋ののれんが出ていたり、煮しめ屋が煮物の湯気を立てたりしていた。

人が混んでいた。二、三人連れで左右の店をひやかしながら漫然と歩いている男たちもいたし、何か買ってもらおうと、酔客を小間物屋の店先に連れこもうとしている女もいる。その女も酔って足がふらついている。

徳助が立ちどまった。場所は例の行きどまり横町の角である。徳助は横町の奥を透かし見るようにのぞいていたが、やがて首を振って通りすぎた。心なしか足どりに力がない。手もと不如意で今夜はあきらめたというふうに見えた。

伊之助は大いそぎで徳助の背に近づくと、声をかけた。

「おや、駿河屋の番頭さんじゃありませんかい？」

「………」

徳助は振りむいた。悪いところを見つかったような、びっくりした表情をしている。そんなにおどろくことはないのに、と伊之助は気の毒になった。

「いま、お帰りですかね？」

「ええと……」

徳助はとまどうように口ごもった。

「どなたさんでした？」

「こないだお店にうかがった、半沢同心の知りあいの者です。伊之助と言います」

「ああ、あのときの……」

徳助は伊之助の顔を思い出したらしかったが、警戒するように、ひと足うしろにさがった。おそらく主人に、あとでさっきの男は岡っ引だとでも聞いたのだろう。それはべつに不都合なことではなかった。むしろ岡っ引だと思ってくれた方が、これからの話をすすめるのに都合がいい。

「ちょうどいいところでお会いしました」

と伊之助は言った。あまり得手ではないが、愛想笑いをうかべてみせた。

「番頭さん、おいそぎですか?」

「いえ、べつにいそぐわけでもありませんが、しかし……」

徳助は不安そうに伊之助を見た。臆病な男のようである。出来れば岡っ引になどかかわり合いを持たずに、女房子供が待っている家に帰りたいという表情がありありと出ている。

「おいそぎでなかったら、どうですか、そのあたりでちょっと一杯」

「………」

徳助は一たんそらした眼を、伊之助にもどした。投げた釣糸に、かすかなひきが伝わって来た感触があった。

「お手間はとらせませんよ、番頭さん。ちょっと七之助のことでお聞きしたいことがあるだけです」

「七之助?」

意外なひとのことを聞いたという表情で、徳助は伊之助を見た。駿河屋の主人は、岡っ引が来たとは言ったが、そのときの話の中身までは聞かせなかったらしい、と伊之助は思った。

「それはべつに構いませんが、しかしあたしはあの男のことをそんなに知っちゃいませんのですが」

「なに、そんなに大そうなことを聞くつもりじゃありませんよ。聞きたいことというのは、ほんのちょっぴりです。どうですか、そこらで一杯」

「…………」

「そんなに大いそぎで家に帰ることもないでしょうに。まだ夜になったばっかりだ」

徳助はあたりを見回した。相かわらず人が混んでいる。女連れの酔客も歩いていたし、職人らしい二人連れの男が、道を斜めに、わざとのように人にぶつかりながら歩いているのも見えた。酔っているのだ。

うす気味の悪い岡っ引など振り切って家にもどったものか、それともせっかく眼の前にぶらさがっているおごりに乗ったものかと、徳助は思いまどうふうだが、ついに決心をつけたようだった。

「お上のおたずねなら、仕方ありますまい」

徳助はもったいをつけた。

「ほんのちょっとだけですよ。遅くなると家の者が心配します。それに申し上げたように、七之助のことは、あまりよくは知らないのです」

「けっこう。番頭さんが知ってるだけのことをお聞きすれば十分。無理なことなど決して言いませんから、ご心配なく」

しかし、七之助のことはさほど知らないと言ったくせに、徳助は二人が落ちついた東仲町の小料理屋の座敷で、ずいぶんしゃべった。腰をおろしてから半刻（一時間）後には、七之助の女房の素姓、主人の万次郎がはっきりしないと言った夫婦の住まい、女房が行方知れずになった前後の事情などが、徳助の口からすべてわかった。ほかの者では、こうはいかなかったろう。伊之助は徳助という事情通をうまくひきあてた幸運を、ひそかに喜んだ。

女房の名はおさき。長く駿河屋に女中奉公をしていて、七之助と一緒になったのは二十一のときだった。七之助とは五つ違いである。

二人は七之助が手代になった年に、駿河屋の先代の世話で一緒になると、仲町裏の蛤町に所帯を持った。与兵衛店という裏店だったが、建物は新しかったので、小ぎれいにして住んでいた。しあわせな若夫婦に見えた。

そのおさきが家出して姿を消したらしい、と徳助が聞いたのは、それから二年ほどたったころである。しかしその噂を聞いたあとも、七之助はべつに変ったところもなく勤めていたので、半信半疑でいるうちに、今度は七之助がひまを出された。店の金を遣い込んでいたと聞いたのはずっと後である。

「おさきという、その女房だが……」

伊之助は徳助に酒をすすめながら聞いた。

「家出したからには、なにかわけがあるのだろうな。そのへんは聞いてませんかな」

「男ですよ。いえ、男がいたという噂でした。まったく女子は油断なりませんからな」

酒が回って、肉の厚い丸顔をてらてら光らせた徳助が言った。

「うちの嬶ァのように、子供を三人も生んじまって、髪ふり乱していたんじゃ、さらって行ってもいいよと言っても、男は誰も見向きもしませんが、おさきは若くてきれいで、それにひまをもてあましてましたからな。ああいうのは、亭主は気をつけないといけません」

「きれいだったのか？」

「そりゃもう、駿河屋の男衆はみんな眼をつけたほどの美人でした。と言っても、あたしや大番頭の久兵衛さんのような所帯持ちはべつですよ、ええ」

と言ったが、徳助の顔には妬(ねた)ましそうな表情が浮かんでいる。所帯持ちで、ほかの連中のようにちょっかいの手も出しかねたのが残念だったというふうにも見えた。

「ま、七之助だって、胸を焦がした一人だったわけで、先の旦那の言いつけで一緒になることに決まったときは喜んでましたな。この野郎、運のいいやつだと言うんで、まわりからは少し意地悪もされたようですよ」

「さっきの男がいたという噂のことだが……」

伊之助は徳助の赤い顔をじっと見つめた。

「相手の男のことは聞いてませんかね」

「そこまではわかりませんな。女中たちがそう言っているのをちらと耳にはさんだだけですから」

そう言って、徳助は空の盃(さかずき)を指でつまんでぶらぶらさせた。

「それについてはおもしろいことを聞いたんですがね。しかし、そこまでしゃべっちゃちょっと差しつかえが出るでしょうな」

伊之助は銚子(ちょうし)を取りあげて酒をつごうとしたが、空だった。あわてて手を叩いた。徳助は酒を催促しているのだ。

「いえ、もう旦那。かまわないでくださいな。お酒は十分に頂きましたから」

徳助は殊勝なことを言ったが、舌なめずりするような顔になっている。予想以上の酒好きらしい。

「それに、話していいことと悪いことというものがありますからね。あたしもご馳走になっちゃって、少ししゃべりすぎたようです、ええ」

「なに、家はすぐそこだし、いそぐことはないでしょうよ、番頭さん。そのおもしろい話というのを、ぜひとも聞かせてもらおうじゃないか」

女中が運んで来た新しく燗のついた酒をすすめると、徳助はうっとりした顔で酌を受けた。

「これはあくまでも噂ですよ。そのつもりで聞いていただかなくちゃ困ります」

徳助はひと息に盃を干した。そして自分の言葉に自分でうなずいた。

「しかし、極めつきの噂です」

「ほう」

「その男というのは、亡くなった駿河屋の先の旦那じゃないかと言うのですよ」

「…………」

「いや、その噂は、じつはもっと前からあったのですわ」

徳助はもったいぶった言い方をやめて、急にぺらぺらとしゃべり出した。かねてしゃべりたかった思いに、どっと火がついたという様子でもあった。

「ずっと前、まだおさきがお店で女中をしてたころに、もうそんな噂が立ったことがありました。何でもご隠居さん、先の旦那のおかみさんのことですが、ご隠居さんが、何かの講に出かけて、二、三日家を留守にしたことがあります。そのときに、おさきが先の旦那の寝部屋から出て来るのを見たというのですよ。そう言ったのはおくらという女中でしたが、おくらはすぐにひまを出されました」

「しかし、おかしいな」

と伊之助は言った。

「そんなにかわいい女中なら、何も七之助に嫁にやることはない。駿河屋さんほどの身代だ。家を一軒持たせて、外に囲ったらよさそうなものじゃありませんか」

「それは出来ませんよ、旦那」

と徳助は言った。

「先の旦那は、婿で駿河屋に入ったひとです。そりゃもう、おかみさんには頭が上がりませんでしたからね。おかみさんに言われりゃ、おさきも嫁に出さなきゃならない。だから、手近かな奉公人に片づけて、内実はずっとつながってたんじゃないかと、いえこれはあたしの勘繰りじゃなくて、奉公人の間にあった噂を申し上げてるのですがね」

「………」

「噂って言いますけどね、これ、かりにも主人の噂ですよ。根も葉もないことを口に出せるもんじゃありませんよ、ええ。おさきの男というのが、大旦那じゃないかというのは、店の奉公人の佐吉だったか助次郎だったか、ともかく誰かが蛤町の裏店で聞きこんで来た話ですよ」

「その旦那が、そこへ出入りしていたとでも言うのかね？」

「さあ、くわしいことはあたしも知りません」

徳助は急にあいまいな口ぶりになって、酒をすすった。盃を持った手がおぼつかなく揺れている。かなり酔ったようだが、生酔い本性たがわずで、少ししゃべり過ぎたと思っているのかも知れなかった。

徳助は赤い眼で、警戒するように伊之助を見た。

「いや、すっかりごちそうになりました。ええ、そのことは、はっきりはしませんのです。あたしがじかに見たわけじゃありませんから」

「そういう噂があるとすると、おさきというひとの行方不明に、大旦那が一枚嚙んでいることも考えられるかな」

「さあ、それはないと思いますよ」

徳助は責任のない口ぶりで言った。

「まさか、そんなことは考えられませんよ。他人の女房に、そこまで采配(さいはい)を振るなんて、それはありませんよ」

もうこれ以上聞き出すことはなさそうだ、と思ったが、念のために、伊之助は聞いた。

「七之助の遣い込みだが、番頭さんが二人もいて気がつかなかったのは、少し手抜かりじゃなかったのかね」

「番頭と言っても、あたしは外回りですから」

と徳助は言った。

「帳簿を見てるのは久兵衛さんですからね。ああ、すっかり酔ってしまった。旦那、このあたりでそろそろ」

徳助は頭をさげた。もう何もしゃべらないつもりだな、と伊之助は思った。ちょっと待ちな、と伊之助は言った。

「いろいろ聞かせてもらってありがとうよ。だが、今夜あっしにこんなことを話したとは、お店のひとには言わない方が身のためですよ、番頭さん」

徳助はぽかんと口をあけて、伊之助を見た。伊之助はその顔に笑いかけた。

「酔って気づかなかったかも知れねえが、あんたの話したことは、つまりは奉公先の悪口でね。しまいには亡くなった旦那さんとやらの顔に泥を塗ったわけだ」

「……………」

「あ、心配しなくともいい。あっしはべつに、ひとに話したりしませんよ。だが、あんたも黙っていることです。おたがいに面倒なことは避けた方がいい」

徳助は酒がさめたような顔をしている。太った身体がひとまわりちぢんだように見えた。伊之助は、今夜徳助とここで会ったことを、駿河屋の誰にも知られたくなかったのでそう言ったのだが、その脅しは十分に利いたようだった。

「あ、もうひとつ」

ふと思いついて、伊之助は聞いた。

「七之助がおさきと所帯を持ったのは、ざっと八年も前ということになるが、そのころ駿河屋のいまの旦那は、お店を外に遊び歩いているようなおひとでしたかね」

「…………」

「こいつは返事を聞かせてくれないと困るんだが……」

「そんなことはなかったですよ」

と徳助は言った。意気消沈した声を出したが、酒のいろはまた顔にもどっていた。脅されて仰天したが、伊之助がそれほどたちの悪い脅しをかけて来たわけではないと悟って、いくらかほっとしたようにも見えた。

「若旦那は、ええ、あのころは若旦那と言ったんですが、そりゃもう働き者で、もっと若い時分から身を粉にして働く方でした。かえって大旦那の方に道楽の気がおありで……」

またしゃべりすぎたかという顔つきで、徳助はちらと伊之助の顔色を窺った。その心配を打ち消すように、伊之助は笑ってみせた。

「すると、さぞかしお店の奉公人の面倒もみていたことでしょうな」

「そのとおりですよ。若いころからよく出来た方でした」

「手代の七之助が、どこに住んでいたか、若旦那が知らなかったなどということは、ありますかい？」

「そんなことがあるもんですか」

徳助は言下に否定した。

「若旦那、いえ、いまの旦那さまは、そういうことにはことにきびしくて、大番頭の久兵衛でさえ、引越すことをさきにとどけなかったというので叱られたことがあります」

やっぱりそうだったのだな、と伊之助は思った。駿河屋の若い主人は、この前の話の中で、伊之助の聞くことにまともに答えなかったような感触が残っていたのだ。二ノ橋の近くに上がった死人が、駿河屋の元の奉公人だということは認めたが、その奉公人について伊之助がたずねたことに対する返事はあいまいだった。わざと答えをはぐらかした感じがあったのである。

伊之助はそのことにすぐに気づいたが、そのときはさほど気にしたわけではない。堅気の店では、岡っ引とのつき合いなどいやがる。いい加減の返事をして追い払おうとするのは常套のやり方で、べつにめずらしいわけではない。

そう思ったのだが、徳助の話で駿河屋の主人が、あのとき嘘をついたことがはっきりしたと伊之助は思った。主人は七之助夫婦の住まいも知らなければ、女房が姿を消したことも知らないような口をきいたのである。

――なめやがって……。

伊之助は腹の中で苦笑した。

もっとも、それで駿河屋の主人が、七之助の女房の失踪にからんでいるなどと考えるのは早合点だろうと思った。徳助の話によれば、その話には駿河屋の死んだ旦那の醜聞がからんでいる疑いがあるのだ。

岡っ引に正直な返事をしたばかりに、むかしの変な噂までつつき出されてはかなわないと考えただけかも知れない。それにしてもあの主人には、まだたずねることがあるな、と伊之助は思った。七之助の遣い込みの詳細、女房が姿を消して、間もなく七之助もひまを出されたという間のよさ。何となく駿河屋はひと組の男女をうまく厄介払いしたようにも見えるではないか。

――今度は、前のようにはいかねえよ。

あの利け者の主人を、少ししめ上げてやろう、と伊之助は思った。ふと見ると、徳助が手酌で最後の酒を盃に移しているところだった。

徳助は、今夜はよけいなことをしゃべり過ぎたらしいと思いながら、しかしいまさら悔んでもはじまらないと居直ったという感じで、太った膝の上で銚子を逆さに振っている。

「番頭さん、酒はそれでおしまいだよ」

と伊之助は言った。

四

与兵衛店は、蛤町二丁目の浜通りにあって、眼の前が河岸地、そしてその先に堀割の水が日をはじいている明るい場所だった。河岸地には人通りはさほどなく、数人の子供が遊んでいる。

立ちどまって子供を眺めてから、伊之助は与兵衛店の木戸をくぐった。朝早く家を出て来たので、時刻はまだ五ツ(午前八時)にはなっていないだろう。少し早いかと思ったが、路地の井戸端には、もう四、五人の女たちが出ていた。

洗濯ものを持ち出しているのが一人いたが、あとは外稼ぎの亭主を送り出してひと息ついたという恰好の女たちだった。伊之助が近づいて行くと、女たちは怪訝そうに振りむいた。物売りにも見えないが、何の用事かと思っているようである。

「おはようさんです」

と伊之助は言った。女たちは無言でうなずくと、伊之助の人体を確かめるように、上から下までじろじろと眺めた。女たちの不審を解くために、伊之助はとりあえず深川瓢箪堀そばの彫藤の職人だと名乗った。

「朝っぱらから妙なおたずねでじゃましたんだが、むかしここにいた知り合いのことで、ちょっとお聞きしてえことがありましてね」

女たちは、今度は黙って伊之助の顔を見ている。その女たちの顔を見回しながら、伊之助はたずねた。

「この中に、十年から先ここにお住みのひとがいますかい?」

「あたしがそうだよ」

と、顔も身体も男のようにいかつい赤ら顔の女が言った。

「あたしはここに住んで十五年さ」

「あたしもそうだよ、十年から先いるわ」

と、もう一人の小柄な女が言った。小柄だが、色が浅黒く丈夫そうな身体つきの女だった。

「あんたはあたしより二年ほどあとだったよ」

と赤ら顔の女が小柄な女に言った。

「十五年というと、この長屋が出来たのが十五年前さ。あたしゃ建ったばかりの、まだ木の香がぷんぷんする家に引越して来たんだ」

「いまじゃはばかりの匂いがぷんと匂うけどね」

一人がまぜっ返したので、女たちがどっと笑った。言われてみると、路地にはかすかに小便くさい匂いが漂っている。

「じゃ、おつねさんは、この長屋の主みたいなものだ」

「姿からして主だけどね」

女たちは、またきゃっきゃっと笑った。伊之助は笑い声が静まるのを待って、おつねという女に向き直った。

「古い話ですが、七之助というお店勤めの男がいたのをおぼえていますかい？」

「七之助？　ああ、おぼえてるよ。駿河屋さんで手代をしてたひとだろ？」

骨太な身体つきのおつねは、すらすらと言った。

「そのひとのことなら、そんなに古いことじゃないよ。五、六年前にどっかに引越しちゃったけどね。あたしゃただみたいな値で、何度か端切れを譲ってもらったことがあるから、よくおぼえてるよ」

「あたしもおぼえてる」

と小柄で色の黒い女が言った。そのひとならあたしも知ってる、と言った女がもう一人いた。三十前後の、面長でちょっと器量のいい女だった。

「旦那の顔はもうぼんやりしちゃったけど、ほら、きれいなおかみさんがいたじゃないか」

とその女が言った。

「何て名だったかしらね、おきく？」

「そうじゃないよ、おさきっていうひとだったよ」

と小柄な女が言った。

「あんたも美人だけど、おさきさんも美人だった」

「すると、みなさん」

と、伊之助は女たちを見回した。慎重な口ぶりになった。女というものは、いつ気が変るかわからないのだ。岡っ引みたいな口をきいて、怪しまれちゃならねえと思った。

「例の、七之助の女房が家出したときのことも、ご存じなんで？」

「そりゃ、おぼえてるともさ。だってあたしゃ、この眼で見たんだもの」

とおつねが言い、ねえ、あんた方だって見たよね、とあとの二人に言った。伊之助は三人に等分に眼をくばった。

「見たって言うと？　どういうことかわからねえが、まさか、これから家出しますと近所にことわって出たわけでもないでしょうが」

「まさか、ばっかみたい」

女たちはげらげら笑った。七之助夫婦を知らないらしい、二人の女も笑った。

「そうじゃないのよ」

おつねはあまり笑ってむせたので、こんこん咳をまじえながら言った。

「わっとひとが来て、と言っても男衆が三人だったけどね。そこに車持って来てた」

おつねは木戸の外に見える河岸を指さした。

「それでどんどん箪笥やら何やら、物を持ち出すわけ。おさきさんというひとは駿河屋で女中をしてたひとだから、物持ちだったんだよ。あたしらびっくりしてね。だって引越すなんて聞いてなかったもの」

「そりゃびっくりしたでしょうな」

「そこにおさきさんが出て来て、みなさんおせわさまって言うじゃない。おや、引越しかい、いやに急じゃないかって言ったら、あのひとしれっとした顔で、ええと言っただけ。あのひと、いったいにそういうところがあったよね」

「そうそ、あった。しれっとしてた」

と色の黒い女が言った。ほかの女たちも耳をそばだてている。伊之助は黙っていた。女たちがしゃべっているときは、なまじな口をはさまない方がいいのだ。

「ところが、あとでおどろいたのよねえ」

おつねは男のようにこわい感じの眼をいっぱいにみひらいて、さもおどろいたという顔をつくったあと、思い入れたっぷりに、事情を知っているほかの二人と眼を見かわした。そうしてから、また伊之助の方を向いた。

「夜になって、ご亭主がもどって来たじゃないの。そしてあたしの家、あたしんとこが隣だったからね、うちに来て、おさきどこへ行ったか知りませんかって、聞くわけ。知るわけないじゃないのさ。こっちはご亭主も一緒だと思ってたもの」

女たちはけたたましく笑い出した。さっきから口をきいていない、背の高い若い女などは、立っていられなくて、しゃがみこんで井戸枠にしがみついて笑っている。

「しかし、ああいうときの男ってのは、みじめなんだよね」

言いさして、おつねは自分も笑いの発作に襲われたらしく、肉の厚い頬をぴくぴくさせた。

「ほんとに、みじめ。あたしも気になるからさ。ウチのを誘ってあとで様子を見に行ったわけ。そしたら家ん中ほんとに何もないじゃない。そりゃそうだよ、引越しちゃったんだから。その何にもない家の中に、あぐらをかいたご亭主だけがいるわけ」

女たちは、またけたたましく笑った。おつねも腰を二つに折って笑っている。女たちは、内心そのみじめな男に、七之助ではなく自分の亭主でもあてはめておかしがっているのかも知れなかった。

伊之助もお義理に笑った。そしてようやく笑いやんで、眼尻にたまった涙を拭いているおつねに言った。

「女房に逃げられた話は、あっしも七之助に聞いたんだが、まさか、そこまでこけにされたとは知らなかったな。女は怖えや」

「あんたも、かみさんには気をつけた方がいいよ」

とおつねが言った。

「女房の行方は知れずじまいだったたって、七の野郎がこぼしてたけど、かみさんはあんた方にも何も言わなかったんでしょうな」

「聞いたことは聞いたのよ。引越すってどこへ行くのさって。そしたら例のしれっとした顔で、西とか北とかあいまいなことを言ってさ、教えなかったんだよ」

おつねはほかの二人に眼をむけた。

「そりゃ七さんにもしつこく聞かれたけど、誰も聞いてなかったんだよね」

「そう、誰も聞かなかった」

と、眼鼻だちのちょっと垢抜(あかぬ)けた女が言った。その女は声もきれいだった。

「その後、誰かが町で見かけたなんてこともなかったわけだ」

「ない、ない」

とおつねが手を振った。

「行ったが最後、ぷっつりと姿が消えちまった。ああいうひともめずらしいよ。よっぽど遠くに行ったんだろうさ」

「それにしても、三人もの男手が手伝いに来たっていうのは豪勢だな」

と伊之助は言った。詮索口調になるのは出来るだけ避けたかったが、そのへんのところはもっと確かめたかった。

「おさきさんが、雇ったんなら、だいぶ金がかかったはずだ」

「そうじゃなかったみたいだよ」

とおつねが言った。

「いま、あのときのことを思い出しているのだけど、その男衆ってのは、万事心得てるっていうふうでね。さっさと荷物を運んでた。おさきさんは、ただ見てるだけで、指図なんかしてなかったね」

「ふーん、するとあれかな？」

伊之助は女たちの顔を、ゆっくり見回した。

「手伝いをよこしたというのは、おさきさんの男かね」

女たちは不意に黙りこんだ。顔を見合わせてうなずき合ったが、やがておつねが口を切った。

「あんた、そのことを誰に聞いたのさ」

「誰って、七之助がそう言ってたよ」

「七さん、そのかみさんの男っての、誰だか知ってたかしら？」

おつねは、さぐるような眼で伊之助を見た。ほかの女たちも黙って伊之助を見つめている。

「いや、皆目見当がつかなかったそうだ。ただ、男がいたのは間違いねえって、いきまいてたな」

「ばっかだな」

とおつねは言った。ほかの女たちもうなずいた。

「だから、悪い女房を持った男はみじめだって言うの。かわいそうだから、七さんには黙ってたけど、あたしらは知ってたよ」

「そう知ってた。おさきさんというひとは、隠さなかったものね」

と小柄な女が言った。

「そう、平気だった。旦那がお店に行く。そのあとにあのひとが来る。そういうことが時どきあって、そのうちにおかしいんじゃないかって、長屋の風儀が悪いってさわいだこともあったじゃないか」

「そうそ。だってあたりまえよ。そうしたら、少しは遠慮したか、おさきさんが外に出かけるようになったのさ。めかしこんでねえ。それでも日暮れにはもどって来るから、気がつかないのよね、ご亭主というものは」

「あたしは、あの二人が連れ立って三十三間堂のそばを歩いているのを見た」

「見られたって平気だったでしょ？」

「平気、平気。あのしれっとした顔で、あらってなもんだった。こっちが顔が赤くなっちゃった」

「お妾(めかけ)だったよね、まるで」

「そう、お妾と変りなかった。あれじゃいくらなんでも、亭主をばかにしてると思ったよ」

女たちは伊之助をそっちのけで、夢中になって話しこんでいる。声の調子がひくくなったが、女たちはかえって興奮しているようだった。苗売りが一人、木戸から入りこんで背後を触れて通ったが、誰も見むきもしなかった。

伊之助は辛抱して聞いていたが、ようやく割りこむ隙（すき）を見つけて、おどろいた話だと言った。

「その男ってのは、誰だったんですかい？」

「……………」

女たちは一斉に伊之助を振りむいた。そして確かめあうようにお互いに眼を見かわしたが、小柄で色の浅黒い女が言った。

「いいんじゃない？　もう亡くなったひとだし、むかし話だもの」

「そうさね」

おつねが言い、もう一人の器量よしの女もうなずいた。大事な秘密を打ち明けるように、ひと呼吸置いてから、おつねが言った。

「駿河屋の、亡くなった大旦那さんだよ」

「……………」

伊之助は、無言でおどろいたという顔をつくった。これで、二番番頭の徳助の言ったことが裏づけられたわけだと思っていた。

「はじめは知らなかったんだよ。なにしろ風采のいい年寄りが来ると思ってたわけ。身なりもきれいで、それに年寄りって言っても、あの旦那は男前のひとだったねえ」

「そう、汚い感じはちっともなかった」

「誰だろう、と思ってたわけ。ところがあんまりちょいちょい来るしさ、それにいまは越しちゃってここにいないけど、おしまさん。たしかあのひとが、何かの用があってあの家へ行って、二人が顔くっつけてるのを見たとか言い出したもんだから、あのひとだあれって、おさきさんを問いつめたわけ」

「そうそう、そうだったねえ。だんだん思い出した」

と小柄な女が言った。

「思い出しただろ？ そしたらおさきさんが、あれは駿河屋の大旦那だって、白状したんだよ。だけど変な間柄じゃないって弁解してね。ただお茶のみに来るだけだって。でも、誰もそんな言いわけは信用しなかったよ」

「いや、えらいことを聞いちゃったな」

と伊之助は言った。

「七之助も大変な女房をもらったものさ。すると、そのとき引越したって言うのも、大旦那がどっかに一軒持たせて、囲ったという筋書きかも知れねえな」

徳助はああ言ったが、駿河屋の大旦那は、だいぶおさきに執着が深かったようである。あたりがうるさくなったので、離れたところに囲ったということも考えられる、と伊之助は思った。

「手伝いに来た男衆が、駿河屋の男たちってことはないだろうな。あそこは車も持ってるし、外雇いの車力もいることはいるが……」

「まさか。いくら大旦那だって、そこまで七さんを踏みつけには出来ないだろうさ」

「そうか。すると、どっから来た連中だろうな」

伊之助が首をかしげていると、小柄な方の女が、ちょっと待ってと言った。

「あれはお店の雇い人じゃなかったね。もっと荒っぽい男たちだったよ。ちょっと待ってね、いまここに……」

と言って、小柄な女は自分の頭を指さした。

「そのことで思い出せそうなことが浮かんで来たから」

「ゆっくり考えてくれ」

「だめ、話しかけちゃだめッ」

女は頭を指さしたまま、宙をにらんだが、不意にはたと手を打ち合わせた。

「印半纏さ。一人は無地だったけど、ほかの二人が印半纏着てたんだよ。ああ、あたしもよくおぼえてたもんだ」

女は自分で感心している。

「どんな印だったのかね、おかみさん」

「丸に八の字だったよ、たしか。間違いないね」

「よくおぼえてたもんだ。あたしゃまるで気づかなかった」

とおつねが言った。丸に八の字か。これはひょっとするとおさきの行方をさがす手がかりになるかも知れない、と伊之助は思った。

「ところで、あんた」

不意におつねが伊之助を振りむいた。なんとなくさぐるような眼つきになっている。

「さっきからおさきさんの話しかしてないようだけど、あんたの用というのは何なの？」

「ああ、そのこと」

伊之助はあわてたふうを装った。

「つい話に引きこまれてしまったが、じつは七之助をさがしてるのだ」

七之助が殺されたことは、このあたりまでは聞こえていないだろう、と思ってそう言ったのだが、はたしておつねは平気な顔で問い返した。

「どうして？　何かわけがあるのかい？」

「金を貸したのよ。三両だが、おれにとっちゃ大金でね。やっこさんも返すとは言ってたんだが、そのうちぷっつりと姿を見せなくなった」

「そりゃ大変じゃないか。七さんもだらしがないねえ」

「それで、あっちこっちさがし回ってるんだが、近ごろこのへんに顔を出さなかったかね」

「来てないねえ」

女たちは、もうおもしろい話は終ったとみて、散りはじめた。小柄な女は洗濯にかかったし、おつねも尻込みするような恰好をみせはじめている。

「引越したすぐあとに、二度ばかり来たのをおぼえてるけど、あれは大方、おさきさんがもどってやしないかと、のぞきに来たんじゃないかしら。それっきりで、あとは姿を見てないね」

「七の野郎は、ここから材木町の長蔵店に越したんだっけ？」

「そりゃ、違うよ」

とおつねが言って、ねえ、あんたと洗濯をしている女に声をかけた。

「あの男、何て言ったかしらね、七さんの友だち。あまりがらのよくない男……」

「誰のことを言ってるのさ」

洗濯の手をとめた女が顔を上げた。

「ほら、夜分にちょいちょい来てたじゃないか。眼つきが悪くて、そこらで会っても、今晩はでもおはようでもない、むっつりした男が……」

「ああ、あの若い男」

小柄な女は、その男を思い出したらしかった。濡れた手で、顔にかぶさった髪を掻き上げながら言った。

「仙太っていうひとだろ？」

「あら、あんたよく名前をおぼえてたじゃないか」

「だって、あの仙太なら、いまでも表通りのあたりで、時どき顔を見かけるもの」

伊之助は胸が躍るのを感じた。七之助には友だちがいて、しかもその男はいまもこの近くに住んでいるらしい。

だが、そのおどろきを伊之助は隠した。

「その仙太というのは、やっぱり駿河屋の奉公人ですかね？」

「そうじゃないよ。どういう知り合いか知らないけど、とにかくわりによくつき合っていたね、その男と。七さんはここから引きあげると、その仙太のところにころがりこんだんだよ。そりゃそうだよね、男は一人じゃそう長く暮らせるもんじゃない」

「その男の住まいはわかりますかい？」

「一色町。そうだったね？」

とおつねが、小柄な女に念を押した。洗濯にもどっていた女が、そう一色町の久六店と言った。

「引越すとき、引越すたって荷物も何もありゃしない、布団しょって出て行っただけだったけど、七さんがそう言い置いて行ったわけ。ひょっとしておさきが帰って来たら、そう知らせてくれろって、あのひとも意気地なしだったねえ。あれだけこけにされて、まだあの浮気女をあきらめられない様子に見えたからねえ」

礼を言い、それじゃその仙太をたずねてみると言って、伊之助は与兵衛店を出た。

河岸には、夏めいた日射しがかっと照りつけていたが、かすかな風が動いていて、さほど暑くはなかった。風にはわずかに潮の香がまじっている。堀割に一艘(そう)の舟が動いていて、子供たちの姿はもう見えなかった。

女たちの話から、予想以上の収穫が上がったのを、伊之助は感じている。いそぎ足に、馬場通りに出る道に曲ったが、それは仕事に遅れて機嫌を悪くしているだろう親方を案じたためではなく、聞きこみの上首尾に足がはずんだのである。

とにかく、七之助の最初の足どりがわかった。番頭の徳助の話と、与兵衛店の女たちの話で、それまでは影のようにあいまいだった七之助の女房の姿もはっきりした。七之助が最後までさがし回っていたと思われるその女房が、七之助殺しにからんでいるのかどうかは、まだわからないが、そのへんの事情は七之助の足どりを追って行けば、自然と浮かんで来るだろう。

その手がかりはある。一色町久六店に住む仙太という男だ。

——駿河屋か……。

馬場通りの雑踏にまぎれこみながら、伊之助は首を振った。あの男は、七之助がひまを出されたころ、家をよそに遊び回っていたようなことを言ったが、ずいぶんとぼけた返事を聞かせてくれたものだと思った。これまでの話から浮かび上がって来るのは、逆に遊び人の父親としっかり者の息子なのだ。油断のならない男だと思った。

その男が、七之助夫婦にどの程度からんでいるのかは、まだわからなかった。与兵衛店の女たちの話から、おさきという七之助の女房の失踪には、誰かが手を貸した疑いが出て来たが、それが駿河屋かどうかは何とも言えないところだ、と伊之助は思う。わかっているのは丸に八の印半纏の男たちだけである。

よしんば、駿河屋がおさきの引越しを手伝ったのだとしても、おさきを遠くに引越させ、七之助をお払い箱にすれば、それで駿河屋と夫婦との縁は切れる。遣い込みというのは、あたりに触れ回った口実で、あの切れ者らしい主人は、そういう形で、巧みに父親の醜聞を揉み消したのではないか。

帳簿を見ているのは、大番頭の久兵衛だという。久兵衛に確かめれば遣い込みの一件ははっきりするだろうが、それがわかったところで、その程度のことが今度の七之助殺しにかかわりがあるとは思えない、という気もして来た。

――いや、待てよ。

伊之助ははっとした。七之助殺しの探索にかかるとすぐに、凶悪な連中に襲われたことをうっかりしていたようだ、と思った。駿河屋は、甘くみてはならない場所なのだ。七之助にかかわる一切の出来事を、残らず洗うことだ、と思い直した。遣い込みの一件も、こっそりと大番頭をつかまえて、ひととおりは調べてみるべきものだろう。ただし、駿河屋の主人に、そのことを気づかれちゃならねえ、と思った。

五

伊之助は鑿を引き出しにしまい、彫りかけの版木の上に白布をかけた。そうしながら、誰かに見られているような気がして振りむくと、親方の藤蔵が、手を休めていやな目付きでこっちを見ていた。

「もうおしまいかね、伊之さんよ」

藤蔵はやさしい声で言った。

「へえ、相すみませんが、ちっとよそに回る用がありやして」

「よそに回る用ねえ、なるほど」

藤蔵はうなずいたが、だんだん顔が赤く膨らんで来た。そういう親方を、峰吉と圭太が、仕事をしながら、ちらちらと盗み見た。

「お前さん、今日出て来たのは何刻だっけ？」

「四ツ（午前十時）ちょっと前でさ、親方」

と伊之助は言った。与兵衛店の聞きこみはうまく行ったが、女たちの話が長過ぎたのだ。

「そいつは、朝のうちにお詫びしました。すみませんでした」

「なるほど、詫びて済んだというわけだ。だが伊之さんよ」

藤蔵はもう怒っている。顔が赤くなり、人相が険悪になっている。だが声はまだ静かだった。

「普通はそれで済んだとは言われねえもんだけどな。朝おそかったら、その分だけ居残りして仕事をする。それが済んだと言うもんだけどな」

「しかし、急ぎの仕事でもありませんし、それにこれからの用というやつが、どうにも欠かせねえことなもんですから、ごかんべん……」

「わかった」

親方は持っていた鑿を、道具箱の上に叩きつけた。外まで聞こえるような声でどなった。

「そんなにここの仕事が気にいらねえなら、明日から出て来なくともいいよ。ああいいとも。とっとと失せやがれ」

「無茶言っちゃいけませんや、親方」

伊之助は立ち上がりながら、にやにや笑った。仕事場の出口まで行ってから、わなわなと身体(からだ)を顫(ふる)わせている藤蔵を振りむいて、なだめるように言った。

「みんないっぱいいっぱいに仕事を抱えてるんですぜ。なに、心配はかけません。あっしが期日に間に合わせなかったことが、一度でもありましたかい」

「うるせえ、ご託は聞きたくねえ。出て失せろ」

「血ののぼせは中風のもとと言いやすからね、お静かに」

伊之助は土間に降りて外に出た。うしろで、何だ、何がおかしいこの野郎、仕事に身を入れろという藤蔵のどなり声が聞こえた。圭太が怒られているらしい。

だが、石塚から頼まれた仕事を片づけるには、いまほどいい時期はないのだ、と伊之助は思った。仕事はたっぷり入っているが、居残りするほどの量でもないし、期限の催促がきびしい仕事もない。親方は怒るが、いまかかっている仕事は、いくらでも融通がつけられるものだ。

――明日はちょっと居残りして。

それでご機嫌も直るだろうし、仕事が遅れるようなこともあるまい、と思った。森下町の角を回ると、伊之助はいそぎ足に高橋(たかばし)の方にむかった。

日が暮れるところだった。高橋をわたるとき西空を眺めると、端の方が少し沈みかけた日が見えた。江戸の町の屋根は、灰色から黒に変るところだった。

——うまくつかまえられればいいが。

と思った。仙太という男のことである。朝、蛤町から彫藤の仕事場に来る途中、一色町の長屋というのをのぞいてみたのだが、仙太は留守だった。

何をしている男なのか、近所で確かめたかったが、気持がせいていた。仙太がそこに住んでいるとわかったことだけに満足して、そのときは引き揚げたのである。

うす暗くなって来た道をいそぎながら、伊之助の気持はもう仕事からはなれて、仙太という男にむかっている。七之助とは、七之助が駿河屋の手代をしていたころからのつき合いらしいが、つき合いの中身はどんなものだったのか、仙太は七之助の遣い込みを知っていたのか、仙太は一人者らしいが、七之助がころがり込んで来たあと、二人はどのぐらい一緒に住んでいたのか。

——そして、そこから七之助がどこへ行ったかだ。

と伊之助は思った。仙太の家を出て、次に越して行った先が、長蔵店は嘘としても、材木町界隈(かいわい)だということになれば、一応それで七之助の足どりはつかめることになる。

一色町の久六店に着いたときは、あたりはもう暗くなっていた。長屋の家々は、灯をともした家もあり、まだ暗いままの家もあったが、昼のうちに確かめた仙太の家は、障子に灯のいろが浮き出ていた。

伊之助はほっとして戸をあけた。すると、家の中から男が振りむいた。間の障子があけてあるので、部屋の中が丸見えである。男は立って着換えをしていたようである。振りむいて帯をしめながら、誰でい、おめえと言った。

「夜分にじゃまして相すみません。あっしは瓢箪堀そばの彫藤で働いている版木師です」

伊之助が言うと、男は土間をのぞきこむようにして、版木師に用はねえな、と言った。

「いえ、あっしの方で用がありますんで」

「早くしてくんな。いまから出かけるところだ」

「七之助という男をご存じでしょうな？」

「七之助？」

帯を結び終った男は、茶簞笥のそばに行って、煙草入れを腰にさした。そして言った。

「知らねえな、そんな男は」

「ご冗談を」

と伊之助は言った。上がり框まで出て来た男を見上げながら言った。

「むかし馬場通りの駿河屋に勤めた七之助のことですぜ」

「知らねえな、またにしてくんな」

男は土間に降りようとした。伊之助はうしろ手に表の障子戸をしめた。

「なんだよ、てめえ」

男が気色ばんだ声を出した。

「おれを外へ出さねえつもりかね」

「お手間はとらせませんよ。ちょっと聞きてえことがあるだけです」

「おれはいそがしいんだ」

男は土間に降りかけた。伊之助はその手首をつかんだ。

「お手間はとらせないと言ってるんだ。それにいそがしいたって、どうせ遊びだろ？　あんた」

男の大体の風体をつかんでいた。さかやきをのばし、与兵衛店の女たちが言ったとおり、人相はすこぶる悪い。頬はこけて眼つきは刺すように鋭い。遊び人だと見た。

野郎、と言って手をひき抜こうとした仙太は、伊之助が柔術で尺沢と呼ぶ急所を押すと、あいた、と言って身体をよじった。

「ちょっと上がらせてもらいますぜ」

両手首をつかまえたまま、伊之助は仙太を押しながら、部屋の中に入った。そこで手を放した。

「ま、坐りましょうや。なに、話はちょっとで済みます」

伊之助が言うと、仙太は手首をなでながら腰をおろした。うす気味悪そうな顔で、伊之助を見ている。

「七之助を知ってるでしょうな」

「ああ、知ってるよ。それがどうした？」

「はじめからそう言えば、手荒な真似はしなかったのに」

と伊之助は言って、あらためて男を見た。まだ三十前の若い男だった。だが、その顔には、まともに世を渡っていない者のすさんだ感じが現われている。顔色は青黒く、肌は荒れて、すくい上げるような鋭い眼をとばして来る。

「七之助とは昵懇のつき合いだったらしいが、つき合いってのは遊びかね？」

「よく知ってんじゃねえか」

男は顔にうす笑いをうかべた。

「お察しのとおりさ。酒のつき合いから女遊び、それに……」

と言って仙太は窺うように伊之助を見た。

「おめえ、岡っ引じゃあるめえな」

「版木師だと言ったはずだぜ。それにどうしたね？」

「ちょっと手慰みの遊びが出来る家を知ってんだ。そこを教えてやったら、やっこさん熱くなってよ。だいぶ金をつぎ込んだはずだぜ」

「まだ駿河屋にいた時分の話だな？」

「そうさ」

「それで遣い込みを出したかな」

「遣い込み？」

仙太はじろりと伊之助を見た。

「おめえさん、何でそんなことを聞きたがるんだい？」

「七之助が死んだのを知ってるかね」

「いんや」

仙太は眼をまるくした。真実おどろいたように見えた。

「こいつはおどろいたぜ。いつのことだい？」

「二十日ほどになるかな」

「病気かい？」

「病気ならこんなことを聞きに来ないさ。殺されたんだ」

仙太はふーんと言った。考え込むような顔になっている。

「何か、心あたりがあるかね？」

「いや、そんなものはねえが、しかしびっくりするな」

「遣い込みのことは知ってんだな？」

「それ、どこで聞いて来たか知らねえが、七の野郎は遣い込みなんざしなかったぜ」

仙太はにやにや笑った。

「じゃ、遊ぶ金はどうしたんだ？　駿河屋じゃ遊ぶ金まではくれなかったろうぜ」

「ところが、くれたんだ」

と言って、仙太はまた上眼づかいに伊之助を見た。

「お前さん、ほんとに岡っ引じゃねえんだろうな」

「くどい男だな。お上にはかかわりがねえよ」

「それなら言うけど、ここだけの話だぜ」

仙太は急に声をひそめた。

「七之助は脅しをかけてたんだ。金なんざ、不自由しなかったぜ」

「脅し？　誰をだ？」

伊之助は鋭く聞いた。おっかねえつらすんなよ、と仙太が言った。伊之助の顔に、元岡っ引の気配が出たらしかった。

「誰を脅したんだ？　言えよ」

「駿河屋の旦那だよ」

と仙太が言った。

「駿河屋の死んだ旦那というのが、極めつきの女好きでよ、七之助の女房と出来てたんだ。それを種に、七の野郎は旦那から金をせびり取ってたのさ。だからよ、あのころは、おいらもおこぼれにあずかって、遊ぶ金に不自由しなかったな」

「………」

「それがさ、七之助は女房をもらってから浮気に気づいたようなことを言ってたが、おいらのみるところはそうじゃねえな。七はもっと悪だよ。あの女は旦那の手がついたと噂があった女らしいけど、七はそいつをはなから承知で女房にもらった節があるのさ」

「旦那が通って来るのを見越してたというのかね」

「そうだよ。そいつを脅しの種にしたのだ。うまいことを考えやがったもんさ。七の目あては女じゃなくて、金だったのさ」

伊之助は、白い日射しの下で見た死人の、のっぺりした顔と、女のように白かった脚を思い出していた。そういえばあの死体には、どこかぬるりとした感じがあった、とも思った。

ひとり暮らしで、消息を絶った女房をさがしていたという七之助に、伊之助はこれまでいくらか同情していた気味がある。だがその男は一転して、駿河屋に寄生する悪質なダニに変ったようだった。仙太の勘繰りはさておくとして、七之助が、勤める主家から金を脅し取っていたことは間違いないようだった。

伊之助は言った。

「それじゃ、女房が姿を消して、七之助はしょんぼりしたろう」

「あたりめえさ。金づるをなくして、青菜に塩だったぜ。あいつは駿河屋の指し金だと思ったけど、どうかね？」

「そうかも知れねえ」

「七はいい気になって、すごいことを考えてたんだ。のれんを分けろってわけよ。番頭だってまだ許されてねえのれん分けだぜ。それを手代によこせってわけだ。そのかけ合いに入ろうとした矢先に、女房がいなくなっちまった。生き証人がいなくっちゃ、かけ合いも何もあとわかったからか。

駿河屋だと、伊之助は思った。おさきの引越しを手配したのは駿河屋だろう。それが七之助殺しにまでからんでいるのかどうかはわからなかった。そこにも駿河屋の手が動いているとしたら、なぜいまごろになって殺したのか。七之助が、まだおさきの行方をさがしているとわかったからか。

「じゃましたな。もう、いいよ」

伊之助はそう言うと、立ち上がって土間に降りた。おい、おめえ、と仙太が声をかけて来た。仙太はまだ腰を落として、伊之助を見送っていた。

「さっきのは、何だい？　手がしびれて、これじゃ今夜は壺が振れねえぜ」

「ひと晩眠ればなおるさ」

言い捨てて伊之助は外に出た。暗い夜だった。

ひとつ聞き忘れた、と気づいたのは、油堀に架かる橋まで来たときだった。七之助が悪党だということはわかったが、それだから探索を打切るというわけにはいかない。仙太の家にころがり込んで、そのあと七之助はどこに行ったのだろう。金づるを失なった男を、仙太がそういつまでも喰わしておいたはずはない。しばらくしてどこかに引越したはずだ。

伊之助は鼻をつままれてもわからないような闇の中を引き返して、久六店にもどった。仙太の家は、灯がともっていた。外に出るのをあきらめたらしい。

伊之助は戸を開けた。とたんに濃い血の匂いを嗅いだ。部屋の中にうつ伏せに倒れている仙太の姿が見えた。伊之助はいそいで駆け上がると、仙太を引き起こしてみたが、もうこと切れていた。傷は一カ所。頸の血脈を抉った太い針痕だった。

そこから流れ出した血が、まだ畳の上を這って動いていた。殺しはたったいま行なわれたのである。伊之助は、立ち上がると、用心深く襖をひらいて寝部屋をのぞき、次に行燈をかかげて、台所の隅々まで照らして見た。誰もいなかった。

——つけられていたのだ。

伊之助は総毛立つ思いで、部屋の中に立ちすくんだ。仙太はなぜ殺されたのだろうと思った。駿河屋と七之助の本当のつながりをしゃべったためか、それともこれは、探索から手をひけという、おれへの脅しか。

しかし、これは駿河屋一人の仕業ではない。もっと大きなものが動いている、と思ったがそれが何なのかは、伊之助にもわからなかった。総毛立つ思いは、そのわからなさから来るようだ。

しかし総毛立つその思いは、伊之助の中にひそんでいた元岡っ引の、はげしい闘志を引き出したようでもある。跳梁しているのは殺人鬼だった。後にはひけないと思った。開けはなしたままになっている戸の外に、無気味に静まり返っている闇を、伊之助は身じろぎもせず睨んだ。

第三章

一

翌朝、伊之助は七ツ半（午前五時）過ぎに亀沢町の家を出た。昨日の埋めあわせに、早出して親方をびっくりさせようと考えたわけではない。途中で寄り道して、前に殺されている下っ引の半次の女房に会って行くつもりだった。

——ちっと、いそがにゃなるめえよ。

と思っていた。足のことではなく、いまとりかかっている探索のことである。

昨夜、伊之助はやくざ者の仙太の死体をそのままにして、灯を消し戸をしめるとこっそりと久六店をしのび出た。油堀の河岸に自身番があるが、そこにもとどけ出なかった。途中も、あたりの気配に用心しながら家にもどった。

仙太が殺されていることを、裏店（うらだな）の者にも言わず、自身番にもとどけて出なかったのは面倒をさけたのだが、ふとそれが、自分に仕かけられた罠（わな）ではないかと疑ったためでもある。

伊之助は昨日の朝、久六店をたずねて裏店の者から仙太の家のありかを聞いている。夕方になって仙太をたずねて行ったときも、べつに用心したわけではないので、仙太の家に入るところを誰かに見られたかも知れなかった。

仙太を殺した人間は、伊之助の後をつけていた節がある。それで伊之助に殺しの罪をかぶせるつもりで仙太を殺したのだとすると、相手は残虐なだけでなく、かなり狡猾な人間だと考えられるのだ。事実、ころがっている死体のそばに突っ立っている伊之助を見たら、裏店の者たちは、まず間違いなく伊之助を犯人と見ただろう。

むろん疑われても、伊之助には逃げ道がある。町役人に引きわたされたところで、同心の半沢清次郎か、石塚宗平に連絡をとれば、多少は手間どっても放免になるのだ。罠を仕かけた人間は、そこまでは伊之助の素姓にくわしくないようだった。仙太殺しという罠を仕かけたことで、そのことを白状している。

しかし罠だとすれば、十分に悪辣な罠だった。一色町の古い町役人の中には、あるいは伊之助のむかしの身分を知っている者がいるかも知れない。それでも、その町役人に仙太とのつながりを説明することはむつかしかったろう。駿河屋だの、手代の七之助だのという話を持ち出したら、よけいに疑惑を深めたかも知れないのだ。自身番にとどけて出なかったのは、そういうことを考えたからである。

悪辣で巧妙な罠だった。仙太を殺した人間は、半沢たちとのつながりがなければ、助かる道がない窮地にまで伊之助を追いこんだことになる。

——もう、見つかったかな。

伊之助は、裏店のひと部屋にころがっている仙太の死体を思い浮かべた。昨夜のうちに、賭場の人間がたずねて来たりしていなければ、死体はまだそのままかも知れなかった。

しかし、いずれは大さわぎになるだろう。そして、あのあたりを縄張りにしている岡っ引が裏店を聞いて回り、昨日の朝、仙太をたずねて来た男がいたことを突きとめるかも知れない。

――ともかく……。

いま、探索にじゃまを入れて来ている人間は、油断ならない相手なのだ、と伊之助はあらためて思った。これから聞きに行く半次は、いったい何をつかんだために殺されたのだろう。

伊之助は顔を上げて、前後の道をたしかめた。空は曇りで、地上にはうす青い靄のようなものが這い、少しずつ動いていた。遠くに早出の職人と思われる、黒っぽい人の姿が動いているだけで、道はひっそりしていた。武家屋敷の塀の内の、小暗い木立から小鳥の声が洩れて来る。

伊之助はまだ眠っている町屋の中を、いそぎ足に抜け、河岸の道に出ると二ノ橋をわたった。半次の家は、おまさの店とは橋をはさんだ反対側の、松井町一丁目にある。

二ノ橋をわたると、伊之助はそのまま河岸の道を右に折れて真名板橋にむかった。七之助の死体が水から揚がったのは、そのあたりである。伊之助は、ちらと川に眼を投げた。靄は水の上にも動いていて、一部はきれぎれに青草の傾斜を這いのぼっていた。

真名板橋をわたって、なおも河岸の道を歩いてから、伊之助は路地に入りこんだ。岡っ引の多三郎に聞いた五平店は、松井町の妓楼のそばにあった。ごみごみと家が建てこんでいる場所である。

木戸を入るとき、働きに出るらしい男二人とすれ違った。一人は腰の曲った年寄りで、一人は三十半ばのひげの濃い男だった。男の腰に、赤ん坊の頭ほどもある、まるい風呂敷包みがくくりつけられているのは、弁当の握り飯らしかった。二人は伊之助の方は見向きもせず、声高に話しながら木戸を出て行った。

入れ違いに、伊之助は路地に入った。伊之助は呼びとめて、ちょうどいまの二人を見送って出たらしい若い女が、家へ入るところだった。伊之助は呼びとめて、半次の家を聞いた。

半次は、お上の御用がないときは背に張りぼての唐辛子の看板を背負い、唐辛子を売り歩いていた。唐辛子売りというとすぐにわかった。

「家はそこだけど……」

と言ってから、女はその指を奥の井戸の方に回した。

「おかみさんなら、あそこにいるよ」

井戸のわきに女と子供の姿が見えた。伊之助は礼を言って、そちらに行った。井戸端に近づくと、洗濯をしていた女が、腰をのばして伊之助を見た。三十前後とみえる瘦せた女である。

「半次さんのおかみさんですかい？」

そうですが、と言って、女は警戒するような眼で伊之助を見た。無理もない。半次は異常な死に方をしているのだ。一面識もない男の、突然のおとずれを訝る気持はわかった。

伊之助はいそいでその警戒心を解いてやった。

「あっしは伊之助と言いやしてね。多三郎親分の知り合いです」

「ああ、親分さんの……」

そう言ったが、女は濡れた手をいじりながら、まだじっと伊之助を見ている。暗く疑わしげな眼つきだった。

「親分に頼まれて、おまえさんの旦那を殺したやつをさがしまわっているところです」

「そうですか」

女はやっと眼の中の暗い光を消した。軽く頭をさげた。それを見て、それまで伊之助と母親を等分に眺めながら指をしゃぶっていた男の子二人が、きゃっきゃとはしゃぐ声をあげて、井戸のまわりを走りはじめた。伊之助が母親に来た客だと見きわめがついて、安心したらしい。五つと三つぐらいに見える子供たちだった。

誰かに見られているような気がして眼をあげると、さっき伊之助に半次の家を教えた若い女が、軒先に立ってこちらを見ていた。朝っぱらから、どういう客だろうと思っているに違いなかった。若い女は、伊之助と眼が合うと、そそくさと家の中に姿を消した。

「そのことで、ちっとおかみさんに聞きたいことがあるんだが……」

伊之助が言うと、半次の女房は表情のとぼしい顔で、つぶやくように言った。

「でも、いまさらさがしてもらっても仕様がないようなもんだけど」

「そうもいきませんのさ」

と伊之助は言った。

「その男は、あんたのご亭主を殺したあとで、もう一人、ひとをあやめていますからね」

半次の女房は、まあと言った。顔が青ざめたようだった。女房は洗濯物を片づけると、ちらかってますけど、家の方へと言った。遊び回っている子供たちは放りっぱなしで、先に立って歩き出した。

二

なるほど取り散らしている家だった。掃除もまだしていなかったらしく、部屋の中には、子供の着物や綿のはみ出た掻巻、それに藁しべのようなものが散らばっている。大いそぎで片づけながら、半次の女房は上がってくれと言ったが、伊之助は制して上がり框に腰をおろした。

「ご亭主があああいうことになって、あとが大変でしょうな」

「ええ」

女房は伊之助が上にあがらないので、部屋の入口に来て坐った。膝の上で、手をにぎりしめている。

「親分は面倒みてくれましたかい？」

「ええ、葬式を出してくれましたし、それに暮らしが大変だろうからと、お金をくれました」

「いくら？」

「一両です」

一両か。いまの多三郎には精いっぱいだろうな、と伊之助は思った。

「それで、いまは？　自分で働いていなさる？」

「ええ」

半次の女房は、ちらとうしろをふりむいた。

「表の草履屋さんから、前にも時どき内職仕事をもらってましたから、その仕事をやらせてもらってます」

「大変だな」

伊之助は、ろくに髪に櫛も入っていない女房の顔をちらとみた。さてと、と言った。

「半次は、捕物のことを家の中でしゃべる男だったかね」

「あんまり……」

「聞いてるかどうか知らねえが、そもそもは七之助という男が殺されたのがはじまりでね。こいつが素姓がはっきりしねえ男で、半次や庄助は、その男の素姓を調べて回っていたのだ」

「そうですか」

「あんたには話さなかったんだな。まあ、それはいい。ところで半次は、その調べの途中からべつの方角にも手を出していた節があるのだ。それがどうやら、お寺を嗅ぎまわっていたらしい」

伊之助は、陰気な顔をした半次の女房をじっと見つめた。

「半次は、海竜寺というお寺のことで、何か言ってなかったかね」

「それは聞いていませんけど……」

女房は言ってから顔を傾けた。そうすると、暗い顔つきがかえって思慮深そうに見えた。

「そう言えば、一度だけ坊さんがどうこうしたとか言っていましたよ」

女房は顔をあげて伊之助を見た。

「坊さん？」

「ええ、坊主が、あのひと口が悪いからそう言ったんですけど、坊主が悪いことをしているとか言ったんです」

半次がその話をしたのは、夫婦が床についたあとだった。

「世の中には悪いやつがいるもんだぜ、おちよ」

と半次が言った。床についてしばらく経ってからである。女房はもう眠かったので、いい加減の相槌（あいづち）を打った。

「そりゃそうだろ。だから親分さんや、おまえさんのようなひとがいるんじゃないか」

「おれっちがつかまえるような小悪党の話じゃねえや。世間向きは大した信用のある坊主さ。こいつがけっこう裏で悪いことをやってたという話さ」

半次は、それからもしばらく一人でしゃべっていたようである。

だが女房は坊さんの話なんかに興味はなかった。世の中に悪いやつがいる。そんなことはあたりまえじゃないかとも思った。悪いやつもいるだろうけど、いいひともいるのだ。それで世の中が公平に保たれている。そんな話より、女房はひたすら眠かった。今夜のうちに仕上げなければならない内職仕事があって、床に入る直前まで手を動かした。

その疲れが、たちまち身内に眠りを呼びこみ、頭は朦朧として、眼は半眼になっている。いつまでもごちゃごちゃ言っている亭主がうるさかった。たまりかねて女房は言った。

「もう遅いんだから、いい加減にして眠りなさいよ」

「欲のねえ女だ」

背をむけた女房の耳に、なおも半次がそう言うのが聞こえた。

「せっかく、いまにたんまり金が入るという話を聞かせてやってるのによ」

眠りに落ちる寸前に、女房は床の中で一人でしのび笑いをしている亭主の声を聞いた。

「ふーん」

と伊之助はうなった。

「それはいつのことかね」

「あんなことになるちょっと前……」

半次の女房は顔を伏せた。

「三、四日前のことですよ」

「ほかには？」

と伊之助は聞いた。

「今度の調べのことで、何か言ってなかったかね？」

「さあ……」

女房はぼんやりとした眼を、ほの暗い台所の方に投げた。

「何でもいいんだ。これっぽちのことと思うようなことでも、役に立つことがあるからな」

「……」

「思い出したことがあったら、何でも言ってくんな」

「お調べのことかどうかわかりませんけど」

女房は表情のとぼしい顔を、伊之助にもどした。

「一度だけ、庄蔵店の女に会わなきゃ、とか何とか言ってましたけどね」

「庄蔵店？」

伊之助は、鋭く半次の女房を見た。

「そいつは、長蔵店じゃなかったのかい？」

「さあ、そうだったかも知れません」

半次の女房は自信なさそうに言った。

「ほかに、何かないかね？」

伊之助はさらにひと押ししたが、女房はしばらく考えてから、無言で首を振った。伊之助は、半次の女房の頭の中に残っていた、事件にかかわりがありそうな事柄は、すべて浚（さら）いつくしたのを感じた。

「やあ、ありがとよ」

伊之助は立ち上がって、肉の薄そうな女房の肩を見おろした。

「朝っぱらから、手間ァとらせてすまなかったよ」

そう言ったとき、つむじ風のように子供二人が外から走りこんで来た。子供たちは口ぐちに腹がへったよ、と言いながら台所に走りこんだ。朝飯をまだ喰ってなかったらしい。ふと思いついて、伊之助は懐から財布をひっぱり出すと、一分銀をつまんで女房の手に押しつけた。

「少ねえが、これで子供たちに何か喰わしてやってくんな」

女房は辞退したが、結局は受け取った。感情の動きのとぼしい顔に、受け取った金を握りしめたとき、はじめてうれしそうな笑いが動いたのを見て、伊之助は傷ましい気がした。半次の女房は、伊之助を木戸の外まで見送って来た。

——それにしても……。

と伊之助は、今度は東の山城橋の方にむかって歩きながら思った。半次が誰かに脅しをかけようとしていたか、あるいはかけたかしたことはまず間違いないことのようだった。坊主というのが、海竜寺の僧侶を指すことも間違いないことだろう。海竜寺で、半次はいったい何をつかんだのか。つかんだことをネタに、寺にゆすりをかけようとして殺されたのか。

半次が海竜寺に近づくきっかけになったのは、やはり七之助殺しだろうと伊之助は推測している。半次は多三郎の手下のうちでは、腕がよかったらしいから、多分、三笠屋から七之助が海竜寺の坊にいる易者に行っていたことを聞き出したのだろう。そして寺に眼をつけたのだ。

すると僧侶の悪事、半次にゆすりを思いつかせるような悪事というのは、七之助殺しにつながっているのだろうか。それとも寺に聞きこみに入っている間に、偶然にべつの悪事とやらいうものにぶつかったのだろうか。

――いや。

伊之助ははっとした。多三郎は、半次を殺した手口は、七之助殺しと同じだったと言ったのである。もし、半次が悪事を見つけたために殺されたのだとすれば、それは七之助殺しともつながっているはずだった。同じ人間が、二人を殺したのである。そしてその人殺しは、昨夜は一色町で仙太という無頼を殺して、伊之助の探索に再度邪魔を入れようとしたのだ。

まだ、わからないことばかりだった。だが、伊之助には、一連の事件の背後に、おぼろげにひとつの寺が浮かび上がって来たのを感じている。海竜寺だった。あやしいとにらんだ駿河屋の方は、少し影が薄れてしまった。

――庄助に会わなきゃな。

と思った。もう一人の下っ引庄助は、半次と組んで七之助の素姓を調べ回っていた男で、また半次が金づるをつかめそうだ、と言ったのを聞いた男でもある。その上、庄助は二度も海竜寺の門を出て来る半次の姿を見てもいる。

その庄助のことは、多三郎からのまた聞きだった。一度、顔つき合わせて庄助から話を聞く必要がある。

――それと、長蔵店の女というやつだ。

長蔵店は、七之助が大家の甚兵衛に、前にそこに住んでいたと嘘をついた材木町の裏店である。甚兵衛は、その話を信じて請人もなしに裏店に住まわせたうかつさを悔んでいたが、伊之助はそのときに小耳にはさんだひと言が気になって、一度は長蔵店をたずねてみようと思っていたのである。

気になったのは、七之助がその裏店のことにくわしかったと言った甚兵衛のひと言である。くわしかったというからには、七之助は甚兵衛が懇意だという長蔵店の大家のことも話したろうし、裏店の人間のこともしゃべったかも知れない。

何かのつながりがあるに違いない、とそのとき伊之助は思ったのだ。そこには七之助の友だちが住んでいるのかも知れないし、ひょっとしたら、金右衛門店に七蔵という名前でやって来たように、そこにも本人が別の名前で住んだことがあるかも知れないではないか。七之助の足どりをさぐる上で、そのことは重要だった。

しかし、そう思いながら仕事持ちのかなしさで、そちらまで手が回らずにいたのだが、多三郎の手下半次は、案外に腕のたしかな下っ引だったようである。大家の甚兵衛に会ったあと、早速に長蔵店をたずねて、七之助とつながりがある女か誰かを見つけていたらしい。

――いそがしくなって来た。

と伊之助は思った。だが昨日の今日である。仕事を投げ出して捕物に走り回るわけにはいかないようだった。そんなことをしたら、短気者の親方は、本気で伊之助を追い出しにかかるかも知れない。

そいつは考えものだ、と伊之助は思っている。親方の藤蔵は、しじゅうがみがみ言っているが、根は善人だった。峰吉の酒癖が悪いのにはおどろいたが、これも酒さえ飲まなければ、すこぶるつきの善人である。圭太も気のいい若者である。仕事場の居心地は悪くなかった。版木彫りという仕事も嫌いではない。

——ま、今日のところはおとなしくして。

と伊之助は思った。山城橋をわたりながら空を見上げた。うす曇りの空に、にじむように日がのぼっている。日の位置はまだ低かった。いつもよりは、幾分早目に仕事場に着くはずである。

道に動いている人の数はまだ少なかった。橋を渡って、松井町二丁目に入ったところで、伊之助はちらとおまさの店を見た。

店の戸は、まだしまっていた。だがおまさはもう起き上がって、中で掃除にとりかかっているだろう。だが、ちらと眺めただけで、伊之助はその前を通りすぎた。一度は襲われ、昨夜は罠を仕かけられた。相手にしているのは、そういう悪辣な人間である。当分おまさの店には近づかないつもりだった。

三

「そいつは、あっしがとどけますよ」

伊之助が言うと、親方の藤蔵はじろりと伊之助を見た。うさんくさい顔をした。

「おめえはいい。圭太に持っていかせりゃいいんだ」

「しかし……」

と伊之助は粘った。

「半分以上はあっしが彫ったものですから。それに鼻六にちょっと注文をつけたいところもあるし」

そう言うと、彫藤はますますうさんくさい顔つきで伊之助をじろじろ眺めた。

「おめえが、そんなに仕事熱心とは知らなかった」

と皮肉を言った。伊之助はそ知らぬ顔でなおも言った。

「ちょうど仕事のきりもいいし。なに、あそこまではひとっ走りでさ」

「すぐもどって来るんだろうな」

彫藤は、伊之助の言葉にはろくに耳をかさずに浴びせて来た。

「野郎、途中で遊んで来たりしたら、ただじゃおかねえ」

伊之助は風呂敷に彫り上がった版木を包んで、彫藤の仕事場を出た。

版木は、本所相生町に住む鼻六という摺り師にとどけるのである。酒焼けがした大きくて赤い鼻を持ち、鼻六というあだ名のほかは誰も本名を知らないその摺り師は、二度ばかり版木を取りに来たのだが、彫りがおくれていて彫藤では渡せなかった。

鼻六が出かけて来たのは、版元から催促が入っているからである。出来上がったからには、一刻も早く鼻六までとどけなければならなかった。伊之助はそのとどけ役を買って出たのである。

——これで、ちょっと寄り道が出来る。

と伊之助は思った。親方の顔も立てなければならないが、伊之助の頭の中には、朝から寺のことと長蔵店の女というのがひっかかっている。

逆方向の長蔵店まで行くことは無理としても、多三郎の手下庄助に会い、場合によっては北本所まで足をのばして、荒井町にある海竜寺をのぞくことぐらいは出来そうだった。なに、出てしまえばこっちのものだ、少しぐらい帰りがおそくなっても構うことはねえと思った。

森下町の四辻にむかって歩いて行くと、前の方から石塚宗平が来るのが見えた。七ツ（午後四時）さがりの町は、人で混んでいる。石塚はその人ごみを掻きわけるようにして、せかせかした足どりで近づいて来た。太っているわりには、歩く足が早い。

石塚は、めざとく伊之助を見つけた。

「よう、よう」

石塚は手をあげて、声をかけて来た。にこにこ笑っている。屈託のないその笑顔を見て、伊之助はひやりとした。足の向いている方角からして、石塚は多分彫藤をたずねるつもりだったのだろう。

仕事場では、もと岡っ引という身分を隠しているので、彫藤の眼には八丁堀の同心が伊之助をたずねて来るのが、この上なくうさんくさく映るらしい、石塚が来ると、何とも言えないいやな眼つきで伊之助を見る。

彫藤の眼は、このつながりは何だとたずねているのだが、口に出してとことん問いつめることまでしていないのは、文句を言いながらも伊之助の腕を買っているのだろうし、一方では、八丁堀と伊之助のつながりを突きとめるのは、薄気味が悪いと思っている様子でもあるのだ。

ともかく彫藤は、石塚を歓迎しない。八丁堀や奉行所などという場所には、堅気はかかわりを持つべきでないと、固く信じているらしかった。仕事場を出る前に石塚がたずねて来たりしたら、さっそくひと悶着あるところだった、と伊之助は思った。

伊之助は石塚を押しもどした。

「ちょっと、これからとどけ物がありましてね。歩きながらお話を聞きましょうか」

「いや、すまん」

と石塚は言った。

「勤め持ちのおまえさんの、邪魔をしちゃいかんと思っているのだが、その後どうなったか気になってな。いや、すまん」

ひたすら下手に出た言い方をしているが、伊之助が見ると、石塚は言葉ほどにはすまなそうな顔もしていなかった。

もともと同僚の半沢清次郎につながる伊之助に眼をつけて、こき使いながら、手当てなどという話はおくびにも出したことがないのだから、石塚のつらの皮は相当に厚いのだ。七之助殺しにしても、伊之助にまかせてあとは安心という気配が見える。

伊之助は、石塚をおどろかしてやりたくなった。いきなり言った。

「また、一人殺されましたよ」

「なに？」

はたして石塚はあわてた。足をとめて、眼をまるくして伊之助を見た。

「そいつは聞いてないぞ。誰だ？」

「仙太という男です」

「ああ、仙太……」

石塚はうなずいた。顔に安堵（あんど）のいろが浮かんだ。

「それなら半沢に聞いた。一色町に住むやくざ者だそうだな」

「………」

「待てよ、おい……」

石塚も同心で、すぐに気づいたようだった。歩きかけた足をとめて、小声になった。

「まさか、同一人の仕業というわけじゃあるめえな」

「同一人です」

ふうむ、と石塚はうなった。しばらく黙々と足を運んでから、そのことはわしから半沢に言っとこう、これで半沢に借りが出来たかなと言った。

「借りというわけでもないでしょうが」

「ふむ、絵解きしてくれ」

と石塚は言った。

伊之助は、七之助の女房のこと、女房が家出したあと、七之助が身を寄せた先が仙太の家だったこと、仙太をたずねて行って昨夜、そこで起こったことを残らず話した。石塚は、ところどころで低いうなり声をはさみながら聞いていたが、やがて立ちどまって、で、目星は？　と言った。

「まだ、まるっきり見当もつきません」

「駿河屋がちっと匂うな」

「たしかに臭えとは思いますが、七之助殺しとのつながりはまだ浮かんでいません」

「参ったな」

石塚は寄りかかっていた橋の欄干を、平手で叩いた。二人は五間堀に架かる弥勒寺橋まで来ていた。石塚は肉の厚い顔に、めずらしく苦渋のいろを浮かべている。

「ところで、海竜寺というのは、どういうお寺ですか？」

と伊之助は聞いた。

「浅草寺の末寺で、住職は鶴嶺と言ったかな。験のある祈禱をやるというので、一時は評判だったことがある。いまはどうか知らんが」

「坊さんはそのひと一人ですか？」

「とんでもない。寺というものは、そんなもんじゃないよ」

と石塚は言った。

「ことに海竜寺は、あのあたりじゃ大きな寺だ。お住持のほかに、数人は坊主がいるはずだ。小坊主をのぞいてな」

「するど、檀家も大きなところがついているかも知れませんな。商い店あたりの」

「お寺社じゃないからわからんが、まずそうだろう。有力な檀家がなくては、あれだけの寺は保って行けん」

そう言ってから、石塚ははっとしたように伊之助の顔を見た。

「おい、海竜寺がどうかしたかい。半次があのあたりをうろついていたとか言ったが……」

「今朝、半次の女房に会いましたが」

と言って、伊之助は声をひそめた。

「半次はあの寺に脅しをかけようとしていた節があります」

「やべえ」

と石塚は言った。舌打ちした。

「脅しをかけたとか、脅そうとしたとか、多三郎が言ったが、相手はお寺かい」

「そのようです」

「お寺社に知れたらえらいことになる」

「しかし半次殺しと、七之助殺しとはつながってますぜ」

石塚は口をつぐんだまま、じっと伊之助の顔を見た。

「それに、昨夜の仙太殺しもです」

「寺があやしいのか。そうだな？」

と石塚は言った。だが、石塚は憂鬱そうな顔をした。

「あそこはお寺社の受け持ちだからな。境内までは入ることが出来ても、寺の中には踏みこめねえぜ」

「ま、何か手はあるでしょう」

と伊之助は言った。

「あっしは十手持ちというわけじゃありませんから、ま、少しずつさぐりを入れてみましょう」

「そうしてくれるか」

と石塚は言った。

「じつは益田のおやじに責められて、弱っているのだ。七之助どころか、多三郎の手下まで殺されて、まだ影もつかめねえのはどういうわけだと、えらいお叱りさ」

「さいですか」

「このうえ、仙太殺しなどというやつが出て来たんじゃ、何を言われるかわかったものじゃねえ。おれはな、伊之……」

石塚宗平は小ずるいような眼つきをした。

「半沢に談じこんで、こっちとのつながりは伏せてもらうつもりだ」

「それがよござんす」

「なにしろ、頼りになるのはおまえさん一人だからな。頼んだぜ」

ようやく石塚はいつもの調子をとりもどした。うす笑いを浮かべた。

「何かこう、益田のおやじが言う影でも見えているのなら、腕のふるいようもあるが、こう雲をつかむような捕物ははじめてだ。その上、何かしら見えて来たというやつがお寺じゃ、どうも気勢をそがれるて」

「お立場はわかりますよ」

と伊之助は言った。石塚と話していると、いつの間にか働かされてしまう結果になるのを、かすかにいまいましく思いながら言った。

「ま、しばらくまかせてみてください。そのうちには、旦那に乗り出してもらうようなことをさぐりあてるつもりです」

「何だぜ、伊之」

石塚は威勢よく言った。与力の益田にしぼられたと、泣いてみせたのも、伊之助の同情を買う手だったかと思うほど、すっかり元気をとりもどしていた。

「お寺にさぐりを入れてみてだな。もし、あやしい節があるようなときは、わしに言ってくれ。お寺社との話はわしがつける」

話はこれで片がついたという顔つきで、石塚は伊之助が小脇に抱えている包みを見た。

「これから、どこへ行くんだ」

「摺り師に版木をとどけるところですがね」

と伊之助は言った。

「それが済んだら、庄助に会おうかと思ってますんで」

「多三郎の手下かい？」

石塚は間がわるいような顔をした。

「わしも行くか？」

「いえ、一人で十分でさ」

と伊之助は言った。探索を押しつけて来る石塚に、釈然としない気持はあるが、いまのところ石塚の出番がないことも確かだった。くっついて来られても邪魔なだけだ。

「いや、すまんな。よろしく頼むぜ、伊之」

石塚は、伊之助がそう言うのを待っていたように、騒々しく言うと、ぽんと伊之助の肩を叩いた。

「何かあったら、すぐ知らせてくれ。わしはこれから森下町の番屋にもどらねばならん。いや、けっこういそがしいのだ」

背をむけて遠ざかる石塚を、伊之助はしばらく見送った。ひが目かも知れないが、石塚の背が、どことなくいそいそとはずんで見える。番屋にもどるなどと言いながら、あの足で例の馴染み（なじ）の小料理屋に行くつもりじゃあるまいな、とふと思った。

しかし、伊之助はすぐにそう思う自分を恥じた。石塚が、ほかに手の打ちようがなくているのは事実なのだ。多三郎は手下を動かして、相かわらず七之助の足どりを追っているかも知れないが、事件がここまでひろがってしまうと、多三郎の調べから何かが浮かび上がって来るかどうかはいささか疑問だった。

わずかに、伊之助が殺しと殺しの間にある糸のようなつながりを追っている。石塚がこっちを頼るのは仕方ないことだ、と伊之助は思った。

四

鼻六に版木をとどけると、伊之助は多三郎の手下庄助と一緒に、北本所にむかった。石塚と別れたあと、伊之助は前に多三郎に会ったときに聞いていた、庄助の勤め先に立ち寄った。庄助はまだ二十半ばの若い男で、多三郎の家に近い石屋で働いていた。

仕事中の庄助を呼び出すのに伊之助は気を遣ったが、聞いてみるとその石屋は、庄助の伯父の家だった。庄助は気軽に出て来たばかりでなく、伊之助のことは親分から聞いていると言い、伊之助が版木をとどける途中だと言うと、逆に、それなら一緒に行って歩きながら話してもいい、と言った。

鼻六の用が済んでから、荒井町の海竜寺をのぞいてみようと腹を決めたのは、話しているうちに、庄助が半次が出て来たのは、寺の裏門だったと言ったからである。裏門から、あたりを窺うようにして出て来た半次は、庄助に声をかけられるとぎくりとした様子をみせたという。

「さっきの話だが……」

伊之助は歩きながら、庄助にもう一度そのときのことをたずねた。

「お前さんに声をかけられて、半次は何か言ったかね？」

「……………」

「つまり、中で何をして来たとか言うことだが……」

「べつに」

庄助はぼそぼそした口調で言った。

「何も言わなかったな。おいらも聞かなかったけどよ」

「ふーん」

「どうも様子が変だったもんな。何かこう、中で悪いことでもして来たみたいだったな」

伊之助は庄助を見た。庄助は色が黒く、石工らしく力がありそうな身体つきをしている。だがまるい顔には、しじゅう人の好さそうな笑いを浮かべ、背が低かった。

「悪いことか……」

「……………」

「半次はお前さんに、金づるがつかめそうだと言ったそうだが、それはそういうことがあったあとかね……それとも前かね？」

「あとだな」

と言ったが、庄助は自信なさそうに訂正した。

「あとだったような気がしたな」

「もうひとつ聞くが……」

と言って、伊之助は顔をあげて西空を眺めた。二人は御竹蔵を通りすぎて石原町にさしかかっていた。日の在り場所が、町の屋根にくっつくほど低くなっている。

いきり立っている彫藤の顔が浮かんで来たが、伊之助はその顔をむこうの方に押しやった。ここまで来てしまったからには、どうせ遅くなって怒られるのだ。

「半次は、金のある連中がうしろ暗え真似をしている、と言ったそうだな？」

「ああ」

「そこのところだが、坊主がとか、金のある坊主がとか言ったんじゃねえのかい？」

「………」

「違うかね？　やっぱり金のある連中といったのかね？」

「間違いねえな」

考えこんでいた庄助が、やっときっぱりした声で言った。

「やつは、金のある連中と言ってたよ」

伊之助は口をつぐんだ。金のある連中とは何者だろうと思った。そういう男たちが別にいるのか。それとも半次は、悪いことをやっていたとかいう坊さんのことを、金のある連中と言ったのか。

「そうそう、もうひとつ聞くことがあった」

と伊之助は言った。

「おまえさん、長蔵店というところに行ったことがあるかね？」

「いいや」

庄助は首を振った。

「じゃ、半次がそういう裏店のことを口にしたのは聞かなかったかい？」

「聞いたことはねえな。はじめて聞いた名前だぜ」

庄助は人の好さそうなうす笑いを浮かべて、伊之助を見た。

「そいつは、どこのこったい？」

「深川の材木町にある裏店さ」

と言ったが、伊之助はそれ以上のことは口にしなかった。庄助は、どう見ても頭の働きそうな下っ引には見えなかった。だから多三郎は、半次が殺されると、庄助を探索からおろして石屋にもどしたのだろう。

庄助の話で、ほかに八兵衛、金蔵という二人の下っ引が、ほそぼそと七之助の足どりを追っていることがわかったが、その探索に多三郎がどれほど期待をかけているかは不明だった。

結局、いまおれが追っている筋しかないらしい、と伊之助はあらためて思った。石塚はとっくにそのことをお見通しで、今日も尻を叩きに現われたのかも知れない、という気がした。

伊之助と庄助は、海竜寺の門前に出た。商家の女房らしい女が門を出て来ると、いそぎ足に北に去った。いまの時刻に寺参りということもなかろうから、例の易者に来た人間かも知れなかった。

門はまだ開いているが、女が出て行ったあとは門内は静まりかえったままだった。すっかり傾いた日射しが、門内から二人の立っている路上にのびて来ている。

「入りますかい？」

庄助がぼそりと言ったが、伊之助は首を振った。海竜寺はいま、伊之助の疑惑の中心に居据わっている寺だった。この寺につながっているものが、深夜に伊之助を襲って来たり、遠くはなれた深川で罠にかけようとしたのだという感触がある。

危険な場所だった。こうして門前に顔をさらして立っていることだって、危ないかも知れないのだ。

「いや、裏口に回ってみよう」

と伊之助は言った。二人は寺の塀にそって、裏に回った。そこは幅のせまい路地だった。海竜寺の境内の樹木が、土塀越しに道の上にさしかけて、路地はほの暗く見えた。塀の反対側には、荒井町の町家がひしめくようにならんで、路地に背をむけている。町家の裏にも古びた竹垣がつづいていた。

「裏門てえと……」

伊之助は塀にはさまっている小さな門の前に立って庄助を振りむいた。

「これだな？」

庄助は黙ってうなずいた。門は閉じられていて、小さな潜り戸もしまっていた。押して見たが、戸はびくともしなかった。

伊之助は塀の高さを眼で測った。そのうち、一度ここを越えてみなきゃなるめえ、と思っていた。表から入るのが危険なら、裏から入るしかないのだ。塀の内は本堂裏の雑木林といった見当である。鬱々と茂る雑木の枝葉が、日射しを覆いかくして、塀の内は薄暗いほどだった。

伊之助は庄助を振りむいた。

「半次がここから出て来た、と。で、あんたはどこで半次を見つけたんだね？」

「あのへんでさ」

庄助は、さっき二人が曲って来た角のあたりを指さした。

「この道を通って、番場町へ抜けようとしたときで」

「二度目もかい？」

「二度目はここですよ」

と庄助は言った。

「歩いて来たら、潜り戸があいて、半次が出て来たんで。あんときはびっくりしたな」

庄助は笑顔になった。

「ところが、むこうもびっくりしてよ。すぐには口を利けなかったな」

「隠しごとは出来ねえもんだな。そういうときは、えてしてそんなぐあいに、ばったりと知ったひとに会ったりするものさ」

「一体半次は……」

庄助は首をひねった。

「何でこんなところから出て来たのかな」

「さあ、そいつは半次に聞いてみなくちゃわからねえことだろうさ」

伊之助は庄助をうながして、裏門をはなれた。そして塀にそってまた表の方に回った。だが角を曲って途中まで行ったところで、伊之助はつと塀に身を寄せた。庄助もそれにならった。

海竜寺の門前がざわめいていた。駕籠が出て来たところだった。遠目にも立派な駕籠が二つ、それに四、五人のお供が門をはなれて行き、やがて町角を西に曲って姿を消した。方角は番場町の方である。

見送りに出たらしい僧服の男たちが二、三人、門の中に引き返すのが見えた。すっかり人影が消えたのをたしかめてから、二人は塀をはなれて門前に出た。海竜寺の門はしまっていた。

伊之助と庄助は、いそぎ足にその門の前を通りすぎた。

「さっきのは何だい？」

と伊之助が言った。

「やけに立派な乗物だったな。お供の中には女がまじっていたぜ、見たかね？」

「ええ」

庄助は考えこんでいる。しばらくして、あまり自信がなさそうな、ぼそぼそした声で言った。

「ああいう乗物を、前にもここで見たことがありますぜ。たしか、どっかのお女中衆が、ご祈禱をうけに来たんだとか言ってたようだな」

五

翌日は、伊之助は一日中仕事場を出なかった。仕事の遅れを取りもどし、親方のご機嫌をなだめるために、仕事に精出す必要があったのだ。

伊之助はわき目もふらず版木を彫りつづけた。おまけに自分から言い出して居残り仕事までしたので、彫藤の機嫌はすっかりなおった。伊之助が五ツ半（午後九時）で仕事をしまい、帰り支度をしていると、彫藤は女房に熱いお茶とせんべい菓子を運ばせてよこしたぐらいである。

だが一夜の信用は、その翌日、伊之助がまたぞろ、今度は深川伊勢崎町のてんぐ安に版木を持って行く役を買って出ると、一ぺんに下落した。

誰もありがとうとも言わず、みんなが白い眼で伊之助を見た。むろん相生町の鼻六に行くと言って出たまま、とうとうその日のうちに仕事場にもどらなかった伊之助を思い出しているだろうことは、想像に難くない。

だが、伊之助にもつごうがあった。伊勢崎町は、長蔵店がある材木町とは川ひとつへだてた対岸にある町である。てんぐ安に版木を運んで行けば、帰りに長蔵店に回ることは、いとやすいことなのだ。七之助にかかわりがありそうな女が、まだそこにいるのなら、ぜひとも会ってみたかった。

みんなの思惑などは無視して、伊之助はあっしが行って来まさ、と主張した。そろそろ昼だし、どうせそばでも喰いに外に出るところだから、と執拗にくり返した。

伊之助のお使いが信用ならないことはわかっているが、誰かがいかなければならないのだ。版木は、彫藤が精魂こめて彫り上げた美人絵の板で、摺り師のてんぐ安は、その板がとどくのを、首を長くして待っているのである。

「行って来な」

根負けしたように彫藤は言ったが、すぐにつけ加えた。

「せいぜい道に迷わねえようにしたがよかろうぜ」

親方の強烈な皮肉を聞き流して、伊之助は板の包みを小脇に抱えると外に出た。

四月の末にしては、暑すぎるような日射しが頭から照りつけて来る。季節はこれから梅雨に入るところだが、空にうかぶ雲はもう夏の盛りの形をしている。日は時おり雲に隠れて、町の上に巨大な雲の影を投げかけたが、雲から抜け出ると、前にもましてぎらつく暑い日射しを送って来た。風はなく、町はむし暑かった。

高橋の手前で、伊之助は道ばたにそば屋を見つけ、簡単に昼飯を済ませた。金を払って店の外に出ると、伊之助はこのごろ身についた習慣で、往還に鋭い眼を走らせた。向かい側に長大な武家屋敷の塀がつらなっている道には、伊之助をつけていると思われる人影は見あたらなかった。

左手には、さほどはやっている様子もない、小造りな店構えの商家がならび、その前をいそがしげな足どりで、人が通りすぎて行くだけである。右手には空にせり上がる高橋を渡る人影が見えていた。

入念に往来に眼をくばってから、伊之助はそば屋の前をはなれて高橋にむかい、小名木川を南に越えた。

鼻六もそうだが、てんぐ安も板にはうるさい男である。鼻六は気にいらないと血相を変えてすぐにどなるが、てんぐ安はどならない。そのかわり彫りに傷があったり、未熟だったりすると、黙って板を突っ返して来る。あとはおととい来い、という態度で、しゃくれたあごをあさっての方に向け、弁解も詫びも受けつけない。こわい男だった。

「鼻六は一杯飲ませりゃ何とかなるが、安ときたらまるっきり融通というものがきかねえ男だから」

と、彫藤がこぼしたのを聞いたことがある。

だが、この日はてんぐ安はご機嫌だった。色板まで嘗めるように顔を近づけて調べ、ふん、ふんと鼻を鳴らした。機嫌がいい証拠である。彫藤は、どうやらお目がねにかなうような、見事な版木を彫り上げたらしいのだ。

「藤蔵も……」

てんぐ安は顔をあげると、女のようにやさしい声で言った。

「ちっとは腕を上げたらしいや」

てんぐ安は、めずらしくお茶を飲んで行けと言ったが、伊之助は遠慮して外に出た。土間から家の中まで、足の踏み場もないほど版木や紙が散らばっている乱雑さに恐れをなしたこともあるが、長蔵店に回る用を抱えている。途中で長居はしていられなかった。

伊勢崎町の河岸道をあと戻りして海辺橋に出ると、伊之助は仙台堀をわたった。そのまま、まっすぐ南にくだって平野町の先にある万年町三丁目から右に折れ、橋をひとつわたれば材木町である。そこは殺された仙太が住んでいた一色町と、油堀をへだてた北河岸の町だった。

親方に、てんぐ安がほめていたと言ってやろう、と伊之助は思った。強引に出て来たので、彫藤はいまごろむしゃくしゃしているだろうが、その話を聞かせたら腹立ちも多少はおさまるだろう、とみみっちい計算も働いている。

そういうことを考えているとき、伊之助はごくふつうの、いくらか小心な勤めの職人らしい気持になっている。あまり親方を怒らせたくはないのだ。

だが、その一方で伊之助は、長蔵店の女という、七之助にかかわりあいがありそうな女に、強い興味をそそられていた。はじめとおしまいの部分だけがわかり、途中の足どりがあいまいな男について、その女は何を知っているのだろうか。

そう思うときの伊之助の気持は、もとの岡っ引にもどっている。眼は七之助や半次、仙太の死体の背後に暗くわだかまっている暗黒に向けられて、彫藤の怒声などは聞こえない。

ひとにたずねて、長蔵店の在りかを聞き出すと、伊之助は材木町と東永代町の間にある路地に入って行った。入るとすぐに木戸があって、そこが長蔵店だった。

「半月ほど前かと思うが……」

伊之助は、軒端から洗濯物を取り込んでいる女に話しかけた。

「半次という、お上の御用を勤める男がここをたずねて来たはずだが、おぼえてませんかね」

「半次さんねえ」

顔色が青ざめて、腫れぼったいような顔をした女は、縄からはずした洗濯物を胸に抱えたまま、伊之助を見た。

「そんなひと、来たかしら？」

「なあに？　おらくさん。何かあったの？」

不意に伊之助のうしろで声がして、べつの女が近づいて来た。ひらべったく浅黒い顔をした、背の高い女だった。齢恰好は、おらくと呼ばれた女とおっつかっつで、まだ三十半ばだろう。

新手の女は、よく動く眼と口を持っていた。人体をたしかめる眼つきで、上から下まで伊之助を見上げ見おろしながら、口はおらくにきいた。

「ねえ、このひとどうかしたの？」

「何か聞きにみえたらしいんだけどさ」

青ざめた顔をした女は、伊之助を振りむいた。

「半次とかいうひとが来なかったかって言うんだけどね。半月も前だとさ」

「半次？」

背の高い女は、くるくると動く眼で伊之助を見た。

「そのひとが、どうしたの？」

「半次というのはあっしの友だちでね。お上の御用を勤めてた男なのだ」

「じゃ、岡っ引？」

「まあ、そんなところだ。ところが、そいつがつい十日ばかり前に死んじゃってね」

まあ、と女たちは言った。二人で顔を見合わせている。

「殺されたの？」

背の高い女が小声で聞いた。好奇心が強くて、勘がいい女らしい。伊之助は首を振った。女たちをこわがらせると、物をしゃべらなくなることを経験で知っている。いや、病気だと言った。

「ところで半次はちょっとしたことを調べていた途中でね。急に死なれたから、半次を使ってた親分が弱ってるのさ」

「そりゃそうだわね」

「それなら親分が来ればいいようなものだが、この親分がよいよいで動けない」

伊之助は多三郎を中風病みにした。女たちは笑った。

「それで、頼まれてあっしが来たというわけだが……」

「あんたも御用聞き？」

背の高い女が言った。

「いや、そうじゃない。あっしはただの版木彫り職人ですよ。ついこの先に用があって来たのだが、そういう事情だから、親分に頼まれて寄ったのさ」

「わかった。でも、半次なんてひとはおぼえがないねえ」

背が高く浅黒い顔をした女は、いつの間にかはじめから自分がものを聞かれたような口ぶりになっている。おらくという女を振り返って言った。

「あんたはどう？」

「おぼえてないねえ。こんな裏店でもいろんなひとが来るからね。いちいちおぼえちゃいられないよ」

「半次がここへ来たのは、あるひとをたずねて来たんだがね」

と伊之助は言った。すぐには埒(らち)あきそうにない感じになって来たが、簡単にそうかと引き揚げるつもりはなかった。半次は、長蔵店の女に、一度は会っているのだ。

「半次は、七蔵という男の素姓を洗っていたんだそうだ。その七蔵と懇意な女のひとがこの裏店にいて、そのひとから何かの話を聞いているらしい、と親分は言うのだが……」

伊之助は、二人の女の顔を等分に見た。

「七蔵とか、その男と知りあいだった女のひととかに、心あたりはありませんかい？」

「誰のことだろ？」

女たちはまた顔を見合わせた。そして口ぐちに言った。

「七蔵なんてひとは、あたしゃ聞いたことがないよ」

「その男はここに住んでいたのかね？　それとも、そうじゃなくて、男はよそに住んでいて、この裏店の誰かをたずねて来たりしてたってことなの？」

「そいつが、あっしにもよくわからねえのだが……」

と伊之助は言った。

「男はよそにいたんじゃないかと思うね」

「だあれ？」

女二人は自分たちで話しはじめた。

「よそから男がたずねて来たりするんじゃ、亭主持ちじゃないよね。ひとり者だよ」

「女でひとり暮らしって言うと、おてつさんにおきよさんか、それにおときさん。この三人ぐらいかね」

「まだいるじゃないか、奥のおまつさんもそうだよ」

「ほんとだ。案外いるもんだねえ」

「おてつさんはのぞいていいだろうさ。五十ばあさんが男づき合いでもないだろうからね。第一あの家で男の声がしたのは聞いたことがないよ」

　背の高い女はそう言って、伊之助をあんたと呼んだ。

「七蔵とかいうひとは、まだ若いひとだったんだろ？」

「若くもないが、ま、三十半ばぐらいの男だな」

「ほら、やっぱりそういうつながりさ」

　おらくと背の高い女は、顔を見合わせてうなずき合った。

「そう言えばおきよさんとこに、ちょいちょい男のひとが来てるじゃないか」

「ばあか、知らないの？　あんた」

　背の高い女は、背をまるめておらくの耳に口を近づけた。小声で言う。

「あれはおきよさんの旦那だよ。おきよさん囲われたのさ。前からそんな噂はあったけどね」

「ン、まあ」

　色青ざめているおらくは眼をみはった。

「あたしゃ、うといねえ。ちっとも気づかなかった。もっともあのひと、近ごろ変にめかしこんでさ。ふだんでも顔に白粉などぬたくっているから、変だとは思ってた。へーえ、そうなの？」

「ちょっと待って、おらくさん、ちょっと待って……」

背の高い女は、小太りのおらくの肩をつかまえて、顔をのぞきこむと早口に言った。

「このひとが言ってるのは、おまつさんのことじゃないかしら？　奥のおまつさん……」

「だって、あのひと子持ちだよ」

「そんなこと関係ないって」

背の高い女はじれったそうに言った。

「それより、ほら、思い出さない？　あの家に以前男のひとが来てたじゃないか。たまさかだったけどさ。わりに背が高い、色の生っちろい男のひとがさ」

「そうだったかしら。でも、たまに男のひとが来るぐらいなら、おときさんのところだって来てるよ」

「あのひとはいいの。おときさんが内職をさせてもらってる組紐（くみひも）屋のひとなんだから。素姓がはっきりしてるからいいの」

「あら、そう」

「思い出さない？　おまつさんのとこに来てた男のひと。何となく陰気な顔をしてさ。路地で顔が合っても挨拶ひとつしない男がいたじゃないか？　近ごろはあんまり見かけなかったけど」

「ああ、少し思い出した」

とおらくが言った。

「ひげが薄くて、何となくぬるっとしたひとのこと？」

「そうそ、あたしが言ってるのは、その男のことさ」

「でもそのひとなら、そうしょっちゅう来てたってわけじゃなかったよ」

「うん、たまさかだった。だから、どういうひとって聞いたこともなかったけど」

背の高い女は、それで話が一段落したというふうに伊之助を振りむいた。辛抱して女たちのおしゃべりに耳を傾けていた伊之助は、いそいで愛想笑いをつくった。

「どうですか。わかりましたかい？」

「奥の家のおまつさんだと思うね。いえ、間違いないわ。おまつさんだよ」

女は断定的に言うと、腕を上げて路地の奥の一軒を指さした。

「あそこだよ」

「いま、家にいますかね？」

「いるよ。ご亭主に死なれてから、自分ちで仕事しながら子供育てているひとだから」

伊之助は礼を言った。長蔵店の女はちゃんといたのだ。どういう調べ方をしたのか、半次はなかなか心得た下っ引ではないかと思った。

六

亭主を亡くした寡婦というからには、陰気そうな女かと思ったが、まるっきり見当が違った。おまつは至極気性の明るい女だった。はきはきと物を言い、屈託のない笑い声を立てた。

「ええ、来ましたよ」

半次という男がたずねて来なかったかという、伊之助の問いに、おまつは拍子抜けするほど、あっさりと答えた。

「お上の御用を勤めてるひとでしょ？　来て、根ほり葉ほり、いろんなことを聞いて行ったわ」

「じゃ、七蔵が死んだことも聞いたかね？」

「ええ」

うなずいたが、まる顔で厚いあごを持つおまつの顔には、さほど深刻な表情はうかんで来なかった。ちょっとだけ眼を伏せるようにしただけである。

おまつは、齢は三十前後だろう。すぐに眼をあげて伊之助を見た。

「そう言えばあのひと、どっか影の薄いようなところがあったからね。そんなには、おどろかなかった」

「半次は、何を聞いて行ったのかね」

「ごちゃごちゃとね。七蔵とはどういうつき合いだ？　なんて」

おまつはけらけらと笑った。

「どういうつき合い、って言われても困るのよね。白状しますとね、旦那。あの、旦那もお上の御用の筋のひとなんでしょ？」

「ま、そんなようなものだ」

「あたしゃあけっぴろげな女だから言っちゃいますけどね。七蔵というひととは、一緒にお酒を飲んだこともあるし、二、三度浮気もしましたよ。でも、あたしもごらんのとおりのやもめ、むこうもひとり身だというから、つまりは大人のつき合いですよ。ねッ？　そんなに世間さまに怒られることはないと思うんだけど」

「べつに、誰も怒りはしないだろうさ」

「ねッ？　だから、あたし半次という親分さんにもそう言ったんです。ただの男と女のつき合いですって。そしたら怒られちゃったのよ。もっとまじめに答えろ、なんて。あのひと、こわかったな」

「男と女のつき合いか」

伊之助は、おまつのいかにも活力にあふれているような、固太りの身体を眺めた。

「七蔵とは、どこで知り合ったのかね」

「団扇(うちわ)屋さんですよ。蒲原っていう大きな団扇屋。あのひとがそこで働いてて、あたしはそこから団扇貼(は)りの内職仕事をもらってたもんで、口をきくようになったわけ。もっともあのひとはお店じゃなくて、経師の仕事してた」

「ふーん、蒲原では経師仕事もやってたのかい？」

「そうなの。うちは亭主が子供一人残して死んじゃったからねえ。五年前ですよ。あたしゃまだ二十七だった。生きるのに必死だった。いまじゃいくらか内職のコツもわかって、息抜きすることもおぼえたけどさ、そのころは必死。内職のかけ持ちやって、頭から血がさがってぶったおれたことだってあった」

「そりゃ、大変だったろうな」

「もう、大変なんてものじゃなかったですよ、旦那。あ、ちょっと待ってね、いまお茶いれますから」

話に身が入って来て、おまつはそそくさと茶の間に入ると、手早くお茶をいれ、上がり框にかけている伊之助に運んで来た。

「ええと、どこまでお話ししたんだっけ？」

「七蔵と団扇屋で知り合った、と聞いたところだが、そのつき合いというのは、どのぐらい続いたのかね？」

「一年ぐらいのもんでしょ。そう、一年そこそこですよ」

「一年もつき合ってだな。その間、一緒に暮らそうなんて話は出なかったのかね？」

「出ない、出ない」

おまつは手を振った。

「知りあったころ、正直言うとあたしにはそういう気持があったわけ。ねッ？　だってそうでしょ？　男なんていなければいないで済むようなもんだけど、やっぱり女だからさ。心細いのよ、何となく」

「その気持はわかる」

伊之助は、どことなく男勝りといった感じがするおまつを眺めながら相槌を打った。

「それが女心というもんだ」

「ねッ。だから、もしかしたらという気持はあったわけ。旦那の前だけど、あたしはああいう色白のね、わりあい背の高い男が好みなのよ。死んだ亭主も、ぶっきらぼうな男じゃあったけれども、そりゃもう、女のように肌のきれいなひとだった」

「七蔵は、旦那に似てたわけだ」

「ちょっぴりだけどね。だから、もうあけすけに言っちゃいますけど、誘われて一緒に寝たときは、もしかしたら一緒になってくれるつもりじゃないかと思ったのよ」

「そりゃ、当然の話だ」

「ねッ、旦那だってそう思うでしょうに。女は、ただ男ほしさでは、なかなかそこまではいかないものですよ。でも、男はそうじゃないからねえ」

「と、言うと七蔵にその気がなかったんだな?」

「その気も何も、あのひとには女房がいたんですよ」

「ほう」

伊之助は、さりげなくおまつの顔を注視した。

「七蔵はひとり者じゃなかったのかい?」

「あたしゃてっきりそうだとばかり思ってたのよ。だって、ひとりで暮らしてるって言うしさ。おまつさん、済まないがこれ洗ってくれないか、なんて汚れ物を持ちこんで来るしさ。たまにご馳走をつくって、飯を喰わせりゃ喜んで喰って行くし、ねえ。まさか、女房がいるなんて、あたしゃ思いもしなかった」

おまつはけたたましい笑い声を立てた。

「男って厚かましいねえ。そりゃ、失礼ですがおかみさんはいませんか、とたしかめなかったあたしが、うかつと言えばうかつだけどさ」

「女房がいるって、七蔵が自分からそう言ったのかね」

「そうじゃないの。いつまで経っても、あのひとからそれらしい話がないから、あたしの方から切り出したんですよ。どういうつもりですかって」

「そうしたら白状したわけだな?」

「そう。じつは家出してはいるが、おれには女房がいるって言うわけだわ。しかも、勤めのひまをみて、一所懸命さがしてるところだ、なんて言うの。あのときはあたしも怒ったね。なぜ、それを早く言ってくれなかったんですかって、あたしゃ言ったわけ。だってそうでしょ? 女房が見つかりました、はいご面倒さまじゃ、ねッ、あたしの立場というものがないじゃありませんか。世間の物笑いですよ」

「もっともだな」

「旦那もそう思うでしょ? だからあたしゃ言ってやった。そういうご事情のあるひととは知りませんでした。でも事情がわかったからにはこれっきりにしましょって言ったんです」

「ふむ」

「だってそうじゃありませんか。あたしゃ肌さみしくて男を引き入れたりする女とは違うんですから。そんな女と一緒にみられたら、たまったもんじゃありませんよ。だから、これからはこの家に足を踏み入れてくれるなって、きっぱりとことわってやったのよ」

「それで、七蔵はどうしたね？」

「それがおかしいのよね、あのひと」

おまつはくっくっ笑い声を立てた。

「あたしがあんまりきっぱりと愛想づかしを言ったせいか、ふっと蒲原をやめて姿を消したんですよ。もっとも蒲原に雇われたのは二年ほども前からのことで、べつに年期の入った奉公人というわけじゃなかったらしいけど」

「あんたと顔を合わせるのは間が悪いと思ったかね」

と伊之助は言った。少し考えこんでから聞いた。

「そのころ、七蔵はどこに住んでいたんだろうな。蒲原の店に住みこんでいたかな？」

「住みこみじゃなかったですよ。あのひと、ちょいちょいここにも泊りましたしね。あのぐらいのお店になるときまりがうるさいから、住みこみじゃあんなことは出来ませんよ」

とおまつは言った。二、三度浮気した程度などと言ったが、いまの話しぶりを聞くと、おまつは七蔵こと七之助と、かなり深間にはまったつき合いをしたのだ。だからいっこうに誠意を示さない男に、怒りもしたのだろう。

「でも、そうだとしたら、あのひとどこに住んだのだろ？　あたしゃ、あまりそういうことは気にしなかったものだから」

「ま、それはいいだろう」

と伊之助は言った。七之助の足どりを拾うことは、はじめ考えたほどには重要なことでなくなっている。七之助は団扇屋で働いていて、そのころも女房をさがし回っていたことがわかっただけでいい。

「七蔵が蒲原をやめてだな、あんたの前からも姿を消したというのは、いつのことかね？」

「そうね、一年前ごろじゃなかったかしら。いまの季節よりもうちょっと前、花のさかりのころだったと思うけど」

それじゃ七之助は、団扇屋をやめた足で、北本所の三笠屋に行ったのだ、と伊之助は思った。そのころに、住まいの方も深川のこの近辺から、小名木川の北の富川町金右衛門店に変ったのだろう。

「で、七蔵とはそれっきりかね？」

伊之助は、もうつめたくなった番茶を飲みながら、そう言った。すぐには返事がなく、顔を上げるとおまつが少し赤い顔をしていた。おや、と伊之助は思った。

「また会ってるんだな？」

「きまりが悪いから、半次という親分さんには言わなかったんですけどね」

おまつははにかむような笑顔をみせた。三十を過ぎた寡婦の顔に、思いがけないかわいい表情が出た。

「ほんと言うと、去年の暮れに、ひょっこり顔を見せたんですよ。子供にみやげ物など持ってさ」

「ふーん。それで、また縒がもどったというわけだ」

「あら、違いますよ、旦那」

おまつは躍起になって打ち消した。

「でも、そのあとも来てたんじゃないのかね？」

「来たって言っても旦那、それからはほんとにひと月に一度ぐらいですよ。それにあたしゃ、あのひとが来ても、家の中に上げやしなかったですよ。だって旦那、ねッ、気持はわかるでしょ？ あのひとは一度、あたしをこけにしかかった男ですからね」

どうだかわかるもんか、と伊之助は思ったが、べつにそのことを深く詮索するつもりはなかった。

ただ、身寄りもなく女っ気もなしに、裏店でひとり暮らしをしていたように見えた男にも、やはりおまつのような女がいたのだ、と思った。

「おれは七蔵の女房というのを、ちっと知ってるのだが、よくない女だった」

と伊之助は言った。おまつに聞くことは聞いて、あとは無駄話のつもりだった。

「七蔵も、家出した女房などはさっぱりとあきらめて、お前さんと一緒にでもなれば、案外しあわせになれたかも知れんのにな」

「そりゃ、だめですよ」

とおまつが言った。

「ほんと言うと、一度いま旦那が言ったようなことを、あのひとに言ってみたことがあるんです。いつまでも家出した女房の尻を追っかけたりして、男らしくないよって言ってあげた。そのとき、あのひと何て言ったと思います？」

「………」

「女房なんぞかわいいとは思っちゃいねえ。だけどあいつさえ見つかれば、大金が入るあてがあるのだ、とこうですよ。そのときは少しお酒が入ってましたけどね。それにしてもえらい気炎でしたよ。何を夢みたいなこと言ってんだろうと、そのときばかりは、あたしゃ少しうす気味悪かった」

「………」

「それとも、あのひとのかみさんて、そんなにお金を持ってたひとなんですか？」

「とんでもない」

と伊之助は言った。

「お前さんの言うとおりさ。七蔵は夢を見てたのよ」

女房のおさきを見つけたら、女房を種に駿河屋に大きなゆすりをかける。駿河屋のもと手代七之助は、どうやら最後までそういう邪悪な夢に取り憑かれていたらしい、と伊之助は思った。

伊之助は、立ち上がってごちそうさんと言った。入口に歩きかけて、ふと気づいておまつを振りむいた。

「七蔵が一番おしめえに来たのは、いつごろかね？」

「そうねえ、ひと月ぐらいも前かしら」

「それで？　相かわらず女房をさがし回っているとでも言ったかね？」

「そうそう、そのかみさんを見つけたとか言ってましたよ。嘘かほんとか……」

「見つけた？」

伊之助はおまつのおしゃべりを遮ると、鋭く聞き返した。

「どこで？　場所は言わなかったかね？」

「お寺がどうこうとか言ってたけど」

おまつは、伊之助の急に変った剣幕にびっくりした顔になった。おどおどした声で言った。

「あたしゃ、そのとき台所にいたものだから、よく聞きとれなかった」

「海竜寺とは言わなかったかね」

「さあ」

おまつは首をかしげた。

「ただお寺って言うのを聞いただけなんですよ、旦那。あたしゃ、かみさんが見つかったなんて話は聞きたくもなかったからねえ。いい加減に聞いたんですよ」

七

一人者の伊之助は、飯も汁も朝のうちに一緒に炊いてしまう。時には夜食のときに朝飯の分を一緒につくることもある。

夏の暑いさかりなどは、朝に炊いた飯が、夜には饐(す)えた匂いを放って、味気ない思いをすることもあるが、そうして喰い物を残しておけば、疲れたときも無精をして飯を抜くことはせずに済んだ。一人暮らしの知恵だ。

その夜も、伊之助は家にもどると汁だけあたためて、手早く夜食を済ませた。そして押し入れの隅から、むかし使った鉤縄(かぎなわ)を取り出した。

捕り縄ではなく、忍びこみの道具である。奉行所から預かった捕り縄は、十手を返すときに、一緒に返上したが、血気さかんな岡っ引だったころに使ったその縄だけは残っていた。これも、死んだ女房が忌み嫌った道具である。

鉤は錆(さ)びて、縄もあちこちほつれてはいたが、麻で綯(な)った縄は、ひっぱってみると十分に強靭(きょうじん)だった。短か着とパッチに着換え、黒足袋を履いた。懐に、まるめた縄と、顔を隠す黒い布を突っこみ、行燈(あんどん)の灯を消して土間に出る。そこで伊之助は、家にもどる途中で買って来た草鞋(わらじ)をはいた。

戸をあけて、しばらく路地の気配をうかがってから外に出た。幸い誰にも見とがめられることなく表に出られた。月も星もない夜だった。地も空も一色に暗い闇の中に、家々から洩れる灯がうるんでいる。

伊之助は表通りを避けて、町裏の榛ノ木馬場の方に回った。人気のない馬場横の広場を突切ると御竹蔵前の道に出る。そこまで行けば、知った顔に会う恐れはまずなかった。

探索の用があって、いまのような盗(ぬす)っ人(と)まがいの身支度で、目ざす家に忍びこんだりしたのは数年も前のことである。それもほんの一度か二度である。むかしのようにうまく忍びこめるかどうかは心もとなかったが、伊之助は今夜、海竜寺に忍びこんでみるつもりだった。

七之助は殺される前に、女房のおさきを見つけたという。その場所は寺である。長蔵店の後家、おまつの話しぶりはいささか心もとないものだったが、その寺というのは、十中八九海竜寺のことだろう。

怪しい寺だった。その寺に、何のためにかさぐりを入れていた下っ引の半次は殺された。七之助も、ただ境内の易者に通っていただけでなく、そこで女房のおさきを見たために殺されたようでもある。だから、七之助の足どりをさぐって易者をたずねた伊之助も殺されかけたのだろう。そう考えるといくらか事件の筋道が浮かび上がって来るようだった。

海竜寺には、何かが隠されているらしい。半次も七之助もその何かに接触したがために殺されたように見える。

――しかし……。

それにしても、七之助が女房を見つけたという話にもおかしなところがある、と伊之助は思っている。おさきは七之助の女房である。見つかったのなら、七之助はなぜ、すぐに連れ帰らなかったのだろうか。

――連れ帰れなかったのだ。

伊之助はそう考えている。七之助の女房おさきは、すぐには連れもどれないような状態におかれているのだ。ひょっとしたら海竜寺は、その女房まで隠しているのだろうか。そのことはまた、半次が言った悪い連中というのにつながりがあるのか。

もろもろの疑問は、そこでひとつにかたまったまま行きづまっている。寺は町方の手のおよばない場所である。いざとなれば寺社奉行の方と話をつける、と石塚宗平は言ったが、実際には話はそう簡単にはつかない。よほどの証拠をおさえなければ、お寺社は動かないだろう、と伊之助は見ている。そういう例は、伊之助が岡っ引をしていたむかしにもあったことだ。

——とにかく……。

一度様子をさぐってみることだ、と思いながら、伊之助は暗い道を北本所にいそいだ。その決心は、昼の間彫藤で仕事をしている間にかたまっていて、足どりに迷いはなかった。

伊之助は、石原町から外手町とたどって、一たん大川の河岸に出た。河岸の道は河明かりで、いくらかほの白くなっている。

川上の遠い場所に、小さな船の灯がちらちらとまたたき、対岸の諏訪町、駒形町あたりにも灯のいろがにじんでいる。暗い川には霧が動いているようだった。

伊之助は、そういう夜景には眼もくれずに、番場町の町並みと普賢寺の間から、また暗い町に入りこんだ。そして番場町から海竜寺の裏通りに入りこんだところで、一度足をとめると、黒い布を出して頬かむりをした。

足音を盗んで、裏門の前に立った。この前下っ引の庄助と一緒に来たとき、塀の外からたしかめておいた松の枝は、暗くてよく見えなかったが、およその見当はついた。枝に縄をからませて塀をよじのぼるのは、さほどむつかしいことではないだろう。

伊之助は懐から縄を出した。そして、ふと思いついて潜り戸を押してみた。念のためにやったことである。だが、次の瞬間、伊之助は襲われたようにうしろに飛んだ。押した潜り戸が、かすかな軋み声を立てて内側に動いたのである。

油断なく身構えたまま、伊之助は半ば開いた潜り戸を見まもったが、戸の陰に何者かがひそんでいるような気配は感じられなかった。

近づいて、そっと戸を押した。潜り戸は、今度は音もなく黒い口をあけた。しばらく様子を窺ってから、伊之助は思い切って中に踏みこんだ。

多分庫裡の灯だろう。雑木林の左奥のあたりから、かすかな明かりが洩れて来て、足もとにある一本の小道を浮かび上がらせている。ひとがひそんでいるような気配はまったくなかった。入念にそのことをたしかめてから、伊之助は不用心な潜り戸を内側から閉めた。そして顔にかぶさって来る木の枝を押しのけながら、小道をすすんで行った。

道は、辿って行くと思ったとおり庫裡の横に出た。開いている格子窓の中から、騒々しい話し声や笑い声が洩れて来る。陶器の触れ合う音も聞こえた。そこは台所かも知れなかった。窓の下に貼りついて、伊之助は女の声はしないかと耳を澄ませたが、聞こえて来るのは男の声ばかりだった。

伊之助は窓の下を離れると、足音をしのばせて境内の方に回った。参道わきにならぶ坊の明かりが見えて来た。坊は三つとも障子に赤々と灯のいろが映っている。

伊之助は坊にしのび寄って、静かに歩き回りながら家の中の様子を窺った。時刻はおよそ五ツ（午後八時）過ぎだろう。亀沢町の裏店なら、とっくに灯を消して床にもぐる時刻だが、寺は裕福で、油代を案じたりはしないらしい。坊の中からは、やはり男たちの声が聞こえて来た。低い話し声だったが、言っていることは切れぎれに聞き取れた。話しているのはむろん僧侶たちだろうが、一軒の坊では、男たちは遊所の女の話をしていた。

伊之助は穂積という姓がわかっている易者のいる坊の方にも回った。そこも横手の障子に灯のいろが映っていたが、話し声は聞こえず、ひっそりしていた。穂積という易者は一人暮らしのようである。

足音をしのばせて、伊之助はそこを離れた。寺が何か隠しごとをしているとすれば、むろん穂積も一味同心である。七之助は、その易者をたずねているうちに殺されたのだし、伊之助も、そこに七之助の消息をたずねに来たあとで襲われたのだ。

伊之助は寺に引き返した。灯が洩れて来るのは庫裡の方だけで、本堂はがっしりと暗く、闇の中に立ちはだかっていた。正面の階段をのぼって、扉の隙間から中を窺ったが、眼に映ったのは外よりも暗い闇だった。伊之助は階段を降りて、本堂の横手に回り、さらに背後に回った。本堂裏の開山堂あたりでは、急に夜気までじめついて来たようで、うす気味が悪かったが、そこを回り切ると庭園らしい場所に出た。池に流れこむ水があるのだろう。どこかでかすかな水音がした。

本堂の建物に沿って、伊之助は庫裡の方にむかった。ぐるりと寺を一巡したことになる。

——さて……。

どうしたものか、と伊之助は思案した。ただ外をぐるぐる回ったぐらいでは、何もわからなかった。中に踏みこまなければ、おそらくこの寺の隠しごとというものは見えて来ないのだ。半次はそうしたらしいが、一体どこから忍びこんだのだろう。

そう思ったとき、伊之助は物につまずいた。踏みつけたのは枯れた竹のようなものである。ばりっと乾いた音を立てた。どこかで窓が開くような音がした。庫裡の方で、いまの物音を聞きつけたのかも知れなかった。伊之助は地面に四つん這（ば）いになった。そのままじっとしていた。

しばらくして窓が閉まる音がした。ほっとして膝（ひざ）を起こそうとしたとき、伊之助は妙なものを見た。明かりである。床下に糸のような明かりが洩れていた。場所は、本堂と庫裡の間をつなぐ客間と思われるあたりである。

伊之助は床下に這いこんだ。そのあたりは中腰に立っていられるほど、床が高かった。明かりが洩れているのはそこである。伊之助はそこまで這い寄ると、蹲（うずくま）って耳を澄ました。何の物音も聞こえなかった。

だが耳を澄ましているうちに、かすかに物がはじけるような音が聞こえて来た。そして不意にその音がやむと、頭上でぼそぼそと人声がした。そしてまた物を軽く叩くような、または何かがはじけるような物音が長くつづいた。最後に、がしゃりと物をぶつけたような音がして、それっきり音はやんだ。かわって、またぼそぼそと不明瞭（ふめいりょう）な話し声が聞こえて来た。

男の声である。低い笑い声もまじった。

——そろばんだ。

伊之助は、やっと物音の正体をつかんだ。海竜寺という寺では、やがて五ツ半（午後九時）にもなろうとする時刻に、そろばんを持ち出して金勘定をしているらしい。頭上の話し声は、少なくとも三人以上の男たちのように思われた。

金のある連中がうしろ暗え真似をしている、と言ったという半次の言葉が思い出された。半次はその現場を見たのだ。いったい忍び口はどこだ？　と思ったとき、床がぎしぎしと鳴り、洩れていた灯のいろがふっと消えた。金勘定は終ったらしかった。

伊之助は床下から外に這い出た。また、出直しだと思った。一度忍びこんだぐらいで、中の様子をつかむのは無理だろう。次には少しべつの手を考えようと思いながら、伊之助はさっき来た小道にもどった。ひと通りは勝手がわかって、伊之助の足は軽くなっている。いそぎ足に林を抜けて、裏門までもどった。

何気なく潜り戸をあけようとした伊之助は、瞬間血が凍るような恐怖にわしづかみにされたようである。戸は閉まっていた。手に触れたのは、ざらつく錠である。そして背後に物の気配が動いた。

伊之助が横に飛ぶのと、何かが伊之助を目がけて走って来たのが同時だった。伊之助の身体（からだ）をかすめた物は、塀の壁にあたって、耳ざわりな金属音を立てた。

塀伝いに、伊之助は横に走った。はっきりと追って来る者の足音がしたが、姿は見えなかった。そして鋭くうなる物が耳もとをかすめた。首をすくめて、伊之助は飛んで来た物をかわした。手は懐からつかみ出した縄をつかんでいる。そしてなおも塀の下を走った。

走りながら伊之助は暗い中空に、縄を投げ上げた。縄を引く。塀の屋根に先端の鉤がひっかかった手応えをたしかめると、伊之助は縄をしぼってためらいなく塀の壁を駆け上がった。敵の眼には伊之助の姿が見えているらしい。何かがうなる音を残して、二本、三本と伊之助の身体をかすめて飛ぶ。

身体が塀の上に弾(は)ね上がると同時に、鉤がひっかかっている瓦が割れて、大きな音を立てた。伊之助の身体は、ささえを失なってぐらりと傾いたが、辛うじて塀の外にとび降りることが出来た。すぐにはね起きて走った。

だが、伊之助は塀の角まで走ると、そこで足をとめて、うしろを振りむいた。裏門から誰かが出て来るかと思ったが、誰も出て来なかった。そのあたりはひっそりしたままである。塀の内側にも、何の物音もなく、四囲はもとの闇にかえったようだった。

——何者だ？

と伊之助は思った。寺は意外に厳重に見張られているらしい。伊之助の脳裏に浮かんで来たのは、境内の坊に住む若い易者の顔である。もの静かな浪人者に見えたが、ほかに伊之助を危地に追いこむような腕を持つ者がこの寺にいるとも思えなかった。飛んで来たのは、手裏剣(しゅりけん)のような物だったのだ。古風な武器だが、暗闘に使うにはもって来いの凶器だろう。

——凶器？

伊之助ははっとした。七之助を殺し、半次と仙太を刺した凶器が残した傷あとを思い出していた。畳針のようなものだと思ったが、あれは手裏剣の刺し傷だったのではなかろうか。伊之助は塀の下に腰をおろした。じっくりと腰を据える気になっていた。伊之助は寺の中でそろばんをはじいていた男たちのことを考えている。外から客が来ているような勘が働いていた。

――その客は……。

人眼を忍んで裏口から入ったのではないか。だからさっきは裏の潜り戸があいていたのだ。その見方があたっていたとすれば、客はまた裏門から出て来るかも知れなかった。表の門は荒井町の町家の通りに面していて、夜といえども人眼につく恐れがある。

伊之助は裏門を見張ることにした。もし海竜寺の客が表から出て行けば、見張りは失敗だが、あちらかこちらかと迷ってはよけいにしくじりを招きかねないのだ。

伊之助は待った。腰をおろしたまま、痛む腕と足をさすった。急に派手な動きをしたために、身体のあちこちに痛みが起きたようだった。腿のあたりは、筋をたがえたようでもある。

時刻は移ったが、あたりは静まり返ったままだった。暗い路地に入って来る者もいなかった。何ごともなく、時だけが経った。

客などは来ていなかったのではないか。伊之助がそう思いはじめたとき、伊之助がさっき来た方角、番場町の方から路地に入って来る提灯の灯が見えた。駕籠である。駕籠はひとつだけではなかった。そして丁度時刻を合わせたように、塀の内側にも灯の色が動いた。青ざめた木の葉が灯影に浮かび上がったのが見えた。

伊之助は立ち上がると、すばやく塀の角に隠れた。見ていると、駕籠は裏門の前にとまった。そして潜り戸から人影が三つ出て来た。出て来た人影は路に出ると潜り戸の内にむかって、それぞれに頭をさげた。中にいる人間の姿は見えなかった。

提灯の光に照らし出されて、男たちの顔が見えた。伊之助は息をのんだ。その中に黒江町の駿河屋の顔が見えたからである。男たちは黙々と駕籠の中に入った。そして、すぐに駕籠が上がった。そのときになって、伊之助はもう一度眼をみはった。提灯に家紋が浮き出している。ひとつの提灯に描かれた紋が、丸に八の字だった。

——丸に八！

それは七之助の女房おさきを、蛤町の家から連れ出した男たちが着ていた印半纏の文字なのだ。伊之助は遠ざかる三つの駕籠を凝然と見送った。

そのときになって、伊之助は左袖がいやに重いのに気づいて袖をさぐった。そこに凶器がぶらさがっていた。抜き取って空にかざしてみると、それは先端が異様に細くなっている、やはり手裏剣と思われる物だった。

——駿河屋と……。

この凶器がどこでつながっているのだろうと、伊之助は思った。

第四章

一

いそぎの仕事もなかったので、伊之助は暮れ六ツ（午後六時）には藤蔵の家を出られた。

空は曇っていたが、日の暮れかかっている西空に雲の切れ目があって、その方角から来るやわらかな光が町の上に漂っている。風もなく穏やかな日暮れだった。何ごともなく勤めから家にもどるのはいいものだと思いながら、伊之助はいそぎ足に町を歩いた。

常盤町の角を曲って、ひとつ目の路地を左に入る入口の角が、岡っ引多三郎の家である。あまりはやっているとはみえない、その小間物屋に入ると、店に出ていた多三郎の女房が、みなさんお待ちかねですよと言った。

女房に案内されて奥の部屋に行くと、同心の石塚宗平が、ようよう待っていたぞと言った。石塚は茶碗ひとつを前にして、所在なげにあぐらをかいている。石塚とむき合う場所に多三郎がいて、そのうしろの壁にくっつくようにして、手下の庄助と顔を知らない男が二人いた。はじめてみるその二人の男が、手下の八兵衛と金蔵なのだろう。

「さあ、話してくれ」

と石塚は言った。伊之助は多三郎に、いますすめている探索のことで大事なことがわかったので、みんなを集め、石塚にも連絡してくれるように頼んでおいたのである。

石塚は、その大事の話というのを聞きたくてうずうずしているように見えたが、ひょっとしたらそれは伊之助の買いかぶりで、ただ例の馴染(なじ)みの小料理屋に行きたくて、先をいそいでいるのかも知れなかった。

「それじゃ、失礼して……」

伊之助は多三郎に挨拶してから、これまでの調べのいきさつから海竜寺にしのびこんだ昨夜の顚末(てんまつ)まで、洗いざらい話した。その間に、一度多三郎の女房が部屋に入って来て、行燈に灯をともして行った。

「わかったのはそれだけですが、とにかくあのお寺がうさんくさいことには間違いありません。駿河屋も丸八も、それに人殺しの凶器と思われる、これ……」

伊之助は懐から手拭いに包んだ、畳針よりやや長い手裏剣と思われるものを出して、石塚に渡した。

「こいつも、全部あそこにつながってますからな」

「どれ、どれ」

石塚は受け取った細長い鉄具を行燈にかざし、ためつすがめつ見てから言った。

「こいつはやっぱり、昔の手裏剣だぜ、おい。ちょっと細い気がするが、このとおり平べったい。指にはさんで投げるものだな」

石塚は、多三郎に手裏剣を渡して、伊之助を見た。

「殺しの凶器はこいつだな、伊之。おどろいたぜ、海竜寺では手裏剣使いを飼っているのかい？」

「そのようです」

「よっぽど悪いことをしてんだ」

石塚はうなって貧乏ゆすりをした。しばらく考えこんでから言った。

「その手裏剣使いというのは、あの易者野郎だろうな？」

「見当はそんなところでしょう。殺された七之助は、何度かあいつに会ってますからね」

「ふんづかまえるかね。境内まではこっちの領分だ」

と言ったが、石塚はまるい顔にちょっと気弱な表情をうかべた。

「しかし境内で捕物をやっちゃ、お寺社が気にするかな。連中ときたら頭が固いから。やつが寺から出て来たところをつかめえる方が、無難かも知れねえ」

「ちょっと待ってください」

と伊之助は言った。

「あっしは、その前にもちっと調べを入れる方がいいように思いますがね。丸八が何もんなのかもまだわかってませんし、穂積とかいうあの易者も、まだ人殺しの証拠が上がったわけじゃありません。とりあえず……」

と言って、伊之助は多三郎を見た。

「親分の手で、穂積の素姓とか、丸八とかを調べてもらって、殺しとのつながりをつかんでから捕物にかかっても遅くはねえと思いますが……」

「おれの方なら、いつでもかかるよ」

　と多三郎が言った。伊之助の話から、多三郎は殺しに意外な裏があることを知って、あっけにとられた様子だったが、いまは事情をのみこんで、いくらか気負った顔つきになっていた。

「とりあえず易者の素姓と、丸八の旦那の素姓を洗えばいいんだな？」

「それと、もうひとつ」

　と言って、伊之助は膝を石塚にむけた。

「あっしが、こないだから気になって仕方がねえのは、七之助の女房のことです」

「おさきという女だな？」

　と石塚が言った。

「さいです。これまでの調べで、七之助が姿を消した女房をずっとさがしつづけていたことはわかってますんで。その七之助が長蔵店のおまつに、女房を見つけたと言い、その見つけた場所というのが、どうも海竜寺らしいということは、さっき話したとおりです」

「ふむ、それで？」

　石塚はまた貧乏ゆすりをはじめた。

「長年さがしていた女房が見つかったのなら、七之助はなぜつかまえなかったんですかね？」

「海竜寺にかくまわれてたんじゃねえのかい？」

と、多三郎が言った。石塚の方は、少しべつのことを言った。

「または姿が変っていて、見つけたというのも半信半疑だったということも考えられる」

「それです」

と伊之助は言った。

「あっしも、そのことじゃずいぶんと頭を悩ませました。かりに七之助が、海竜寺の中にいるか、易者のところに来たかした女房を見かけたとします。行方不明だったといっても自分の女房ですぜ。髪かたちや着ているものが変っていたぐらいで、本人かどうかと迷うはずはありませんや」

「………」

「それに、おさきはれっきとした七之助の女房です。ちらっとみただけで、よくわからなかったというんなら、すぐにたしかめるでしょう。あっしならそうしますな。たしかめて本人がいたなら、ウムを言わせず連れ帰ります。誰に遠慮がいるものでもありませんからな」

「ふむ、おもしろいな」

石塚は、はげしく貧乏ゆすりをした。眼はまたたきもしないで伊之助を見つめている。

「すると、七之助はなぜそうしなかったのかね？」

「あっしの考えでは、こうです」

伊之助は、石塚から多三郎に眼を移した。

「七之助は、たしかに女房と思われる女を見かけたのです。場所はやはり海竜寺でしょうな。しかしおさきはそのとき、七之助がちょっと声をかけにくいような恰好をしてたんじゃないか、と思いますな」

「声をかけにくい？」

石塚は眉をひそめた。

「何だい、それは？」

「ええーと、ここから先は、あっしの当てずっぽうですから、笑わねえで聞いてくださいよ」

「いいから話してみな」

「あっしがこの間、庄助さんと海竜寺の様子を見に行ったとき、寺から駕籠が出るところでした。それもただの町駕籠じゃありません。お武家、かなり格式の高い武家の女子衆の乗物でした。海竜寺にはそういう身分のひとも祈禱を受けに来るとみえて、庄助さんは前にも、その駕籠を見かけたことがあるそうです」

「ふむ、わかったぞ」

と石塚は言った。

「七之助の女房は、その駕籠に乗っていたか、それとも駕籠のお供についていたか、という見当だな？」

「こいつはあっしの思いつきです。親分の手でたしかめてもらわにゃどうにもなりませんが、もしそれだとすれば、旦那がさっきおっしゃった半信半疑というやつが、ぴったりしませんかね。七之助は自分の女房を見つけたと思ったが、眼を疑ったというわけです」

「そいつは伊之、いい筋が見えて来たぜ。七之助は、そいつをたしかめようとして殺されたかな？」

「どうもそんな気がしてなりません。七之助は、いつものように帰って来た夕方、急に家をとび出して行ったそうですが、そのときに、やっぱりあいつだ、間違いねえとひとりごとを言ったのを金右衛門店の左官に聞かれてます。七之助は、その足で海竜寺に行ったんじゃねえかと思いますが、その夜のうちに殺されたわけですな」

伊之助の言葉で、部屋の中にさっと緊張感が入りこんで来た。一瞬しんとなった中で、石塚が手をのばして残っていたお茶を飲みほした。石塚は、ふん、武家の女子までからんで来たか、ますます厄介なことになった、とひとりごとを言った。

だがそう言って顔をしかめたのは、ちょっとのことで、石塚は急に元気になって、きびきびと指図をした。

「よし、親分。伊之は勤め持ちだし、ここはお前さんにがんばってもらわにゃなるめえよ。まず海竜寺の見張りだ。丸八の旦那、旦那でなくともその家にひっかかりがあると思われるやつが来たら、帰りをつけて家をたしかめる。それに伊之は当てずっぽうだというが、わしはその女駕籠というのが気になる。これも後をつけてくれ。おっと、忘れちゃいけねえ。穂積という易者のことがある。こいつは町役人にあたってみたら、素姓が割れるんじゃねえのか。とりあえずそっちから調べてみな」

「かしこまりました」

と多三郎が言った。石塚は多三郎にうなずいてから、自分の顔を指さした。

「わしはお寺社の方をあたって、海竜寺の坊主を調べてみよう。こううさんくさいのが集まっているとなると、住職本人かどうかは知らんが、あの寺の坊主が一枚嚙んでることは間違いあるめえよ」

二

「よそのお店のことは、よくわかりませんねえ」

伊之助の前にいる男は、迷惑そうにそう言った。名前は喜左衛門と言い、蔵前の札差播磨屋の二番番頭である。

岡っ引多三郎の手下金蔵は、丸八の旦那をつきとめた。丸八は蔵前の札差丸子屋利八だったのである。伊之助は、そのあとの探索を引きうけたのだが、やたらにそのあたりを聞きまわるわけにもいかない。丸子屋と親しい店に聞きこみに入って、そのことが先方に筒抜けになったりしては、何のための聞きこみかわからない。

そう言うと、石塚宗平は知り合いの御家人と取引きがある、播磨屋の二番番頭につながりをつけてくれた。それが眼の前にいる喜左衛門で、播磨屋は丸子屋とは商売敵の関係で、聞いたことが丸子屋に洩れる気遣いはないという。

だが、喜左衛門は無愛想な男だった。商家の人間がみな愛想がいいとはかぎらない。また客あしらいが商売だから、店で愛想よくしている分だけ、外に出るとむっつりするということもあるだろう。それに、考えてみればいまの札差は、旗本、御家人相手の高利の金貸しが仕事の中身である。愛想よりは無愛想の方が、商売に似合っているかも知れなかった。

とにかく喜左衛門はそういう男で、伊之助の聞くことにもまともに答えようとしないのだ。その筋からの話があって会うことになった伊之助を、岡っ引かその手先だろうと見当をつけていて、たとえ商売敵とはいえ、仲間（組合）うちのことは、めったなことはしゃべるまいと決めているふうでもあった。ひとことずつ、言葉がとぎれて、気まずい空気が少しずつ濃くなる。

——このまんまじゃ、しょうがねえぜ。

伊之助は少しあせって来た。二人がいるのは、浅草御門の灯が見える茅町の角の、小さな飲み屋である。

もっと町の奥に入れば小ぎれいな料理屋などいくらもあるのだが、石塚は喜左衛門にわたりをつけてくれただけで、一杯やる金までくれたわけではない。自腹となればこんな場所が穏当だろうと思って、神田にある家に帰るのだという喜左衛門をひっぱりこんだのだが、あらためて見回すと汚い店だった。灯は暗く、壁がはげ落ちている。

酒をあったためたり、干物の焼き肴をはこんで来たりするのは六十近いばあさんで、ほかには人がいるようでもなかった。まだ宵のくちだからかも知れないが、客はさっきから二人だけだった。あまりはやっていそうもない店だが、板場にひっこんでいるばあさんは、気楽そうに端唄かなんかをうなっている。

「もうちょっと、いかがですか？」

伊之助が銚子をむけると、喜左衛門はまずそうに酒を飲み干して、盃をさし出した。店も気にいらず、酒も肴もまずいが、飲むのはきらいではない、というふうに見えた。

蔵前の商人というよりは、金貸しの番頭といった感じがぴったりする、黒く四角ばった顔と鋭い眼を持つ喜左衛門は、ものはしゃべらないが、さっきからかなりの量を飲んでいる。伊之助はせっせと酒をすすめた。酔わせてしまえば、何か聞き出せないものでもないと、ひたすら酒の力に頼っているあんばいだった。

「丸子屋さんのことですがね」

伊之助は、喜左衛門のむっつりした顔を窺いながら、話をまた丸子屋にもどした。

「羽振りのいい店らしいですが、取引きにもさぞ大どころの旗本をつかんでいるんでしょうな」

「まあね」

「どういうお屋敷とつながっているか、お宅あたりならご存じだと思いますが……」

そう言いながら、伊之助は、頭の中に海竜寺の門を出て行った女駕籠を思い描いている。あれが、丸子屋につながる旗本の家の人間だとしたら、かなり大身の屋敷の女である。

「そりゃ知ってますよ」

と喜左衛門は言った。いくらまずい酒でもいくらか利いて来た感じだったが、つづけた言葉はにべもないものだった。

「だが、そういうことはちょっとよそのひとには話せませんねえ。商いにかかわることですからな。仲間の仁義というものがあります」

「盃をあけなすってください」

伊之助は、また酒をついでやった。喜左衛門は平気で酌を受けている。聞きたいことにはさっぱり答えないくせに、ただ酒はいくらでも飲もうという構えである。

ふといおやじだ、と伊之助は思った。何としてでも、元だけは取り返さなきゃとも思った。

「あっしは、お金の貸し借りのことはよくわかりませんが、名目金というものがあるそうですね」

名目金というのは、はじめは幕府の管轄下にある寺院や神社が、幕府の諒解(りょうかい)を得て一般に金を貸し出したことにはじまって、のちには金貸しが、実際には一般の富者から預かった金を、寺社の金と称してほかに貸しつけるようになった貸し金のことである。

むろん寺社の金と詐称したわけではなく、しかるべき寺院、社家に話をつけ、名儀料を支払ってその名を借りるわけである。なぜそんなことをするかといえば、官寺、官社の名を借りて、貸し金にもったいをつけるのだ。貸すときにもったいをつけ、利子の取り立てにも、貸し金の返済にももったいをつけて、その督促はきびしい。

つまり公けの権威を背にした金貸しをやるわけで、そのうまみは、寺社に名儀料を払って

も お釣りが来るほどのものらしい。そんな面倒な金は借りなければいいようなものだが、金を借りる人間は、切羽つまってやって来るから、そういう曰くのある金も有難がって借りる。そして返済を迫られる段になって、何やらおどろおどろしい権威というものに首を締められることになるのである。

丸八が蔵前の札差だとわかったとき、伊之助がとっさに思い出したのは、その名目金のことだった。むかし岡っ引をしたとき、伊之助は、市中の高利貸しが名目金をふりかざして、ある店の主人を脅している現場を見た。わずかながら知識がある。そして、丸子屋と海竜寺は、名目金でつながっているのではないかと思ったのである。

そのことを口に出してみた。

「丸子屋も名目金貸しをやってるんじゃありませんか」

「そりゃ、やってるでしょ」

「本所の海竜寺などはどうです？」

伊之助はずばりと名前を出した。

「あそことはつながっていませんか？」

「海竜寺？」

喜左衛門は、色の黒い顔にひとを小バカにしたような笑いを浮かべた。

「ありゃ、浅草寺の末寺でしょ？　小物ですよ。名目金なんてお寺じゃないでしょ？」

「そうですか」

伊之助は、いくらか落胆して自分の前の盃を取り上げた。喜左衛門がまずそうな顔をするのも道理で、水っぽい酒だった。店の隅で端唄をうなっているばあさんが、水をまぜたに違いなかった。

伊之助は、手酌でもう一杯酒をついだ。海竜寺と丸子屋、丸子屋と女駕籠。ぼんやりと浮かび上がって来た一連のつながりが、またもとの暗がりに沈みこむのをじっと見つめた。

すると、伊之助の様子を見まもっていた喜左衛門が、不意に自分から声を出した。

「海竜寺というのは、丸子屋の檀那寺ですよ。丸子屋はあそこに先祖代々の墓があるのです」

「え？」

伊之助は、顔を上げて喜左衛門を見た。

「あ、そうですか。なるほど」

「それからね」

喜左衛門は、底意地の悪いような笑いを顔に浮かべた。

「さっき、あなたは丸子屋が羽振りがいいそうだと言いましたが、それ、誰から聞きました？」

「誰って、そうじゃないんですか？」

「いまは持ち直したようですがね。あの店はひところ潰れかかったことがありましたよ。少なくとも、あたしはそうにらんでます」

くつ土間に立った。

「あ、だめ、だめ」

膝を乗り出した伊之助を見て、喜左衛門は手を振った。畳敷きから足をおろして、すばや

「あたしの口からはお話出来ません。そのかわり、いい男を紹介しましょう」

喜左衛門は、一人の男の名前と家を教えた。

「もとは丸子屋に奉公した男でね。いまはあまりたちのよくない素金貸しをしています。その男に聞いてごらんなさい。何か話してくれると思いますよ。じゃ、あたしはこれで。ごちそうさま」

「………」

三

さすがに商売敵である。愛想もなく、貝のように口が固いとみえた播磨屋の二番番頭は、自分のかわりに、丸子屋の内情を悪しざまに告げる男を紹介したのだった。

「潰れかかった？　番頭さんがそう言ってましたかね」

金貸しの久蔵は、そう言ってにやにや笑った。久蔵の家は竪川沿いの林町三丁目にある。彫藤の店に行く途中に立ち寄った伊之助を、久蔵は愛想よく迎えたが、伊之助が金を借りに来た客でないと知ると、たちまち険しい仏頂づらになった。

しかし、播磨屋の番頭の名前を出し、たずねて来たわけを話すと、また顔色がやわらかく

なった。見ているうちに、くるくると顔色の変る男だった。四十近い、色白で小太りの男である。

久蔵は、伊之助を店の上がり框に掛けさせた。

「やっぱり、同業の眼はごまかせないもんだね。丸子屋じゃ、そのことをひたかくしにしたはずだが、やっぱり見ているやつは見ているもんだ」

「すると、つぶれかかったというのはほんとなんだな？」

「あんた、岡っ引？」

不意に久蔵は言った。伊之助を見る眼が、糸のように細くなった。

「お上の御用の筋のひとだと、いくら追ん出された店のことでも、話していいことと悪いことがあるわな」

「気取るのはやめな」

伊之助が言った。

「岡っ引じゃねえが、常盤町の多三郎に頼まれている者だ。おめえさんが、どういう商売をしているかは、親分に聞いてるぜ」

「これはどうも」

久蔵はにやにや笑ってあごをなでた。

「金貸しってえのは、ほんとに損な商売だ。人助けをしちゃ、世間に白い眼で見られるんだから」

「御託を並べずに、聞いたことに答えな」

「そうそ。丸子屋のことを聞かれたんだっけ」

久蔵はあごから手をはなして、伊之助を見た。

「播磨屋の番頭が言ったことは、ほんとのことですよ。丸子屋は、大名貸しに手を出したんだ。こいつは札差のやるこっちゃないのに、うまい話が持ちこまれて乗ったらしい」

「ふん、それで？」

「それがえらい見込み違いでね。大枚の貸し金が焦げついたわけ。ほんとの大名貸しをやる連中なら、そんなことじゃあわてない。じっと辛抱して時期を待つ。金はとれなくとも、いつかはべつの物でとる算段をします」

「………」

「ところが、丸子屋にはそのゆとりがない。返してくれの矢の催促をしたらしい。らしいというのは、そのころはあたしは丸子屋にいなかったのでね。追ん出されたあとだった。だから、その話はあとで聞いたんだが、きつい催促をうけた大名はどうしたと思うね？」

「………」

「借金の采配(さいはい)を振った男が腹を切って、チョンだよ。そうなることは、丸子屋も知らないわけはないだろうが、辛抱し切れず催促をしたわけだ。それで終りだ」

「金は取り返せなかったんだな？」

「多分ビタ一文返してもらえなかったろうな。お大名も近ごろは台所が苦しいからね。無理な借金もするし、返せないとなると思い切った手も打ちます。丸子屋が潰れかかったというのは、そのときだよ。半年ほど、店が閑古鳥が鳴くありさまだったことは、誰知らぬ者がいないはずだよ。あたしも見に行った」

久蔵は、不意にくすくすと思い出し笑いをした。

「ちょうど、取引きがあるお旗本の使いだろうな、ごついお侍が来ていて、往来に聞こえる声で強談判しているところを見たよ。札差はあんたもご存じだろうけれども、お旗本、御家人の米を預かっているからね。米をくれと言われれば米を渡さにゃならないし、米を抵当に金を都合しろと言われれば、金も用立てなきゃならない。潰れたじゃすまないわけよ」

「だが、丸子屋は潰れなかったんだな？」

「潰れなかったね。あたしはね、打ち明けると店の金をどうしたとか、とんだ濡れ衣を着せられて、丸子屋を追われた男です。あの家には恨みがある。いい気味だと思いましたな。ところが、持ち直しちゃった」

「なぜだか、見当がつかねえか？」

「さあて、こいつばかりはあたしもわかりませんな。考えられるのは、どっかから金を借りてしのいだに違いないということです。しかし、借金なら利子を払わなきゃならないし、元金だって返済の期限というものがある。無理な金を借りても、いずれは行きづまります。馬脚をあらわすってやつですな」

金を貸すのは人助け、などと言ったくせに、久蔵は露骨に借金のこわさを語っていた。

伊之助は口の中でうなり声を嚙み殺した。丸子屋利八は一度潰れかかったが、立ち直った男なのだ。それが殺された多三郎の手下半次が言っていた、金のある連中がうしろ暗いことをしている、という言葉につながりがあることは、まず間違いなさそうだった。

半次は丸子屋とか駿河屋とかいう男たちの素姓をつかんでいたらしい。それで金のある連中と言ったのだが、丸子屋は半次に眼をつけられた当時はともかく、その前は金がなかったのだ。うしろ暗いことというのは、丸子屋の立ち直りにからんで、なにかあくどいことが行なわれたことを示しているようであった。

——それにしても……。

半次は、欲に駆られていたとはいえ、ずいぶんと深いところまで足を踏みこんでいたものだ。いったい、やつは海竜寺で何を見たのだろうか、と伊之助は思った。

「ところで、話は違うが」

と伊之助は言った。

「深川の駿河屋を知ってるかね」

「知ってますよ。黒江町の呉服屋でしょ？」

「そう。あの店と丸子屋はだいぶ懇意な仲らしいな」

「懇意といえば、ま、そんなもんだけど、つまり貸し借りのつきあいですよ。昔からのね」

「駿河屋が、金を借りてるのかい？」

「借りてるなんてもんじゃありませんや。駿河屋は大奥に品物をおさめて、それこそ羽振りのいい商人とみられてますがね。内実はそんなもんじゃない。首までどっぷりと借金漬けになってますよ。駿河屋は」

久蔵のそのおしゃべりの中には、重大なことがふくまれていたのだが、伊之助はそのときは気がつかなかった。黙ってうなずいた。

「いまの旦那は、なかなか堅い商売をしているらしいが、先代に問題があったね、あの店は。やり手でしたよ、先代は。御用達商人に喰いこむほどの商い上手でもあったが、遊びの方もはげしかった。あたしも若いころ、お供をして吉原に行ったことがありますがね、へ、へ」

「ふーん、ひとの家ってえのは、外から見るだけじゃわからねえものだな」

と伊之助は言った。すると死んだ半次がつかんだうしろ暗いことというのは、表むきは立派だが、裏に回れば金がなくて苦しんでいた旦那方が、何かよからぬ金儲けをたくらんだということのようである。

「丸子屋と取引きがあるお旗本のあたりに、うんと金を持っているというお屋敷はないのかね」

そう言ったとき、伊之助はまた海竜寺から出て行った、お供つきの女駕籠を思い浮かべていたのである。だが久蔵の返事は、そっけないものだった。

「そのお旗本が金を出して、丸子屋の急場を救ってくれたとでも言うんですか。そりゃちょっと無理だな。あたしは丸子屋で手代もつとめた人間だからよく知ってますが、丸子屋と取引きがあるお旗本というと、せいぜい一千石どまり。どこも暮らしはそう楽じゃなかったですなあ」

「しかし禄高は少なくとも、幕府の役付きになって、金を持っているところに顔が利くということだって、ないわけじゃあるめえ」

だが久蔵は首を振った。

「あたしの知ってるかぎりじゃ、そんなご出世をなさった方も、また丸子屋のためにひと肌ぬごうなどという、親切なお屋敷もありませんでしたなあ。みんなご自分のやりくりで手いっぱいという感じでしたよ」

「丸子屋は名目金貸しも扱っていたそうじゃないか」

伊之助は話を変えた。

「ええ、ちっとはやってましたよ。札差が看板ですから、あまり表には出しませんでしたがね。あれは貸し金に重味がついて、商いがやりやすいのです」

「お前さんもやってるのか」

「ご冗談でしょ」

久蔵は伊之助の無知を笑う顔になった。

「こんな吹けば飛ぶような金貸しに、お偉い寺社が名儀を貸してくれるわけがありませんよ。あれは、腕も信用も、むろん資金もどっさりある店のやることです」

「丸子屋はどのへんから名儀を借りたんだね？」

「上野山内の二、三のお寺ですかね。丸子屋にしたところであなた、大どころのお寺と話をつけるなんて柄じゃないですよ」

「本所に海竜寺という寺があるのを知ってるかね？」

「海竜寺というと、荒井町のへんの。知ってますよ、たしか浅草寺の末寺のはずですな」

「あそこと丸子屋が、名目金でつながっているということはないのか」

「あなた、そういうことを言うと笑われますよ」

と久蔵は言った。じっさいに自分もへ、へと笑った。

「名目金というのは、融通して上げるのは、じつは寛永寺さんの御余財である、芝の増上寺さんの御余財であるというので重味が出て来るので、これは海竜寺から回してもらったお金だよって言っても、借りる方は恐れ入るまでにゃいきませんでしょうよ。格が違います」

「すると、何であの寺にあつまってるんだ」

と伊之助はつぶやいた。久蔵は、こっちの聞くことにかなり熱心に答えているのだが、これぞといった線は、少しも浮かび上がって来ないのだ。

「誰があつまってるんですか？」

つぶやきを聞きとがめた久蔵が、逆にたずねた。

「いや、丸子屋と駿河屋、ほかにもう一人いるんだが、こいつは名前がわからねえ。ともかく、いま言った町の旦那衆が、このところ海竜寺で寄り合いをひらいている様子なのさ」

「へえ？　寄り合いねえ」

久蔵は細い眼を、じっと伊之助に据えた。

「何か、心あたりがあるのかい？」

「いいえ」

久蔵は首を振った。

「心あたりなんかありませんが、何かこう、うさんくさい話ですな」

「丸子屋と海竜寺は、特別のつながりでもあるのかね？」

「さあ、丸子屋はあの寺の檀家ですがね。あ、そうそう、駿河屋もたしか海竜寺の檀家だと聞いたように思いますよ」

「あつまって法事の相談というわけかね」

と言って、伊之助はにが笑いした。

「すると、もう一人の旦那も檀家かな。そういう男に心あたりはねえかい？」

「年輩とか、顔とかは？」

「そいつがわからねえのだ。丸子屋にどっさり借金があって、表むきは繁昌しているという店に、心あたりはねえかな？」

「急にそう言われてもね。それにあたしも、もう店を追われて三年経ちますからな」

久蔵は天井を見上げて、あごをなでた。

「いや、もう一人の旦那というのは、そんな近々のつき合いじゃねえな。丸子屋とは古いつき合いだ、多分」

「すると、河内屋さんかな？　いや、違うな」

久蔵は今度はうつむいて、ぶつぶつとつぶやいたが、不意に顔を上げた。

「あ、わかった。そりゃきっと、新石町の若江屋さんですよ。糸屋です。大通りに店を構えて派手な商いをしているお店ですがね、これが台所は火の車。先代からの借金をかかえて、丸子屋に頼り切っているところは、さっきの駿河屋さんの場合とよく似ています。調べてごらんなさい。あたしの見当はきっとあたっていますよ」

ひと息にしゃべったが、久蔵はそこで不審そうな顔をした。

「その旦那方が、お寺にあつまって何の相談をしてるんですかね」

「や、ありがとよ」

伊之助は立ち上がった。

「お前さんの話で、だいぶ事情がのみこめて来たよ。だが、いまここでおれに話したことは全部忘れちまうことだな」

「………」

「旦那連中が、寺にあつまって何をやってるんだ、なんてことには、特に首を突っこまねえ方がいい。そんなことを知りたがったために、大事の命をなくした男が二人もいるんでね。気をつけた方がいいよ」

茫然(ぼうぜん)とした顔になっている金貸しの久蔵に、伊之助は軽くうなずいて外に出た。

四

彫藤の仕事場は、このところ平穏無事だった。世の中の景気がよくないせいか、仕事の注文が少なめで、居残り仕事をするほどではない。

時にはまだ明るいうちに仕事が終って、早引けにさせてくれとも言えない圭太が、鑿をとぎながらあくびをしていることがある。かくてはならじと、親方の藤蔵はこのところ連日のようにとくい先の版元を回って、注文取りにはげんでいるようだったが、思わしい仕事はなく、たいていはから手でもどって来る。

藤蔵はおもしろくない様子で、職人に対してもあまり機嫌がいいとはいえないが、伊之助には好都合だった。まるっきり仕事がと絶えた、ということであれば、暮らしにもひびいて来るわけだから困るが、居残りをしないで済む程度のこまかい仕事はあるのだ。

まだ仕事が残っているのに、石塚から頼まれた探索がひっかかって、親方の怒声を背に浴びながら仕事場を出るのは、いささか気がひけるが、近ごろはそういう心配もなく、まだ日のあるうちに外に出られる。こんな間のいいことはないと思っていた。

今日も、伊之助たちは定刻には仕事を終えた。お先に、と言って振りむくと、藤蔵はまだ彫り台の前に坐っていて、むっとした顔で三人を見送り、口の中で何かうなったが、藤蔵だって、肝心の彫るものがないのだから、彫り台にしがみついていたところで仕方ないのだ。

「親方も、こういうときこそ、少し息抜きをしたらいいのにな」

外に出ると、若い圭太が言った。すると峰吉が、息抜きって何だよ、と言った。

「さっとひと風呂浴びて、飲みに出るとか」

「そんな親方じゃねえよ」

と峰吉は言った。芝居好きの女房が、役者にいれ揚げているという話はどうなったのか、その後のことは聞いていないが、峰吉はその話があったころから、少し人柄が変ったようである。人間が陰気になって、言うことに棘を含むようになった。

いまも若い圭太をつかまえて、ねちねちとからむような言い方をしている。

「働くしか能のねえおひとさ。身体に毒が回って、働かずにいられないという病にかかってんだ」

「そりゃ言い過ぎだぜ、峰さん」

と言ったが、圭太は、彫り台を前にじっと坐っていた藤蔵を思い出したらしく、ぷっと吹き出した。

「でも、言われてみりゃ、そんな気もするな。いそがしくなると、おいらなんかげんなりするけど、親方は活きいきして来るからな。それに考えてみりゃ、外に出て女を相手にいっぱいやるって柄じゃねえな」

「柄じゃねえし、第一おかみさんに頭を押さえられてる」

決めつけるように、峰吉が言った。

「いまごろは、ばあさん一本つけてくれろ、と頼んでいるころさ」

「古女房の酌で飲んでも、酒はうまかなかろうに」

圭太がいっぱしのことを言った。藤蔵の悪口を言ってるうちに、三人は森下町の四辻に出た。

「おい、一杯つき合わねえか？」

峰吉が、伊之助と圭太を見て、前の方にあごをしゃくった。

「そっちの川端に、うまくて安い店を見つけてある」

「行ってもいいけど……」

圭太は伊之助を見た。

「峰さん、このごろ飲むと荒れるからな」

「来たくなきゃ、来なくともいいよ」

峰吉は懐から手を出して、手のひらをひらいてみせた。一分銀が乗ってる。

「せっかくおごってやろうかと思ったのによ」

「伊之さん、どうするね」

と圭太は言った。

「おれはだめだ。これから寄るところがある」

伊之助ははっきりことわった。峰吉はじろりと伊之助を見たが、何も言わなかった。黙って辻を横切って、六間堀の方に行く道に入って行った。

圭太は、どうしようかと迷って立っていたが、伊之助が、おれに遠慮することはいらねえぜ、と言うと、急に走って峰吉のあとを追って行った。

圭太は、このごろ酒の味と白首の女の味を少しずつおぼえはじめていて、誘われればやはりその誘惑に勝てないようだった。もっとも圭太は、年取った母親との二人暮らしで、こんなに早い時刻に家にもどっても、べつにおもしろいこともないのだろう。

伊之助は、二人を見送るといそぎ足に人ごみの中を抜け、弥勒寺橋のそばにある番屋に入った。橋がかかっている川は六間堀のつづきだが、このあたりでは五間堀という。川幅が五間だからだ。

番屋に、定町回り同心の石塚宗平と、岡っ引の多三郎、それに下っ引の庄助が待っていた。三人は奥の畳敷きの部屋にいて、伊之助を見つけた石塚が手を上げて、よう、上がれと言った。

伊之助をみると、それまで一緒の部屋にいた家主が隣の台所にひっこみ、年寄りの店番を残して、番人が外に出て行った。石塚に言いふくめられていたのだろう。

「やあ、ごくろう、ごくろう」

と石塚が言った。そして店番の年寄りに、じいさんや、このひとにもお茶をいっぱいくれないかと言った。

「うまく抜けられたかね」

と石塚は、伊之助に言った。石塚は、伊之助が勤め持ちなのを、時おり気遣うようなことを言う。もっとも、ただ働きで探索を手伝わせているやましさから、一応はそういう顔をしてみせるだけのことかも知れなかった。

だが、手伝ってあたり前という顔をされるよりは、多少気遣いをみせてもらう方が気持はいい。伊之助は、今日は仕事は終りですから、ご心配にはおよびませんと言った。

「そいつはよかった。では、はじめるか」

石塚は脛毛が見える足を、高くあぐらに組んで、それがくせのこまかい貧乏ゆすりをはじめた。

「まず、伊之助の話から聞こうか」

石塚がそう言ったとき、店番の年寄りがお茶をはこんで来た。そのお茶が出がらしの、やっと色がついて白湯でないことがわかるようなお茶だったので、伊之助は一瞬、安くてうまい店とかに行った峰吉と圭太を思い出したが、とりあえずひと口すすって喉をうるおした。

播磨屋の二番番頭に会ったこと、その番頭のひきあわせで素金貸しの久蔵という男に会ったことをざっと話した。

「この話で、大事なところは丸子屋利八が、ひところ店を潰しかけたことじゃないかと思いますな。丸子屋が潰れれば、丸子屋の借金でもっていたような駿河屋もつぶれたはずですが、事実は二軒とも潰れてはいません。丸子屋は蔵前にちゃんと店を張っていますし、駿河屋は駿河屋で、いまも黒江町で指折りの店で繁昌しているわけですから、どっかで金の工面が出来たということでしょうな」

「ふーむ」

石塚は腕を組んだ。太い腕である。

「だが、その金の工面と、海竜寺のつながりは、まだわからんと、こうだな？」

「さいです。だが死んだ半次が、連中がうしろ暗えことをしていると言ったとおり、海竜寺で何かがあったには違いありません」

「寺で、にせ金をつくったわけでもあるめえしな」

と石塚は言った。

「ただ悪事をたくらむ動機は浮かんで来たようだな。金に窮して何かをやったのだ、連中は。だから、そこに近づいて来た人間を殺したと、こうだな？」

「見当はそんなところです。ただ何をやったのか、そいつがまだ見えてまいりませんので、弱りました。あっしは、もう一度あの寺にしのび込んでみようかとも考えているのですが」

「そいつは考えものだぜ、伊之」

と石塚が言った。

「寺じゃ、この前のことがあるから、用心してるだろうし、やっぱりこいつは、寺社奉行の方にわたりをつけて調べてもらうもんかも知れねえな」

「しかし、表から乗りこんで行って、その悪事の尻とやらが割れるかどうか。その前に、もうちっとこっちの調べをすすめてはどうでしょうね」

伊之助はそう言ってから、多三郎に顔をむけた。

「さっきの話に出た若江屋という糸屋のことですが、親分の手で、ざっと調べていただけませんかね。なに、表向きの商いのことでけっこうです。そこの旦那が、丸子屋とか、海竜寺とかにちょいちょい出かけるということまでわかれば、あの晩の一人かも知れませんのでね」

「わかった。神田には、おれが懇意にしている同業がいるから、そっちから少しさぐりを入れてみよう」

と多三郎は言った。

「さて、じゃこっちの調べを言おうか」

と石塚が言った。石塚は貧乏ゆすりをやめ、音たてて出がらしの茶をすすってから、伊之助を見た。

「おもしれえことがわかったぜ、伊之」

「…………」

「穂積という易者だが、この男の素姓は親分がつきとめた。穂積篁斎というじじむさい名前で卦を見ているが、本名は康之進。おやじは深川元町の組屋敷にいた御徒だったが、将軍家で何か祝いの行事があったときに失態があって潰された家だそうだ。穂積がまだ子供の時分の話だな。つまり、潰れ御家人というわけだ」

「…………」

「ところで、この穂積には兄がいる。これがなんと、海竜寺で坊主になっているのだな。清元という名前で、まだ三十そこそこだが住職の鶴嶺和尚の次にえらい坊主だそうだ。これはおれの方の調べでわかった。住職はかなりの齢だから、寺のやりくり全般は、まずこの坊主が取りしきっているとみていいだろう。だから弟の篁斎の方も、海竜寺の境内をてめえの庭のように使って、卦見の看板を出しているわけだな」

「よくわかりました」

と伊之助は言った。

「あの易者は、寺で雇っている用心棒のような男かと思ってましたが、そういうつながりがあるとすれば、一味同体ですな」

「一味同体さ」

と石塚は言ってから、ちょっと顔色をひきしめた。

「気をつけろよ。伊之。あの易者はひと筋縄でいかない男のようだぞ。何とかいう道場……」

と言って、石塚は多三郎を見た。

「どこの道場だっけ？」

「八名川町の平井というところです」

「そう、その平井。ここは小太刀を教える道場だが、穂積は二十のころにここで免許を取っているそうだ。つまり、かなりやっとうの出来る男なのだ」

「そうですか？」

「そういう男が相手だとすると、おれも少し酒をつつしんで、組屋敷の道場に通わにゃならんな」

石塚は顔をしかめて宙をにらんだが、ふとそのしかめづらを崩して、もうひとつおかしなことがわかったぞと言った。

「お前さんが言ってた女駕籠だがな。こいつの行方を庄助がつきとめた」

「はあ」

「それがなんと、お城なのよ」

「え？」

「庄助はだいぶはなれてついて行ったのだが、駕籠が一橋御門にむかうので、あわててお供の尻にくっついて中に入ったそうだ。ところが、駕籠は一橋さまのお屋敷を横目に見て、ずんずん平河門に入って行ったというのだな。庄助はそこで置いてけぼりだ」

「すると、何ですか？」

と伊之助は言った。

「その女駕籠の主は、お城の中に入って行ったんで？」

「そうさ。駕籠の主は大奥の女中衆だよ。平河門は不浄門と言われてな、城の中の罪人や死んだ者を出す門だが、お局御門の別名がある。つまりここを奥女中が出入りするのでそう呼ばれておる」

「ははあ、奥女中……」

伊之助は、茫然と石塚の顔を見た。

「しかし、大奥の女子衆が、海竜寺などに来ますかね？」

「鶴嶺という住職は、祈禱がうまいそうだから、噂を聞きつければ来ないとは言えんだろう」

「噂？」

　このとき、伊之助の頭の中に、鋭く明滅したものがあった。素金貸しの久蔵が言った言葉である。

　久蔵は、黒江町の駿河屋は大奥に品物をおさめている、と言ったのである。駿河屋は江戸城大奥に顔がつながっている。海竜寺の和尚が祈禱がうまいと、吹きこむことが出来ないものでもない。

　そう考えたとき、伊之助は今度の一連の人殺しを含む事件の全貌が、ちらと顔をみせたような気がした。思わず胸の動悸が高まった。

「旦那、ちょっとおうかがいしますがね」

「ん？」

「大奥の女中衆は、金を持ってますかね？」

「そりゃ持っているだろうなあ」

　石塚は即座に言った。はげしく貧乏ゆすりをした。

「上の方の連中などは男扶持を受けて、なかなかの高給を取っておる。それに養う家の者がいるわけじゃねえから、金はたまる一方だろうて。脛毛を摺りへらして町を歩くわれわれなんかよりは、よっぽど優雅に暮らしているはずだぜ」

「そうですか」

伊之助は、二度、三度とうなずいた。そこで、ぜひともそのお女中衆にお目にかかりたいものですな、とつぶやいた。そのつぶやきを聞きとがめて、石塚が顔をしかめた。

「おい、おい伊之。そいつはちっと無理だろうぜ。大奥と来ちゃ、うちのお奉行だって、ちょっと手は出せねえところだからな」

「…………」

「それとも何か？　さっきの女駕籠の主にあやしい節があるのかね？」

「まだ、はっきりとはわかりませんが、ちょっと仕掛けが見えて来たような気がするもんですから」

伊之助は、多三郎にむかって言った。

「海竜寺で、台所あたりの使い走りをしている男なんてのはいませんかね。青物を買いに町に出て来るような……」

「調べたらわかるだろうよ」

と多三郎は言った。

「その男をつかまえるかね」

「あまり大げさでなく、穏便に、少し聞きたいことがあるんですがね。ようがすか、旦那？ちょっとの間、あっしにおまかせねがえますかね？」

「そりゃいいが」

と石塚は言った。

「あまり無理しなさんな。いきなり奥女中をつかまえて強談判などというのは、ごめんこうむるぜ」

「そんなことはしません。やんわりとさぐりをいれるだけでさ。あ、常盤町の親分。さっきの新石町の糸屋の調べですがね。この店が大奥に品物を入れてないかどうかを、落とさずに聞いてください」

五

「あのじいさんだ」

と多三郎は言った。多三郎と伊之助は、荒井町の表通りからちょっとひっこんで、道ばたに常夜燈が出ているお稲荷さんの境内の中にいる。

お稲荷さんといっても、幅一間半ほどの細長い地所の奥に、赤い鳥居とひとつまみほどの祠があるだけで、道ばたの常夜燈を置くついでに祀ったかと思われるほど、小さな祠である。二人はそのお稲荷さんに尻をむけて、石の常夜燈の陰に立っている。

多三郎に言われて、伊之助は首をつき出して道を見た。六十前後の髪が白く小柄な男が、道ばたの店を物色する顔いろで、ゆっくり歩いて来る。手に畳んだ風呂敷をつかんでいた。

「どうするね？　つかまえるか？」

と多三郎が言った。多三郎は、まわりに死人が続出し、しかも殺した人間は皆目見当もつかないといった有様のころは、すっかり覇気を失なって、調べも投げたような様子までみせたものだが、最近はいくらか気力を取りもどして来たようだった。

海竜寺がうさんくさい寺とわかり、そこにあつまる男たちの見当もついて、その上同心の石塚が、こいつはお寺社にはまかせずに、おれたちで始末をつけようぜ、などと煽り立てたので、ようやくやる気を出したというふうでもある。

いや、ちょっと待った方がいいでしょう、と伊之助は多三郎を押さえた。

「聞き出すのに、手間を喰うかも知れませんからな。買物をさせちまいましょう」

海竜寺から来たじいさんは、二人がいるお稲荷さんの境内から斜めに見える青物屋の店先で、大根をいじっている。

やがて大根を四、五本と青菜、山芋などを買った。店の主人と思われる男が、愛嬌を振りまきながら、じいさんがひろげた風呂敷に、買った物を包んでやっている。おそらく青物屋にとって、海竜寺はいいおとくいなのだろう。買物が多いときは、寺にとどけることもあるに違いなかった。

じいさんは、青物屋をはなれると、買物客で混んでいる道を、また先の方に歩いて行った。酒屋に入り、つぎに味噌、醤油の看板を上げている店に入ったが、そこでは買物はせずにすぐに出て来た。注文だけして、あとでとどけさせるのだろう。

じいさんは最後に小さな唐辛子屋に寄り、そこでも買物をして、包みの中に入れると風呂敷包みを背負った。店を出て、いま来た道をもどろうとした。その身体を前後からはさむようにして、伊之助と多三郎が立ちふさがった。

「買物はすんだかね、じいさん」

と多三郎が言った。じいさんは顔を上げて多三郎を見、またうしろの伊之助を見た。不安そうな顔をした。

「なに、あやしいもんじゃない」

と言って、多三郎はじいさんに腹を押しつけるようにすると、懐の中の十手をみせた。じいさんの顔色が、はっきりと変った。少し甲高い声で言った。

「あたしは、何も……」

「いや、いや、お前さんが何かしたというわけじゃない。お前さん、海竜寺のおひとだろ？ちょっと聞きたいことがあるもんでね。そこまで、一緒に来てくれないか」

多三郎の言葉には、ウムを言わせない威圧感があった。多三郎はさっき十手を見せたとき、懐に突っこんだ手でぴこぴこと十手を動かしてみせたのだ。

相手が坊さんだったら、不浄役人が何をすると、かえってひと揉めするところだが、台所働きのじいさんには、そういうやり方が利くことを、多三郎は心得ている。

はたして、じいさんは言うことを聞く顔色になったが、心配そうに空を見た。日が斜めにかたむいている。

「なに、そんなに手間はとらせないよ」

と伊之助も言った。

「聞きたいことに答えてくれれば、じきに帰す。心配はいらねえ」

それでじいさんは気持を固めたようだった。無言で、二人について歩き出した。三人はさっき物色しておいた餅菓子屋に入った。店に入ってしまえば、のれんがさがっているので外からは見えない。三人は赤茶けた畳を敷いた腰かけに腰をおろした。

「じいさん、団子を喰うかね？」

伊之助が聞いたが、海竜寺のじいさんは首を振った。団子などはいいから、一刻も早く聞くことを聞いて、寺に帰してもらいたいと思っている様子だった。

それでも伊之助は、じいさんのために大福餅とお茶を注文してやった。

「じいさん、あんた、名前は何て言うんだい？」

「甚平」

と、じいさんは言った。

「よし、甚平さん。少しお話してもらうぜ」

聞き役は伊之助がつとめることになっていた。伊之助は、まだ子供のような若い娘が運んで来た餅とお茶を甚平にすすめ、自分もお茶をすすってから言った。

「海竜寺のご住職の祈禱は、効き目あらたかで、評判だそうだね」

「そりゃ、もう」

何を聞かれるかと緊張していたじいさんは、伊之助に寺をほめられたので、いくらか顔色をやわらげた。はじめてお茶に手をのばして、ひと口すすった。

「ずいぶん遠方からも、祈禱を頼みにひとがみえます」

「そうだとすると、十日に一度とか、月に一度とか、日を決めて来るお客、お寺でそういうかどうかは知らねえが、そういうひともいるんだろうな？」

「そういうひとは、沢山いますよ」

「ところで、祈禱を受けに来るひとの中に、大奥の女中さんもいるらしいじゃないか？」

「はい、いらっしゃいます」

「大したものだ」

伊之助はほめた。

「和尚さんのご祈禱の効き目は、お城の中にまでひびいているわけだ」

「そういうことです」

寺男の甚平じいさんは、満足そうに言って、今度は大福の皿に手をのばした。

「ところで、いつも来る女中さんは、何というひとだい？」

「さあ、そこまでは知りません」

「知らないことはないだろ？　台所にいても話は出るだろうし。いいじゃないか、名前ぐらいは教えても」

「でも、そういうことは、ひとには話してはいけないと言われていますので」

「じいさんよ」

もっぱら脅し役に回っている多三郎が、横から甚平じいさんの脇腹をつついた。

「こっちが聞きたいのはそういうことでね。返事が聞けないとなると、こっちにも出方がある。そうかい、じゃお帰りというわけにはいかねえぞ」

多三郎ににらまれて、甚平は自分を餅屋に連れこんだのがどういう人間だったかを、あらためて思い出したようだった。口いっぱい頬ばった大福を、飲みこみも出来ず吐き出すことも出来ず、眼を白黒させて二人の顔を交互に見た。

「ま、気を楽にして餅を喰っちまいな」

伊之助は、甚平の肩を叩いて、新しくお茶をもらってやった。言われたとおりに、甚平は大福をのみこみ、お茶をのんだ。

「さて、大奥から来る女中の名前を聞こうじゃないか」

「はい、山路さまというお方です」

「その調子だ」

と伊之助は言った。

「山路などというお名前だと、女中衆の中でも、上のおひとらしいな。年寄とか、中臈とかいう役目のひとかね？」

「いえ、表使いというお役目の方だそうです」

「なかなか、よく知ってるじゃねえか」

と伊之助は言ったが、表使いがどういう格の奥女中かはわからなかった。こういうことは、石塚に聞くしかないだろう。

「その山路さまは、何をしにお寺にみえるのかね？」

「何をしにって、あなた、むろんご祈禱にみえられますので。ご自分のだけでなく、大奥のお女中衆のご祈禱も、かわって頼みにみえますのです。はい」

「あ、そうか。で、来る日にちは決まっているのかね？」

「はい。毎月の一日と十五日におみえになります」

「いつごろから、そうして来るようになったんだい？」

甚平はうつむいて指を折ったが、三年ほどになりますと言った。

「ふむ、ご住職の有難いご祈禱をうけているわけだな。そして、すぐにお帰りになんのかね？」

「いいえ、ご祈禱をうけたあとは客寮に入られて、お昼を召し上がり、お休息のあと夕刻近くにもどられます」

「休息？　昼寝でもして行くのかね？」

「さあ、そこまでは存じ上げません。あたしどもは客寮に入ることは禁じられておりますから」

甚平はしかつめらしく言い、もうひとつ残っている大福餅をちらりと見た。さっき喰った大福はうまかったらしい。伊之助は、もったいねえから、残さずに喰ってくれと言った。

「その山路さまだが、お供がついて来るようだな。いつぞやは、五、六人のお供がいるのをみたぜ」

「それは、寺から見送りのお供をつけたときのことじゃありませんか。ふだんは駕籠（かご）のほかはお女中一人、男衆が一人だけのお供で身軽に来られますよ」

「ふーん、なるほど」

伊之助は膝を乗り出した。

「お供の女中さんてえのは、いつも同じひとかね？」

「そうです。おはつさんと言いまして、この方は気さくなお女中さんで、山路さまがご休息の間は台所に来て、われわれのようなものを相手におしゃべりをなさったりしていますな」

「そのおはつさんはいくつぐらいのひとかね？」

「さあ、二十四、五じゃないでしょうか」

と甚平は言った。おや、違ったかなと伊之助は思った。そのおはつという女が、忽然と姿を消した七之助の女房おさきではないかと、伊之助は推測しているのだが、おさきはたしか七之助と五つ違いだったはずだから、そろそろ三十に手がとどく齢ごろである。

そう思ったとき、甚平が言い直した。

「もっとも、女子衆の齢のことはあたしらにはわかりません。お化粧もうまいし、それになかなかの美人ですから、齢よりも若く見えるかも知れませんし」

「ふーん。そんなに美人かい。そのご主人の山路というひとはどうかね？　やっぱり美人かい？」

「さあ、その方にはあたしのような者はお目にかかっていませんので」

「嘘つけ」

伊之助はからかう口調で言った。

「駕籠が来ると、みんなでさっそくのぞき見してんじゃねえのかい？」

「まさか、この年寄りが……」

と言ったが、甚平は顔を赤くした。正直な年寄りである。

「はい、おきれいな方です。色が白くて、ふっくらしたお方で」

「ほらみろ、ちゃんと知ってんじゃねえか」

伊之助と多三郎が、顔を見合わせて笑うと、甚平はもじもじと尻を動かした。

「もうそろそろ、もどりませんと」

「あとひとつだ」

と伊之助は言った。

「その奥女中が来る日のことだが、ほかにもご祈禱をうけに来るひとはいるんだろうね」

「もちろんです。あちこちからひとがみえますが、ほかの方をおことわりするということはありません」

伊之助は、多三郎に眼くばせした。すると、多三郎が甚平に、手間をとらせた、もう行っていいよと言った。

「ただし、お使いに出て十手持ちに会ったとか、これこれのことを聞かれたとかはしゃべらねえ方がいいな。そんなことを話したら、明日にも寺を追ん出されちまうことは、まず間違いねえ。わが身がかわいかったら、今日のことは黙っていることだぜ、じいさん」

多三郎に脅されると、甚平は顔をひきつらせた。大福二つに釣られて、寺のことをしゃべり過ぎたと思っている顔色だった。

六

青物の入った風呂敷を背負った甚平が、足をもつれさせて大いそぎで店から出て行くのを見送ってから、伊之助と多三郎は熱いお茶を注文して、ゆっくりのんだ。

「ご休息というのが、キナ臭い気がしねえか、伊之さん」

と多三郎が言った。伊之助はうなずいた。

「その間に寺のもんとその奥女中が、そろばんを持ち出して金勘定でもやるのかね」

「こないだの、お前さんの言ったことがあたっていればな」

札差の丸子屋利八は、大名貸しに手を出して、手痛い傷を負った。丸子屋が貸し出した金は自分の金ではない。いや、半分ぐらいは自分の資金を使ったかも知れないが、少なくとも半分は他人からの預かり金だったはずである。丸子屋は金主とよばれる大金貸しではない。それが背のびして金主を真似たのだ。

ほっておけば店が潰れかねない危機をむかえて、丸子屋は当然、これまであちこちに貸してある金の取り立てに狂奔したに違いなかった。ことに大口の貸し出し先である駿河屋や若江屋などには、矢の催促が行ったろう。

突然の催促をうけて、駿河屋や若江屋はあわてふためいたに違いなかった。とにかく、この二軒の主(あるじ)、ほかにもいたかも知れないが、駿河屋と若江屋は丸子屋に泣きつき、その三人が額をあつめているうちに、死んだ半次が言ったうしろ暗い儲(もう)け仕事を思いついたのではなかろうか。

それぞれに追いつめられていた三人の男たちが、目をつけた先が、江戸城大奥。そのつながりは、大奥に呉服物をおさめる駿河屋あたりがつけたのかも知れない。ただし、大奥とのつながりが、たとえば寺社の名目金のような形で、大奥の権威を借りて名儀料を払うだけのものなのか、それとも世事にうとい女中衆の金をかきあつめ、利息を払うとかの好餌(こうじ)をあたえて一時しのぎの資金にしたのかは、まだ先の調べになるだろう。

ただし、名目金というきれいごとだとすると、ほかに丸子屋を信用して大金を貸す金持ちがいるわけだが、それだけの信用が残っているなら、江戸城大奥などという危険な場所につながりをつけるとも思えない。大奥女中から一人あたま百両の金を預かるとしても、十人で千両の金があつまる。切羽つまった丸子屋が、その手を使った疑いは十分にある。

森下町の番屋で顔をあわせたとき、伊之助は、これはただの推測ですよとことわってそういう話をしたのである。だがその後の多三郎の調べで、糸商の若江屋も、大奥に糸をおさめる御用達(ごようたし)商人だとわかった。疑惑は濃くなった。

伊之助たちは、今日はじめて名前がわかった山路という奥女中が、その話の橋渡しをしたのではないかと疑っているのである。

「じいさんが言ってた、奥女中の身もとを調べる必要があるな」

と伊之助は言った。

「駿河屋や若江屋が御用達商人と言っても、大奥にずかずか踏みこんで、品物の披露目を言うわけじゃねえでしょ？　その女子は、どっかで三人とつながっているという気がしますぜ」

「はじめは祈禱をうけに来ただけ。そこを丸子屋たちに眼をつけられて、うまい話に乗ってしまったということかも知れねえよ」

「そうなると、うまくだまされているわけですな。女は欲が深えから……。いや、女に限らねえか。人間、欲にはまると眼が見えなくなりますからな」

「しかし、さすがは蔵前の商人だ。思い切ったところに眼をつけたもんだぜ」

多三郎が溜息をついた。

「お前さんの見当があたっているとすれば、大奥からかきあつめた金は、二千両、三千両という大金かも知れねえ」

「じいさんの話によると、山路という女子が祈禱をうけに来るようになったのは、三年ほど前からだそうで。播磨屋の二番番頭にたしかめたところによると、丸子屋がおかしくなったのは、ちょうどそのころです。そして半年ぐらいで立ち直っている。あっしの見当はそう違っていないと思いますがね。しかし……」

と言って伊之助は、多三郎の顔を見た。

「大奥の金を預かったというのが、罪になりますかね？」

「さあて」

多三郎は首をかしげた。なにしろ雲の上のことを話しているようで、二人ともに自信がないのだ。

「そういうことは、石塚の旦那にでも聞かねえとよくわからねえが、つまり何だろ？」

多三郎は、折りまげた指先で、あごをかきかき自信なさそうにつづけた。

「しかし、かりに大奥の金を預かっているとなると、そいつは返せと言われても返せねえ金だろう？　返せばもとの木阿弥（もくあみ）だ。店が潰（つぶ）れちまう。とすると、この話は騙（かた）りだ」

「そうかも知れませんが、その内幕を、山路という女子がどこまで知っているかが問題でしょうな。何にも知らねえで、ただうまい話に乗せられたのだとすると、丸子屋たちがやっていることは騙りです。しかし、事情を知っていて、話に乗っているのだとすると、ちょっと騙りとは言いにくくなるでしょうな」

「清住町の、そりゃ考え過ぎだろうぜ」

多三郎は、伊之助を昔の呼び名で呼んだ。

「連中がうまく乗せたに違えねえさ。相手は身分のあるひとと言っても、世間のことはあまりご存じあるめえよ。ましてや女子だ。丸子屋あたりがだましにかかれば、こりゃ赤子の腕をひねるようなものだろうさ」

「そうかも知れませんな」

「騙りよ。連中は悪いことをしていると、自分で重々承知してるんだ。だから、近づく者を殺したのさ。七之助、半次……。海竜寺と大奥のつながりに手を触れそうになったやつは、みな殺されている」

「なるほど。ま、お寺を舞台にこれだけのことがあるとお寺社のあたりに知れたら、無事では済まねえでしょうな」

　と伊之助も言った。

「それに、何としても殺しの一件がある。あの人殺し野郎をつかまえれば、殺しを指図した丸子屋たちも、かかわりねえとは言えませんからな」

「さて、これからどうするつもりだね？」

「一度、その奥女中とやらに会ってみます。こっちが考えていることは、いまのところは見当だけの話でね。しっかりした証拠を握らねえことには、人殺し野郎をつかめえることも出来ませんからな」

「用心してくんな」

「心配はいりません。こっちも考えてることがありますから。それより、穂積の見張りの方は大丈夫でしょうな」

「そっちは心配ねえ。八兵衛がしっかりと見張っている。あの年寄りは、聞きこみも下手、捕物はこわくって十手も握れねえという男だが、見張りだけはうまいのよ。これまで、見張った相手をにがしたことはねえ」

七

十人あまりの参詣人が来た。男も女もいる町人の一団だった。その一団が海竜寺の門をくぐるのを見ると、伊之助は小走りに走って、その後尾についた。一緒に門をくぐる。

伊之助は小ざっぱりした縞物の単衣に着換え、髪も結い直してお店者風に装っているので、ひと目にはつかなかったはずだ。ひとかたまりの参詣人の尻にいる男女が、ちょっと伊之助を振りむいたが、さほどに気にした様子はなく、伊之助は難なく境内に入った。

参詣人はそのまま石だたみを踏んで、まっすぐに本堂にむかって行く。尻について歩きながら、穂積のいる坊を横目でうかがったが、戸が閉まっていた。伊之助は本堂に入る前にも、客寮の方に眼を走らせた。そこに女駕籠が置いてあった。駕籠かきもお供の人間も見えないのは、きっと庫裡の方で休んでいるのだろう。奥女中山路は、まだ寺の中にいるのだ。

伊之助は、参詣人にくっついて本堂に入った。そこで間もなく祈禱がはじまり、そのころになって、さすがに伊之助を見とがめてうしろを振りむく人間がいたが、強引に一番尻のところに坐りつづけた。寺の者には、一緒の人間としか見えなかったはずである。そして参詣人たちも、祈禱が護摩を焚いて最高潮に達すると、伊之助を気にする者などいなくなった。手をあわせ、一心に正面の本尊を伏しおがんでいる。

——あの坊さんは、かかわりなさそうだな。

護摩のけむりがただよう中で、伊之助は小柄で瘦せた身体から、三方の障子がびりびりとふるえるほどの、威厳のある読経の声をひびかせている年取った坊さんの背を見つめながら思った。その年寄り僧が、鶴嶺という住職に違いなかった。

祈禱が終ると、伊之助は一団の参詣人からはなれて本堂に安置されている仏像を眺めるそぶりをした。寺の者が去り、祈禱を頼んだ参詣人たちも本堂を出て行った。誰かがあやしんで声をかけて来るかと思ったが、そういうこともなく、伊之助は護摩のけむりが残るうす暗い本堂に一人残された。

——さあて、山路さんとかいうひとに、お目にかからねぇとな。

伊之助は、緊張をほぐすために、少し首を回してから、物陰を伝って広い本堂を横切った。本堂を出たところが、客寮の廊下になっている。廊下の右手が境内に面した障子になってい て、左手に襖（ふすま）がつづいている。そこが寺の客をもてなす部屋になっているのだろう。

うっかりすると滑りそうなほど、つるつるに磨いてある廊下には、障子を通すやわらかい光がただよっている。遠い突きあたりの庫裡の辺から、かすかに人声のざわめきが聞こえて来るだけで、廊下は人影もなくしんとしていた。

しばらく様子を窺（うかが）ってから、伊之助は思い切って廊下に足を踏みいれた。左手にならぶ部屋の気配をさぐりながら、少しずつ前にすすんだ。十歩ほどすすんだとき、不意に前方で高い人声がした。誰かが、庫裡を出てこちらに来る様子である。

とっさに、伊之助は襖をあけてそばの部屋に入った。そこはうす暗い小部屋だった。伊之助は腰を落とした。眼が馴れると、部屋の隅に行燈（あんどん）が二、三個、それに座布団が数枚積み重ねて置いてあるのが見えて来た。納戸のような場所らしいと、ほっと息をついたとき、廊下をひとが通って本堂の方に行く足音がした。

——あぶないところだった。

伊之助はそっとあぐらをかいた。本堂に行った人間が、庫裡にもどるまで、廊下には出ない方がいい。

耳を澄まして気配を窺っていると、不意に人声が聞こえた。廊下でもなく、外でもない。今度は女の声がした。つづいて、何か陶器の触れあうような物音もした。伊之助はどきりとした。人声がしているのは、隣の部屋ではなかった。もうひとつ先の部屋らしい。

伊之助は静かに、隣の部屋との境の襖をあけた。そこは八畳ぐらいの部屋だったが、襖も障子も閉め切ってあるので、やはりうす暗く、誰もいなかった。伊之助はするりとその部屋にすべりこむと、その先の部屋との間を仕切る襖ぎわまでいざって行った。

だが、何の物音もしなかった。さっき聞いた声は、そら耳ではなかったかと思ったほど、隣の部屋はひっそりしている。伊之助は襖に手をかけた。

そのとき、手をかけた襖のすぐ裏側から、何か重いものがのた打っているような、奇妙な物の気配が伝わって来た。人がいるのだ。声も出さずに。

——何をしてんだ。

と伊之助は思った。襖を細めにあけて、中をのぞいてみたい誘惑に駆られた。だが、のぞく必要はなかったのである。重いものがのた打つような気配の間に、やがて異常に切迫したひとの息遣いがまじった。生なましく伊之助の耳にとどく一連の物音は、そこに男と女がいることを示していた。

その、人と人が無言で争っているような、奇妙に重苦しい物の気配は、最後にかすかな、押し殺した女の叫び声を残して終った。そのまま、隣の部屋は、またしんと静まった。

だが、今度の静寂は、長くはつづかなかった。伊之助の耳に、かすかにひとが身じろぐような物音が伝わって来た。帯を結ぶような、衣ずれの音もまじる。

そして、太い男の声がした。

「少しお臥せりになってはいかがですか？」

「そうしてはいられません」

と女の声が答えた。張りのあるきれいな声である。

「ひと休みしたら帰ります」

「そうですか。それでは、またの日を」

「あ、清元さん、お茶をください。喉が渇きました」

男が低い声で何か言うと、女が含み笑いを洩らした。男も笑った。笑いながら、立って襖をひらき、廊下に出て行ったようである。部屋の中は、また静かになった。

——ふむ。

寺では、こういう餌も用意していたのか、と思った。相手は穂積の兄だという清元である。

——ひょっとしたら……。

隣の部屋にいる女は、その楽しみだけで、この寺に通って来ているのではないか、という考えがふと頭をかすめた。だが、それはやはり理屈に合わなかった。それだけのことで、丸子屋たちが、夜、ひと眼をさけてこの寺にあつまり、そろばんをはじいたりするわけはない。やはり、金がらみの情事なのだ。

隣の部屋に、誰かがお茶をはこんで来た。女がきれいな声で礼を言うのが聞こえた。そして、人が出て行った。ひと呼吸おいて、伊之助は襖をひらくと、中に入って襖ぎわに坐った。

女が鏡の前から、伊之助を振りむいた。かすかに眉をひそめたが、声も立てず、おどろいたそぶりもみせなかった。

ただ女は、鏡台の上に置いた懐剣の袋の紐をほどいて、膝のわきにおろした。そして落ちついた声で言った。

「寺の者にもみえないが、そなた、何者じゃ？」

「あっしは、版木彫りの伊之助というもんで、へい」

「版木彫り？」

女は眉をひそめた。齢は三十半ばだろう。やや小太りな身体つきで、美人というのではないが、ふっくらとした好ましい顔立ちの女だった。色白の頬に、まだ情事の火照りが残っていて、眉をひそめた顔がうつくしくみえる。

女の素姓は、石塚の調べでわかっている。御家人平井藤左衛門の娘で名はかな。三千石の旗本土佐林主膳を養い親にして、十七のとき大奥に奉公に上がった女である。いまは大奥で、表使いというかなり上の役目を勤めている。

「版木彫りを呼んだおぼえはありませぬ」

いまは山路と呼ばれる女は、きっとした表情でそう言うと、ちらと膝わきの懐剣をみた。伊之助は手をあげた。

「お静かに。あっしは、おまはんのお味方です」

「味方？」

山路の顔に、ふっと笑いが浮かんだ。

「とっぴなことを申す男じゃ。ま、よい。用があるなら言うがよい」

「失礼ですが、お女中さんは丸子屋利八、それから、駿河屋、新石町の若江屋という商人をご存じですな」

「知っておる。丸子屋は札差じゃ。わが家とむかしはつながりがあった」

「存じております」

と伊之助は言った。石塚の調べによると、御家人の平井藤左衛門も旗本の土佐林主膳も、丸子屋の取引き先である。もっとも平井藤左衛門の方は、いまは播磨屋に鞍換えした。

「ところで、お女中さんは、丸子屋に金子をご用立てしてはいませんか？」

「そのようなことはしておらぬ」

と、山路は言った。

「ただ、奥の者の金子を預からせてもらえば、利子をつけてやると申すゆえ、少しは預けてある」

「いかほどでございますか？」

「それよの……」

山路は、ふっくらと白い指を折った。

「奥で話したら、われもわれもと望みの者がいて、かれこれ合わせて三千両近い預け金になったかいの」

「で、利子はもらいましたか？」

「半年に一度払うてくれるゆえ、みんなが喜んでいる。したが、なぜそのようなことを聞く？」

「預けた元金が、もどらないかも知れないと考えたことはありませんか？」

「何を言う。そのようなことはさせぬ」

と山路は言った。だが、山路の顔は急にぱっと赤くなった。そしてつぎには、その顔いろがみるみるさめて青白くなった。さっきひいたばかりの口紅だけが、妙に生なましく浮き上がってみえた。

山路は頭の回転の早い女のようである。伊之助の言葉で、預け入れた金に裏があることにすばやく気づいたようだった。あるいは、それとさっきの情事とのつながりにも気づいたかも知れない。

青白い顔にはなったが、山路の表情は平静だった。長い沈黙のあとで、伊之助に低い声をかけて来た。

「もそっと、そばへ来やれ、町人。裏の話を知っておるなら、話すがよい」

「いえ、ここでけっこうです」

と伊之助は言った。たったいま坊主に抱かれた女だとわかっていても、山路には近寄りがたい気品がある。そばに行くのは遠慮した。

「ただ、その心配があることは、ご承知でおられた方がよいかと思います」

「もしやそのようなことがあれば、世話役のわらわは、生きてはおれませぬ」

「また、また。お武家の衆は、すぐにそんなふうに固苦しくおっしゃるからいけません」

伊之助は手を振った。眼の前にいる、福々しい顔の大年増（おおどしま）に同情する気持が動いている。三十を過ぎてやっと男を知ったというのに、ここで騒ぎを起こしてあたら命を散らしたりしてはかわいそうではないか。悪いのは丸子屋たちで、このひとは何も知らないのだ。

「いいことをお教えしましょう」

と伊之助は言った。

「まずこれまでと変りなく、知らぬふりをなさっていることです。騒いで表沙汰になると、お寺社の手が入って、おまはんも無事ではすみませんからね」

「…………」

「つぎに、少しずつ預けた元金を取りもどすのです。ほんの少しずつ。丸子屋が、何のかのと言ってもだまされてはいけません。きっぱりとけじめをつけて返してもらうのです。ただいる。

し、一ぺんにと言っちゃいけません。少しずつ。一ぺんに返せというと、丸子屋が潰れて、

「これまたえらいことになる」

山路は、少女のような黒い眼をじっと伊之助にそそいだまま、いちいち小さくうなずいている。

しばらくして、伊之助は本堂から寺の外に出た。穂積の坊の前を通るとき、振りむいてみると、ちょうど客を送って穂積が外に出て来たところだった。伊之助を見て、穂積は眼を疑うといった表情をしたが、伊之助はそ知らぬふりで通りすぎた。

寺の外に出ると、多三郎が一人の女を連れて伊之助を出迎えた。

「おや、このひとは？」

深川蛤町、与兵衛店のおつねは、伊之助を見て首をひねった。

「前に、七之助の話を聞きにおじゃましたもんだよ」

と伊之助が言うと、おつねはあんた、やっぱりその筋のひとだったんだね。どうもうさんくさい男だって、後でみんなと話したんだよ、と言った。

伊之助と多三郎、おつねの三人は、この前伊之助と多三郎が、寺男の甚平を連れこんだ餅菓子屋に入った。伊之助は、お茶を一杯だけのむと、二人を残して店の表に立った。

奥女中の山路を乗せた駕籠が、寺から出て来たのはそれから半刻（一時間）ぐらい経ってからだった。伊之助はおつねを呼んだ。自分と多三郎はのれんのうしろに姿を隠し、おつねだけをいそいで店の外に出した。

「駕籠わきを歩いて来る女だ。よく見てくれ」

おつねのうしろから、伊之助は念を押した。駕籠はいそぐでもない足どりで、店の前を通りすぎて行った。それをたしかめてから、伊之助と多三郎は外に出た。

「どうだったね？」

伊之助が聞くと、おつねは間違いないね、と言った。おつねは半ば狐につままれたような顔をしている。

「ずいぶんとめかしこんで、姿も変ってるけど、あの女はおさきさんに間違いないね。でも、あのひと、あんな恰好をして、いま何をやってるのかね？」

八

土間にひとが入って来たと思ったら、いきなり石塚の声がひびいた。

「伊之助、いるかね。ちょいと顔を貸してくんな」

「また来やがった」

親方の藤蔵が舌打ちして悪態をついた。だが声は、さすがに石塚をはばかって小さい。その声の小さい分だけ、伊之助をにらんだ眼が凄かった。

藤蔵は、ひさしぶりに美人絵のいそがしい仕事が入って、気合いが入っている。とんだじゃまが入ったと言いたげに、立ち上がる伊之助をぐっとにらみ上げた。

「むだ話をしてるひまはねえぞ。帰しちまえ。わかってるな」

「わかってますよ、親方」

伊之助は膝の木屑をはらい落として仕事場を出た。伊之助の姿をみると、石塚宗平はさきに土間を出た。草履をつっかけて外に出ると、石塚は斜めに射す日の中に腕組みをして立っていた。めずらしくにが虫を嚙みつぶしたような顔をしている。

「どうしました？」

伊之助が聞くと、石塚が吐き出すように言った。

「穂積が逃げた」

「え？　八兵衛はどうしました？」

「八兵衛はやられた。死んだよ」

伊之助は唇を嚙んだ。裏のからくりはほぼつかめたが、一連の人殺しが穂積の仕業だという、たしかな証拠を握ったわけではない。いま、ひと息と思って泳がせておいたのが裏目に出たらしかった。

「これから駿河屋に行く」

と石塚は言った。

「穂積の殺しは連中の指し金だと吐かせなきゃならん。こうなれば、穂積の行方は、草の根をわけてもさがすぞ。お前さんも一緒に、駿河屋に来てくれ」

「しかし、今夜は居残り仕事が……」

と言いかけたが、伊之助はすぐに決心した。

「ようがす。ちょっと待ってください」

伊之助は仕事場に引き返すと、彫りかけの板に白布をかぶせ、鑿と槌をしまった。藤蔵が、ちろちろと伊之助の手もとを見ている。

「親方、ちょっと急用が出来たもんで、上がりにさせてもらいまさ。板の方は明日、早出をして片づけます」

藤蔵は何も言わなかった。だが丸い顔が、みるみる赤黒くふくれ上がるのが見えた。物がとんで来ないうちにと、伊之助はいそいで仕事場を出た。

傾いた日射しが、斜めにさしこむ町を、伊之助と石塚はいそぎ足に通り抜けた。小名木川を南に渡った。

「裏のからくりのことですがね」

歩きながら、伊之助は話しかけた。

「お寺社の方に言うつもりですか?」

「こうなりゃ仕方あるめえ。坊主が一枚嚙んでる悪事だからな。やつらを一網打尽にしなくちゃ気持がおさまらねえ」

「しかし、殺しの一件はともかく、大奥の金の方は、あっしがこの前言ったように、あのお女中がうまく取返せれば、それでおさまりがつきます」

「ふん。悪党どもが、女の言うことなんぞ聞くもんか」

「そうとも限りませんよ。連中はその金が公けになるのをこわがっていますからな。うまくおさまりがつく見込みはあります。その見込みがあるのに、お寺社の手入れということになると、あのお女中も自害ものでしょうな」

石塚は、ちろりと伊之助の顔を見た。

「お前さん、山路とかいう女子に惚れたんじゃあるめえな」

「まさか」

伊之助は苦笑した。だが、伊之助の胸の中には、女ほどあわれなものはねえという気持がひとつある。若い身空で自殺した女房、伊之助が探索にかかっていそがしいとさとると、ちらりとも姿を見せないおまさ。何のかのと言っても、男は手前勝手が出来るが女は耐えるしかない。耐え切れずに自分の勝手に走れば、死んだ女房のように、われとわが身を殺すような羽目に陥る。

三十を過ぎて男を知ったはなやぎを身にも顔いろにもまとっていた、世間知らずの女を、自害させたりはしたくなかった。山路という奥女中は、おそらく生まれてはじめて、世の中に男と逢うしあわせがあることを知ったに違いないのだ。それが仕組まれた罠の中で見た、はかないあだ花であろうとも。

「ただ、むだに人を死なせたくねえだけです」

石塚は、またちろりと伊之助を見た。そして、そいつはこれから会う駿河屋の返事次第だと言った。石塚の語調は、いくらかやわらかくなっていた。

黒江町についたときはもう日が暮れて、駿河屋では店をしまいにかかっていた。二人を見ると、駿河屋万次郎は一瞬顔いろをくもらせたが、すぐに家の中に招き入れた。二人が案内されたのは、茶の間ではなく、奥の客間だった。

お茶をはこんで来た女中が、ついでに行燈にも灯を入れて部屋を出て行くと、駿河屋は少しこわばった顔で、ご用件をうかがいましょうかと言った。

その駿河屋に、石塚はいきなり浴びせた。

「穂積という易者に、七之助を殺させたのは旦那かね?」

「何をおっしゃいます?」

駿河屋は色青ざめた顔になったが、声だけは平静にそう言った。伊之助が寺に入ったらしいことも、穂積が逃走したことも承知しているはずだが、あくまでしらを切ると決めたようにも見えた。

「何のことかわかりません。あたくしがそんなおそろしいことをやらせるわけがありません」

「それじゃ、べつのことを聞こうか」

と石塚は言った。

「七之助の女房のことは知ってるな?」

「はい。以前この店の女中をした女子ですから」

「そのおさきを、大奥に奉公させたのは、お前さんだろうな?」

わずかにためらってから、駿河屋はそうですすと言った。

「これには、いろいろとわけがありましたもので」

「そのわけというやつを知ってるぜ」

と石塚は言った。

「七之助はお前さんをゆすっていたのだが、それにはおさきがからんでいたのだ。それでお前さんは、おさきを七之助の手がとどかない場所に隠したというわけだろう」

「……………」

「ところが七之助は、今年になって女房を見つけてしまった。いまからひと月半ほど前の話だ。そしてすぐに殺されちまった。殺したやつが穂積という男だということは見当がついている。だから、お前さんが殺させたのかと聞いたのだ」

「いえ、違います」

駿河屋ははげしく首を振った。駿河屋は平静を装ってお茶を飲もうとしたが、手がふるえて茶碗をつかめずにあきらめた。

「ふーん、するとこうかね？」

石塚は射るような眼で駿河屋を見つめながら言った。

「おさきは一人で寺に来てたわけじゃなくて、山路という奥女中のお供で来てたんだ。ところが、お前さんや札差の丸子屋、糸屋の若江屋などは、七之助や、下っ引の半次のような男たちを、そのお女中に近づけたくないわけがあった。それで殺した、という寸法かね。こっちが本筋だな？」

駿河屋は、答えなかった。深くうつむいている。その姿をじろりと一瞥（いちべつ）してから石塚は、伊之さんよ、少しお話を聞かせてやんな、と言った。

伊之助は、海竜寺を舞台にした駿河屋たちのからくりを全部あばいてやった。色仕かけで奥女中をたらしこんでいる事実も、遠慮なく言ってやった。駿河屋は、その間じっとうつむいていたが、伊之助の言葉が終るとやっと顔を上げた。顔にじっとりと汗をかいていた。

「おそれ入りました。おっしゃるとおりです」

と駿河屋は言った。声が弱よわしくかすれた。

「しかし、あたくしどもは、人を殺せなどとそんなおそろしいことを指図したおぼえはありません」

「じゃ、誰が指図したんだ」

「穂積さんが、殺さないと早晩、外に洩れると申しまして、ご自分で……」

「嘘つきやがれ」

石塚が大きな声を出した。

「穂積を逃がして、罪は全部あの男に着せるつもりかい」

「とんでもございません」

駿河屋は悲痛な声を出した。

「あたくしどもは、なるほど世間馴れない山路さまをうまく言いくるめて、大奥のお金を預かりました。なにせ、切羽つまっておりましたから。しかし人を殺すことだけは、必死にとめましたんでございます。穂積さんはききませんでした。あのひとは悪鬼でした。とんでもないひとと手を組みました」

「ふん、そいつは穂積をつかまえればわかることだ」

と石塚は言った。そしてお茶をひと口すすってから言った。

「もうひとつ聞くが、大奥から預かった金は、返せと言われたとき返せる金かね？」

「………」

「返せねえのだな。それを雀の涙ほどの利子と、男をあてがうことでごまかしているわけだ。そういうのを、世間じゃ騙り(かた)というのだぜ、おい」

「………」

「返せねえときはどうなるか、教えてやろうか。そのときは寺社奉行の手が入ってだな。お前さんたち、加担した寺の坊主、すべてお白洲(しらす)に並ぶことになるな。丸子屋も、駿河屋もおしめえだ。大奥も大さわぎになって、山路というあのお女中も、まず自害ものだろうて」

駿河屋がふらりと頭を上げた。二人が入って来てから、半刻も経たないのに、駿河屋は別人のように憔悴(しょうすい)した顔になっている。青ざめた顔を、汗がしたたり落ちたが、拭こうともしなかった。

うつろな眼で石塚と伊之助を交互に見た。石塚の声がふっと穏やかになった。

「たったひとつ、駿河屋が助かる方法があるぜ。聞きたいかね」

「………」

「わけはねえ。丸子屋に、元金を返させるのよ。丸子屋に全部話してやんな。返さなきゃうしろに手が回ると、おれが言ってたと話してもいいぜ。一ぺんに返せるわけはねえから、少しずつ返させるのだ」

石塚は、伊之助が奥女中の山路にそう言ったと話したことに、口をあわせていた。

「丸子屋もお前さんたちも、いまのような商いは出来なくなるかも知れねえが、潰れるよりはいいだろう。身を削っても返すのだ。そうするなら、預かり金の件はお寺社に黙っていてもいいぜ」

駿河屋は懐紙を出して、汗を拭いた。顔にいくらか生気がもどったようである。その様子をみながら、石塚がぴしゃりと言った。

「ただし、山路などという女子を始末して、預かり金をうやむやにしちまおうなどと、悪心をおこしたときは容赦しねえ。みんなひっくくって、三尺高え木の上にぶらさげてやるから、そう思いな」

九

石塚と一緒に、伊之助は駿河屋を出た。町は暗くて、まだ夜が更けたという時刻でもないのに、道には無気味なほど人通りがなかった。

もっとも、二人が背をむけている門前仲町の方では、これから歓楽の夜がはじまるのである。伊之助が振りむくと、暗い道のむこうにぼうと明るい町の灯が見えた。石塚は手もと不如意とみえて、そっちの方は振りむいても見なかった。先に立って、永代橋の方に歩いて行く。

「旦那」

その丸い背に、伊之助は声をかけた。

「見事なおさばきで、あっしは旦那を見直しましたぜ」

「はっはっ」

と石塚は笑った。

「おれはもともと女子にやさしいのよ。出来れば若え女子を自殺に追いこんだりはしたくねえ」

「ごもっともです」

「しかし伊之、この捕物はもう終ったわけじゃねえ。ひとを四人も殺したやつが野放しになっているのだからな。中の三人はほめた連中じゃなかったが、八兵衛はあわれなことをしたよ」

「これからどうなさるんで？」

そう言ったとき、伊之助は背中の方に物の気配が動いたような気がして、うしろを振りむいた。誰もいなかった。

――猫かな？

と思ったが気になった。さっき仲町の方角を振りむいたときにも、少しはなれた軒下に、何かが動いたような気がしたのである。

「一応の手は打った」

と石塚は言った。

「自身番には全部触れを回してある。江戸の出入り口にもな。野郎は寺の道中切手を持っている恐れがあるから、そいつも気をつけるように言ったよ」

「……」

「だがな、伊之。八兵衛を見つけたとき、死骸がまだあったかかったんだ。おれの勘じゃ、穂積はそう遠くには行ってねえな。やつはまだ江戸にいるよ」

二人は相川町を抜けて、永代橋の橋袂にさしかかっていた。

「明日からじっくりといぶり出しにかかるさ」

石塚は立ちどまって言った。

「多三郎親分も、手下を二人も殺されたからな。やる気だ。おれも酒代を節約して、スケてやらずばなるまいよ」

「もし捕物になったときは知らせてください。手伝いますぜ」

と伊之助は言った。じゃあな、手間をかけたと言って、石塚は橋に曲った。ちょっと見送って、伊之助は佐賀町の方に歩きかけた。そのとき、眼の隅を黒い風のようなものが橋に走りこんだのが見えた。黒いものだけではなかった。鈍い刀の光を見た。

「旦那」

身をひるがえして、伊之助は叫んだ。

「あぶねえ、穂積だ」

伊之助が橋にもどったとき、刀を打ち合わせる音がひびいて、闇の中に火花が散った。気づいた石塚が抜き合わせたらしい。伊之助は橋に走りこんだが、すぐには近づけなかった。橋板を踏み鳴らす音がひびき、ふたたび闇の中に火花が散った。

そして不意に黒い人影がひとつ、橋の上にのめったのが見えた。のめった人影は、立ち上がろうとしたが、もう一度のめって動かなくなった。

「旦那」

背をかがめ、闇を透かし見るようにして、伊之助は声をかけたが、石塚の答えはなかった。かわりに、長身の黒い人影がぬっと伊之助の前に立ちふさがった。右手に、かすかにそれとわかる刀を、だらりとさげている。伊之助は血がこごえるような恐怖に襲われた。石塚がやられたのだ。前に立っているのは穂積康之進に違いなかった。

あの男は悪鬼でした、と言った駿河屋の声が、頭の中に明滅した。穂積には、江戸を逃げるつもりなど、はじめからなかったらしい。身体（からだ）を流れる悪鬼の血にうながされて、逆に石塚と伊之助の口をふさぎにかかって来たのだ。

伊之助はじりじりと後にさがった。だが、穂積は闇の中で眼が見えるように、正確に間合いをつめて来る。ひとことも声を出さなかった。そして不意に穂積の身体が、すべるように殺到して来た。すさまじい刃うなりを聞きながら、伊之助は辛うじて体をかわしたが、左腕をかすられたようだった。

だが、かえりみるひまはなかった。草履をぬぎ捨てて、伊之助は左腕を前にのばすと間合いをはかった。逃げ出す隙はまったくなく、ここで決着をつけるしかないことはわかっていた。かすかに橋板を擦る足音をさせながら、穂積が間合いをつめて来る。頬かむりした黒い姿が、ようやくおぼろに見えて来た。少しずつ伊之助は後へさがった。

ふたたび疾風のような打ちこみが来た。穂積の剣は、足を踏み出すと同時に左八双に上がり、そこから笛のような音を立てて襲いかかって来る。伊之助はその第二撃も一髪の差でかわしたが、今度は右の腿を斬られた。鋭い痛みが全身を走る。

だが伊之助は構えを崩さなかった。痛みに堪えながら左手をのばし、右手で体を固めながら相手の隙を窺った。そのとき穂積の黒い姿が、音もなくうしろにさがった。引き揚げるのではなく、刀を構え直したようである。

――決着をつける気だ。

と伊之助は思った。はたして穂積は走って来た。闇に鈍い刀が光る。穂積は真直に走って来た。伊之助は動かずに堪え、穂積の刀が上がる瞬間をとらえて、背をまるめると前に走った。穂積の打ちこみはわずかに遅れ、伊之助の手が、相手の袖をつかんだ。伊之助は片膝を橋板に落としながら、渾身の背負い投げを打った。

穂積の姿は、暗い宙を一回転して橋に落ちた。伊之助ははね起きて身構えたが、穂積は起き上がって来なかった。半身を起こしたまま、低いうめき声を洩らしている。用心深く伊之助が近づくと、穂積は腰を落としたまま腹に刺さった刀を引き抜こうとしていた。橋に落ちたとき、握っていた刀でわが身を刺してしまったらしい。

近づく伊之助を、穂積はちらと振りむいたようである。そしてついに腹の刀を抜いた。だが穂積は立たなかった。ひと声、凄愴な気合を発した。やっという声と同時に、持ち直した刀にのしかかるように上体をかぶせて行ったようである。その姿勢のまま、穂積の身体ははげしく顫えつづけたが、やがて動かなくなった。

頬かむりをはずして、穂積の顔をあらため、息がないのをたしかめてから、伊之助は立ち上がった。どっと傷の痛みがもどって来た。だが自分の傷にかまっているひまはなく、伊之助は足をひきずりながら、石塚が倒れている場所に走った。

「旦那、石塚の旦那」

走りながら声をかけると、意外に元気な声が、おう、ここだと答えた。石塚は、欄干の下にまぐろのように仰むけに寝ていた。

「怪我は？」

「足をやられちまって立てねえ。おれのやっとうも大したことはねえなあ」

そう言ったが、石塚は伊之助が肩を貸すと、どうにか立ち上がることが出来た。石塚は、橋の上にうずくまっているように見える、穂積の方にあごをしゃくった。

「やっぱり穂積かね？」

「そうです」

「凄い声を出したが、死んだか？」

「あっしが投げたときに、自分の刀で腹を刺しちまったらしくて」

「ふむ、それで助からねえと思って、てめえでけりをつけたか。それともつかまるのがいやだったかな」

「これから、どうします？」

「とにかく、近間の番屋まで行こう。肩を貸してくれ」

伊之助は石塚の腕の下に肩を入れたまま歩き出したが、石塚の身体は腹が立つほど重かった。二人はよろめきながら、橋の上を来た方にもどった。

「しかし、伊之。お前さんの体術とやらは大したものだ。おれは見てたぜ」

と石塚が言った。

「てっきりお前さんもやられるかと思ったが、よくしのいだ」

「これで終りですな、旦那」

「まあな。ここで終りにしなくちゃなるめえさ」

石塚の声は、いくらか不満げだった。

「もっと、びしっと形を決めてやりてえところだが、それをやると余分の怪我人が出る。ま、あとは駿河屋に言ったことを、連中がちゃんとやるかどうかを見張るぐらいのものだろうて」

伊之助の眼に、四月の光の下で見た駿河屋の元手代七之助の姿が浮かんで来た。その犯人を追ってここまで来たが、その間に見たものは、それぞれの人間が抱えていた醜い欲望だけだったようである。

索漠とした気持にうながされて、伊之助は言った。

「それにしても、後味の悪い殺しでしたな」

「後味？」

石塚がじろりと伊之助を見たようだった。

「お前さんらしくもねえことを言うじゃないか。後味のいい殺しなんてものは、土台あるわけはねえよ。うん、殺しはみんな汚ねえものさ。そいつを片づけるわれわれの仕事もな」

「それもそうですが……」

行手に相川町の自身番の灯が見えて来た。思い出したように、石塚がおう、痛えとうなり声を立てた。

解説

磯貝勝太郎

時代小説のジャンルのなかで、捕物小説ほど変らない人気を持続している分野はない。マゲモノ・ミステリーという特異性にもよるのであろうが、必ずしも謎解きそのものにウェイトをおくものではなく、主人公のキャラクターや個性、その物語の紙背に流露する江戸市井の情緒、風俗の詩情などに魅力の焦点があるからだ。

捕物小説は大正中期の岡本綺堂の「半七捕物帳」から現代の人気作家、栗本薫の最新作「お役者捕物帖」にいたるまで、多数の作家によって生み出されており、卑俗な言い方をするならば、馬に食わせるほど出ているのだが、のちになって、ひとびとの印象に残るような文学的生命力のある捕物小説はきわめて少ない。数多くの捕物小説が生まれ、捕物名人が輩出されたのは、岡本綺堂の「半七捕物帳」が爆発的な人気をよび、この流行によって捕物小説のイメージが、ひとびとの間に浸透したからである。だが昭和初年の日中戦争から太平洋戦争勃発のころにかけて、国策的傾向による素材の制約を受けた探偵作家たちが、捕物小説に筆を染めた。戦後になると、時代小説は封建的主従関係や義理人情を礼賛するものとして、ＧＨＱの占領統制による禁圧を受けたが、明朗時代小説や捕物小説は大目に見られたので、捕物小説が流行するようになった。その後は、時代もの作家で捕物小説を手がけない人をさがすほうがかえってむずかしいくらい、多数の作家が捕物小説を書いている。

岡本綺堂の「半七捕物帳」から栗本薫の「お役者捕物帖」にいたるまで、これまでに書かれた捕物小説を丹念に調べてみると、九十五人の作家によって、百六十余の捕物小説が書かれていることがわかる。捕物小説の代表的作家、野村胡堂は、「銭形平次捕物控」「池田大助捕物日記」「磯川兵助功名噺」「遠山の金さん・銀次捕物帳」などの八つの捕物小説を書いているが、その内訳を調べると、「銭形平次捕物控」は、長編二十一、中編十八、短編三百四十一、掌編三、総計三百八十三編。「池田大助捕物日記」は総計八十編。「磯川兵助功名噺」、その他の捕物小説の総計を加えるならば、トータル五百編以上の作品数に達する。この方式で、九十五人の作家による百六十余の捕物小説を数えてみると、どの位の数の作品になるか、筆者には、それを調べる気力はないが、おそらく千編を越える作品が書かれているであろう。

多数の捕物小説のなかで、岡本綺堂の「半七捕物帳」と久生十蘭の「顎十郎捕物帳」は、代表的な捕物小説だ。捕物小説の開祖といわれる岡本綺堂は、明治初期の生まれだが、英語の語学力があったうえに、怪奇小説、探偵小説好みだったので、西欧の文献を読みあさり、日本版のシャアロック・ホームズ奇譚を思いつき、岡っ引の半七を人物造型し、半七について、「江戸時代に於ける隠れたるシャアロック・ホームズであった」と書いている。しかし、「半七捕物帳」の魅力は、それが日本版ホームズ奇譚であることや、岡っ引の半七のキャラクター、個性であることによるのではなく、むしろ、物語に描き込まれている江戸市井の情緒、風俗の詩情にこもっているといわれている。

久生十蘭の「顎十郎捕物帳」は、本格的推理の骨法をそなえた作品が多く、外国の有名な作品や実話を下敷にしたものが少なくないが、いずれも翻案というよりも原作とは別箇の価値を有する創作になっている。さらに、主人公の仙波顎十郎の容貌に魅力がある。目、鼻、耳、すべて額際にはね上がり、プロレスのアントニオ猪木よりはるかに長い顎の持ち主なので、顎十郎とよばれている。自分の容貌にコンプレックスをもつ顎十郎は、目の前で何気なく顎を掻いた男を抜き打ちに斬りつけたり、顎に膏薬を貼っている男をドブに叩きこんだりするていたらくだが、顔は悪くても頭の良さは抜群なので、快刀乱麻を断つごとく難事件を解決してしまう異色の捕物名人だ。顎が極端に長い醜男の顎十郎は、銭形平次、人形佐七など、多くの捕物小説の主人公たちが、美男子なのに対して、個性的な醜い容貌が魅力となっている。そのうえ、彼は剣の使い手である。無類の顎長で剣の達人――とくれば、作者の久生十蘭が、十七世紀フランスの騎士、シラノ・ド・ベルジュラックを念頭において、顎十郎を造型したことは疑いない。

岡っ引の半七は、顎十郎のような醜男ではないが、綺堂が主人公として岡っ引の半七を登場させたことは高く評価されてよい。岡っ引とは江戸時代、与力、同心の私的な使用人として犯人探索を助けた者だが、堕落して悪事をはたらく無頼の徒が多かった。だが無頼漢は、同じような無頼漢や犯罪者に通じている場合が少なくなかったので、利口そうな無頼漢や犯罪者を岡っ引に採用し、仲間の無頼漢、犯罪者を密告させ、難事件を解決した。岡っ引の半七は無頼漢ではないが、多くの捕物小説のなかには、かなり悪質の岡っ引が登場する。そういう連中は別として、捕物小説の主人公として岡っ引が登場することが、「半七捕物帳」以来、いわばパターン化されたのである。「顎十郎捕物帳」の主人公のキャラクターや個性、「半七捕物帳」の紙背に流露する江戸情緒、風俗の詩情などは、いずれも捕物小説としての魅力だが、フランスに留学した体験をもち、「母子像」で国際短編小説コンクール第一席に入賞するほどの小説巧者だけに、久生十蘭は、英語力を駆使して西欧の文献を読みあさった岡本綺堂と同様に、西欧の小説や演劇に通じていた。したがって、十蘭や綺堂は外国の小説を下敷にした場合でも、原作以上の鑑賞に値する創作として自家薬籠中の物にしている。外国小説を直輸入して江戸時代を背景とする作品に、無理に当てはめることから生ずる破綻が見られないのは、さすがだというべきであろう。

本編の「漆黒の霧の中で――彫師伊之助捕物覚え」は、彫師の伊之助を主人公としたハードボイルドタッチの捕物小説で、「消えた女」(新潮文庫)に続く第二作にあたる長編である。このシリーズの魅力のひとつは、伊之助のキャラクターと個性にあり、捕物小説の醍醐味を知る作者ならではの人物造型の妙味を感得できる。伊之助は版木彫りの職人だが、もとは凄腕の岡っ引であった。女房おすみが男をつくり、その男と心中したのを機会に十手を捨てた、という過去の翳をひきずっているだけでなく、半七や銭形平次と違って岡っ引ではないので、彫藤の親方、藤蔵ににらまれながら捕物の仕事に従う。凄腕の岡っ引だった伊之助の実力と実績を知っている同心の石塚宗平は、彫師の伊之助を捕物の世界から容易に引き離そうとはしないのだ。

主人公伊之助の原型は、捕物小説の中編「囮」（昭和四十六年下半期、第六十六回直木賞候補作）の主人公、甲吉である。「囮」は、彫宇という親方の下で、彫物仕事をしている版木師の甲吉が、肺病の妹を養うため、親方や同僚たちにかくれて下っ引（岡っ引の手下）ばたらきをしていた際に、殺人犯綱蔵の情婦で囮となった陰翳の濃いおふみと関係する一部始終を描いた作品。甲吉も翳のある男で、彫宇や同僚に妹の具合がよくないなどと言訳をしたり、厭味をいわれたりしながら、工房を抜け出て下っ引の仕事に従う。そのころの作者は業界紙の編集長であったが、一方では小説をひそかに書いていた。深よみするならば、当時の作者の内心には忸怩たるものがあって、作中人物の甲吉にその心象の投影がなされているのであろう。捕物小説の主人公が、ある職業を表向きの仕事として、一方では岡っ引や下っ引ばたらきをおこなうケースは、幾つかあげられる。梶山季之の「彫辰捕物帖」の主人公彫辰は、彫物の名人で、岡っ引の三星屋喜蔵の情婦お竜の美肌に刺青を彫ったのを機縁に下っ引ばたらきをするようになり、色事師としての直感をはたらかせて難問題を解決する。したがって、「彫辰捕物帖」はポルノチックなストーリーで読ませる捕物小説だ。伊藤桂一の「病みたる秘剣」は、その副題として「風車の浜吉・捕物綴」と記されているように、ある失敗から岡っ引稼業を御免になった浜吉親分が、世間から身をかくして、手製の風車を売りながら捕物ばたらきをする捕物小説で、作者独自の人情味のあふれた世話物の面白さがある。

藤沢周平の彫師伊之助シリーズの捕物小説の先行作品としては、中編「囮」、連作長編

「出会茶屋――神谷玄次郎捕物控」（六年ほど前に、東京12チャンネル系で放映された痛快時代劇「悪党狩り」の原作）などがある。後者の主人公の玄次郎は北町奉行所同心で、父親の勝左衛門も同心だった。玄次郎が十四歳のとき、母親と妹の邦江が何者かによって斬殺されたため、父親の勝左衛門は病気になり、一年後、母親の後を追うようにして死ぬ。玄次郎には情婦のお津世がいた。彼女は亭主に死なれた寡婦で小料理屋を営んでおり、玄次郎とはその二階で情事を重ねるわりなき仲であった。玄次郎は子連れのお津世と所帯を持ち、捕物の世界から足を洗って、小料理屋の亭主におさまりたい気持があるのだが、神谷一家を破滅に追い込んだ犯人を捕えるまで同心稼業がやめられない。連作中の「霧の果て」では、玄次郎が悪徳の札差井筒屋とその檀那寺の法乗院が一味同類で悪事をはたらいていること、法乗院の祈禱師、歓喜院がいかがわしい祈禱にかこつけて女性をだましていることなどを突きとめる。そして、その一件が神谷家を破滅に追い込んだ黒幕とも関連していたというストーリーである。

主人公の玄次郎が陰翳のある人物として造型され、小料理屋を営むお津世とは、わりなき仲であること、さらに悪徳の札差とその檀那寺の祈禱師が、金と女がらみの悪事をはたらいていたこと等々、「神谷玄次郎捕物控」の連作中の「霧の果て」は、「漆黒の霧の中で」と共通する点が認められて興味深い。「漆黒の霧の中で」の事件の発端は、ある日、伊之助が仕事に向う途中、竪川河岸で男の水死人を見たことから始まり、伊之助は事件に巻き込まれてゆく。水死人の耳のうしろの独古という急所を、畳針のようなもので刺されてできた小さな致命傷。それを目ざとく見つけた伊之助は、殺人事件とみなす。このあたりの物語への導入部は、「神谷玄次郎捕物控」の連作第一作『針の光』のそれに似ている。小名木川に浮き上がった女の水死人の右頸のところに、ごく小さな傷があり、針で刺された致命傷であった。その虫に刺されたような傷を発見した玄次郎が、殺人事件に巻き込まれてゆくからだ。伊之助が殺人事件だと断定したように、その水死人は事故死ではなく、殺されたのち、川に捨てられたことが判明した。誰が殺したのか。身元を捜してみても正体がわからなかったが、やがてその人物の正体や、事件の核心にふれる部分が次第に明らかになる。

綿密に調べられた江戸の街、そのたたずまいと情緒などが、ていねいに描かれているので、読者自身もその時代のひとりとして、登場人物たちと、共に呼吸しているかのごとき錯覚に誘い込まれてしまう。藤沢周平という作家は、実に人物描写がうまい。例えば、第一章三の伊之助とおまさの情事の描写、あるいは第一章と第二章に描かれている金右衛門店と与兵衛店の路地での伊之助と女たちの描写などは、その好例で、いずれも江戸世話物としてのうまみが出ている。藤沢周平は岡本綺堂や久生十蘭のように、西欧の小説をかなり読んでいるが、アメリカのいわゆるハードボイルドものは、たいてい読みあさったという。「漆黒の霧の中で」において、ハードボイルドによる影響が端的にあらわれているのは、アクション場面だ。第一章末尾には、ハードボイルド特有のスピード感のある短い文体によって、伊之助と二人の男のアクションが描破されている。したがって、「漆黒の霧の中で」は、岡本綺堂の「半七捕物帳」、久生十蘭の「顎十郎捕物帳」と同様に、外国の小説にうらうちされた作品で、主人公のキャラクターや個性とともに、江戸市井の情緒が描出されている捕物小説だといえよう。

（昭和六十一年八月、文芸評論家）

この作品は昭和五十七年二月新潮社より刊行された。

文字づかいについて

新潮文庫の文字表記については、なるべく原文を尊重するという見地に立ち、次のように方針を定めた。

一、口語文の作品は、旧仮名づかいで書かれているものは現代仮名づかいに改める。
二、文語文の作品は旧仮名づかいのままとする。
三、一般には常用漢字表以外の漢字も音訓も使用する。
四、難読と思われる漢字には振仮名をつける。
五、送り仮名はなるべく原文を重んじて、みだりに送らない。
六、極端な宛て字と思われるもの及び代名詞、副詞、接続詞等のうち、仮名にしても原文を損うおそれが少ないと思われるものを仮名に改める。

藤沢周平著

用心棒日月抄

故あって人を斬り脱藩、刺客に追われながらの用心棒稼業。が、巷間を騒がす赤穂浪人の動きが又八郎の請負う仕事にも深い影を……。

藤沢周平著

竹光始末

糊口をしのぐために刀を売り、竹光を腰に仕官の条件である上意討へと向う豪気な男。表題作の他、武士の宿命を描いた傑作小説5編。

藤沢周平著

時雨のあと

兄の立ち直りを心の支えに苦界に身を沈める妹みゆき。表題作の他、江戸の市井に咲く小哀話を、織麗に人情味豊かに描く傑作短編集。

藤沢周平著

冤罪

勘定方相良彦兵衛は、藩金横領の罪で詰め腹を切らされ、その日から娘の明乃も失踪した……。表題作はじめ、士道小説9編を収録。

藤沢周平著

橋ものがたり

様々な人間が日毎行き交う江戸の橋を舞台に演じられる、出会いと別れ。男女の喜怒哀楽の表情を瑞々しい筆致に描く傑作時代小説。

藤沢周平著

神隠し

失踪した内儀が、三日後不意に戻った、一層凄艶さを増して……。女の魔性を描いた表題作をはじめ江戸庶民の哀歓を映す珠玉短編集。

藤沢周平著

消えた女
—彫師伊之助捕物覚え—

親分の娘おようの行方をさぐる元岡っ引の前で次々と起る怪事件。その裏には材木商と役人の黒いつながりが……。シリーズ第一作。

藤沢周平著

春秋山伏記

羽黒山からやって来た若き山伏と村人とのユーモラスでエロティックな交流——荘内地方に伝わる風習を小説化した異色の時代長編。

藤沢周平著

時雨みち

捨てた女を妓楼に訪ねる男の肩に、時雨が降りかかる……。表題作ほか、人生のやるせなさを端正な文体で綴った傑作時代小説集。

藤沢周平著

孤剣
用心棒日月抄

お家の大事と密命を帯び、再び藩を出奔——用心棒稼業で身を養い、江戸の町を駆ける青江又八郎を次々襲う怪事件。シリーズ第二弾。

藤沢周平著

驟(はし)り雨

激しい雨の中、八幡さまの軒下に潜む盗っ人の前で繰り広げられる人間模様——。表題作ほか、江戸に生きる人々の哀歓を描く短編集。

藤沢周平著

密謀
(全二冊)

天下分け目の関ケ原決戦に、三成と密約がありながら上杉勢が参戦しなかったのはなぜか？　歴史の謎を解明する話題の戦国ドラマ。

海音寺潮五郎著

平将門

（全三冊）

美貌の才子貞盛と、武骨一辺の将門。このイトコ同士の英傑を中心に、風塵まきおこり、血潮たぎる剣と恋の大波瀾を描く歴史小説。

海音寺潮五郎著

西郷と大久保

熱情至誠の人、西郷と冷徹智略の人、大久保。私心を滅して維新の大業を成しとげ、征韓論で対立して袂をわかつ二英傑の友情と確執。

海音寺潮五郎著

幕末動乱の男たち

（全二冊）

変革期に、思想や立場こそ異なれ、自己の道を歩んだ維新のさまざまな人間像を冴えた史眼に捉え、実証と洞察で活写した列伝体小説。

海音寺潮五郎著

江戸開城

幕末動乱の頂点で実現した奇跡の江戸無血開城。西郷・勝、二人の千両役者が演出した史上最高の名場面とその舞台裏を入念に描く。

子母沢寛著

勝海舟

（全六冊）

新日本生誕のために身命を捧げた維新の若き志士達の中で、幕府と新政府に仕えながら卓抜した時代洞察で活躍した海舟の生涯を描く。

子母沢寛著

父子鷹

（上・下）

幕末、貧しいながら義理人情に篤い江戸庶民の生活を背景に江戸っ子侍勝小吉、麟太郎父子の心意気をいきいきと描いた長編時代小説。

五味康祐著
秘剣・柳生連也斎
芥川賞受賞

芥川賞受賞作「喪神」、異色の剣の使い手の苦悩を描いた「秘剣」をはじめ剣に生きる者の苛酷な世界を浮彫りにする傑作11編を収録。

五味康祐著
柳生武芸帳（上・下）

ひとたび世に出れば、柳生一門はおろか幕府、禁中をも危くする柳生武芸帳の謎とは？ 剣と忍法の壮絶な死闘が展開する一大時代絵巻。

山手樹一郎著
朝晴れ鷹

あるときはお高祖頭巾の武家娘、または盲目の巫女天光院。素早い変身で仇敵の備前屋に復讐を企むお律をめぐる痛快無類の時代長編。

新田次郎著
からかご大名

大名行列を横切ったために斬られた六歳の娘。一つの事件がまき起す波紋を追い、人間心理のあやに光をあてた表題作など10編を収録。

新田次郎著
新田義貞（全二冊）

源氏再興の夢をかけ、鎌倉幕府を倒した新田義貞。南北朝の戦乱期、足利尊氏、楠正成の陰に埋もれた悲運の武将の生涯を活写する。

新田次郎著
八甲田山死の彷徨

全行程を踏破した弘前三十一聯隊と、一九九名の死者を出した青森五聯隊――日露戦争前夜、厳寒の八甲田山中での自然と人間の闘い。

漆黒の霧の中で
―彫師伊之助捕物覚え―

新潮文庫 ふ-11-15

昭和六十一年九月二十五日 発行
平成九年二月十五日 二十二刷

著者 藤沢周平
発行者 佐藤隆信
発行所 株式会社 新潮社
郵便番号 一六二
東京都新宿区矢来町七一
電話 編集部(〇三)三二六六―五四四〇
読者係(〇三)三二六六―五一一一
振替 〇〇一四〇―五―八〇八

価格はカバーに表示してあります。

乱丁・落丁本は、ご面倒ですが小社読者係宛ご送付ください。送料小社負担にてお取替えいたします。

印刷・大日本印刷株式会社　製本・加藤製本株式会社

ISBN4-10-124715-3 C0193

目次

一章　乾いた心に降る雨は……8
二章　ギリギリの日常……46
三章　迷いの羽根で……89
四章　時間の砦と心の柵と……133
五章　遠くまで見えるけれど……178
六章　空っぽの高い空……215
七章　柔らかな手のひらで……257
あとがき……303

物紹介

●天本　森

二十八歳。デビュー作をいきなり三十万部売ったという、話題のミステリー作家。のみならず、「組織」に属する追儺師として、種々の霊障を祓う。彫像のような額に該博な知識を潜め、虚無的な台詞を吐くこともあるが、素顔は温かく力強い。先日の事件では重傷のために死線を彷徨ったが、生還し、容貌に似あわぬしぶとさを見せつけた。が、今回の出張先は、暑い暑いベトナムだ！

●琴平敏生

二十歳。蔦の精霊である母が、禁を犯して人とのあいだにもうけた少年。身体を流れる半分の不思議の血によって、常人には捉え得ぬものを見聞きし、母の形見の水晶珠を通じて、草木の精霊の守護と、古の魔道士の加勢とを得る。「裏」の術者たる天本の助手として、「組織」に所属。暑さカラッキシの天本を気遣いつつ、少年は元気に、おいしいものだらけのベトナムへ向かう！

登場人物

●龍村泰彦

天本森の高校時代からの友人で、現在、兵庫県下で監察医の職にある。屈託ない気性の大男で、豪快な視点、率直な言動、そして極端な服装センスが最大の特徴。

●小一郎

天本の使役する要の「式」で、天本に従う式神どもの束ねの役を負う。物言いは古風だが、妖魔としては若い。通常、羊の人形に憑り、顕現の際に青年の姿をとる。

●早川知足

「組織」のエージェント。本業は外国車メーカーの販売課長。絶妙のタイミングをはかる才に長け、思わぬ時に思わぬ場所に出現しては、天本と敏生を驚愕させる。

●河合純也

「表」の術者。駆けだしであったころの天本の師匠。通称「添い寝屋」。その名のごとく、添い寝をすることによって、妖しを見切り、封じる特殊能力を持つ。

イラストレーション／あかま日砂紀(ひさき)

雨衣（あまごろも）奇談（きだん）

一章　乾いた心に降る雨は

天本森は、夢を見ていた。

その夜の夢は、普段と少し違っていた。

いつもなら、夢の中でも、世界を見ているのは自分の目であるはずだ。だがその夜の夢では、森自身は宙に浮いており、とある人物を見下ろしていた。

その人物とは、学生服姿の、長身の少年だった。白い端正な顔を縁取る、漆黒の髪。鬱陶しそうに細められた切れ長の目と、無愛想に引き結んだ薄い唇。

その少年が高校時代の自分自身であることに気づくには、そう時間はかからなかった。

(俺……か)

夢の中の森は、学校帰りらしく、肩に薄べったい鞄を掛けて俯きがちに歩いていた。

(この道は……)

見覚えのある道……電車の駅から自宅までのゆるやかな上り坂を、森はただ黙々と歩いていく。今日は、同級生の龍村泰彦は一緒でないらしい。あるいは、それは彼と出会う前の記憶なのかもしれない。

季節は秋なのか、時折街路樹の赤く色づいた葉が頭上から何枚も舞い落ち、アスファルトの地面を飾った。

商店街を抜け、細い川を渡り、大学のグラウンドの横を過ぎ、小さな教会の前を通り……。そうして、閑静な住宅街の中の一軒の家の前に、森は立った。

まるで、すべてのものを拒絶するかのような高い木々に囲まれた、大きな家。洋館だが、瓦の色や柱の彫刻に、主のシノワズリー趣味が窺える。

（懐かしいな……）

それはまさしく、今の場所に越してくる前ずっと住んでいた、森の生まれ育った家であった。

クリーム色の壁に、蔦の蔓が縦横に這っている。中国製らしいオレンジ色の瓦は、陽光を浴びて鈍く光っていた。

ポケットから鍵を出し、玄関の扉を開ける。ヒンヤリと湿った空気が、鼻先を掠めた。

いつしか、頭上に浮いていたはずの森は、過去の自分の中に入り込み、彼の視点ですべてを見、彼の身体からすべてを感じていた。

昼もあまり日が差さず、薄暗い廊下。ヒンヤリした木の床。森は、足音を忍ばせるようにして歩いていく。

台所にいた老女は、森の姿を見るとうっそりと頭を下げた。彼が幼い頃から、一日も欠かさず通ってくる、いわゆる家政婦である。森は敢えて訊ねたことはないが、かなりの高齢なのだろう。小柄な老女の腰は、すっかり曲がってしまっている。

老女は別段森を邪険にするわけではなかったが、用事がない限り、自分から話しかけることもしない。自分がすべき仕事を機械的にこなし、終われば帰っていく。十年以上、毎日顔を合わせる間柄でありながら、彼女と森の間には、親密な会話は一つもなかった。

「坊ちゃん、お帰りなさい。今、お茶をお運びしようと思っていたところで」

「俺が運ぶよ」

「今日もお変わりなく」

そんな老女の言葉を背中で聞き、森は調理台の上に整えられた茶器の盆を取り上げると、台所を出た。

軋む階段を上り、自室の前を通り過ぎ、廊下の突き当たり右側の扉の前で足を止める。森は軽くノックをした後で、扉を開けた。

大きな窓にはレースのカーテンが引かれ、柔らかな光が広い室内を満たしている。窓の傍らには木の椅子がぽつんと置かれ、そこにはひとりの女性がゆったりと座っていた。

ほっそりした身体を淡いブルーのワンピースに包んだその女性は、じっと窓の外を見ている。部屋に入ってきた森に気づかない様子だった。

女性の腰まである長い髪を見ながら、森は平板な声で言った。

「ただいま帰りました。……お茶が、はいったそうですよ」

その声に、女性はゆっくりと首(くび)を巡(めぐ)らせた。だが、逆光でその顔はよく見えない。森は思わず目を細め……。

何かに弾(はじ)かれたように、パチリと目が開いた。視界に広がるのは、白い天井。見慣れた、自分の部屋の風景だ。

「……何だ……夢か」

森は両手で顔を覆(おお)って呻(うめ)いた。厚いカーテンの隙間(すきま)から、朝の白い光が差し込んでいる。枕元(まくらもと)の時計は、八時三十五分を指していた。

何故(なぜ)か、本当に自分の目でものを見ているのかどうか、自信が持てなかった。まだ、夢の中の自分のビジョンなのではないか……この部屋を一歩出たら、「あの家」にいるのではないか……そんな恐怖にも似た違和感に、森は身震いした。

……と。

パタパタと軽やかな足音が近づいてきて、扉(とびら)が開き、同居人の琴平敏生(ことひらとしき)がヒョイと顔を覗(のぞ)かせる。もう眠気の欠片(かけら)も残っていない大きな瞳(ひとみ)が森の姿を捉(とら)えると、たちまち嬉(うれ)しそうな笑みが、幼い顔に広がった。

「おはようございます、天本さん」

弾む声に名を呼ばれ、ああ、自分はちゃんと現実世界にいるのだ、と森は心のどこかでホッとして、ベッドの上に起き上がる。

「起きてたんですね。今朝はお寝坊の日なのかと思いました。出かける前に、顔だけ見ていこうと思って」

そう言いながら、敏生は部屋に入ってきた。窓を開け放って、朝の爽やかな光と空気を、室内にたっぷりと招き入れる。

「おはよう。……少し、寝過ごした」

森は乱れた髪を片手で撫でつけながら、ベッドを下りた。春とはいえ、木の床はまだ、ドキリとするくらい冷たい。……まるで、夢の中の廊下のように。

「どうかしたんですか？　ちょっと顔色悪いですよ」

敏生は心配そうに森の顔を見上げる。森は笑ってかぶりを振った。

「そんなことはないさ。もう行くのかい？　今日は早いんだな」

「ええ、今朝は、先生のお出かけにお供する約束なんです。コーヒー、淹れてありますから。パンは食べられそうだったら、自分でトースト焼いてくださいね」

「ありがとう」

「じゃ、行ってきます」

「ああ、気をつけて」

来たときと同じように軽やかな足取りで、敏生は部屋を飛び出していく。森はまだ端正な顔に微笑を残したまま、ベッドの上に広げてあったガウンを取り上げ、袖を通した。

洗面所に向かって歩きながら、さっきまで見ていた夢に、思わず吐息が漏れる。

「……もう何年も、あんな夢は見なかったのにな」

あの女性の顔が見えかけたその瞬間に目を覚ましたのは、見たくなかったからだとわかっている。だが、見なくても、それが誰だか森にはよくわかっていた。

（……母さん……）

それは、今は亡き彼の母親だった。

今は人手に渡ったあの家のあの部屋に、森が物心ついたときからずっと、ひっそりと暮らしていた、美しい人。部屋からほとんど出ることなくこの世を去ったその人の顔が、森の脳裏に甦る。

驚くほど、年老いない人だった。いつも、ぼんやりと窓の外を……いや、その向こうにあるどこか遠いところを見ていた。

「……やめよう」

森は独り言を言って、軽く首を振った。洗面台に立ててある歯ブラシに手を伸ばす。

母親のことを忘れることはできないだろうし、忘れるべきでもないと思う。それでも、とっくに「過去の記憶」として、心の引き出しにしまい込んだはずの人なのだ。

(何かのはずみで、夢に見てしまっただけだ。いつまでも気にするな)

自分にそう言い聞かせ、森はまだ網膜に残っている母の面影を、追い払おうとした……。


その日の夕方、帰宅した敏生は、玄関先まで漂う香ばしい匂いに、まるで犬のように鼻をクンクンさせながら、台所までやってきた。

「ただいま帰りました。どこもかしこも桜が満開ですよ、天本さん」

「ああ、お帰り」

ちょうどオーブンの扉を開けた森は、敏生の姿を見ると、相変わらずいいタイミングだな、と言って笑った。分厚いミトンを嵌めて取り出した天パンの上には、こんがりと焼けたパンが並んでいる。それを見て、敏生は歓声を上げた。

「うわあ、焼きたてパンだ!」

すぐにでも手を伸ばそうとする敏生を、森はラックにパンを移しつつ、さりげなく牽制した。

「こら。まだ熱くて触れないぞ。それに、少し冷めたほうが、味がよくわかるようになる」

「……ちぇ」

敏生は残念そうに、しかし素直に手を引っ込める。森は、敏生の栗色の髪に桜の花びらがひとひら載っているのを見て、訊ねた。

「で、今日は先生と花見に行ってきたのかい？」

「先生が桜の絵を描きに行こうって誘ってくださって。みんなで出かけてきたんです。凄く綺麗だったけど、僕はやっぱり、スケッチより……」

照れ臭そうに笑って、敏生は上目遣いに森を見た。

「スケッチより、何だ？」

「天本さんにお弁当作ってもらって、一緒にお花見に行くほうがきっと楽しいだろうなって思ってました」

「やれやれ。君は、花より団子を体現したような奴だな」

呆れた口調で、しかしどこか嬉しそうに森はそう言い、ミトンの手のままで、敏生の頭をポンと叩いた。

「料理を仕上げてしまうから、先に風呂に入っておいで」

「はいっ」

敏生はすぐさま階段を駆け上がり、バスルームに飛び込んだのだった。

できるだけ大急ぎで風呂を使い、ジャージの上下に着替えた敏生が戻ってくると、テーブルの上には食事の用意がすっかり調っていた。

さっき森が焼き上げた、卵を塗った表面がまだツヤツヤと輝いているブリオッシュと、チキンのクリームシチュー、それに塩ゆでしただけの瑞々しいアスパラガスに自家製マヨネーズというのが、今夜のメニューである。

「いただきます!」

敏生はさっそくパンに手を伸ばし、ほの温かいそれを二つに割ってみた。たちまち、香ばしい湯気が立ち上る。

「わあ。天本さん、パンも焼けるなんて凄いや」

フワフワのパンを頰張り、敏生はニッコリした。そんな敏生を見て、森もホッとしたようにスプーンを取り上げた。

「初めて試してみたんだ。旨いか?」

「凄く美味しいですよ。しっとりしてて、卵とバターの味がする」

「ブリオッシュだからな。シチューに合うと思うよ。……君は本当に、何を作っても旨そうに食うな」

「旨そうに、じゃなくて、ホントに美味しいんですってば。シチューもパンも」

その言葉が嘘でない証拠に、敏生のシチュー皿はみるみるうちに空っぽになってしま

う。黙ってその皿を取り上げ、台所にお代わりをよそいに行った森の背中に、敏生は問いかけた。

「もう、大丈夫ですか？　今朝は具合悪そうだったから、ちょっと心配だったんです」

森は、なみなみとシチューを注いだ皿を敏生の前に置いてやり、あっさりと言った。

「べつに、どこも悪くないよ。ただ、夢見が悪かっただけのことだ」

「夢？　怖い夢でも見ちゃったんですか？」

柔らかく煮込んだニンジンを頬張りながら、敏生は首を傾げる。森はそんな敏生と視線を合わせず、ポットから急須に湯を注ぎながら答えた。

「悪夢というわけじゃないが……。昔のあまり愉快ではない記憶が夢に出てきただけさ。君が気にするようなことは何もない」

「……だったらいいですけど」

敏生は少し拗ねた口調でそう言って、俯きがちにシチューを頬張った。森が言いたくないと思っていることを無理やり訊き出すつもりは毛頭ない。だが、相変わらずの突き放し方をされると、やはりどこか不満な気持ちが芽生えてしまうのだ。

そんな敏生の気持ちを察して、森は苦笑いした。

「隠し事をするつもりはないんだ。……ただ、わざわざ言うこともないかと思っただけで。君が聞きたいなら言うさ。母の夢を見たんだ」

「お母さんの？　天本さんのお母さんって、ずいぶん前に亡くなったんでしたよね」

敏生は驚いて顔を上げる。そんな敏生の前に、森は湯のみをコトリと置いた。

「ああ。霞波が死ぬ少し前に、母も死んだ。……自殺だったよ」

初めて聞く母親の話に、敏生の優しい眉が悲しげに顰められる。

「あ……ごめんなさい、僕、悪いこと訊いちゃったんですね。つらいこと……だったのに」

「いや。もう、昔のことだ。ただ、そんな夢を見るのがあまりに久しぶりだったから、起きたときは少し混乱していただけさ。それで君を今日一日心配させてしまったのなら、俺が悪かった」

「ううん、そんなことはいいんです。でも……自殺って……」

敏生は、口ごもりながら訊ねる。森は、不自然なほど淡々と答えた。

「自分の部屋で首を吊ったんだ。まさかそんなことをするなんて予想もしていなかったから、見つけたときは……確かに驚いたな」

人間は大きな衝撃を受けると、感情のメーターが振り切れ、かえっていつもよりフラットになってしまう。おそらく、母親の死は、森の心に今も大きな傷痕として残っているのだろうと敏生は思った。

「母は、俺が物心ついた頃にはもう、心を病んでいてね。何を言うわけでも見るわけでもなく、ただじっと座って、どこかほかの世界を見ていた。俺にとっては、名ばかりの母親だったが……時々は、母のそばにいて、彼女が見ているものを自分も見たいと思ったりした。いつだって、空が見えるだけだったが」

唐突に語られた思い出に、敏生は返す言葉を見つけられず、ただ、痛々しげに森を見ている。森は、困った様子で立ち上がった。

「君がそんな顔をすることはないだろう。母の人生は幸せなものではなかったかもしれないが……少なくとも大部分は穏やかだったと思うよ。ところで、デザートに苺のムースを作ったんだが、胃袋にまだ余裕はあるかい？」

「あ……はいっ」

気まずくなってしまった空気を自ら払拭するかのような森のからかい口調に、敏生も笑顔で答えた。あからさまにホッとした様子の敏生に、森は軽い自己嫌悪に陥りつつも、再び台所へ行こうとした。そのとき……。

プルルルル！

居間の電話が鳴った。敏生は弾かれるように立ち上がり、電話に駆け寄る。

「僕が出ます。お仕事だったら、もう少し後でかけ直してもらいますね」

「ああ、そうしてくれ」

食事時は森が家にいることを知っていて、この時間帯にはよく編集者が電話をかけてくる。今日もまた、そんな仕事関係の電話だろうと思った敏生は、小さく咳払いして気合いを入れてから、受話器を取り上げた。

「もしもし、天本です」

最近では、森とつきあいのある出版関係者にも、敏生は「アシスタント」として認識されている。まさか霊障解決業の助手だとは誰も知らないので、森が小説家の仕事を手伝わせるために雇った人間だと思われているのだ。

最初の頃は遠慮して電話に出なかった敏生も、最近では堂々と森の代わりに応対するようになった。必要ならば伝言を受け、そして、今のような場合には、冷酷なほどきっぱりと「今は手が離せないので後でまた」と取り次ぎを断ってしまう。

そんなときの、いつになく強い口調で話す敏生を見ていると、自分との団欒を邪魔されたくないという彼の想いが伝わってきて、森を何となく嬉しい気持ちにさせる。

だが、受話器を耳に当てた敏生は、いつもと違う反応を示した。目を白黒させ、何やらよくわからないことをモゴモゴと口走っているのだ。

「えと……ええと……あい……あいあい……あ、あい……」

アイアイは猿だろう、と心の中で突っ込みつつ、森は食堂のテーブルにムースの皿を置き、居間に足を向けた。

敏生は顔を赤くしたり青くしたりしながら、オロオロと両手で受話器を耳に押し当てており、森の足音すら聞こえないらしかった。

「あ、あ、アイキャンノットスピークいんぐりっしゅッ！」

「？」

ようやく敏生が口にしたまともな言葉は、しかし絵に描いたようなカタカナ英語であった。森は驚きに目を見張り、足を止める。

「あ、あああ、ちょっと待っ……！　あーあ……切れちゃった……」

力なく受話器を戻した敏生は、少し離れたところで腕組みして自分を見ている森の顔を、すまなさそうに見上げた。

「すいません、切れちゃいました。あのう、たぶん外国の方からだったんですけど」

「なるほど。それで、さっきの妙……いや、見事な英語だったわけか。で、いったい誰からだったんだ？」

半ば呆れ顔の森に、敏生はますます申し訳なさそうに肩を落とし、かぶりを振った。

「すいません、何だかいきなりベラベラベラーって英語で喋られちゃって、頭グルグルになっちゃって、全然わかんなかったんです。でも、僕には英語喋る友達なんていないから、きっと天本さんのお知り合いだと思います……」

「かもな。外国の出版関係者ともつきあいはあるから。結局、何もわからずじまいか」

「すみません……」

「気にするな。用があるなら、またかけてくるさ。それより、せっかくの冷たいデザートが、温くなってしまうよ。さっさと平らげてしまおう」

　森は笑ってそう言うと、テーブルのほうへ顎をしゃくった。

「はい」

　敏生は羞恥に頰を染めながら、森の後について食堂に戻った。まだ少ししょげていた敏生は、しかし自分の席に置かれた森手製のデザートを見ると、目を輝かせた。

　今が旬の苺をたっぷり使った、優しいピンク色のムースには、同じく苺で作ったソースがなみなみとかかっている。

　嬉しそうに、かつ迅速にそれを平らげながら、敏生はふとスプーンを持ったまま「うーん」と唸った。向かいで自分もデザートを楽しんでいた森は、怪訝そうに訊ねる。

「どうした？　口に合わないか？　ソースに使う酒は、ずいぶん控えたつもりなんだが」

　敏生は、慌てて首を横に振る。

「あ、そうじゃなくて。ムースはとっても美味しいです。お代わりしたいくらい。そうじゃなくて、さっきの電話なんですけど……」

「うん？　ああ、あのことなら、もう気にしなくてもいいよ」

「いえ、落ち着いて思い出してみたら、電話の相手って、凄く落ち着いた声の男の人で……で、最初に呼びかけた言葉だけ、聞き取れた気がするんです。あ、勿論、不意打ちの英語でビックリしたから、聞き違えてるかもしれないんですけど」

森としては正直言ってどうでもいいことだったのだが、なにぶんにも敏生が一生懸命である。しかたなく彼は、先を促した。

「構わないよ。何と言っているように聞こえたんだい?」

「ええとね……ええと、何だかこう言ったような気がするんです」

敏生は記憶にできるだけ忠実にと、考え考え、こう言った。

「こんな感じ……『ハロー、マイ・ルシファー』って」

「………!」

カチャーン!

皿に当たり、けたたましい音を立てたのは、森の手から落ちたスプーンだった。敏生はビックリして目を見張る。

「天本さん? どうしたんですか?」

だが森は、答えなかった。自分がスプーンを取り落としたことにも気づいていないようだ。視線は向かいにいる敏生のほうに向けられていたが、焦点は虚空に結ばれている。

敏生は背中を丸め、斜め下から森の顔を覗き込んだ。

「天本さん? 大丈夫ですか? どうしたんです?」

「………本当に……」

森の唇から漏れたのは、老人のように嗄れた声だった。

「え？」

「本当に……そう言ったのか。『マイ・ルシファー』と」

敏生は躊躇いつつも頷く。

「たぶん。自信はないんですけど、そう言ったような気がしたんです。……ああ、でもやっぱり、聞き間違いかなあ」

敏生は首を捻ったが、森は妙にきっぱりとそれを否定した。

「いや、おそらく間違ってはいないよ。そいつは……きっと、そう言ったんだろう」

「え？　もしかして天本さん、心当たりがあるんですか？」

「……どうだかな」

実に曖昧な答えを口にして、森は静かに自分の皿を敏生のほうに押しやった。

「残念ながら、お代わりは作ってないんだ。俺の食いさしでよければ、片づけてくれ」

そう言って立ち上がった森の顔を、敏生は困惑の面持ちで見上げる。

「あの……天本さん？　僕、何か……」

敏生の唇が問いを発する前に、森はどこか虚ろな顔つきで言った。

「すまないが、仕事があるんだ。先に部屋に戻るよ。……皿は、流しに浸けておいてくれればいいから」

それ以上何も話したくない、とやんわり告げる森に、敏生は無言で頷いた。どれほど巧みに表情を取り繕っていても、森が酷く動揺していることはわかる。とりあえず今は、そっとしておいたほうがいいのだろうと敏生は思ったのだ。

「……すまない。また、明日」

「はい、お仕事頑張ってください」

敏生はわざと明るい顔と声でそう言った。森は、そんな敏生の頭を大きな手でクシャリと撫でてから、重い足取りで部屋を出ていった。

階段を上っていく足音を聞きながら、敏生は顔に張り付いていた笑みが、力無く消えていくのを感じた。驚きと混乱が、少年の心を満たしている。

「どうしたんだろ、天本さん」

ひとりになった途端に、せっかくの美味しいムースも、どこか味気なくなってしまったような気がした。

「『マイ・ルシファー』……って、やっぱり呼びかけだよね。名前だよね。……僕のことじゃないのは確かだから、それってもしかして、天本さんのことなのかな。ルシファーって、どっかで聞いたような気がするけど、天本さん、英語の名前も持ってるのかな、もしかして。ハーフだもんな……」

呟きながら、敏生はピンク色のムースを少しずつ崩し、半ば機械的に口に運ぶ。そうしながら、敏生はさっきの電話の相手のことを思い出していた。

「ハロー、マイ・ルシファー」とやや早口の英語で呼びかけた男は、敏生の声を聞いて、驚いたように少しの間、沈黙した。

(何だか、僕が出てくるなんて、予想してなかったみたいだったな。ってことは、天本さんの古い知り合い……ってことかも)

その後、さらに英語で何か言ったが、語尾が上がっていたような気がするから、あるいは敏生に「お前は誰だ」と問うていたのか、あるいは森のことを訊ねていたのかもしれない。

結局、敏生がかろうじて喋った一言で、彼がまったく英語を解さないことがわかったのか、電話の相手の男は、溜め息をつくなり電話を切ってしまったのだが……。

「やっぱり、すぐに天本さんに替わればよかったんだ。僕、慌ててわけわかんなくなっちゃって、自分で何とかしなきゃって思ったけど」

自分のぶんと森の食べさしのムースを平らげた後、森がいないのをいいことに、皿に残ったソースを行儀悪く指に取って舐めながら、敏生はひとりごちた。

「あの外国の人、天本さんの知り合いなのかなあ。天本さん、ハッキリ言わなかったけど、知らない人なら心当たりなんかないって言うはずだよね。……だけど」

さっきの森の顔を思い出し、敏生は指をくわえたまま、顔を顰めた。

（天本さん、全然嬉しそうじゃなかった。どっちかっていったら、ショック受けてたような気がする）

ただでさえ白い森の顔が、蒼白になっていた。動揺をあれ以上隠せそうになかったからこそ、逃げるように部屋に引き揚げてしまったのだろう。

「いったい、誰なんだろう」

敏生は台所から盆を持ってきて、食器を片づけた。そして、洗い桶に水を張り、皿をそこに浸けると、居間に移動した。

本当は自分の食べた皿くらい自分で洗うべきなのだろうが、たとえ自分ができる限り綺麗に洗ったとしても、翌朝、森はどうしても自分で洗い直さないと気が済まない性分だということを、敏生はよく知っている。無駄なことはしないに限るのだ。

ソファーにポスンと腰を下ろし、敏生はテレビをつけてみた。今、自室に戻れば、隣室の森の様子が気になってしかたなくなることは疑う余地もない。少し、下で時間を潰してから二階へ行こうと思ったのだ。

「ねえ……天本さん、どうしちゃったんだろ、ホントに」

敏生は、ローテーブルの上に、足を投げ出したポーズでちょこんと座らせてある羊人形に話しかけた。だが、人形はピクリともせず、そこをねぐらにしているはずの森の式神、小一郎も返事をしない。

最初の頃こそ、敏生の呼びかけには十回に一回ほどしか応えてくれなかった小一郎だが、最近では呼ばれなくても出てくることがあるほど……本人はけっして認めないだろうが……敏生を構いたがる。

「小一郎ってば……いないのか。ちえっ」

おそらく、腹を減らした式神は、雑霊を狩って腹を満たすべく、どこかへ出かけてしまったのだろう。敏生はつまらなさそうに、ソファーに寝転がった。

テレビの画面には、たまに森と一緒に見るグルメ番組が映っている。二種類の料理を同時に作り、番組の最後にどちらがより食べたいかを出演者たちが選ぶ趣向の番組だ。今夜の料理は、ロールキャベツとハンバーグ。どちらも敏生の大好物である。

「あーあ。天本さんがいたら、明日の晩飯はどっちがいい、ってきっと訊いてくれるのにな」

敏生はクッションを引き寄せ、顔を埋めて呟いた。画面の中の芸能人たちの大はしゃぎが、今日は不思議なほどカンに障る。

先月、平安時代の検非違使、中原元佑が引き起こした事件を解決した後は、ずっと平穏な日々が続いていた。霊障解決の仕事は幾つか入ったが、どれも難易の差こそあれ、生命の危機を感じるようなことはなかった。

森は日々執筆活動に勤しみ、敏生は週の半分絵の「先生」のアトリエに通い、後の半分を、文化センターや大学の公開講座で勉強することに費やしていた。

「絵だけを描いていても、君の世界はこれ以上広がっていかないだろう。大学に通う必要はないが、興味のあることを習ったり勉強したりして、少しずつ知識の引き出しを増やしていったほうがいい」

そんな森のアドバイスを受けて、この春から、日本の古典芸能や日本史の勉強を始めたのだ。なかなか難しい分野ではあるが、自ら選んだ課題であれば、予習も復習も苦にならない。

ましてどちらも森の得意分野なだけに、質問に行けば、あれこれと教えてくれる。敏生にとっては、森と過ごす時間が増えるというおまけまでついて、毎日が楽しくてしかたなかったのだ。

「でも……。何だか、嫌な予感がする」

敏生はポツリと言って、羊人形を手に取り、自分の腹の上に座らせてみた。柔らかいタオル地の胴体を両手で支え、先端の黒い前足を、指先でパタパタと動かしてみる。

「どうしてだろうね、小一郎。天本さん、本当にしんどいと思ってること、なかなか言ってくれないんだよ。僕はそんなに頼りないかなあ。僕じゃ、天本さんに寄っかかってもらえないのかな」

いないとわかっている式神に、敏生は愚痴をこぼしてみる。返事が返ってこないことは承知の上だったのに、よけいに空しくなって、敏生は大きな溜め息をついた。

「はー。何か、やな気分」

明日から、大学の新しい公開講座が一つ始まる。きちんとテキストを読んでいかなくては講義内容が理解できないだろう。そう思っていても、ソファーから起き上がる気になれなかった。

そして、やがて戻ってきた小一郎に「何を怠けておる。勉学に励まぬか！」と蹴飛ばされるまで、敏生はずっとソファーに寝転がり、ほとんど上の空でテレビを見ていたのだった。

そして、言うまでもなく、それが今回の事件の幕開けであった……。

*　*

翌朝。いつものように午前八時に起きてきた森は、もういつもの彼だった。

「あの……おはようございます」

「……ああ。おはよう」

どこか気後れした様子で朝の挨拶をした敏生に、森は寝起き特有の腫れぼったい目を向け、唸るような声で挨拶を返した。

森がふさぎ込んでいる様子がないのを見て、敏生はホッと胸を撫で下ろした。昨夜が昨夜だっただけに、上機嫌というわけではないが、それは毎朝のことである。

「今日は、K大学に行ってきますね。春の公開講座が始まるんです。頑張って勉強してきます」

濃いコーヒーをテーブルに置いてそう言うと、森は広げかけた新聞から顔を上げた。

「君がやる気になっているのに水を差す気はないが、あれこれと同時に手をつけてしまって大丈夫かい？　何も焦ることはないんだぞ」

まるで昨夜、何事もなかったかのように自分のことを心配する森に、敏生はやや戸惑いつつ答えた。

「本当のところはちょっときついんですけど、やる気になったときに頑張っておこうと思うんです。公開講座は、べつに試験があるわけじゃないですから、大丈夫ですよ。それに、天本さんがいろいろ教えてくれるから、凄く助かってます」

「そうか。少しでも俺が役に立ててるなら、嬉しいよ」

そう言って、森は新聞に視線を戻してしまう。敏生はモソモソとピーナツバターを塗ったトーストを齧りながら、そんな森の顔色をじっと窺った。

何となく、昨夜のことが気になってしかたがないのだが、どう切り出していいかわからない。そんな敏生の視線に気づいた森は、コーヒーに手を伸ばしつつ、訝しげに訊ねた。

「どうした？」

「あの……」

昨日の電話の相手はいったい誰なんですか、と訊ねてみたかった。もっと、森の母親についても訊いてみたかった。だが敏生は結局、意気地なく項垂れて、かぶりを振った。

「いえ、何でもないです」

「……そうか」

敏生が何を言いたいかわかっていたが、森は敢えて気づかないふりを通した。敏生の知りたいいずれのことについても、朝食の席で手短に語れるようなことではなかったからだ。

食卓に、居心地の悪い沈黙が落ちた。敏生はトーストを平らげてしまうと、小さな咳払いをして立ち上がった。

「もう、行くのか？」

「はい。あ、午後はちょっとアトリエに寄ってから帰ります」

「わかった。俺はずっと家で仕事をしているから、遅くなるようなら電話してくれ」

「そうします。じゃ……」

敏生はそのまま出ていくつもりだったのだが、森も新聞を畳んで立ち上がった。二人は連れ立って、玄関まで無言のまま歩いた。

玄関でトントンとスニーカーを突っかけ、敏生はガウン姿の森にぺこりと頭を下げた。

「じゃあ、行ってきます」

「ああ。気をつけてな」

そう言って敏生を送り出そうとした森は、ふと思い直したように、出ていきかけた敏生を呼び止めた。

「はい？」

敏生はドアノブに手をかけたまま、首を巡らせる。

森は、もの問いたげに自分を見上げる敏生の頰を、冷たい手のひらでスルリと撫でた。

「すまない。君には心配ばかりかける」

「……そんな……こと。どうしたんですか、天本さん」

敏生は思いもよらない森の言葉に、ただでさえ大きな目をまん丸にして森を見る。そのウサギのような仕草に、森はきつい目を細めた。

「俺のことは気にしなくても大丈夫だ。しっかり勉強してこい」

何が大丈夫だと言っているのかはわからなくても、自分が心配していることをわかってくれている。それを知って、敏生は少し嬉しくなった。

「話すべきときが来れば、何もかも、きちんと話すよ。……いつだって、そうしてきただろう？」

やや早口に、照れ臭そうな口調で森はそう言う。敏生は心からの笑みを浮かべ、こくりと頷いた。そして、いつものように元気よく、家を飛び出したのだった……。

その夜。夕食をすませ、敏生が居間で今日の講義のテキストを読み返していると、台所から顔を出した森が敏生に声をかけた。

「そうだ。危うく忘れるところだった。敏生、君、龍村さんに電話してやってくれないか？」

「龍村先生に？　どうしてです？」

洗い物の途中で思い出したのだろう。片手に泡だらけのスポンジを持った森は、片目をつぶって言った。

「今日は、四月五日だろう。龍村さんの誕生日だ。もうそろそろ仕事から帰っているはずだから。君が電話してやれば喜ぶ」

「あ、そうか！　でも……」

だったら天本さんが電話すればいいじゃないですか……と敏生が言うより早く、森は台所に引っ込んでしまう。

「もう……天本さんってば、照れ屋なんだから」

敏生はクスクス笑いながら、テキストをテーブルに伏せ、立ち上がった。

龍村の電話番号は短縮番号に記憶されているので、ボタンを二つ押すだけですぐ繋がる。呼び出し音が五回鳴ったところで、お馴染みのバリトンが受話器から溢れ出した。

『もしもし！』

「もしもし、龍村先生？　敏生です」

『おう、琴平君か。しばらくぶりだな。いったいどうした？　また天本と喧嘩か？』

龍村は、心配そうに訊ねてくる。どうやら、今日が何の日か、忘れているらしい。

「違いますよう。今日、龍村先生のお誕生日でしょう？　天本さんから聞きました。天本さん、ホントは自分がお祝い言いたい……痛ッ」

よけいなことを言うなと言いたげに、森は敏生の頭を軽く小突き、そのまま居間を通り抜けて出ていってしまう。敏生は笑いながら、祝いを述べた。

「ええと、とにかくおめでとうございます。天本さんより、一つ上になったんですよね？」

受話器の向こうから、龍村のちょっと驚いた声が返ってくる。

『そんなことは、僕自身すっかり忘れていたよ。ありがとう。君が祝ってくれるなら、今年はいいことがあるような気がするな。天本はどうしてる？　元気か？』

「ええ。自分で電話すればいいのに、照れ臭くてできないんですよ、天本さんってば。今もどっかへ……あ、帰ってきた」

どうやら、郵便物を取りにいっていたらしい。戻ってきた森の手には、封筒の束が握られていた。

森はそのままドカリとソファーに腰を下ろし、郵便物を選り分け始める。本当は、敏生と龍村の会話に耳をそばだてているくせに、関心がないふうを装っているところがいかにも森らしい。

『さっき、仕事先から晩飯を食って帰ってきたばかりなんだ』

「僕たちも、ご飯終わったばかりですよ。今日はチキンカツだったんです。すっごく美味しかった」

『おっ。君の大好物だな。で、それを作った奴は、いったい何をしてるんだ？』

「今、替わります。後ろのソファーで手紙を……」

敏生は森のほうへ振り返り、受話器を差し出そうとした。だがその手は、途中で止まってしまう。

森は、一枚の葉書を食い入るように見つめていた。まるで昨夜、敏生の電話の話を聞いた後のような、大きなショックを押し隠す暗い眼差しをして。

「天本さん……？」

敏生の呼びかけも、森の耳には入らないようだった。

『琴平君？　どうした？』

龍村は、突然途絶えた会話に、声を張り上げて敏生の名を呼ぶ。敏生はそろそろと受話器を耳に戻し、慌てて取り繕った。

「あ、えと。あの、天本さん、今はちょっと……」

『いいさ。どうせ、また逃げちまったんだろ？　あいつに愛想よく誕生日の祝いなんぞ言われては、かえって不気味だ。気持ちはありがたく受け取ったと伝えてくれよ』

「ええ……わかりました」

敏生は、視線を森に据えたまま、半ば上の空で答える。

『また、すぐにそっちへ行く機会があるさ。そのときに、ゆっくり話そう。もうすぐ風呂が溜まるので、これで失礼するよ。……本当に、ありがとう。電話をもらって、嬉しかった』

龍村は快活にそう言って電話を切った。

敏生は静かに受話器を置き、足音を忍ばせて森の背後に立った。それでも、森は少しも敏生に気づかないらしく、ただひたすら小さな葉書に見入っている。

敏生は、注意深く両手をソファーの背につき、森の手元を覗き込んでみた。葉書は、どうやらエアメールらしかった。横長の葉書の右側に森の名が英語で書かれ、左側に、美しい字体の英文が書き付けられていた。

当然のことながら、敏生にその文章を読みとることはできない。だがおそらく、森が打撃を受けているのは、それを読んだからなのだろうと敏生は察した。そこで彼は、ソファーに置いていた両手を、森の肩にそろりと移動させた。

森は身体をビクリと震わせ、心底驚いた様子で、敏生のほうに振り返った。

「……もう電話はすんだのか？」

「とっくに終わりましたよ。龍村先生、喜んでました。……誰からなんですか、それ？外国から？」

敏生は、森が逃げ出さないように、後ろからその首筋に腕を回した。しかたなく、森は葉書を敏生に差し出した。そして、自分の隣をポンと叩く。

「ああ。ここで読めばいい」

敏生は、森の顔色がすぐれないことを気にしながらも、森の隣に寄り添うように腰掛け、手渡された葉書を裏返してみた。

文章が書かれた面の裏側は、写真であった。牛を使って田を耕している、円錐形の笠を被った農夫たちが数人写っている。あまり紙質がよくない上に、ずいぶん長く店頭に置かれていた代物らしく、葉書の端のほうは、すっかり褪色してしまっていた。

「これ、どこだろう。アジアっぽい写真ですね。何だかいい感じ」

森は深い溜め息をついて、ソファーに深く身を沈めた。そして、ポツリと答えた。

「ベトナムだな。反対側に、ハノイと書いてあるよ。消印も、にじんでよく見えないが、どうやらベトナムのもののようだ」

「ハノイ？　何か、大昔のロックバンドの名前にそんなのあったような……」

「それは『ハノイ・ロックス』だろう。名前以外は関係ないさ」

「ふうん……」

敏生は、葉書をひっくり返してみる。

「お知り合いからなんですか？　天本さん、凄くビックリしてたみたいでしたけど」

森は唇を歪め、皮肉な笑みを浮かべた。

「昨日の今日だ、驚きもする」

「え？」

キョトンとした敏生の顔を横目で見て、森は静かに言った。

「君が昨日、電話を受けた相手からの葉書だよ」

「……え？」

敏生はビックリして、森を見た。

「じゃあ……やっぱり天本さん、昨日の電話の相手が誰か、わかってたんですか？」

「……その葉書をよく見てごらん」

森は答えず、そんなことを言った。敏生はしかたなく、顔に葉書をうんと近づけてみる。

葉書の上端に、ごく小さく「Hanoi Vietnam」と印刷されていた。そして、左側のおそらくは森あての文面を、わからないながらも必死で解読しようとして、すぐに小さな驚きの声を上げた。

文章のいちばん上に書かれていた最初の文句は、「Dear my Lucifer」だったのである。

「ディア・マイ・ルシファーって……昨日の人と同じ……」

森はふっと吐息のように笑って、敏生の手から葉書を取り上げた。

「ルシファーというのは……俺のことなんだ。そして、俺のことをルシファー呼ばわりする人物は、この世にひとり、俺の親父だけだ」

「……お父さん⁉　天本さんのお父さんからだったんですか、昨日の電話！」

「ああ。……母が死ぬ前に家を出て、それきり音信不通だった人間から、急に電話だの葉書だのが来れば、誰だって驚くだろう？」

投げやりにそう言う森の腕を、敏生は思わず摑んでいた。

「だけど！　昨日はそんなこと……」

「君の聞き違いならいいと……そう願う気持ちがあったんだ。だから言わなかった」

敏生はしょげかえった顔で、ごめんなさい、と言った。森は形のいい眉を顰める。

「君が謝ることなんか、何もないさ」

「でも、せっかくお父さんが電話してきてくれたのに、僕が電話に出て、しかも英語全然聞き取れなくて……。すみません、きっとお父さん、天本さんと話したかったのに。どうしよう僕……」

小さな身体をさらに縮こまらせて、敏生は詫びた。森は小さくかぶりを振り、そんな敏生の肩を抱き寄せた。

「君が詫びることは何もないよ。……君は知っているだろう、間接的に話を聞いただけで、あれほど取り乱してしまった俺を。……結局のところ、俺自身が電話に出ていたとしても、その呼びかけを聞いた瞬間に、受話器を叩きつけていただろうさ」

「天本さん……！」

「今は、どうして、とは訊かないでくれ。何をどこから話せばいいのか、俺にもわからないんだ。……ただ、俺と父の間にできた溝は、それほどまでに深いのだと……それだけ理解していてほしい」

「……でも……お父さんのほうから、天本さんに連絡してこられたんでしょう？　それって」

敏生は、森の肩に自分の頬を押しつけられた姿勢のままで、森の葉書を持った手にそっと触れた。

「教えてください。何て書いてあるんですか、ここには」

　森は、気乗りしない様子で、しかし律儀に、文面を和訳して読み上げた。

『親愛なるわたしのルシファー。元気で暮らしているかい。長い間連絡を取らなかったことを許してほしい。だが、小夜子が死んだことも、お前があの家から去ったことも、わたしが知ったのはずっと後のことだった。お前がどこにいるかを知るのも一苦労だったことは理解してもらいたい。わたしは今、ベトナムにいる。暮らしやすい国だ。また連絡する。愛を込めて　トマス』……小夜子は母の名で……トマスが父の名だ」

「天本さん、まさかこの家に引っ越してくるとき、お父さんに連絡しなかったんじゃないでしょうね？」

　やや咎めるような口調になってしまった敏生に、森も弁解めいた調子で言い返す。

「そう責められても、行き先も言わず出かけられてしまっては、手紙の出しようもないだろう。……それに俺はもう……」

　ピンポーン！

　森が言い募ろうとしたとき、インターホンが絶妙のタイミングで鳴り響いた。敏生は、弾かれたように森の腕から抜け出し、立ち上がる。

「速達か何かかも。僕、出てきます」

　森が引き留める間もなく、敏生は駆けていった。

　薄暗い門灯に照らされて姿勢正しく立っていたのは、「組織」のエージェント、早川知足であった。

「これは琴平様。突然お伺いいたしまして、申し訳ありません。お元気そうで何よりです。お車のほうも、支障なくお使いいただいておりますでしょうか？」

淡い色のスーツを嫌味なく着こなし、きちんと髪をセットした彼は、扉を開けた敏生にそう言って一礼した。

敏生は戸惑いながらも、早川を家の中に招き入れた。

「車は凄く調子いいです。僕の運転は、相変わらずまずいですけど。……あのう、今日は、お仕事ですか？」

小声で問いかける敏生に、早川も抑えた声で答える。

「ええ。実は、そうなんですが……。天本様は、ご多忙でいらっしゃるのですか？」

「いえ……ええと。そういうわけじゃないんですけど、ちょっと……」

「何か？　執筆のほうが、ご多忙ですか？　ああ、もしや、体調でも崩しておられるのでは……」

「そ、そういうわけじゃなくて……」

まさか、早川にいきなり「天本さんにお父さんから連絡が来て、ちょっと取り乱してる状態なんです」と説明するわけにもいかず、敏生は酸欠状態の金魚のように、口をパクパクさせるばかりで、まったく要領を得ない。

「ええと……その、ちょっと機嫌悪い、いえ、機嫌悪いとは違うんですけど、あんまり調子よくなくて。あ、病気じゃないんですよ。でも……えっと……」

それでも早川が辛抱強く耳を傾けているうちに、なかなか戻ってこない敏生に痺れを切らしたのだろう。当の森が、玄関に姿を現した。

「敏生？　どうかしたのか」

「あ、天本さん……」

「やはりお前か、早川」

森は、敏生の向こうに早川の顔を認めると、心もち嫌そうな顔とうんざりした声でそう言ったが、それでも礼儀正しく突然の訪問を詫びるエージェントを、追い返そうとはしなかった。

早川との関係がかなり好転したせいもあるが、おそらくは森自身が、父親のことを頭の中から少しの間遠ざけ、術者の仕事に逃げ込んでしまいたいという思いがあったのかもしれない。

だが、結局のところ、そんな森の行動は、彼自身をより大きな苦悩へと近づけていくのである……。

二章　ギリギリの日常

「何をしている？　どうせ、依頼を持ってきたんだろう？　上がれよ、こんなところにいないで」

　森はそう言って、玄関先に立ったままの早川を促した。だが早川は、森と敏生の顔を見比べ、申し訳なさそうな口調で言った。

「はあ、ご依頼をお持ちしたのですが、実は、依頼人がぜひ直接お二人にお目にかかり、依頼内容をお伝えしたいと仰せで……」

「だったら、待ち合わせの時間と場所を指定してくれ」

　森は素っ気なく言ったが、早川は首を振った。

「いえ、依頼人は入院中でございまして。実はこれから、お二人を病院のほうにご案内させていただけたら……と思い、伺いました。はなはだ失礼なこととは思いますが……」

「今から？」

「その人、悪いんですか？」

二か月前、病気で父親を失ったばかりの敏生である。依頼人が病気と聞いて、優しい顔がたちまち曇った。

「ええ、病状はあまりかんばしくないようです。もう半年以上入院しておられまして、命のあるうち……意識のしっかりしているうちに願いを叶えてほしいと、そのように……」

「天本さん」

敏生の声は、行ってあげましょうと何より雄弁に森に訴えかけてくる。どうせ自分が嫌だと言っても、敏生が諦めるはずはなかろうと、森は肩を竦めてみせた。

「相手が動けないなら、こちらが行くよりしかたあるまい。今夜だろうと明日だろうと、どうせ行かなくてはならないなら、同じことだ」

「では、天本様……」

「少し、ここで待っていてくれ。上着を取ってくる。敏生、君も、もう少しましな服に着替えてこい」

「はいっ」

てっきり森が渋ると思っていた敏生は、パッと明るい表情になり、廊下を走っていく。森は、早川にやや恨めしげな視線を投げてから、自分もその後を追った……。

やがて身支度のできた二人は、早川の車に乗り込み、さっそく依頼人の待つ病院へと出発した。

「どこの病院だ？」

「K医大付属病院です。この時間帯でしたら三十分ほどで到着すると思いますので、それまでの時間を使って、依頼人について少しお話しさせていただきます」

慎重にハンドルを切りながら、早川は、チラリとバックミラー越しに後部座席の森と敏生を見た。二人がそれぞれ頷くのを確認してから、再び口を開く。

「依頼人のお名前は、節子・プラダーさんとおっしゃいます。年齢は敢えてお訊ねしてはおりませんが、お話を伺う限りでは、七十歳代であろうと推測されます」

「プラダーさん……って、名字ですよね？　ハーフなんですか？」

森は目を閉じ、腕組みして聞いているが、敏生は興味津々の顔つきで、前部座席の間から身を乗り出すようにして訊ねた。

「いえ、依頼人ご自身は日本人です。ご主人がアメリカの方だそうで。ただし、ご主人はずいぶん昔に亡くなっておられます。そのあたりのことは、ご本人からお話しいただけることと思いますが」

「じゃあ、旦那さんが亡くなってから、その……ええと節子さん、はどうやって暮らしてたんですか？」

早川は、安全運転を続けながら、前を向いたまま話を続ける。

「節子さんは、結婚前、小学校で音楽教師をしておられたようです。お二人の間にはお子さんがなく、ご主人のデビッドさんが亡くなってからは、自宅マンションで子供たちにピアノを教えて生活されていたそうです」

「子供さんがいないんじゃ、寂しかったでしょうね」

「そうでございますね。だからこそ、ご自宅に子供たちが出入りするピアノ教室を開かれたのではないでしょうか。節子さんのご両親も早くに亡くなり、ただひとりの肉親のお姉さんも、若くして……」

「……じゃあ、今は……」

「ええ。まったく身寄りのない状態ですので、入院されてからも、孤独な生活をしておられるようです」

「そうなんですか。……誰もお見舞いに来てくれないんじゃ、寂しいですね」

敏生は、そう言って悲しげに項垂れた。ずっと、居眠りしているのかと思うほど身動きしなかった森は、そこで初めて目を開ける。

「言っても無駄だとは思うが、あまり依頼人に入れ込むなよ、敏生。まだ、依頼を受けると決まったわけじゃない」

「わかってますよう。ただ、僕……」

「お父さんのことを思い出してるんだろ？　君の顔に書いてある」

「……うー。どうせ僕は全部顔に出ちゃいますよっ」

敏生は丸い頰をプッと膨らませて拗ね、森は知らんぷりでまた目を閉じてしまう。早川は、ミラー越しにそんな二人を見て微笑するのだった……。

そして三十分後、彼らを乗せた自動車は、病院に到着した。昼でも病院というのはけっして気持ちのいい場所ではないが、夜はなおさらである。暗がりにグルグルと回る真っ赤な非常灯が、視界にちらついて鬱陶しい。

「こちらです」

早川は慣れた様子で、先に立って歩く。二人はその後に続いた。

「依頼人は、消化器内科病棟に入院なさっています」

早川が二人を案内したのは、古ぼけた病棟の三階だった。ナースステーションで、早川は当直の看護婦に何やら紙包みを渡していた。おそらく、面会時間外の訪問を目こぼししてもらうための袖の下なのだろう。

依頼人がいるという小さな個室の扉を軽くノックをすると、中からは「どうぞ」という返事が聞こえた。

「失礼いたします。昼間お伺いいたしました、早川です」

ごく狭い部屋は、大部分がベッドで占められ、枕元に小さなテーブルを一つ置くのがやっという状態である。

そして、上体を軽く起こせるようにセットされたベッドに横たわっているのは、ひとりの女性だった。

「ああ、よく来てくださいました」

痩せ衰えた印象はあるものの、比較的大柄で骨格のしっかりしたその女性は、早川が言う「七十歳代」よりはずっと年老いて見えた。おそらくは、長期間にわたる闘病生活が、彼女の肉体を疲弊させているのだろう。

早川は、女性の枕元に歩み寄り、腰を折るようにして穏やかな声で告げた。

「お加減はいかがですか？　お約束どおり、当方の術者を連れてまいりました。もし、体調がよろしければ、ご希望のとおりに、直接お話しいただければと存じまして」

振り向いた早川の視線を追い、女性はベッドの脇に立つ森と敏生をじっと見た。二人は、揃って軽く頭を下げる。

「天本です。こちらは助手の琴平」

森はいつもの無愛想極まりない挨拶を口にした。だが、女性は穏やかに微笑み、二人を手招きした。

「どうぞ、こちらへ。お掛けになって……といっても、残念ながらここには椅子が一脚しかありませんけれど」

早川はすっとベッドから離れる。敏生は、当然森が椅子に掛けるものと思っていた。だが、予想に反して、森は敏生の背中を押した。

「君が座れ。俺は後ろに立つから」

「でも……」

「依頼人の話を聞くのは、君のほうが俺よりずっと上手だよ」

小声でそう囁き、森は戸惑う敏生の両肩を押さえつけ、半ば無理やり、枕元のパイプ椅子に腰掛けさせた。そして、その背後に立ち、手を敏生の肩に置いたまま、依頼人……節子に話しかけた。

「プラダーさん、あなた自身のことについては、こちらの早川から聞かせていただきました。ですから、どうぞ依頼内容について聞かせてください」

「わかりました。できるだけ……手短にいたします」

いかにも元教師らしいしっかりした口調でそう言った節子は、小さな咳をし、赤黒い注射痕の目立つ手を、胸の下で重ねた。

「私の亡き夫デビッドは、元米軍兵士でした。五十年代から七十年代にかけて、アメリカとベトナムの間に不幸な戦争がありました。……あなたはご存じかしら」

久しぶりに「先生」に問われて、敏生はドギマギしながら答えた。

「す……すいません、映画やテレビで、ちょっとだけ。ええと、ベトナム戦争、ですよね。枯れ葉剤で、たくさんの人が酷い目に遭った……」

節子は、敏生の言葉に、どちらかと言えば厳めしい、肉の削げた顔を少し綻ばせた。

「ええ、そう。私の夫も、ベトナムで陸軍兵士として任務についておりました。まだ私たちが出会う前のことですけれど。夫はよく、私にベトナムでのことを話してくれました。……特に、ある少女との出会いについて」

「女の子、ですか？」

「夫は、戦争の頃……六十年代ですけれど、まだ三十歳そこそこでした。最初の頃は、サイゴンという南ベトナムの都市に駐留しており、まだ戦況も、比較的落ち着いたものだったそうです。そこで夫は、ひとりの少女に出会いました。当時のサイゴンには、ベトナム人の娼婦がたくさんいたそうです。夫が出会った少女もそんな中のひとりでした。まだ十三歳で、レ・ディン・ミエンと言ったそうです」

本当に、何度となく夫から聞かされている話なのだろう。けっして記憶するのが容易でないベトナム人の名を、節子はハッキリと発音した。

「ミエンはとても人懐っこい少女で、夜の街角で夫の軍服の袖を引いたのだそうです。幼すぎ、愛らしすぎて、とても娼婦として扱うことはできなかったと夫は言っていました。私もそれを信じたいと思います。……だからこそ夫は、彼女のことを私に話してくれたのだと」

敏生は何と答えていいかわからず、ただ頷く。節子は、そんな敏生を見て微笑した。まるで、一生懸命授業を聞いてくれる生徒に対するような、慈愛溢れる笑みであった。

「彼女が少しでも子供らしい、安らかな夜を送れるようにと、夫は時間とお金がある限り、ミエンのもとを訪ね、そしてただ一緒に穏やかな時間を過ごしたのだそうです。ミエンは賢い子供で、米軍兵士に教わった片言の英語を話しました。まるで兄妹か親子のように、夫が持ってきたお菓子を食べながら、狭くて薄暗い粗末な部屋で、仲良く語らったのだと夫は楽しそうに話していました」

「どんなことを話していたんですか?」

「主に家族のことだったそうです。ミエンは、父の顔も名も知りませんでした。母親は、サイゴンでミエンを産み、働きながら彼女を育てていましたが、彼女が幼い頃、病気で亡くなりました。ミエンは、生きるために娼婦に身を堕とすしかありませんでした。……そんな身の上を、拙い英語で少しずつ、必死に夫に伝えたのでしょうね」

「可哀相に……」

「本当にね。夫は、妹を小さな頃に交通事故で亡くしているのです。ですから、ミエンに妹の面影を見ていたのかもしれません。ミエンも、夫が来た日には他愛ないお喋りを楽しんで、美味しいものを食べさせてもらって、ぐっすり眠ることができる。二人はきっと、とても楽しい時間を過ごしたのだと思います」

敏生は、父の病室で再会した妹、美砂のことを思い出しつつ、頷いた。父の死を予感していながら、父の前では不安や悲しみを微塵も見せず、明るくふるまっていた幼い妹。その健気さを、敏生もまた、ミエンに投影して話を聞いているのだ。

「……けれど、そんな安らかな日々も長くは続かず、夫はついに前線に送られることになりました。別れを告げに行った夫に、ミエンは……」

節子の視線は、敏生の顔から、白い天井へと移った。まるで、夫とベトナムの少女が語らっている様子を瞼の裏に映し出そうとするかのように、彼女は目を閉じ、語り続けた……。

「私、一度北の町、行ってみたかった」

硬い木のベッドにデビッドと並んで腰掛けたミエンは、そう言って寂しく笑った。デビッドは、ミエンの小さな手のひらに、菓子を包んだハンカチをそっと載せてやる。

裸電球に、無数の虫がたかり、熱と湿気のこもった室内は、掃除されていても黴臭かった。

「北の町？」

ごくゆっくりと問いかけるデビッドの言葉に、ミエンはこっくりと頷いた。そうすると、伸び放題の黒髪が揺れ、細い首が今にも折れそうに見える。

「そう。お母サン生まれた、北の町。一度、見てみたい。でも、もうダメ」

この不幸な戦争で、ベトナムは南北に分断されてしまった。今、南ベトナムにいる以上、北緯十七度線を越え、母親の故郷があるベトナムへ行くことは不可能なのだ。

「戦争なんて、そのうち終わる。いつかは行けるさ」

デビッドは力づけるように少女の小さな肩を抱き、軽く揺すった。そして、手ずからハンカチ包みを解き、菓子を少女に勧めてから、こう言った。

「一日も早く戦争を終わらせるように、俺が頑張ってくるから」

できるだけさりげなく別れを告げようとしたのだが、英語が不自由なミエンは、デビッドの言わんとすることが理解できなかったらしい。首を傾げ、零れそうな黒い目で彼の顔を見上げた。

「何を、ガンバルの?」

「戦争をさ。俺は兵隊だ。……明日、ここを出て、戦いに行く」

できるだけ平易な言葉を選び、デビッドは言った。途端に、ミエンは泣きそうな顔で、デビッドの太い腕に縋った。

「ダメ! 戦いは、ダメ。アナタ、死ぬ」

「馬鹿だな。俺は戦争をするために、ここに来たんだ。ミエンがいつかお母さんの故郷に行けるように、俺は戦ってくる……な?」

「イヤ。ミエン、帰れなくて、イイ。だから、行かない？」

文法は滅茶苦茶でも、ミエンの必死な思いは伝わってくる。だが、デビッドは困ったように笑って、そんなミエンの頭を撫でた。

「行かなきゃいけないんだ。仕事だからな。……お別れだよ、ミエン」

デビッドはズボンのポケットを探り、何枚かの札を取り出した。

「いいかい。俺の有り金を全部、ミエンにやる。誰にも見つからないように、隠しておけ。そして、大事なときに、少しずつ使うんだ。……ここだって、いつかは戦場になるかもしれない。これから俺が行くメコンデルタじゃ、ずいぶん戦闘が激しくなってるそうだ。気をつけろよ。いいな？」

押しつけられたドル札を、ミエンは激しくかぶりを振って返そうとする。だがデビッドは、半ば無理やり、札をミエンの手の中に押し込んだ。床の上に、菓子の包みが落ち、ビスケットが割れて散らばる。

「行かないで。ミエン、ひとり、もうイヤ」

ミエンは、デビッドに抱きつき、しゃくり上げた。デビッドは、ミエンの痩せた身体を抱きしめ、優しく宥めてやった。

「俺だって、ミエンをひとりぼっちで置いていくのはつらい。……でも、銃弾が飛び交うジャングルに連れていくわけにはいかないだろ？　その金で、何とか生き延びてくれ。

……俺は必ず、帰ってくるから」

「連れてって。どこでも、行く」

「そうはいかない。……な。聞き分けて、待っててくれ」

「いつ？　いつ帰ってくる？」

「さあ。それはわからない」

「………」

自分だって、戦場になど行きたくはないのだ。いくら職業軍人だといっても、恐怖感がないわけではない。できるなら、このサイゴンに留まっていたい。そんな思いを押し隠して、デビッドは笑顔で、淡々とそう言った。

しばらく泣き続けていたミエンは、やがてデビッドからそっと離れた。そして、涙と鼻水で汚れた顔をゴシゴシ擦りながら、ベッドの下に押し込んであった粗末な籠を引っ張り出した。

「何をしてる？」

ベッドに腰掛けたまま、怪訝そうに見守っているデビッドの鼻先に、ミエンは籠の底から汚い布包みを取り出し、突きつけた。

「これ」

「……俺に？」

　ミエンは、涙で真っ赤になった目で、まっすぐにデビッドを見つめて頷く。デビッドは包みを受け取り、変色し、すり切れたボロボロの布を、そっとほどいてみた。

　中に入っていたのは、小さな壺だった。クリーム色のその壺の表面には、細かいひび割れが走っている。そういう焼成がなされたものなのかもしれないが、いかにも脆そうである。手のひらに収まってしまうような小さな壺の表面には、藍色の染料で、丹念に龍の模様が描かれていた。

「これは？」

「あげる。お母サンの、壺。死ぬとき、ダイジにしなさい、って言った」

「お母さんの？　形見なのか？　だったら、大事なものじゃないか」

「お母サン、作った、若いコロ。私を守る、言ってた」

　ミエンは、いとおしげに壺の表面を撫でて、そう言った。デビッドは、ミエンの小さな手ごと、壺を握りしめた。何故か、ミエンの手より、壺のほうが熱を帯びて温かく感じられる。

「じゃあこれは、ミエンのお母さんの手作りなんだな？　そして、ミエンのお守りとして、残していったもの……そうだろ？」

「そう、守る」

　嬉しそうに、少女は頷く。デビッドは微笑して、壺を少女の手に戻そうとした。

「だったら、これはミエンが大事に持ってなきゃいけない。お母さんの気持ちを無駄にしちゃいけないよ」

「デビッドが、持つ」

だが少女は、頑固なまでに言い張った。

「お父サンはいない、お母サンは死んだ。……私、もう、誰もいない」

「……ミエン……」

「デビッド、帰ってきてほしい。この壺、きっと、守る」

デビッドは、手の中の小さな壺をじっと見た。

今にも生きて空へと飛び去りそうな、生き生きと描かれた龍。何か不思議な力を感じるその壺には、幼い少女とその母の想いが、溢れんばかりに詰まっているのだ。

「この壺が……俺を守ってくれる、そう言ってるのか」

少女はまた頷く。その目には、強い願いが満ちていた。そんな馬鹿な、と笑い飛ばすことができない厳かなものが、少女の瞳に宿っている。

「守る。きっと。そしたら帰ってくる、デビッド」

その言葉に、デビッドはたまらず、少女をもう一度抱きしめた。

「わかった。……じゃあ、この壺は、借りていく」

「カリ？」

言葉の意味がわからず、デビッドの胸に顔を押しつけられたまま、ミエンは鸚鵡返(おうむがえ)しした。デビッドは、きっぱりと頷く。

「ああ。この壺(つぼ)を持って、俺は戦場に行く。でも、必ず帰ってきて、ミエンにこの壺を返す。……そして」

デビッドは広い胸に少女を抱いて、ゆっくりと一言ずつ区切るように、こう言った。

「そして、ミエンをアメリカに連れて帰る。アメリカで、学校に通うんだ。そうして、いつか一緒に、ミエンのお母さんの故郷に行こう。な？」

「……ほんと？」

ミエンの瞳(ひとみ)がキラキラと輝く。暗く濁った照明の下で、二つの目だけが星のように澄(す)んだ光を放っていた。

「約束しよう。ミエンに俺の国を見せてやる。ミエンは賢いから、学校に通えば、きっといろんなことができるようになるさ」

「きっと？」

「きっとだ。約束しよう」

ミエンは、まだ涙を残したままの頬(ほお)に大きな笑みを浮かべて、今度は細い腕でデビッドにギュウッと抱きついた。

「必ず、この壺を返しに来るからな。それまで、待ってろよ。絶対だ」

「うん……うん、絶対」

デビッドは、小さな龍の壺にキスして、ウインクしてみせた。

「泣くな。お別れじゃない。ちょっと行ってくるだけだ。な？」

「……うん」

「笑って送ってくれよ。笑顔もお守りにして行くから」

「うん」

クスンと洟を啜って、ミエンはニッコリ笑った。その健気な笑顔に、自分のほうが泣きたい気分で、デビッドは微笑みを返したのだった……。


「けれど、夫はその約束を守ることができなかったのです」

再び目を開いた節子は、そう言って嘆息した。敏生が、ごく自然に席を立ち、テーブルに置いてあった水差しを渡してやる。

「ありがとう」

水を少し飲んで落ち着いたのだろう、節子は敏生に礼を言い、話を続けた。

「前線で、彼は重傷を負いました。手榴弾で、左足と、左腕の肘から先を吹き飛ばされたのです。本国に送還されたときには傷口はすっかり化膿してしまい、何か月も病院のベッドの上で死線を彷徨いました」

敏生はそれが自分の身に起こったことのように感じているのだろう。痛そうに、自分の左腕をさすった。

（やはり、敏生を座らせておいて正解だったな）

背後で節子と敏生をじっと見ていた森は、しみじみとそう思った。天性の聞き上手である敏生相手には、どんな人間もすらすらと話ができるようになるらしい。まして、元教師の節子は、熱心な聞き手を得て、話すことを心から楽しんでいるようだった。

「何とか一命を取り留めた後も、回復するには長い年月が必要でした。ようやく退院しても、すっかり不自由な身体になってしまった彼は、ベトナムへ行くどころか、自分が生きていくことすら困難な状態だったのです。……そして彼は、小さな語学学校の英語教師の職を得て、来日しました」

「そして……あなたと出会われたんですか？」

「ええ。教師仲間のホームパーティで、初めて顔を合わせて。彼は努力家で、流暢ではなかったけれど、一生懸命日本語で私に話しかけてくれて……一目で、好感を持ちました。……ハンサムでしたしね」

節子は、肩を窄めて、ちょっと笑った。敏生もニッコリして頷く。

「それからおつきあいが始まりました。社会復帰したといっても、彼は何かと介助を必要としていましたから、私は仕事帰りに時々、彼のアパートを訪ねました。……そのうち、私たちは互いに想い合うようになり、結婚しました」

「あのう……ええと、ミエンのことは、結婚される前から？」

言いにくそうに問いかけた敏生に、節子は躊躇なく答えた。

「ええ。結婚前からずっと聞かされ続けた話です。可哀相なことをしたと、そしていつかはこれを返しにいきたいのだと言って、私に壺を見せてくれました。今は生きていくのがやっとで、とてもあの子を捜しに行くことなどできないけれど、必ずあの子を迎えに行く、約束を果たす。何故なら、あの壺が本当に自分の命を救ってくれたのだから……と、夫はいつもそう言っていました」

「壺が……命を救った？」

初めて問いを投げた森を見て、節子は深く頷いた。話し続けることで、体力を消耗しているのだろう、少し疲れた顔をしていたが、それでも彼女は、話をやめようとはしなかった。

「夫は瀕死の重傷を負った後、仲間の手によって応急処置を施され、キャンプに連れ帰られることになりました。……ところが、そこでゲリラの奇襲を受け、皮肉なことに、夫ひとりを残し、皆殺されてしまったそうです。放っておいても夫はすぐに死ぬだろうと、敵はそう思ったのかもしれませんね」

「それで……？」

「夫はひとりジャングルに取り残されることになりました。泥にまみれ、餓え、暑さと渇きに苦しみ、昆虫に傷口を食われ、野生の猛獣に怯え……。そして、傷はたちまち膿み、腫れ上がり、恐ろしい高熱と痛みを彼にもたらしました。……もう、ここで死ぬのだと諦めかけたそのとき、彼は不意にミエンの声を聞いたのだそうです……」

それは、ただひとりジャングルの中に取り残され、三日目の昼のことだった……。

——デビッド、ダメ、死ぬのは、ダメ。

高熱と餓えと、間断ない苦痛の中で、朦朧とする意識を切り裂くように、少女の声が響いた。

「ミエン……」

デビッドは、もはや思うように動かない身体を無理やり動かし、少女の姿を捜した。だが、目に映るのは、土と生い茂る植物だけである。

「ミエン……？」

——ダイジョウブ。死なない。……壺、デビッド、守る。

優しいその声だけが、どこからともなくたどたどしく語りかけてくる。

「……壺……か」

デビッドは、無事な右手で、軍服の胸ポケットを探った。指先に当たる硬いものを、注意深く引っ張り出す。それは、ミエンと別れてから、ずっと肌身離さず持っていた、例の龍の壺だった。

ハンカチにくるんだだけの状態だったのだが、壺は欠けもせず、無事な姿でいた。デビッドは、震える右手で、それを握りしめた。

「そうか……。約束だったたな。生きて帰って、こいつをミエンに返すって。……でも、もう無理そうだぜ」

――ムリじゃない！　ダメ、諦めちゃ！

まるで、目の前に地団駄を踏む少女の細い足が見えるような気がするほど、一生懸命な声だった。デビッドは、乾いてひび割れた唇に笑みを浮かべ、かぶりを振った。

「どうしようもない。……俺は、もう死ぬ」

――死なない！　壺、絶対、デビッドを守る……助ける。壺に、頼む……の……。

少女の声が、次第に遠くなる。気を抜くと霞む目で、デビッドは壺を必死に睨みつけた。表面に描かれた龍が、デビッドの体温を帯びて、じんわりと生き物のように息づいて見える。

「……ミエンに……約束した……」

デビッドは、壺を目の前に近づけ、掠れた声で囁きかけた。

「帰ると。必ず……迎えに行くと。……頼む、俺を助けてくれ。生き延びさせてくれ」

普段の彼なら、こんな自分の姿を笑い飛ばすだろう。こんなちっぽけな壺が人間の命など救えるはずがないと。だが、そのときのデビッドは、藁にも縋る思いだったのである。

「生きて……いたいんだ……」

だが、何も起こりはしなかった。少女の声はもう聞こえず、壺はただ、押し黙って彼の手の中にある。

（……無駄、だよな……）

頭の上を、鳥が高い声で鳴きながら、飛び去っていく。デビッドは、すべてを諦め、壺を持った手を、地面に下ろそうとした。そのとき……。

ポタリ、と壺から何かの雫が、彼の顔に落ちた。

「……な……んだ？」

ポタ、ポタとその雫は、壺の口から何滴も零れてくる。彼は半ば反射的に、唇にそれを受けた。

水ではなかった。もっと甘い、しかしサラサラとしたその液体を舐めた途端、体じゅうに何か瑞々しい力が流れ込んできたようで、デビッドは驚きの目を見張った。

（これは……いったい……）

最初から壺の中に何かが入っていた……というわけではないらしい。不自然なほどゆっくりと、そして信じられないほどいつまでも、透明な美しい雫は滴り、デビッドの渇きを癒してくれた。傷口から全身を駆けめぐる耐えがたい苦痛すら、僅かに薄らいだ気さえした。

(ミエン……本当だな。……お前のお母さんが作った壺は、魔法の壺だ……)

デビッドは心から、サイゴンでじっと自分の帰りを待っているはずの少女に感謝を捧げた……。

「そうして夫は、助けが来るまでの数日間を、壺から出てくる僅かな液体だけで生き延びることができたのです。……不思議なことに、壺を振っても水音はしないのに、甘い不思議な……甘露のような雫は、尽きることがなかったそうです」

節子はそう言って、片手でテーブルの天板の下にある小さな引き出しを指さした。

「そこを、開けてみてください」

敏生は座ったまま、ちょうど傍らにある引き出しを開けてみた。食器や薬などと一緒に、小さな巾着袋が入っていた。

「これ……ですか?」

「ええ。中に、壺が入っています。どうぞ、ご覧になって」

促されて、敏生は注意深く、袋の口を縛る紐を解いてみた。帯の生地で作られたらしい、龍の模様が織り込まれた紫色の袋の中からは、さっき話に聞いたとおりの、小さな壺が現れた。

「これが……ミエンの壺」

「そうです。可愛らしいでしょう」

敏生は、両手で壺をくるむように持ち、クルクルと回してみた。

取っ手も装飾もない、素朴な厚手の壺である。クリーム色の地肌は確かに細かいひび割れが見られたが、触り心地は滑らかで、手によく馴染んだ。

「物凄く細かく描きこまれてますね、この龍の模様。……何だか、上手とか下手とかじゃなくて、物凄く一生懸命、まるで見たままを描いたみたいだ。どうしてだろう。何だか、不思議なくらい、生き生きしてますね、この龍」

芸術品を前にすると、敏生の眼差しは一変する。幾分前屈みになり、真剣な面持ちで壺に見入る敏生に、節子は声をかけた。

「素敵な壺でしょう。デビッドは、それを本当に大切にしていました。奇跡は二度と起こりませんでしたけど……もう、その壺からデビッドの命を救った『甘露の水』は出てきませんでした。……そしてデビッドは、とうとうミエンとの約束を果たすことができませんでした。結婚五年目の雨の日、語学学校での仕事を終えて帰ってくる途中に、トラックにはねられて死んでしまったんです」

「……そんな……」

「呆気ない最期でした。でも、私が病院に駆けつけたときにはまだ息があって、私にこの壺を手渡して、自分の代わりに、いつの日か約束を果たしてくれと……苦しい息の下から、それだけ言いました。……私たちには子供がおりませんでしたから、私はひとりぼっちになりました。昔取った杵柄で、自宅で子供たちにピアノを教え、何とか日々の暮らしは立てられるようになりましたが……」

節子はそこで口を噤み、敏生が手にした壺をじっと見つめた。

「平和な世の中になって、ベトナムへも行こうと思えば行けるくらい生活が落ち着いても……結局今日まで、私は夫との約束を果たしませんでした。……果たせなかったのではなく、わざと果たさなかったのです。その気持ちが……わかりますか？」

「……え？　わざと……ですか？」

敏生は面食らって、首を横に振る。二十歳になったとはいえ、心にはまだまだ子供の部分を多く残した敏生には、節子の気持ちはとても理解できなかった。

「どうしてですか？　本当は、デビッドさんの話を信じてなかったから？　それとも……そこまでするほど、デビッドさんのことが好きじゃなかったからですか？」

「そうじゃない、敏生」

節子より早く答えたのは、森だった。彼は敏生の両肩に置いた手に少し力を込めて、しばらく黙っていろと無言のうちに告げた。そして節子を見下ろし、こう言った。

「夫を愛していたからこそ、あなたは夫の心の真ん中を占めていた見知らぬ少女に嫉妬していた。……違いますか？　自分の夫の最期の言葉が、自分にではなく、異国の少女に向けられたものだったことに、あなたは……」

しばらく沈黙していた節子は、吐息と共に頷いた。

「ええ。私は腹を立てたのです。夫に……いいえ、おそらくはあなたの仰るとおり、ミエンに嫉妬したのです。まるで、ミエンという会ったこともない女の子に、夫を連れていかれたような……私がその子に負けてしまったような、そんな気がして。みっともないと、お笑いになりますか？」

いいえ、と森は静かに答えた。

「嫉妬は誰の中にもある感情でしょう。恥ずべきことだとは思いません。……それでもあなたは、その壺をずっと手元に置いておられた。それは何故です？　俺にはそれがわかりません」

「何度も、捨ててやろうと思いました。けれど、そのたびに、壺の、そしてミエンの話をしていたときの夫の顔が甦りました。懐かしそうな、嬉しそうな……そして、後ろめたそうな、悲しそうな。……どうしても、捨てられなかった。捨ててしまったら、夫のことを愛していた自分の心も、一緒に過ごした五年間も、自分自身で踏みにじることになるような気がして」

　敏生は、戸惑いの目で森の顔を見上げる。森はチラリと敏生を見てから、彼の気持ちを代弁するように節子に訊ねた。

「それで、何十年もそのまま壺を持ち続け、あなたは我々に今、何を依頼しようとしているのですか？」

　節子はしばらく黙ったまま、森と敏生の顔を見ていた。そして、静かにこう言った。

「夫との約束を、夫と私に代わって果たしていただきたいのです」

「えっ？　それってもしかして、デビッドさんがミエンに約束したことを、ってことですか？」

「ええ」

「何故、今になって？　あなたが、もうすぐ死ぬという段になって、ご主人との約束を果たしていないことが心残りになったからですか？」

「天本さんっ」

　森の冷淡な問いに、敏生は思わず抗議の声を上げる。だが節子は、穏やかな声で答えた。

「仰るとおりです。……今はおかげさまでこうしてお話しできるくらいの元気は残っておりますけれど、お医者様からは、年が越せるかどうか、とハッキリ言われていますから。……そうなってみて初めて、私は怖くなりました」

ていないことが」

「怖く……なった？」

敏生は探るように問いかけた。節子は頷く。

「このままでは、あの世で夫に合わせる顔がないと。夫が、死の床でまで私に頼んだことを果たさずには死ねないと、そう思ったのです。……それに……もう一つ、まだ申し上げていないことが」

「何です？　話してください。何一つ、隠さずに」

森は厳しい顔で促す。節子は、数分の間、目を閉じて休んでから、話を再開した。

「夫が亡くなったとき、お医者様はしばらく、私と夫を病室で二人きりにしてくださいました。そのときに……私、見たんです。夫の薄く開いた口から、何か煙のような白いものが立ち上るのを。私は、誰かを呼ぶことも忘れ、呆然としてそれを見ていました。その煙は、まるで吸い込まれるように、枕元に置いてあった壺の中に入っていったのです」

「この……壺に？」

敏生は壺の中を覗き込もうとした。だが、光が上手く入らないので、よく見えない。だが、逆さにしてみても、何も出てこなかった。

「今のあなたと同じことを、私も何度となくやってみました。けれど、壺の中には何もありません。……しばらくして、あの白い煙は、夫の魂だったのではないかと思い当たりました。それほどまでに……この壺と、ベトナムの少女に想いを寄せていたのだと思うと、私は、悲しみより、悔しさと憤りのようなものを感じてしまって……。けれど最近、つくづく思うのです」

節子は、自分に言い聞かせるような口調で続ける。

「夫の魂は、あれからずっとこの壺の中に留まっているのではないかと。壺と共に、ベトナムの少女の胸に抱かれる日を、待ち望んでいるのではないかと」

「でも……」

敏生は、躊躇いがちに問いを挟んだ。

「でも、さっき、ミエンにヤキモチを焼いてたって……。デビッドさんを取られたようで嫌だったって……」

「ええ。でも……こうも思ったんです。夫は、命が消える瞬間まで胸に抱いていたその望みを、他の誰でもない、私に託してくれたのだと。私だから、彼は自分の魂ごと、この壺を預けて逝ったんだと、そんなふうに。そう考えれば、私は夫に愛されていたと信じることができます。夫の信頼を得ていた自分を誇りに思えるからこそ……夫の想いを裏切ったまま、死にたくはありません」

節子は、強い意志を帯びた瞳で、森を、そして敏生を見た。

「夫がミエンと別れてから、もう三十年以上が過ぎています。彼女の居場所どころか、生死すら、見当がつきません。……ですが、私はこれまで夫の最期の願いをないがしろにしてきた罪滅ぼしに、どうしてもこの壺を、あるべきところに返したいのです……私が生きているうちに」

敏生は、もの言いたげな目で、じっと森を見上げる。森は厳しい面持ちで、節子に問いかけた。

「ミエンという少女が、もう死んでいたら、どうなさるおつもりですか？　そもそも、この依頼内容であれば、我々術者ではなく、探偵でも雇われたほうが安上がりだと思いますが」

「いいえ。……こちらを紹介していただいたときに、術者の方々というのは、この世のあらゆる魂の声を聞き、人でない不思議なものたちと言葉を交わすことができると聞きました。ですからきっと、一度は奇跡を起こしたこの不思議な壺を、正しい場所へと送り届けてくれる……そう信じているのです。たとえ、ミエンが今はもうこの世にいなくても、この壺が還るべきところが、必ずあるはずだと、今の私は感じているのです」

「それは……」

「無理を承知でのお願いです。……夫の望みを叶えてから、私がこの世を去ることができるように、お力を貸していただけないでしょうか」

「……天本さん」

敏生の手が、森のシャツの袖をギュッと掴む。敏生の気持ちはわかっていたが、森は敢えて念を押した。

「あなたの望む結果を持ち帰れるとは、一切保証できません。それでも……大切なこの壺の運命を、我々に委ねていただけるのですか？」

「はい。……本当のことを申しますと、さっきまでは少し躊躇いがありました。けれど、実際にお会いして、心が決まりました。あなた方なら、きっと」

「何故です？」

なおも問う森に、節子は微笑して、敏生の顔を見た。自然と、森の目も敏生に向けられる。二人にいきなり見つめられて、敏生はドギマギしてしまった。

「ぼ、僕が何ですか……？」

「あなたの顔を見た瞬間に、夫の声が……ミエンのことを話しているときの、夫の声が耳元に甦るような気がしました」

「……僕の……顔？」

「あなたは、とても綺麗な目をしているから。私が教えたどの子供より、キラキラした目。……きっとミエンも、あなたのように大きな、澄んだ瞳をしていたんだろうと、そう思いました。ですから、あなたにその壺をお預けしたいと思います。どうか、よろしくお願いいたします」

「…………」

森は、敏生を見た。感情をほとんど表さない切れ長の目は、しかし敏生に「判断は君に任せる」と告げている。

敏生は森にコクリと頷いてみせると、袋に戻した壺を大切そうに抱え、立ち上がった。

「わかりました。僕たち、頑張ってみます!」

節子は、嬉しそうに笑みを浮かべ、枕から頭を浮かせるようにして、森と敏生に頭を下げた。二人も、挨拶を返し、早川と共に病室を辞したのだった……。


再び早川の車に乗り込み、家路を辿る間、森はしばらく無言だった。敏生も、節子の話を思い出しているのか、壺の入った袋を両手で持ったまま、黙りこくっていた。

やがて信号待ちをしているとき、森は不意に口を開いた。

「早川」

「はい。何でございましょう」

「どうするつもりだ」

短い問いかけだったが、それだけで森がけっして上機嫌でないことは十分に感じられる。早川は、にこやかに、しかし素早く答えた。

「どう、と言われますと?」

「これからの仕事の手順だ。まさか本当に、そのミエンという『元少女』を捜すところから、俺たちにやれと言うつもりではなかろう」

「そうでございますね……」

信号が青に変わる。早川は、柔らかくアクセルを踏み込みながら、答えた。

「『組織』の情報網といえども、ベトナムまではカバーしていない様子です。できる限りの努力は致しますが、あるいはある程度、現地でお二方にご足労いただくことになろうかと」

「なるほどな。……で、いつ、現地に発つ？」

森は、極めてビジネスライクに訊ねた。その白い顔は能面のように硬く、何の感情も浮かんでいない。

対する早川も、営業職独特の自然すぎて不自然スレスレの笑顔で答えた。

「出発までには、いつもより、少し日数をいただくことになろうかと存じます。とりあえず、至急旅行の手配とビザの請求をいたしますが、ビザが下りるのに、どれだけ急いでも数日はかかるそうです。その間に、例の女性の捜索を進めることにいたします」

「わかった。手配はすべてお前に任せる」

それきり森は口を噤んだ。敏生はそんな森の冷たい横顔を見ながら、何も言えず、ただ不安な気持ちでクッションのいい座席に収まっていた……。

やがて天本家の前に、車はほとんど身体に何の衝撃もなく、静かに停止した。運転席から降りた早川が、ごく自然な動作で後部座席のドアを開ける。

薄暗い門灯の下、早川は二人に深々と頭を下げた。

「本日は、突然のお願いにもかかわらず、おつきあいいただきまして、ありがとうございました。また、ご依頼を受けてくださったことにも、お礼申し上げます」

「まだ、礼を言うのは早いさ。……結果を出してからにしろ。……敏生」

素っ気なく言って、森は重い鉄製の門扉を開けた。名前を呼ばれて、敏生は慌てて早川に頭を下げる。

「じゃ、早川さん。送ってくださってありがとうございました。えっと……この壺は」

早川は、敏生が大事そうに抱いたその壺を見て、眼鏡の奥の柔和な目を細めた。

「もし差し支えなければ、わたしがお預かりいたしましょう。レ・ディン・ミエンを捜すための、大切な手がかりですから」

「わかりました。……じゃあ」

敏生は、ホッとした様子で、壺の入った袋を早川に渡した。節子にとっても夫のデビッドにとっても、ひいては元の持ち主のミエンにとっても、大切な壺である。うっかり落として割りでもしたら……と思うと、気が気ではなかったのだ。

早川は、壺をジャケットのポケットに入れ、もう一度一礼した。

「それでは。夜になって少し冷えてまいりましたね。もう中にお入りください。お風邪を召すといけないですから」

「はい。じゃ、おやすみなさい」

「おやすみなさいませ」

それでも敏生は、早川の車が角を曲がるまで見送り、それから家に入った。さっさと先に家に入った森は、居間のソファーに脱いだジャケットを掛け、台所に立っていた。

「天本さん？」

「ああ、ずいぶん長く外にいたんだな。壺は？」

「早川さんに預かっていただくことにしました。僕じゃ、どんくさいことして、割ったりするといけないから」

「そうか。……身体が冷えただろう。今、何か温かい飲み物でも作るよ」

森は、シャツの袖をまくり上げた格好で、やかんを火にかけた。敏生は、その背後に立ち、広い背中にこつんと額をぶつける。

「……敏生？」

「怒ってます？　僕、節子さんの話を聞いて、何だか父さんのこと思い出して……。人が死ぬ前の最期の望みって、やっぱり叶えられなきゃ駄目だ！　ったんです。だから、お仕事受けますって答えちゃったけど……」

心細そうな敏生の声に、森はコンロのほうを向いたまま、壁を見た状態で眉を顰めた。

「わかってるさ。あの病室で、君が依頼を受けたいと思っていると気がついたからこそ、最後の返事を君に任せたんだ」

「だけど……。天本さん、本当は嫌だったんじゃないかなって」

「どうしてそう思うんだい？」

「だって……」

敏生は、シャツ越しに額で森の体温を感じながら、もそもそと言った。

「でも、お父さんからの絵葉書、ベトナムから来たって言ってたでしょう？　もしかしたら、お父さん、まだベトナムにおられるかもしれないんでしょう？」

「……ああ」

「僕たち、たぶんベトナムに行くことになるんですよね？」

「だろうな」

敏生のほうへ振り向くこともせず、森は淡々と答えた。顔が見えないのが心細くて、敏生は思わず、背中からギュッと森に抱きついてしまう。

「考えすぎだったら、ごめんなさい。でも、天本さん、もしかしてお父さんに会うかもしれないベトナムになんて、行きたくなかったんじゃないかと思って。帰りの車の中で、凄く不安になったんです。……何だか、お父さんに会いたくなさそうだったから」

　やかんが、不意にピーッとけたたましい音を立てた。湯が沸騰した合図だ。森は火を止めると、敏生に抱きつかれたままで、黙ってティーポットに湯を注ぎ、蓋をした。紅茶の豊かな香りが、台所に漂い始める。

「やっぱりそうなんですか？　お父さんに会うの、嫌ですか……？」

「…………」

　泣きそうな敏生の声にもしばらく沈黙していた森だが、やがて深い溜め息をつき、敏生の腕の中で身体をぐるりと反転させた。

「俺が親父にけっして いい感情を抱いていないことを、今までの俺の言葉で、君は知っていたものな。そのせいで、よけいな気を遣わせて、悪かった」

　困惑と後悔の表情が、森の端正な顔に浮かんでいる。敏生は、森が腹を立てていないらしいことに、少しホッとして言った。

「そんなこと……。だけど」

「確かに、嫌な偶然だとは思ったさ。だが、まだ親父がベトナムにいるとは限らないし、ベトナムは南北に細い国だ。あの人がベトナムにいたとしても、まったく違う地方に行く可能性もある。だいたい、そんなことをいちいち気にしていたら、どこへも行けないさ」

森はそう言って、敏生の頭をポンと叩いた。

「さて、お茶にしよう。マグカップを出してくれるかい？」

「……はい」

敏生は言われたとおり、森から離れた。食器棚から、それぞれが愛用しているマグカップを出し、調理台に並べる。二人は何となく、その場で立ったまま、熱くて香りのいい紅茶を飲んだ。

森は、クッキージャーの蓋を開け、一枚摘みながら、ボソリと言った。

「親父に会いたいかどうかと訊かれれば、答えは複雑だな。本当は、会って話し合うべきなんだろう。……今となっては、あの人を父とは思えないが、人間としてハッキリさせておかなくてはならない問題が……俺たちの間には、幾つかあるんだ」

らしくないほど曖昧な言葉を選ぶ森に、敏生は首を傾げる。

「それは……僕みたいに、お父さんと仲直りできるかも、そう思ってるってことですか？」

希望を込めた問いだったが、森はそれには即座にかぶりを振った。

「それはないな。だが、いつかは克服したい人なんだ。……でなければ、俺は俺の存在に、ずっと疑問を抱いて生き続けなくてはならない」

「存在に……疑問を？」

「……すまない。今は俺自身が混乱しているから、君に上手く説明できない」

森はそう言って、マグカップを台に戻した。そして、どこか寂しげな顔つきをした敏生の頰に、片手でそっと触れた。

「旅の間に、少しずつ話すよ。……それでいいかい？」

敏生は、森の手の上に自分の手を重ね、こくりと頷いた。

「それで、天本さんがつらくないなら」

「俺は、君に話すことで、自分の気持ちを整理したいのかもしれない。……そんな利己的な気持ちでもよければ、聞いてほしいんだ、君に」

敏生は微笑んで答えた。

「僕は、天本さんが話してくれることなら、何だって聞きます。……何も言わずに苦しんでる天本さんを見るのが、いちばんつらいから。役に立てないかもしれないですけど、僕、いつだって天本さんと一緒に、喜んだり悲しんだり、悩んだりしたいんです」

「敏生……」

「天本さんが話したいと思ったとき、どんなことでも聞かせてください。僕は、いつだって天本さんのそばにいますから」

「……ありがとう」

まっすぐに自分を見上げる鳶色の大きな瞳に、森はしみじみと嬉しく笑いかけた。柔らかい前髪をフワリと掻き上げ、白い額にそっと口づける。

「天本さん……？」

「ずいぶん遅い時間になってしまったな。風呂に入って、早く寝ろ。俺は、明日の下ごしらえをしてしまうから」

「……はい！」

森の笑顔にすっかり安心して、敏生は部屋を出ていった。森は、言葉どおりに冷蔵庫を開けかけ、しかしそれをやめて、居間へと足を向けた。

ローテーブルの上に置きっぱなしだった、父親からの絵葉書を取り上げる。

「こだわりは、昔のままか……」

父親の書斎の上にいつもあった、パーカーの万年筆。彼はその太いペン先に、ブルーブラックのインクを充塡して字を書くのが常であった。そして今、森が手にしている絵葉書の字もまた、見慣れた色のインクの万年筆で書かれたものだった。

「何故……今なんだ」

森の唇から、低い呟きが漏れた。指先が、父親の書き付けた文章の上を、そっと撫でる。端正な、美しい字体。sの書き方に、独特の癖がある。

森が自分の出生に秘められた真実を知ったのは、父親が外国へと発ってからだった。その後、ほどなくして母親が死に、霞波を失い、自分自身も死のうとしていたところを、半ば無理やり、龍村に救われた。

（あれから……本当に、いろいろなことがあった）

そうして、すべてを失った状態で、森はこの地に移ってきたのだ。一連の出来事を父親に知らせなかったのは、先刻敏生に告げたように、父親の居場所がわからなかったからだ。だが、森のほうも、敢えて父親の居場所を捜そうとはしなかった。

会って、話さなくてはならないことがあるのはわかっていた。そうしなければ、ある一点からそれ以上前へ進めない自分も知っていた。それでも……。

「怖かったんだ、俺は」

森は唇を歪め、自嘲的な笑みを浮かべた。葉書の真ん中を両手で持ち、真っ二つに引き裂こうと、指に力を込める。

だが結局、森はそうしなかった。代わりに、葉書をローテーブルの上に無造作に置き、ソファーにどさりと腰掛けた。

「自分から、おそらくは人を使って、俺の居場所を捜し出したんだ。……そのうち、自分から俺に会いにくるさ」

深くクッションにもたれ、森はひとりごちた。

「そうだ。……だから、それまでは……」

それまでは、今回の任務のことだけを考えよう。そう思いながら、森はジンジンと疼くような目を、両手で覆ったのだった……。

三章　迷いの羽根で

早川知足が、駅前で敏生を見掛けたのは、それから五日後の夕方だった。

ちょうど天本家を訪れようとしていた早川は、弾むような足取りでスーパーマーケットに消えた敏生の後を追った。

驚いたことに、敏生と一緒にいたのは、森ではなかった。森より少し背の低い、しかし雰囲気はよく似た青年が、買い物籠を提げて、敏生の隣に立っている。

敏生はいつものジーンズにパーカ姿だが、連れのほうは、黒いレザーの上下をワイルドに着こなしていた。その取り合わせの奇妙さから、マーケットにひしめく主婦たちの視線が彼らに集中しているのだが、二人ともそれに気づいていないようだ。

その青年が、森の式神の小一郎であることに気づいた早川は、二人の会話を聞いてみたいという誘惑に勝てず、しばらく二人の様子を観察することにした。

まさか早川に見られているとは思ってもいない敏生は、ジーンズのポケットの中から小さなメモを引っ張り出し、読み上げた。おそらく、森に渡された買い物リストなのだろう。

「ええとね。レタス一玉、トマト二個。トマトは赤いものを選ぶこと、だって」

「うつけ。……このトマトとやら、すべて赤いぞ」

綺麗なスロープ状にディスプレイされたトマトをしげしげと眺め、小一郎はムスリとした顔で腕組みをした。敏生は、レタスを選びながら、軽い調子で言う。

「その中でも、特に赤いのを選んで、っていう意味だよう」

「何故赤くなくてはならぬのだ」

「どうしてって……赤いほうが美味しいからだよ」

「だから、それは何故だと問うておる」

「だ……だって、赤いほうが、甘くて柔らかいから」

「甘くて柔らかいものが、人間にとって旨いものなのか。ならば、その菜っぱも赤いほうがいいのではないのか？」

一応気を利かせているつもりなのか、小一郎は手近にあった「赤い菜っぱ」を籠に入れようとする。敏生は慌ててそれを阻止した。

「トマトに関しては、赤いのがいいの！　レタスに赤いのなんてないよう。それはキャベツ！　今、小一郎が持ってるのは、紫キャベツ！」

「む。菜っぱは何色がよいのだ」

「レタスは緑！　ちなみに、キュウリも緑！　ピーマンも緑……って言いたいけど、赤も黄色もあったっけ。ええと……あと、トウモロコシは黄色で、茄子は紫！」

「そのように、食い物によっていちいち最適な色が異なっては、無駄にややこしいではないか！　どうせならすべて赤に統一しておけばよいのだ。そうであろう」

「そんなこと、僕に言われたって知らないよ！　……ってもう、みんな笑ってるじゃないかあ。早く次行こうよっ」

真面目な顔で「どうして攻撃」を繰り返す小一郎に、周囲の人々は皆、クスクス笑っている。敏生は顔を赤くして、手当たり次第にトマトを二個籠に入れると、小一郎の手首を摑んで歩き出した。

早川は、慌てて棚の陰に身を隠す。スーツにアタッシュケース、しかも手ぶらで突っ立っている早川自身、相当に怪しい存在なのだが、幸い、地味な中年男に注意を払う者は、そこにはいなかった。

「だいたい、買い物なんて、僕ひとりで大丈夫なのに、どうして出てくるんだよ、小一郎は！」

今度は春雨を求めて乾物コーナーを歩きながら、敏生はブツブツと文句を言った。小一郎は、引きずられるようにして歩きながら、興味深そうに陳列棚の食品を眺めている。

その朝、出かけようとした敏生を引き留め、森は小さなメモを手渡した。霊障解決の仕事が入ったので、締め切りが近い執筆を大急ぎで仕上げなくてはならず、買い物に行く暇がない。アトリエの帰りに、食料品を買ってきてくれということだったのである。

そして、敏生のジーンズの腰からぶら下がった羊人形の中でそれを聞いていた小一郎が、敏生が駅を出るなり、人混みに紛れて姿を現し、「うつけ、買い物だ。買い物に行くぞ!」と宣言した……というわけなのだ。

「お前がうつけゆえ、俺がついておらねば、買いもらしをするからではないか」

「そんなことないってば! うわ。春雨っていろんな種類があるよ、小一郎。どれだろう」

春雨は、乾物コーナーのいちばん下の段に並べられている。敏生は床にしゃがみ、五種類ほどある春雨を見比べた。すかさず、小一郎もその横に座り込む。

「……何が違うのだ。すべて、干涸びた紐ではないか」

「全然違うよ。ほら、こっちのはちょっと太めでまっすぐだし、こっちのはチリチリして凄く細いし……」

「それがどうした。どちらでも食えればよかろうが」

「そういうわけにはいかないよう。えっと……こっちは日本産で、こっちは中国産なんだって。どっちがいいのかな。ねえ小一郎、どう思う?」

敏生に真顔で問われて、小一郎は面食らったように唇をへの字に曲げた。

「ここは日本ゆえ、国産の品を買えばよいのではないか」

「うーん。でも、こっちの細くてちりちりのも美味しそうだよー」

「どちらでも、食い物であれば同じようなものだろうが。主殿のことゆえ、お前がどちらを買うていっても、この上なくお上手に料理なされるはずだ」

「そりゃそうなんだけど……」

——敏生。これは違うよ。

かつて、何度か品物を間違えて買って帰ったときの、森の困った顔。それを思い出すと、今度こそ完璧な買い物をしようと思う敏生なのだ。

ああでもないこうでもないとしゃがんだまま子供のように討論している二人の姿に、早川はカンヅメ売り場の棚にもたれ、嘆息した。

敏生と一緒に天本家に赴けば、森の機嫌もいいだろうと思ったのだが、このままでは、そうそう簡単に買い物が終了しそうにない。しかたなく、早川は二人に歩み寄った。

「これはこれは琴平様」

「わっ」

いきなり背後から声をかけられ、敏生はビックリして尻餅をついた。いくら何でもスーパーマーケットでいきなり姿を消すわけにもいかず、素早く立ち上がった小一郎も、唖然とした顔で早川を睨む。どうやら、春雨談義に集中するあまり、早川の気配に気づかなかったらしい。

「早川さん？　うわあビックリした。どうしたんですか、こんなところで」

「すみません、驚かせてしまいましたか。琴平様のお姿をお見かけしたもので。これからお宅に伺うところでしたので、よろしければご一緒にと思いましてね。何をお悩みですか？」

早川は、アタッシュケースを小脇に抱え、敏生を両手でヨイショと起こしてやりながら訊ねた。敏生は正直に、春雨を選びかねていたのだと答え、丸い頬を恥ずかしそうに赤らめる。

「天本様は、何をお作りになるのでしょうね」

「あ、えっと。たぶん、肉団子とチンゲンサイのスープだと思います。僕が食べたいって言ったから」

「なるほど。では、こちらがよろしいかと。煮くずれしにくいという点においては、中国産の春雨のほうが、日本産のものよりすぐれているように思いますので」

早川は何の迷いもなく、中国産の緑豆春雨を小一郎が提げている籠に入れた。

「へえ、早川さんって詳しいんですね！　何でも知ってて、凄いや」

敏生は素直な尊敬の眼差しで早川を見る。早川はいやあ、と苦笑いして、敏生の手からメモを受け取った。

「よく、妻に言われて買い物をして帰りますからね。嫌でも詳しくなりました。さあ、早くほかもすませてしまいましょう。あまり遅くなると、天本様が心配なさいますよ」

「あ、そうですよね。……すいません、手伝っていただいて」

「構いませんよ。……後は、ツナ缶と、豚挽き肉ですね……」

居心地悪そうに籠をぶら下げた小一郎を従え、早川と敏生は、まるで父子のように仲よく買い物を続けた……。


「で？　君に渡した買い物リストには、早川も入っていたんだったかな」

帰ってきた二人と、にこやかな笑顔でついてきた早川を迎え、森はそんなことを言いながらも、素早く食卓のセッティングを一人分増やした。小一郎は、台所にずっしり重いビニール袋を置くと、そそくさと姿を消してしまう。

「あれ、もうご飯できちゃってたんですか？」

手を洗い、着替えて下りてきた敏生は、自分の席に着いて、目を丸くした。森は、運んできた茶碗をそれぞれの前に置き、自分も腰を下ろして言った。

「君が遅いから、今日のところはありあわせで作ったんだ。……冷めないうちに、食ってくれ」

「はい、恐れ入ります。……いただきます」

る。

「いただきまーす！」

早川は、恐縮した様子で、しかし素直に箸を取った。敏生も、さっそく箸を取り上げる。

今日の夕食は、根菜の味噌汁とツナパスタサラダ、それにカマスの開きを焼いたものだった。確かに材料は保存食や日保ちのする野菜ばかり使われているが、メニューとしては立派なものである。

森は、例によって味見で半ば満腹になってしまったらしく、適当にサラダをつまみながら、早川に訊ねた。

「で、敏生に買ってきてもらったものは、明日の夕食に使うつもりだったんだが……。どうも、また冷凍庫をフル活用する羽目になりそうだな」

「申し訳ありません。そのとおりです」

早川は慇懃に頭を下げた。敏生は、モグモグとご飯を頬張りながらそんな早川の温和な顔を見る。

「ひゃあ（じゃあ）、ひえん（ミエン）が、みふはった（見つかった）んれすか？」

「……は？」

「敏生。口にものを入れたまま喋るんじゃない。……ミエンという女が見つかったのか、と訊いているらしいぞ、早川」

森が渋い顔で通訳してやると、早川はああ、とすぐに納得した様子で答えた。

「それがですね。やはり、ミエンの行方をつきとめることはできませんでした。残念です。彼女が娼婦として暮らしていた家も、今はもうありません」

「じゃあ、僕たち、どうすればいいんですか？」

今度は行儀よく箸を置いてから、敏生が訊ねる。早川は、いかにも申し訳なさそうにこう言った。

「申し訳ありませんが、我々ができたのは、ミエンと同じ家に同じ時期暮らしていた女性を捜し出すことだけでした。まずは現地で、その方を訪ねていただくのがよろしいかと思います」

「それで？」

「後ほど資料と共にお渡しいたしますが、ビザも取れました。まずは今もその女性が住んでいるサイゴン……いえ、今はホーチミンですが、そちらに飛んでください。ホテルとガイドを手配してあります」

「その女性に会ってからのことは、現地で好きにしろということだな」

「はい。すべて、天本様のご判断にお任せします。こちらからお手伝いできることがございましたら、何なりと」

「いつだ？」

「明日の昼前の便になりますが、よろしいでしょうか？」

「わかった。もう、旅支度はできているから、問題ない」

森は短く答えた。敏生も頷いて言った。

「今回は、出かけるまでに時間があったから、本を買って勉強したんですよ、ベトナムのこと。歴史とか、食べ物とか」

「それはよろしゅうございましたね」

「君は食べ物がメインだろうがな」

「あー、天本さんってば酷いや」

「だが、外れじゃないだろう？」

「そりゃ……そうですけど」

頬を膨らませる敏生の向かいで、森がからかうように笑う。相変わらず仲のいい二人の姿に、早川は目を細めた。

ごく控えめに言っても、この時季のベトナムは……特に南部の都市ホーチミンは、酷く暑いはずである。森にとっては、「仕事」には最も向かない気候なのだが、とりあえず敏生が一緒なら何とかなるだろう。そう思った早川は、それ以上仕事のことには触れず、森の手料理をありがたく賞味することにしたのだった……。

＊　　＊

翌朝、二人は成田(なりた)空港からホーチミンに向け、機上の人となった。勿論(もちろん)、敏生(としき)のジーンズからは、式神小一郎(しきがみこいちろう)が宿った羊人形がぶら下がっている。そして、敏生の手荷物の中には、早川(はやかわ)から渡された「ミエンの壺(つぼ)」が、大事にしまわれていた。

例によって森(しん)は席に着くなり、さっさと毛布を被(かぶ)り、目を閉じてしまった。昨夜(さくや)は遅くまで、敏生の買ってきた食材を下ごしらえし、小分けにして冷凍するという主婦のような作業に追われていたので、寝不足なのだろう。

(離陸しようが着陸しようが、降りろって言われるまでぐっすり寝てるもんなあ、天本(あまもと)さん。凄(すご)いよね)

隣席の敏生は、呆(あき)れてそんな森の端正な横顔を見た。離陸時の衝撃にも、まったく動じることなく、森は眠り続けている。本当は座席を倒してやったほうが寝心地がいいのだろうが、下手(へた)にそんなことをして起こしてしまっては悪いと思い、敏生は森をそのままそっとしておくことにした。

「小一郎は大丈夫(だいじょうぶ)?」

声に出さずそっと問いかけると、腰から下げた羊人形が、柔らかいタオル製の前足で、ペシペシと敏生を叩いた。どうやら、大丈夫だからおとなしくしていろと言っているらしい。

「ちぇっ。みんな、つきあい悪いんだから」

敏生は不満げに口を尖らせた。だが、その声にはいつもほどの勢いはない。

実は、彼らが乗った飛行機は最新型のもので、各座席にプライベートテレビがあり、ビデオを見たりゲームをしたりすることが自由にできるのだ。おまけに、たかだか六時間ほどのフライトの間に、きちんとした機内食が一回出る。誰かが話し相手になってくれなくても、遊んだり食べたり、けっこう楽しく過ごすことができる。

そういうわけで、タンソンニャット国際空港に着陸後、乗客たちが降りる準備をする音で森が目を覚ますと、敏生は上機嫌に声をかけてきた。

「あ、やっと起きたんですね。もう着陸しちゃいましたよ」

「そのようだな。……よく寝た」

森は欠伸をしながら言った。ようやくハッチが開いたらしく、通路にひしめく人の波が、ぞろぞろと動き始める。

「ほんとによく寝てました。僕が隣でゲームやってても、ご飯食べてても、全然起きなかったですもん。……機内食、もったいなかったですね。美味しかったですよ、ヤキソバ」

「何だ、てっきり君が二人分食ってくれたとばかり思っていたよ」

「まさか。いくら僕でも、同じものを二人前なんて嫌ですよう。せっかく外国に来たんだから、いろんな美味しいもの食べたいです」

敏生はクスクス笑いながらそう言い、立ち上がった。森も、立ち上がって小さな伸びをし、ふと顔を顰めた。

「天本さん？　どうかしたんですか？　背もたれ立てて寝てたから、腰が痛くなったとか？」

「いや……。前のほうから、嫌な空気が流れてきただけだ。……行こう」

森は手提げ鞄を人の列に器用に差し入れ、そこから身を滑り込ませる。森が自分の身体でスペースを作ってくれている間に、敏生も慌てて列に加わった。

森の言った「嫌な空気」の意味は、飛行機を一歩出た瞬間、敏生にも理解できた。信じられないほど湿けた空気が、熱を孕んでねっとりと全身にまとわりついたのだ。空港の建物に向かう連絡バスの中も、当然ながら満員の人いきれのせいもあり、猛暑を絵に描いたような状態だ。

「うわ！　天本さん、暑いですよ」

「わかってる。君に借りたガイドブックを見て、覚悟はしていたが……これはもはや、夏だな」

すでに、声のトーンが一段階以上下がっている。敏生は訊(き)いても無駄(むだ)と知りつつも、森に訊(たず)ねた。

「だ、大丈夫(だいじょうぶ)ですか、天本さん」

「……なわけがないことは、君がいちばんよく知っていると思うが」

「ですよね……」

敏生でも眩暈(めまい)がしそうになる暑さだ。日本の夏より遥(はる)かに厳しそうなこのベトナムの気候に、森が耐えられるとは思えない。

「大丈夫(だいじょうぶ)だよ……。仕事は仕事だ。受けた以上、きちんとやる」

そう言って歩く森の足元が、すでにこころもち心許ない。彼のバテようは、傍目(はため)にも明らかだった。

「ほ……ホントかなあ。あ、天本さん！　鞄(かばん)、僕が持ちますから」

敏生は頭に浮かんだ「先行き不安」の文字を振り払うように、勢いよくその後を追ったのだった。

長い長い列に加わり、いかにも社会主義国家らしい愛想(あいそ)の欠片(かけら)もない入国審査を終え、スーツケースを回収して、二人は空港ロビーに出た。そこには、乗客を出迎える人々がギッシリと並んでいる。家族連れもいれば、旅行社の人間らしきメッセージボードを持った人々もいて、乗客たちは、まるで動物園の動物のように、待ちかまえているそれらの人々に取り囲まれるのだ。

「僕たちのガイドさんも、ここにいるはずなんですよねえ」

敏生は、二人分の荷物を担ぎ、二つのスーツケースを両手で押しながら、キョロキョロと周囲を見回した。だが、おびただしい人とメッセージボードの数に、なかなか目当ての人間が見つけられない。生返事をする森の目はすでに虚ろで、頼りにならないことこの上なしである。

「あーあ。……せめて、ガイドさんの名前がわかってればよかったんだけどなあ」

敏生は森とはぐれないように気をつけながら、ウロウロと歩き回った。……と、ふと、耳に飛び込んできたのは、異様な発音で自分たちの名前らしきものを呼ぶ、男の声であった。

「……あ。もしかして」

敏生は森を引きずり、その声の主を求めて歩き出した。

「コチヒラサーン、アメモトサーン!」

人混みの中で、手を口元に添えて声を張り上げていたのは、まだ若い男だった。敏生たちが近寄っていくと、人懐っこい顔に笑みを浮かべて、また言った。

「コチヒラサン? アメモトサン?」

「えっと、僕たち、『ことひら』と『あまもと』なんですけど。合ってますか?」

「あー、ソウソウ。待ってました。ワタシ、ガイドで、バウ、いいます。車、あっちです」

その小柄な男は、バウと名乗ると、スーツケースをゴロゴロ両手で押しながら歩き出した。敏生も、森を引きずるようにして、慌てて後を追う。駐車場にあった日本製のワゴン車に荷物を積むと、バウはさっそく運転席に収まった。

「まず、ホテル行きます」

「……あ、はい」

「わりに……エエト、近い」

「ああ、ホテルが近いんですか? それとも市街地が?」

「ソウ。どっちも。ホテル、街の中にあります。暑いデスか? 疲れマシたか?」

「いえ、そんなに疲れては……。あ、でも、暑いですね」

「今、ホーチミンはカンキ、ですね。まだ大丈夫」

「カンキ? ……って、換気じゃないよね……」

「……乾期、だよ。来月あたりから、雨期に入るんだ。ベトナム南部には、季節は二つ、乾期と雨期しかないと聞いた」

グッタリした口調で、森が言葉を添える。敏生は感心したように頷いた。

「今、車、涼（すず）しくなりマス。ホテル、もっと涼しいね」

バウはそう言いながら、クーラーを最強にした。

「ホテル行って、休憩、お茶する、いいデス」

バウは、「ベトナム人は小柄で華奢（きゃしゃ）」という敏生の先入観に反し、小柄ではあるが、ずんぐりむっくりした体格をしていた。顔も、どちらかといえば丸顔で、どこか河合（かわい）の「貘（ばく）」に似た、人の好さそうな面立（おもだ）ちをしている。

（いい人みたいでよかった。……けど）

敏生はそう思った。が、肝腎（かんじん）の日本語のほうは、少々どころか、かなり情けないレベルのようで、並べ立てる単語をこちらでつなぎ合わせ、足りない部分を補充して解釈しなくてはならない。

（……これで、ホントに通訳の役目、できるのかなあ）

敏生は、思わず傍（かたわ）らの森を見た。グッタリと背もたれに身体（からだ）を預けた森は、それでもクーラーの効いた車内の空気に、少し復活したらしい。薄目を開けて、敏生に囁（ささや）いた。

「君以上にボキャブラリーが貧困そうな男だな」

「もう、天本さんってば！　僕はもうちょっとマシですっ」

敏生が憤慨して囁き返すと、森は可笑（おか）しそうにきつい目を細め、窓の外に目をやった。

「ベトナムか……。騒がしいところだ」

道路は予想外にきちんと舗装されているが、その上を走る交通機関は、もう滅茶苦茶である。バイクに自転車、そして自動車が入り乱れて好き放題走っており、追い抜くときは、猛烈なクラクション攻撃をかけて警告する。

だが、追い抜かれるほうは、けたたましいクラクションなど少しも気にする様子はなく、そのまま走り続けるか、せいぜいほんの少し、脇に寄る程度だ。そのために、敏生と森を乗せたワゴン車は、何度も大きく反対車線にはみ出し、対向車にぶつかるスレスレでバイクを追い抜き、元の車線に戻る……という離れ業を繰り返していた。

「バ、バウさん。大丈夫なんですか?」

敏生は思わず声を張り上げたが、バウはニコニコと楽しそうに煙草を吹かしながら、ハンドルを操っている。

「平気。ワタシ、安全運転デス」

「……ホントかなあ。何か、そのうち衝突しそうだ」

「その時は、諦めろ。郷に入っては郷に従えだ」

「天本さんってば……。暑いからって、最初から投げやりにならないでくださいよう」

敏生は恨めしげに森を睨んだが、森は何やら複雑な表情で、窓の外を流れる風景を見ている。

(天本さん……。お父さんのこと、考えてるのかな……)

親指の爪を嚙む仕草は、森が何か考え込んでいるときの癖だ。敏生はそんな森をそっとしておくことにして、バウに話しかけた。

「バウさん。僕たち、ここに人に会いに来たんですけど……」

「聞いてマスよ」

バウは、ニコニコして頷いた。

「デモ、それは明日します。ちゃんと連れてく。大丈夫」

「でも……」

敏生は思わず眉をハの字にした。節子の病状を思うと、一刻も早く壺の安住の地を見つけて帰国し、彼女を安心させてやりたい。それも、できることなら、森の体力……はもはや期待できない気候であることがわかったので、せめて気力が続いているうちに、という切実な思いもある。

だが、そんなことは知るよしもないバウは、のんびりした口調で言った。

「もう夕方ね。休憩して、食事、行きます。仕事は明日」

「……そうですか」

敏生もしかたなく頷く。車は、どうやらホーチミンの中心地に近づいてきたらしく、道の両側に、何とも趣ある建築物が並び始めた。コロニアル様式の重厚な建物の壁面は、やけに可愛らしい黄色やピンクに塗られていることが多い。けっしてどぎつくはなく、ふんわりと柔らかいその色調に、敏生はたちまち心奪われた。

「ねえバウさん。街路樹の幹が白く塗ってあるの、どうしてですか？」

「あー。わかりません。車、ぶつからないようにとか、虫来ない、とか、いろいろ言います。でも、ホントのことはわからない」

「へえ。……あ、道ばたで髪の毛切ってる！　あっちは何だろう。食べ物売ってる。いいなあ。面白そう」

路上には、数々の小さな露店があり、さまざまな商品を並べている。また、物売りだけでなく、道ばたに椅子を置き、通行人の視線を気にせず散髪してしまう理髪店や、パンクの修理屋などという変わった店もあった。

「P・h・o……って書いてある店が、時々ありますね。何だろう」

「それ、フォー。おそば屋さんデスね」

「へえ。美味しそう」

「そば、美味しいけどすぐお腹すきます。何回も食べますね」

「あはは、そうですね」

「コチヒラサン、仕事だけデスか？　観光は？　ワタシ、案内します」

「ええと、僕は『ことひら』なんですけど……。まあいいや、観光は、仕事が上手くいったらできるかも。明日は、絶対仕事なんです」

「そうデスか……。あ、ホテル、ここ」

バウは、ひときわ大きな建物のエントランスに、車をつけた。すぐに制服姿のドアマンがやってきて、トランクから二人のスーツケースを下ろし、運んでいく。

バウは、森と敏生をロビーに待たせ、チェックインをすませて戻ってきた。

「ここ、ニュー・ワールドというホテルね。宮様、泊まったこと、ありマス」

「へえ。すっごく広いロビーですね」

敏生は感心しきりで、広々としたロビーを眺める。頭上には、丸い大きな照明が、柔らかな光を放っている。

「いいホテル。ゆっくり休憩してください。エエト、六時半に、ここにまた来て。食事、連れていきます」

「わかりました。じゃあ、後で」

敏生に部屋のキーを手渡すと、バウは外へ出ていった。森は、放心したような顔で、ぼんやりと立ち尽くしている。敏生は溜め息混じりに、森のシャツの袖を引いた。

「天本さん。部屋行って、休みましょう」

「あ……ああ」

相変わらず、荷物二つを抱えたまま、森の腕まで摑んで、敏生は大張り切りでエレベーターに向かって歩き出した。

二人にあてがわれた客室は、十階のツインルームだった。広々とした室内には、シングルベッドが二つ、書き物机が一つと、ソファーセットがあった。

部屋に入るなり、森はベッドに直行した。

「天本さんってば。初日の夕方からそんなにバテてて、明日から大丈夫ですか?」

敏生は呆れながら、窓に歩み寄る。ベッドに俯せた森は、枕に顔を埋め、ボソボソと言った。

「大丈夫だよ。もう少しすれば、身体が慣れる」

「だったらいいですけど。あ、窓から、すっごく綺麗で広い公園が見えますよ。大きな建物もある」

「ヴァンホア公園と、統一会堂だろう」

「へえ。天本さん、詳しいですね」

「ガイドブックで見ただけだ」

森はモゴモゴと答え、両手で枕を抱え込むようにした。今はすっかり見慣れた「夏の森」の姿に、敏生は苦笑いした。こうなってしまうと、とにかく放っておくしかないのである。

「……六時半まで、ゆっくり寝ててくださいね」

そう言って、敏生は窓の外に視線を戻した。

目の下一面に、旧サイゴン、つまりホーチミンの街が広がっている。広い通りが幾何学的にまっすぐ走っており、それに沿って、建物がギッシリと並んでいる。そのわりに、緑が豊かで、ゆったりした風景は、敏生にとってとても好感が持てるものだった。極端な高層ビルがほとんどないので、遠くまで綺麗に見渡せるのが、なお爽快である。

「いいところみたいだな……」

呟いて、敏生は鞄の中から、大切に運んできた布袋を引っ張り出した。「ミエンの壺」をそっと取り出す。

「ベトナムに帰ってきたんだよ。どう、懐かしい？　嬉しい？」

小さな声で語りかけ、敏生は壺に窓からの景色を見せてやろうとするように、胸の前に壺を掲げた。

「僕たち、お前の持ち主のミエンを捜しに来たんだ。お前のこと、デビッドさんと節子さんの代わりに、ミエンに返すために」

物言わぬ壺に、敏生はまるで人に対するように話しかけた。

「明日会う人が、ミエンの居場所を知ってるといいな。……ねえ。お前が本当に不思議な壺なら、僕たちをミエンのところに連れてってくれないかな……なんて、言っても駄目か」

敏生はクスっと笑い、袋の中に壺を戻し、テーブルの真ん中に置いた……。

約束の時間に再びやってきたバウが二人を連れていったのは、ホテルからそう遠くない、賑やかなドン・コイ通りを少し入った細い路地にあるレストランだった。

間口は小さく、まるで普通の住宅のようなそのレストランの内部は、天井の高い、奥行きのある広いスペースになっていて、彼らを驚かせた。

天井からは、クラシックなデザインのシャンデリアが下がっているが、部屋の照明はあくまで暗すぎず明るすぎず、壁には大きな抽象画が飾られている。家具も食器も、すべてがシックな感じだった。

「注文、ワタシが選んでいいデスか？」

二人が席に着くと、バウは二人のために適当に料理を選んでくれた。そして、また後で迎えに来ると言い残し、去っていこうとした彼を、森がふと呼び止めた。

「はい、何デスか？」

「迎えはいりません。地図を持っていますから、散歩がてら歩いて帰ります。……治安に問題がなければ」

バウは、森の申し出を喜んで受け入れた。早く帰宅できることになって嬉しいと、彼は実に正直にそう言って、ニコニコした。

「大通り、通ってくだサイ。そうしたら、問題ありません。明日、約束、十時。ロビーに、ヒト、連れてきます」

「わかりました。では、明朝十時に」

バウは、二人に挨拶し、いそいそと帰っていく。その背中を見送り、敏生は驚きを隠さず、森の顔を覗き込んだ。

「天本さん？　どうしたんですか、いったい。調子悪いのに、歩いて帰るなんて……」

ビックリ顔の敏生に、森はちょっと照れ臭そうに言った。

「日が落ちたら、意外に涼しくなったからな。せっかく初めて来た国だ、歩けるときに歩いてあちこち見ておきたいだろう。俺につき合って、君まで部屋に閉じこめておくわけにはいかない」

「ぼ、僕のことなんか気にせずに、ゆっくりホテルで休んだほうがいいんじゃないですか？　明日からは仕事にかからないといけないんだし」

敏生は心配そうにそう言ったが、森は笑ってかぶりを振った。

「大丈夫だよ。まったく、俺のことをいつも心配性だという君のほうが、よほど心配性じゃないか。だいいち、飛行機の中でずっと座りっぱなしだったんだ。少し歩きたい気分になっても、不思議じゃあるまい」

「そっか。……そうですね。じゃあ、ご飯食べたら、ゆっくり散歩しましょうね」

敏生は、ようやく安心して、笑顔になったのだった。

バウが二人のために選んでくれた料理は、どれもあっさりした、食べやすいものばかりだった。シーフードのスープや、蒸し魚、ボー・ヌォン・サアと呼ばれる牛肉の串焼き、蟹肉たっぷりの炒飯などを、敏生は片っ端から凄い勢いで平らげた。夏バテの時はほとんど食事を口にしない森も、香草に助けられてか、あるいは仕事中だという責任感のなせる業か、それなりの量を口にした。

デザートにプリンとバナナケーキを一つずつ取り、半分こして食事を締め括った後、二人はすっかり暗くなった夜の街に出た。

空気は相変わらず湿り気を帯びているが、気温はかなり下がっている。二十五度くらいだろうか。風が吹いているので、体感温度はそれより低かった。

「これなら、気持ちよく歩けそうですね」

敏生は、嬉しそうにキョロキョロしながら、森と並んで歩いた。ドン・コイ通りを通り抜けると、サイゴン川に出る。クルーズに出ていたらしい美しい電飾を施された船が数隻、川面をゆっくりと行き来していた。

「何だか、意外な気がします」

川の畔をゆっくり歩きながら、敏生はぽつりと言った。森は右眉を軽く上げる。

「何がだい？」

「何だか、もっと戦争の爪痕があっちこっちにあるのかなって思ってたんです。だけど、来てみたら街はとっても綺麗だし、人は何だかのんびりしてるし……今だってみんな、凄く楽しそうに歩いてるし」

「それはそうさ。もう、戦争が終わって三十年近い年月が流れているんだ。いつまでも『戦後』でもあるまい。だが、ほんの少し郊外に出れば、君の言う戦争の爪痕を見ることは、いくらでもできる」

　森はそう言って、少し暗い目をした。

「この国の人々は、フランス、日本、アメリカ……さまざまな他国に介入され、支配されてきた。だが、ベトナム人は諦めなかったんだよ、敏生」

「諦めなかった……戦ったんですね？」

「ああ。俺だって、本当にその現場を見たわけではないから、本や映像番組の受け売りだがな。農村では、ごく一般の人々が、農作業の途中、アメリカの戦闘機を見ると鍬を銃に持ち替え、戦ったそうだ。……それに、そうして武力で戦った人々だけではなく、この街でアメリカ人に表だって楯突くことなく生活していた人々も、実は同じように戦っていたんだと、俺は思う」

　森の言葉に、敏生は首を傾げた。

「それって、ミエンみたいな人たちのことですか？」

「ああ。戦時中、サイゴンでアメリカ人相手に商売をしていた人々も、心の中では南北に分裂したベトナムが、また一つになる日を……自分の国を、自分たちが治めることができる日を、待ち焦がれていたに違いない。そう思わないか？」

「そりゃ、思います。僕だって、日本がほかの国に好きにされたら、嫌だと思うから」

「敵国の人間に、生きていくために服従し、ものを売る。奉仕する。……それは卑屈でも敗北でもないと、俺は思うんだ。生き続けることは、立派な戦いなのだと。生き抜くことができれば、それだけで勝利なのだと……」

「天本さん……」

敏生はハッとして、森の顔を見上げた。チラチラと船の灯りを反射する黒い水面を見つめる森の表情は、酷く切なそうだった。

(天本さん……どうしてこんな話……)

敏生は、躊躇いながら、森の腕にそっと触れた。

「天本さんは……。それって、天本さんのことなんですか？」

「さあな」

森は敏生のほうを見ずに、小さく肩を竦める。だが敏生は、真剣な面持ちで食い下がった。

「天本さんは……何と戦ってるんですか？　お母さんが亡くなって、霞波さんが亡くなって……でも生き続けることで、誰かと戦ってるんですか？」

だが、森はそれには答えなかった。代わりに、敏生の柔らかい髪を、クシャリと掻き回すように撫でる。不安と不満が混ざり合った敏生の視線をまっすぐに受け止め、森は微笑した。

「君が来るまでは確かに、生きることは戦いでしかなかった。生き続けることは苦痛でしかたがなかった。……だが、今は違うんだ。大怪我をして死にかけたとき……君の涙を見たとき、生きていてよかったと心から思ったよ」

「天本さん……」

「初めてそう思ったんだ。君の声を聞いていられることを……君に触れられることを、神に感謝した。それからは……死ぬのが怖い。君を失うことも怖いが、俺自身が死ぬことも……とても怖いよ」

そんな素直な告白に、敏生はギュッと胸が締めつけられるような気がした。暗がりなのをいいことに、森の腕に強く縋りつく。

「僕だってそうです」

「……敏生」

「天本さんちの前で倒れたときは……もう死んじゃってもいいなんて思ってました。だけど、今は絶対死にたくない。天本さんと、ずっと一緒に生きてたいです」

森の手がそっと敏生の肩を抱く。敏生は、森の腕に頬を押しつけるようにして言った。

「だけど、天本さんは贅沢だ」

「贅沢？　俺がか？」

「そうですよ」

　敏生は真面目な顔で頷いた。

「僕と出会ってから、死ぬのが怖くなったなんて。そんなの、贅沢すぎます。僕と会う前から、天本さんのことを好きで、天本さんのこと見守ってくれて、天本さんに生きててほしいと思ってくれる人、たくさんいたじゃないですか。龍村先生も、早川さんも、河合さんも、美代子さんも、みーんな天本さんのこと大好きですよ。天本さんが死んだら、みんな泣きますよ。……でしょう？　そんなみんなの気持ちに気がつかなかったなんて、それじゃ足りなかったなんて、贅沢だ」

「そうだな。俺は贅沢で、傲慢だったよ。自分の命は自分だけのもので、それを拾うのも捨てるのも、自分の勝手だと思っていた。けっしてひとりで生きてきたんじゃない。いろいろな人の想いに包まれて、俺は生きていられたのにな」

　敏生はにっこりして頷く。森はその頰に、冷たい手で触れた。

「だが、それに気づかせてくれたのは君だ。そのことを、俺がどんなに感謝しているか、君は知らないだろう」

「天本さん……僕は」

「君がそばにいてくれるからこそ、生きていることが戦いであることに変わりはなくても、それが同時に大きな喜びにもなった。……誰かを愛するというのは……誰かに愛されるというのは、きっとそういうことなんだろうな」

一瞬の沈黙の後、敏生は急にクスクス笑い出す。森は、たちまち眉間に浅い縦皺を刻み、敏生を睨んだ。

「笑うようなことじゃないだろう。そんなに、らしくない台詞だったか？」

「だって……」

敏生は、笑い涙を拭きながら、ごめんなさい、と言った。それでもまだ、笑みが抑えられないで、肩を震わせている。

「だって天本さん、最近時々、嬉しいことを唐突にポンポン言ってくれるから……何だか、嬉しすぎて笑っちゃって」

森は敏生の頭を軽く小突き、そっぽを向いてしまった。

「言わないと、君がすぐに誤解したり拗ねたり、不安になったりするからじゃないか。……それに……」

「それに？」

ようやく笑いの発作を収めて、敏生が訊ねる。森はそんな敏生に正面から向かい合い、怖い顔で睨んだ後、ボソリとこう言った。

「臆面(おくめん)もなくそういうことを言ってみたくなるほど、君が好きなんだろうさ、俺は」

そんな言葉と共に、長身を屈(かが)めるようにして、森は敏生の額(ひたい)にキスを落とした。

「…………え?」

「さて、そろそろ帰るぞ。明日から大変な日々になりそうだからな」

あまりにも突然の言葉と行為に、敏生は一瞬、放心状態に陥ってしまう。その隙(すき)に、森はクルリと背中を向け、スタスタと猛烈な勢いで歩き出した。

「ち……ちょっと待ってくださいよう、天本さん! 置いていかれたら、僕、ホテルの場所わかりませんってば!」

ハッと我に返った敏生は、大慌(おおあわ)てで森の背中を追いかけた。見えない森の顔を……おそらくは滑稽(こっけい)なほど赤面しているであろう、その顔を想像しながら……。

*　　*

翌朝、十時。

森(しん)と敏生(としき)がロビーに下りると、そこにはひとりの老女を伴ったバウが待っていた。バウは、昨日と同じ、ポロシャツにチノパンという格好だが、老女のほうは、まるでパジャマのような粗末(そまつ)な服を着ている。おそらく、貧しい暮らしをしているのだろう。

「バウさん、おはようございます。お待たせしちゃいましたか？」

敏生が駆け寄って挨拶すると、女性と並んでソファーに腰掛けていたバウは立ち上がり、ぺこりと頭を下げた。

「おはようございます。今、来たばかり、大丈夫。……この人、あなたたちが会う人。トーさん」

小柄で、白髪まじりの髪を後ろでひっつめに結んだ老女も、立ち上がってジロジロと敏生と、その背後に立った森を見た。バウが、早口のベトナム語で何か囁く。老女は頷き、再び腰を下ろした。どうも、あまり友好的な雰囲気ではないものの、とりあえず連れてこられたからここにいる、という様子である。

「ここで話すのがいいと、トーさん言ってます。ワタシ、通訳できます。どうぞ」

バウに勧められ、森と敏生も、彼らに向かい合う形でソファーに腰を下ろした。敏生は、チラと森に視線を投げる。森はちょっと唇を歪め、苦笑してみせた。バウの通訳としての能力に大いに疑問を持っているのは、森も同じことらしい。

トーというその女性は、敵意とも不審ともつかない目つきで、ちょうど正面に座ることになった森の顔を見続けている。森も、けっして穏和とは言えない目つきで彼女を見返した。敏生だけが、慌てて何か会話の糸口を掴もうとする。

「え……えっと。あのう、こんにちはってベトナム語で何て言うんですか、バウさん。挨拶くらい、自分でしたいんですけど」

「ああ、それはデスねえ……」

だが、バウが敏生にそれを教える前に、トーは森を見据えたまま、嗄れた声で何か言った。それは発音こそ正確ではなかったが、かなり流暢な英語であった。

森は僅かに目を見開く。トーは、ツケツケと言った。

「英語くらいわかるんだろ？　あんた。アメリカ人かい？」

「いや、俺は日本人だ。親父がイギリス人だった。……英語が話せるのか」

英語で言葉を返した森に、トーはニヤリと笑って頷いた。

「戦争中は、アメリカ人相手に身体売ってたんだよ、私は。英語くらい、喋れるようになるさ。……で、あんたたち、私に話を訊きたいんだって？　そのために、わざわざ日本から来たのかい？」

「……天本さん」

敏生が小声で呼びかける。森は頷き、キリのいいところで、敏生に話をかいつまんで話してやることを約束してから、またトーに向き直った。

「そうだ。どこまで話を聞いている？」

トーは、痩せた浅黒い顔を撫でながら無愛想な口調で答えた。

「何だか、戦争中に娼婦をやってたときの話を、日本から訪ねてくる奴らにしろって言われたよ。そんな嫌なことは思い出したくもないって断ったんだけどね。喋るだけで、ちょっとビックリするような大金くれるって言われちゃ、嫌とも言えないだろ。だから、来たんだよ」

「……それはどうも。俺たちが訊きたいのは、あんたの思い出話じゃない。戦争中、あんたと一つ屋根の下に住んでいた娼婦のひとりについて、訊きたいことがあるんだ」

森の言葉に、トーは少し気抜けしたようだった。

「何だ、人捜しかい？　誰を捜してる？　誰の話を訊きたいんだい？　でも、戦争が終わってから、私らは皆、バラバラになった。戦争の後のことは、訊かれたってわからないよ」

「俺たちが捜しているのは、レ・ディン・ミエンという娼婦だ。その名に聞き覚えはないか？」

「ミエン……？」

トーは首を傾げた。無理もない。何十年も前のことであるし、しかもあまり愉快でない思い出であればなおのこと、これまで回想しようなどと一度も考えなかったのだろう。

「ミエン……ミエン……」

敏生は、英語はわからないものの、何となくトーがミエンのことを思い出しかねているのを感じ、鞄から例の壺を取り出した。トーの目の前に、壺を置いてみる。トーは、怪訝そうに敏生を見た。

「あのう。ミエンは、この壺を持ってた女の子なんですけど。……って、伝えてください、バウさん」

「ああハイハイ」

どうやら、英語はからきし駄目らしく、完全に手持ち無沙汰で煙草を吹かしていたバウは、慌てて敏生の台詞をベトナム語に翻訳してトーに伝えた。

「…………」

トーは黙って壺を取り上げ、無造作にぐるぐる回し、しばらく見ていたが、やがてその眉間に刻まれた深い皺が、少しだけ浅くなった。

「ああ。この壺は覚えてる。いっぺんだけ見たことがあるよ。あの子だね。ミエン。ああ、いたさ。確かに、しばらく同じ家に暮らしてた。可愛い子だった。まだ子供でね」

「覚えているのか？」

「覚えているとも。一緒に『仕事』をしてたんだ。人懐っこい、いい子だったねえ。愛嬌があって、それなりに人気があった。……ああ、そうだ。ほかにも覚えてることがあった。そういや、何とかいうアメリカ兵が、えらくあの子を気に入って、通い詰めてたっけ」

「デビッド・プラダーという兵士だ。その兵士のことも……知っていたら、聞かせてほしい」

「………」

トーは、何とも複雑な表情で、手の中の壺を見た。生きるためにずっと苦労してきたことを何より物語る、小さいが節くれ立った、がさがさの手だった。

「そんな名前の兵隊だったっけね。わりにいい男だった。だけど、ミエンには手を出さなかったらしいよ。物好きな男さ。それとも、駄目になっちまってたのかね。わざわざ部屋に来て、一晩喋って帰るだけなんだってさ。ミエンが、嬉しそうによくその男の話をしてた」

「どんな話を？」

「いろいろさ。いつもお菓子を持ってきてくれるだの、アメリカの話を聞かせてくれるだの……他愛ない話ばかりだったよ。だけどあんた、この壺……」

トーは、キッと鋭い目で森を睨んだ。

「この壺を、どこからどうやって手に入れたんだい。ミエンは、この壺は母親の形見だと言ってた。そりゃ大事にしてたよ。……ああそうだ。これをあの兵隊が前線に出るとき、お守りにくれてやったって言ってたっけね。私はそれであの子を叱ったよ」

「何故、叱った」

「アメリカ人にお守りなんか渡してどうするってね。アメリカ兵なんて、ジャングルで解放軍に撃たれて死にゃいいんだって言ったら、あの子は泣いて怒ったよ。アメリカ兵みんなが悪い人たちじゃない、デビッドはいい人だって。あの子は本当に、あの兵隊のことが好きだったんだねえ」

眉尻をうんと下げ、困惑したような悲しそうな顔で、トーは初めて薄く笑った。

「馬鹿な子さ。二言目には『デビッドが迎えにきてくれる』って言ってた。娼婦が、客の言葉をいちいち真に受けてちゃ、やってられないよ」

森は、それまでの話を敏生に簡潔に話してやってから、トーの皺深い顔をじっと見た。

「それで？　デビッドが前線に出てから、ミエンはどうなった？　戦後の彼女の行方を、あんたは知っているのか？」

「…………」

トーは、急に口を噤み、壺を静かにテーブルに戻した。森は、静かに問いを繰り返す。

「ミエンに何があった？　あんたは知ってる。そうだな？」

「……嫌なことを思い出させるよ、あんたは。ああ、金を貰っても、こんな頼み、受けるんじゃなかった。ああ、嫌だ嫌だ」

「いったい……何があった」

「どうしてそんなことが知りたい？　この壺に関係があるのかい？」

答えず、問いを返してくるトーに、森は少し苛ついたように、しかし辛抱強く説明した。

「俺たちは、デビッドの奥さんからの依頼で、ここに来たんだ。この壺も、彼女から預かってきた」

「おや、あの兵隊、生きて帰ったのかい」

「ああ。左手と左足を吹っ飛ばされたが、何とか生きて本国に送還された」

「まだ、生きてるのかい？」

「いや、日本で交通事故に遭って亡くなった。……彼はいつも、この壺によって命を救われた、だから約束どおりミエンを迎えに行き、彼女にこの壺を返したいと言っていたそうだ。彼の奥さんがその遺志を継ぎ、ミエンの消息を調べるよう我々に依頼した」

「それで、この壺を持ってきたのかい……」

森は頷く。トーはしばらく、じっと小さな龍の壺を見つめ、そしてポツリと言った。

「無駄だったね」

「無駄？　どういうことだ。ミエンの行方を知らないということか？」

森の追及に、トーは黙って首を横に振った。そして彼女は、壺の表面を荒れた指でそっと撫でながら、沈んだ声で淡々と告げた。

「あの兵隊が行っちまってから、半年過ぎた頃だったかね。ミエンは死んだんだよ」

「ミエンが……死んだ？」

森は思わず日本語で呟(つぶや)いた。それを聞いて、敏生は思わず両手をテーブルに突き、老女のほうへ身を乗り出した。

「死んじゃったって、どうして⁉」

日本語なので、トーには敏生の質問が理解できるはずはなかった。だが、何となく雰囲気で察したのだろう。一つ大きな溜(た)め息(いき)をつき、消え入りそうな声でこう言った。

「あの兵隊がいなくなった後、あの子はまた街角に立って、客引きをするようになって……。けどある夜、とうとう朝になるまであの子は帰ってこなかったんだ。いったいどうしたんだろうとみんなで言ってたら……死んでたのさ」

「どういうことだ……?」

「細い路地で、あの子が胸から血を流して死んでるのが見つかったのさ。戦争中に、道端で女の子がひとり死んだくらい、誰も気にしやしない。可哀相(かわいそう)にと言うだけでね。金もない、身寄りもない人間なんて、死んだらたちまち忘れられて、それっきりだ。あの子の死体がどうなったかも、私は知りゃしないよ」

森にせがんでトーの言葉を翻訳してもらった敏生は、唇(くちびる)を噛(か)みしめて俯(うつむ)いた。

「そんな……。せっかく、ここまで来たのに……。この壺(つぼ)、返してあげたかったのに。デビッドさんは、ミエンのこと忘れてなかったんだって、教えてあげたかったのに……」

「無駄足(むだあし)だった、か」

森も、そんな呟きを漏らし、嘆息する。

「じゃあ、この壺、どうすればいいんだろう。……どこに返してあげればいいんだろう」

バウは、落胆を隠せない敏生を気の毒そうに見遣りながら、壺を手に取ってしげしげと見た。トーが、バウに向かって何かを言う。バウは興味深げに頷き、敏生に向かって告げた。

「トーさん、この壺、バッチャン焼だろうと言ってマス。ワタシも、そう思う」

「バッチャン焼？」

敏生は、聞き慣れない言葉に、首を傾げる。バウは、壺の表面を指さし、なおもトーとしばらく会話を交わしてから、敏生にこう説明した。

「バッチャン焼は、バッチャン村で作ります。バッチャン村、ハノイの近く」

「……ハノイ？」

(天本さんのお父さんからの葉書が来たところだ)

敏生は、ハッとして森の顔を見た。だが森は、感情の読めない冷たい表情で、ごく平板に言った。

「ハノイは、ベトナム北部の都市……ベトナムの首都だよ」

それを聞いて、敏生は目を丸くした。

「北部の都市……って、もしかして！　ねえ天本さん、お母さんの生まれ故郷は、『北の町』だって、ミエンは言ってたんでしょう？　ミエンは英語が上手じゃなかったから、町と村を言い違えてたって、不思議じゃないですよね？」

「ああ。……そして、ミエンは、この壺は自分の母親が自ら作ったものだと話していたんだったな」

森と敏生は、思わず顔を見合わせた。敏生は、バウに念を押す。

「これ、本当にその……ええと……」

敏生の質問の意図を察したバウは、ハッキリと答えた。

「本当に、バッチャン村の焼き物だと思いマス。あまり、こんな小さな壺、見ない。珍しい」

「天本さん……」

敏生は、もの言いたげに森を見る。森は、敏生を見、バウの手の中にある『ミエンの壺』を見、しばらく沈黙してから、いかにも渋々という口調で、こう言った。

「わかったよ。……行ってみるか。そのバッチャン村に」

四章　時間の砦と心の柵

「あーあ……。ミエンは死んじゃってたのか……」

　その日の昼下がり。

　ホテル客室の窓から外を見ながら、敏生はポツリと呟いた。今日は快晴、陽光が、建物の屋根を眩しく照らしている。白く光る通りを行き交う人々も、どこか楽しげに見える。木々の緑も、ひときわ鮮やかに生き生きしていた。

(何だか……僕たちだけ、沈んでるみたい)

　あれから、トーを連れてバウが去り、森はホテル内にあるビジネスセンターに直行した。ハノイへ移動することをエージェントの早川に告げ、そのためのさまざまな手配を依頼するためである。

　今日はまだ一歩も外に出ていないので、森の夏バテ症状はさほど酷くないように見えた。それに、英語もベトナム語もまったく喋れない自分が一緒にいても邪魔なだけだろうと、敏生は大人しく部屋で待っていることにしたのである。

それから数時間。森はまだ戻ってこない。ランチタイムはとうに過ぎ去っていたが、トーの話が鳩尾の辺りに泥のように澱んでいて、空腹を感じなかった。

敏生は、部屋に戻ってから何となくずっと両手で抱くように持っていた壺を、目の高さに持ち上げ、今日何度目かの台詞を呟いた。

「本当は、ミエンのところに帰りたかったよね、お前……」

「何を壺と語らっておるのだ、馬鹿者」

「うわあっ」

突然背後から飛んできた声に、敏生は危うく壺を取り落としそうになり、恨めしげにキッと振り向いた。

「もう、小一郎！　ビックリさせないでよ」

いつの間にかベッドにドカリと腰掛けた式神は、小馬鹿にしたように鼻を鳴らした。

「お前が先刻より延々とひとりで愚痴をこぼしておるゆえ、黙らせに出てきたのだ。うるさくてたまらぬわ。だいたい、そのような壺にいくら話しかけても、返事があるわけがなかろう」

「そんなことは、わかってるよ」

敏生はムッとした顔で、それでもトコトコとやってきて、小一郎の隣に腰を下ろした。

「でも、節子さんが言ってたでしょう。この壺の中に、デビッドさんの魂みたいなものが吸い込まれたのを見たって。だったらさ、やっぱりこの中に、デビッドさんやミエンの魂が入ってるのかなって思ったんだ」

「感傷的な戯言だな」

「そう言われちゃったら、どうしようもないけど」

ダークブルーのタンクトップにレザーパンツ、それにシルバーの大ぶりなペンダントというまるでロッカーのような格好をした小一郎は、敏生のジーンズに靴底が当たるのもお構いなしに、どっかと足を組んで吐き捨てた。

「俺にはわからぬ」

「何が？」

「お前が今言ったことがだ。そして、主殿がこれからなされようとしておられることがだ」

小一郎は、どこか苛立った口調で言った。

「持ち主の女が死んだとわかった今、もうよいではないか。この地にその壺を返すべきだというのなら、どこぞへ埋めてしまえばよいのだ。そうだろうが。何故、北の町へわざわざ赴かねばならぬ。その、ミエンという女の母親の故郷に壺を返すことが、そこまで大切なことなのか」

「小一郎……」

敏生は、驚いて式神の険しい顔を見た。今まで、敏生のすることにケチをつけることがあっても、こんなふうに、請け負った仕事の内容自体を正面切って批判することなど、一度もなかったのだ。

「どうしたの、小一郎。僕たちがハノイへ行こうとしてることが、そんなに気に入らないの?」

式神は、凄い勢いでつま先を動かしながら答えた。

「俺は式神だ。主殿のなされることには何であろうと従う。お役に立てることなら、何でもする。……だが……」

小一郎の精悍な顔には、怒りと戸惑いと、そして何故か痛そうな表情が浮かんでいる。

敏生は、至近距離からじっと小一郎の目を見た。

「だけど? ああ、もしかして、天本さんがこんな暑い国にいつまでもいることを心配してる? 天本さん、暑いの駄目だから」

「……………」

式神は、口をへの字にひん曲げて、答えない。敏生は、小さく嘆息して言った。

「僕だって、天本さんの夏バテは心配だけどさ。でも、節子さんの願いを叶えてあげたいんだよ。死ぬ前に、あんなふうにやり残したことがあるって、凄くつらいことだと思うから。それに……何だかよくわからないんだけど、僕、この壺には『何か』あるような気がするんだ。べつに、振っても甘い水なんて出てこないし、デビッドさんの魂が感じられるわけでもないんだけどさ」

「では、何があるというのだ」

敏生は、考え考え言った。

「……ごめん。上手く説明できないや。でも、この壺に描かれてる龍を見るとね、何だか凄く懐かしいような……何かを僕に伝えたがってるような、そんな気がするんだ。胸の奥が、切なくなるみたいなさ。節子さんの病室で初めて見たときから、ずっと……」

だが小一郎は、野生の獣を思わせる吊り上がったきつい目で、敏生を睨みつけた。

「戯言だ」

「……小一郎？」

あまりの言われように呆然とする敏生の胸ぐらを、小一郎は突然ぐいと摑み上げた。そして、嚙みつかんばかりに顔を近づけ、敏生を怒鳴りつけた。

「お前がその壺をどう思おうと、俺の知ったことか！」

「く……苦しいってば、小一郎」

敏生は身をもがき、ようやく小一郎の手から逃れ、咳き込んだ。

「どう……しちゃったのさ、いったい。何怒ってるんだよ」

「うるさい！」

叩きつけるような声音に、敏生は息を乱しつつも食い下がった。

「今日はおかしいよ、小一郎。何が気に入らないの？」

「この地に来たことが、だいたい気に入らぬ。お前がその壺に何を思おうと、それは主殿のお考えとは違うのだろうが」

「……それって、どういうこと？」

「主殿は、その壺にお前と同じような思いをお持ちではないであろうと言っているのだ」

敏生は首を傾げ、パーカの伸びてしまった襟元を元に戻そうとしながら言った。

「そうだね。……壺のことどう感じるか、天本さんに訊いたことはないけど……。僕とは違う印象を持ってるかもしれない。だけど、それがどうしたのさ」

「……もう、よい」

小一郎は、投げやりに言って立ち上がろうとした。だが、敏生はその腕を咄嗟に摑み、引き留めた。

「待って、小一郎。……天本さんの身体のこと、心配してるの？　でも、これまでだって、夏に仕事が入ったことはあるじゃないか。天本さん、今はけっこう大丈夫みたいだし」

「そんなことはどうでもよい。主殿の御身に関しては、俺はどのようにもお助けするつもりだ。そのために、俺がいるのだからな。だが……」

小一郎は、乱暴に敏生の手を振り払うと、唇を噛んだ。

「だが……。主殿のお心には、俺は近づくことができぬ。それゆえ……」

「……あ」

敏生はようやく、小一郎が憂えていることが何なのかを察した。だから彼は、小一郎の腕に今度はそっと触れ、野良猫を宥めるような声で囁いた。

「小一郎。お願いだから、座って」

「…………」

式神は、しばらく逡巡したが、結局再び敏生のすぐ横にどすんと腰を下ろした。だが、敏生のほうを見ようとはせず、ただジッと壁に掛かった抽象画を眺めている。

「さっき小一郎が言った、天本さんの心って……。ねえ、もしかして小一郎、それって天本さんのお父さんのこと？」

式神は、強張った顔のまま答えない。それでも敏生は、探るように問いを重ねた。

「もしかしてさ。天本さんのお父さんから電話が掛かってきた夜。あのとき、ホントは小一郎、羊人形の中にいたんじゃない？　僕たちの話、聞いてたんでしょう」

覗き込んでくる少年の視線から逃れるように、小一郎は不自然なほど首をねじ曲げ、壁を睨みつける。だが結局のところ、その沈黙こそが、何より敏生の推測を肯定していた。

「だったら、天本さんのお父さんからのエアメールが、ベトナムから……ハノイから来てたってことも、知ってるんだね」

「うつけ。お前は何が言いたいのだ」

敏生は、静かな声で言った。

「小一郎は、天本さんの心を心配してる。そして、僕らがベトナムに来たことも、これからハノイに行こうとしていることも嫌（いや）がってる。それは、小一郎が、天本さんをお父さんに会わせたくないから。そういうことなの？」

「……うつけ……俺は」

小一郎はどこか息苦しそうに、掠（かす）れた声で何か言おうとした。その口に指を当てて、敏生は真面目（まじめ）な顔で言った。

「言いたくないことは、言わなくていい。だから、嘘（うそ）はつかないで」

敏生が指を離しても、小一郎はしばらく沈黙していた。だがやがて、肩を一度上下させてから、ポツリと言った。

「俺には、人間の心というものは、よくわからぬ。好きと嫌（きら）いだけでは割り切れぬ感情とやらいうものがいったい何なのか、見当もつかぬ」

敏生は黙って、耳を傾ける。小一郎は、低い声で言葉を継いだ。

「俺は、お前の知らぬことを知っておる。主殿（あるじどの）の、母上と父上のことも……。だが、あの方たちの心の内まではわからぬ」

「どういう……こと？」

「俺は妖魔だ。親はない。だが、『てれび』の物語では、親というのは子を大切に思い、守るものだ。そうではないのか？　現にお前の父上も……」

「うん。父さん、僕のこと凄く考えてくれてた。……僕の望みとは違ってたけど、ちゃんと僕を守ろうとしてくれてた。とっても嬉しかったよ」

「そうであろうが。そして、母上にいたっては人間でない、精霊であるのに……お前のことを慈しんでおられた。それは、俺にも感じられた」

敏生は、今はもう激してはいない小一郎の横顔を見た。森にどこか似たその顔は、素直な困惑を敏生に投げかけてくる。迷い猫のような式神に、敏生は探るような声で訊ねた。

「……天本さんのご両親は、違ったってこと？」

「少なくとも、お前の父上、母上とは違うように思うのだ」

小一郎が口を噤むと、室内には重い沈黙が落ちる。敏生は、再び小一郎が喋り出すまで、辛抱強く待った。

「主殿の母上は……主殿のことを考えるどころか……見ておられなかった。俺が主殿のもとに来る前のことは、知らぬがな。そして、とうとう自ら命を絶ってしまわれた」

「……うん」

「父上は、ほとんど家におられなかったゆえ、俺の認識は間違うておるかもしれぬが。それでも……何やら父と子の関係とは違うものが、父上が主殿を見る目にはあったような気がするのだ。それに。それに……」

「それに？」

敏生が先を促そうとしたそのとき、部屋の鍵が開く音がした。小一郎は即座に姿を消してしまう。敏生も、弾かれたように立ち上がった。

さすがに疲れた顔で部屋に入ってきた森は、ベッドの脇に突っ立っている敏生の、どこか後ろめたそうな顔つきを見て、眉を顰めた。

「どうした？　昼寝でもしていたのか？」

「あ……いえ、そうじゃないです。あのっ、お茶淹れますね。……え、ええと……早川さんと連絡ついたんですか？」

何とも後ろめたい気持ちが隠せない敏生は、やたらバタバタと急に動き出す。そんな敏生を不審げに見ながら、森はソファーに腰を下ろした。

「ああ。時差が二時間しかないからな。早川も、会社の仕事の合間に手配しなくてはならなかったらしくて、少し時間がかかった」

「あ、そっか。……大変でしたね」

ようやく少し落ち着いた敏生は、森と自分の前に湯のみを置き、森の視線に促されて、向かいの席におずおずと腰を下ろした。

「ホテルは比較的すぐ取れたんだが、飛行機の手配で手間取ったらしい。よほど混んでいるんだろうな」

そう言って、森は敏生の淹れてくれた茶を一口飲んだ。蓮茶の苦みが、口の中に広がる。熱い茶を吹いて冷ましている敏生を見ながら、森は訊ねてみた。

「で、どうした？　俺がいない間に、何かやらかしたのか？」

「べ、べつに何もしてませんよう。ずっとここにいましたから」

敏生は、正面を向いたままでつんのめるように答えた。隠し事ができない性格の少年の狼狽えように、森は苦笑を禁じ得ない。

「そうか。それならいい」

森が敢えてそれ以上追及しようとしないので、敏生はようやくホッと胸を撫で下ろした。そして、お茶を啜り、テーブルの上の菓子に手を伸ばした。昨夜、散歩の途中に露店で買った、ピーナツを飴で固めたものである。単純な味だが、不思議と飽きない。箱一つ買ったのに、昨夜から延々食べ続けて、残りはほんの数個になってしまっている。

それをカリカリと音を立てて囓りながら、敏生はさっきまでの小一郎との会話を思い出していた。姿を消した式神は、きっと今、ベッドサイドに置かれた羊人形の中で、二人の会話に耳をそばだてているに違いない。

(天本さんのご両親のことは……僕からはちょっと訊けないし。だけど……小一郎、不安

だろうしな）

　そう思った敏生は、テーブルの上に置いた壺（つぼ）を眺（なが）めながら、森に呼びかけた。

「あのね、天本さん」

「何だ？」

「天本さんは、この『ミエンの壺』に、何か感じます？」

「何か、とは？」

　森は、手の中で小さくて硬い菓子をもてあそびながら問い返す。敏生は、さっき小一郎に語ったとおり、壺の印象を森に告げた。黙って聞いていた森は、菓子をテーブルに戻し、その手で壺をそっと取り上げた。

「残念ながら、俺には明確な残留思念や、妖（あやか）しの痕跡（こんせき）は感じられないな。ただ、最近では君のほうが、その手の感覚が鋭いようだし……。精霊の血ゆえに感じられるものもあるだろうしな」

「そんな……ものでしょうか」

　少し不安げな敏生に、森は口の端（は）に笑みを上らせた。

「君はもっと自信を持っていい。だからこそ、今度の仕事を受けることも、ハノイへ移動することも、君に判断を委（ゆだ）ねたんだ。……俺より、君のほうが、この壺に『近い』気がする。……それが、俺の直感だったから」

「天本さんは……それでよかったんですか？」

敏生の顔色は冴えない。森はようやく、敏生が何か胸に引っかかるものを抱えていることに気づき、問いかけた。

「敏生。いったい何が言いたい？」

「あの……。あのね。自信持てって言われても、僕は自信ないんです。だって、この壺を預かってここまで来たけど、本当はいちばんデビッドさんと節子さんがこれを返したかったミエンは死んじゃってたし」

「ああ。確かにそれは残念だった。だがそれはありうることだと、最初から依頼人にもわかっていたはずだ」

「そりゃそうかもしれないですけど……。でも、このままハノイに行って、バッチャン村に出かけて、ミエンのお母さんの消息がわかるかどうか、わかんないでしょう。もしそれがわかったとしても、そこがこの壺を返すべき場所だとは限らないんだし」

「それは、確かにそうだな。だが……」

「もしかしたら、節子さんに無駄な期待をさせただけの結果に終わるかもしれない。結局、また壺を持って、ノコノコ帰ることになるかも。……それに」

「それに？」

敏生は、いつになく思い詰めた顔つきで言った。

「天本さんは、本当にハノイに行って、平気ですか？」

森は、不快げに鋭い目を眇めた。声も、急に厳しさを増す。

「それは、どういう意味だ」

敏生の小さな肩が、言葉の鋭さにビクリと震える。だが彼は、まっすぐ森を見て問いかけた。

「ここに来る前にも、同じこと訊きましたけど……。しつこくてごめんなさい。でも、やっぱり気になるんです。ホーチミンなら、葉書が来たところじゃないから、同じベトナムでもまだいいか、って僕自身思ってたんですけど……ハノイは、天本さんのお父さんがいるかもしれない町でしょう？」

森は、黙って冷めた茶を飲んだ。冷えると、よけいに苦みばかりが際立つような気がした。敏生は、森の険しい顔に、身体を小さくして、それでも口を噤もうとはしなかった。

「何だか、天本さんのお父さんに対する本当の気持ち、わからないから。お父さんに会いたくないのか、それともお父さんを捜してみたいのか、わからないから……」

「敏生……それは……」

「もしかして、今度の仕事、僕の曖昧な感覚だけで突っ走っちゃって、天本さんに無理させてるんじゃないかって……」

コツ……と硬い音を立て、森は湯のみをテーブルに戻した。

「敏生。……俺は、そんなに投げやりな仕事をしているように見えるか?」

「そ、そんなこと……」

「だったら、何も心配することはない。君に要所要所での判断を任せたからといって、君に下駄を預けたわけじゃない。俺が、君の判断に責任を持っているんだ。君はあくまでも、俺の助手だろう?」

ほんの少しだけ和らいだ森の声と表情に、敏生はコクリと大きく頷く。

「君に判断を委ねたことで、よけいなプレッシャーを与えてしまったなら、それについては俺が悪かった。だが、俺だっていい加減な気持ちでそうしているわけじゃないってことは、今ハッキリ言っておく。術者として仕事をしている間は……いいかい、敏生」

敏生はまた頷く。森は、一言ずつ区切るようにハッキリと告げた。

「術者としての俺は、助手としての君の行動すべてに責任を持つ。これまでもそうしてきたし、これからもそうする。……俺の私情は関係ないよ」

「じゃあ……」

「ハノイに行くことには、異存も抵抗もない。俺たちはあくまでも、術者として、依頼人の望みを叶えるために行くんだ。そこに親父がいようといまいと、構うものか」

森の口調から、彼がまだ怒っていることが感じられる。敏生は、素直に頭を下げた。

「ごめんなさい。……僕、公私混同してました。そうですよね。僕たちは、術者としてここに来たんですよね。いい加減な気持ちで仕事してたのは、僕のほうでした……」

「……さっきも言ったが」

森は腰を上げ、テーブル越しにしょげ返る敏生の頭をポンと叩いた。

「君にはもっと自信を持ってもらわなくては困る。何故なら……」

「…………？」

自己嫌悪で泣きそうな敏生の真正面に、森の怜悧な顔がある。敏生はただ、魅入られたように森の漆黒の瞳を見つめていた。

少年の目の前にある薄い唇が、ゆっくりと薄い笑みを形作り……そして、いつもの穏やかな森の声が、言った。

「何故なら、この俺が、君を信じているんだからな。俺の信用の価値を、下げないでくれよ」

「天本さん……」

（もう、怒ってない……）

目を見開く敏生の頭をもう一度叩き、森は立ち上がった。ジャケットを脱いで、ソファーの背に掛ける。そうしてから彼は、どこか照れ臭そうに言った。

「それに……実際問題、責任は俺が持つが、今回は君に動いてもらわなくてはならないんだから。しっかりしてくれよ。この国の暑さのせいで、俺はもう電池切れだ」

「……そ、そうですよね、天本さん、ずっと動きっぱなしですもんね、今日」

「外には出ていないんだがな。飛行機を降りた瞬間から、俺の体調は夏モードに入ったらしい」

森は、どこかおどけた口調で、そんな冗談めいたことを言う。

（天本さん……。いつも、こうやって許してくれる）

「わかってます。天本さんが、夏はダメダメなの、僕、もうよく知ってますから」

敏生は、込み上げてきた涙をぐっと堪（こら）えて、明るい声でそう言った。気まずくなってしまった空気を、せっかく森が追い払ってくれたのだ。自分も、いつまでも考え込んでクヨクヨするのはやめようと、敏生は思った。

森も、ニヤリと笑って、そのままベッドに潜り込む。

「腹が減って耐えられなくなったら、起こせ。それまで寝る」

「わかりました。……おやすみなさい」

敏生はいつもの元気な笑顔で頷（うなず）き、チラリとベッドサイドのテーブルに置かれた羊人形を見た。

タオル製の、クタクタした黒い前足が、音も立てずに上下する。小一郎が二人の会話に、とりあえず納得した……というアクションなのだろう。

（が・ん・ば・ろ・う・ね？）

敏生は笑って、声を出さずに唇をゆっくりと動かした……。


その夜。森はまた、夢を見ていた。

酷く寝苦しい夜。場所は、やはり昔住んでいた家の、自分のベッドだった。

自分が眠っている夢を、眠りながら見る……そんな不思議な状態で、森は今よりずっと若い自分の中に、そっと意識を滑り込ませた。……と。

「……はっ……」

項がちりちりするような違和感に、森はハッと目を覚ました。それが人の気配であることは、すぐに知れる。

ひたひたと床を踏む、密やかな裸足の足音。ベッドに近づいてくる、ほっそりした女性のシルエット。闇に慣れた森の目には、僅かな月明かりに照らされた女の白い顔が、ハッキリ見えた。

「か……母さん……？」

森は驚きの目を見張った。それは、自室から一歩も……少なくとも、この十年は一度も出たことがなかった、彼の母親だったのだ。

心を病み、この世のすべてに興味を持たなくなっていたはずの彼女が、何故か今、森の顔をじっと見下ろしていた。いつも遠くを見ているその瞳にも、明らかな意思の光が宿っている。

「母さん……いったいどう……」

母親は、上体を屈め、硬直している森の頰に触れた。長い髪が、森の手にサラリとかかる。森の瞳を至近距離で覗き込む母親の乾いた唇が、僅かに開いた。

「……トマス……」

それは、森が初めて聞いた母親の声だった。

「か……あさん……?」

「トマス……どうして……」

自分の夫の名を呼びながら、母親は森の頰を、冷たい両手で挟み込む。森は、激しく動揺しながらも、母親の手に自分の手を重ね、言った。

「母さん。……父さんは、今、ここにはいません。俺は父さんじゃない」

「だ……れ……?」

母親はまるで少女のように首を傾げる。森は、初めて母親と会話していることに困惑しつつも、息子として母親に自分の名を告げた。

「俺は……あなたの息子です。……森です。わかりますか?」

「し……ん……?」

「そう、森です」

母親は、無表情のまま、息子の名を幾度も口の中で呟いた。だが、それは呼びかけではなく、耳慣れない異国の言葉を繰り返すような調子だった。

（やはり、俺のことはわからないか……）

森は落胆しつつも、母親を部屋に戻すため、ベッドを出ようとした。

しかしそのとき、森の視界いっぱいに映った母親の顔が、ゆっくりと変わり始めた。

「……母さん？」

最初は、不審、それが、やがてハッキリした驚きと、悲しみと……そして憎悪に。母親の手を自分の顔から外そうとしていた森は、彼女の表情の変化に気づき、息を呑んだ。

「森……。どうして、お前が。どうして、ここに……罪の子が」

母親は、ハッキリとそう言った。裂けんばかりに見開いた目は、森を、射貫くように鋭く見据えている。

（な……何……を……）

「罪の子……って……母さん……」

「お前は産まれるべきではなかったのよ。……あの人は私を愛していると……信じて……信じて……そして私は悪魔の子を産んでしまった……！」

森は耳を疑った。初めて口を利いた母親が、息子である自分のことを、「罪の子」と、「悪魔の子」と呼んだのだ。冷たい汗が、顔面に噴き出すのがわかった。

「駄目。駄目……消さないと……」

母親は、ショックで石になったように動けない森の顔を凝視したまま、ワナワナと震える唇で、譫言のように言った。森が母親の言葉にショックを受けているのと同じに、母親もまた、森の存在に凄まじい衝撃を受けているようだった。

「母さん……な……にを……」

「消えて。……いいえ、一緒に消えましょう……私と……」

母親の白い両手が、震えながら、森の頰から首筋に這い下りる。そして、次の瞬間、その氷のように冷たい手は、森の首を思いきり絞め上げていた。

「か……あ、さん……ッ」

「消えて……。私と一緒に消えて……。私の罪、そしてあの人の罪がお前。お前が消えれば……罪も消える……！」

「母さ……やめ……」

母親の手をふりほどこうともがく森を、華奢な身体からは信じられないような強い力で押さえつけ、母親は白く美しい顔を森の顔に近づけて、囁いた。

「消えるのよ……お前は、存在してはいけない子……」

森の首に細い指が食い込み、ギリギリと絞め上げていく。頭部に血が鬱滞しているのだろう、顔が燃えるように熱くなり、目の前がチラチラと明滅した。

「か……あ、さ……」

歪む森の顔を、母親は夜叉のような形相で睨みつけていた。ギリギリと噛みしめた唇が切れ、鮮血が零れる。生温かい雫が彼女の唇を伝い、涙のように、ポタリ、ポタリと森の頰に落ちた。

そして、徐々に視界が暗くなり、母親の顔が霞み始め……。


「うああああっ！」

気がついたときには、森はベッドの上に半身を起こしていた。

両手は、布地が裂けるほど強く、アッパーシーツを握りしめている。全身に、びっしょり汗をかいていた。

「夢……か」

森は、まだ呆然としたまま、呟いた。呼吸が荒くなっているのがわかる。心臓も、早鐘のように打っていた。

「天本さんっ！　どうしたんですかッ！」

悲鳴にも似た声と共に、ベッドライトがパチンと点灯した。網膜を灼く眩しさに、森は思わず目を庇う。

「天本さんってば！」

それが敏生の声であることに気づき、森はソロソロと顔を覆う手を下ろした。

「ねえ、天本さん。……大丈夫ですか?」

パジャマ姿の敏生はベッドに両手をつき、森の顔を覗き込んで問いかけた。

「いったいどうしたんです」

「……ああ」

森はまだ動悸を鎮められないまま、敏生の心配そうな顔を見た。

「君こそ……どうした?」

敏生は問い返されて、不思議と不満が半々の表情で、丸みを帯びた頬を膨らませた。

「天本さんが凄い声上げたから……それでビックリして目が覚めたんですよ。どうしたんだろうって。もしかしたら妖しでも出たんですか?」

「……いや……そうじゃない」

森は、自己嫌悪に思わず片手で眉間を押さえた。自分だけでなく、眠りの深い敏生を目覚めさせてしまうほどの大声を出してしまったらしいことに、そして過去の忌まわしい記憶を今なお克服できていない自分に、今更ながら、驚きと腹立ちを隠せない。

険しい顔の森を見て、敏生はベッドに腰掛け、森のまだシーツを握ったままの手に、そっと触れた。

「妖しが出たんじゃないなら、いったいどうしたんです?」

森は、敏生の手の温かさと柔らかさを感じつつ、素直に答えた。

「夢を……見たんだ」

その答えに、敏生はただでさえ大きな目を落ちそうなくらいまん丸に見開く。

「夢？　悪い夢を？」

「ああ」

森は掠れた声で答え、嘆息した。大声で叫んだことを裏付けるかのように、喉がカラカラに渇いている。

敏生は、空いたもう片方の手で、森の前髪を、そっと掻き上げた。

「酷い汗かいてますよ。……そんなに怖い夢だったんですか？」

森には、敏生の鳶色の瞳に満ちている気遣いの色が、とても嬉しく感じられた。額に当てられた敏生の手をそっと取り、自分の頬に押し当てる。

「怖い……なんて思ってはいけないんだろうな。自分の母親の夢だったんだから」

「お母さんの？」

「ああ。……とにかく、ただの夢だ。すまない、君まで起こしてしまって。俺は大丈夫だから、もうお休み」

森はそう言ってぎこちなく微笑し、敏生の身体を押しやろうとした。だが敏生は、かぶりを振って森の顔をじっと見つめた。

「全然大丈夫じゃない顔してます。すぐに強がるんだから、天本さんは」

「……かなわないな、君には」

心の中を見透かされているようで、森は思わず視線を逸らし、苦笑いする。敏生は、ベッドに上がると、森の隣に寄り添うように座り込んだ。

「どんな夢だったのかは、天本さんが言いたくないなら訊きませんから。だから、たまには僕に甘えてください」

敏生はそう言ってニコッと笑い、森の肩にもたれた。その小さな頭の心地よい重みが、ささくれだった森の心を優しく宥めてくれる。

「だったら……お言葉に甘えて、もう少し傍にいてくれと言ってもいいかな」

さっきよりはずっと「らしく」なった森の口調に、敏生は笑って頷いた。そして、布団に冷えた足を突っ込み、後はただ黙って森と並んで座っていた。

真夜中の静寂の中で、互いの息づかいだけが聞こえる。森の大きな手が、傍らの温もりを確かめるように、敏生の肩をゆるく抱いた。

やがて、森は口を開いた。

「前に……。母の話をしたことがあったろう」

「天本さんが子供の頃、熱を出したとき……お母さんが、缶詰の桃にアイス載っけて持ってきてくれたって話ですか？」

「ああ。それ以外にもう一度だけ、母が俺に触れたことがある」

低く沈んだ声でそう言い、森は目を伏せた。敏生は、斜め下から、森の鋭角的な顎を見上げ、耳を傾ける。

「あれは、母が死ぬ少し前のことだった。深夜、人の気配で俺は目を覚ました……」

森は、独り言のような淡々とした声で、たった今夢に見た話を、敏生に語って聞かせた。

「危ういところで、俺は何とか母の手をふりほどくことができた。彼女は、そのまま床に頽れて、まるで幼い子供みたいに泣きじゃくっていたよ」

森の視線が、絨毯に落ちる。黒曜石の瞳に、その夜の母親の姿が映っているように、敏生には思えた。

「でも……どうしてお母さんが、天本さんのことをそんなふうに……。どうして、首なんか絞めたんです？」

その問いかけに、森はフッと笑って小さく肩を竦めた。

「首を絞めたのは、俺を殺したかった……消したかったからだ。そしてそれは、俺が彼女にとって、『罪の子』で『悪魔の子』だからだ」

「そんな……！　だって、天本さんは、自分の子供なのに……」

「だからさ」

森は皮肉な口調で言った。

「俺が、あの人と……親父(おやじ)の子供だからさ」

「……どういうこと……ですか？」

敏生は、震える声で問いかける。森は、薄気味悪いほど無表情に言い放った。

「俺にだって、そのときまでわからなかった。……床に座り込んだ母を、とにかく部屋に戻そうと、手首を摑(つか)んで立たせようとした、そのとき……。彼女の意識が……彼女の記憶が、見えた。……俺は、見てしまったんだ」

「……何を？」

「すべてを。何故(なぜ)母が俺を消したがったか、母と親父の間に何があったか……。それまで知らなかったことを、俺は一瞬にして知らされた。そして、母はそれから部屋に閉じこもり、誰も近寄せなくなり……とうとう、首を吊(つ)って死んだ」

「そんな……」

「親父はその数か月前から、中国に行くと言い残して旅に出たままだった。……それからずっと会っていない。話してもいない。だから俺には……母に伝えられた記憶について、親父に確かめなくてはならないことがある」

「天本さん……」

森は、それきり沈黙してしまった。言葉の代わりに、深い溜(た)め息(いき)をつく。敏生は、そんな森の顔を見守ることしかできなかった。

（天本さん……。いったい、お母さんのどんな記憶を見ちゃったんだろう。……いったい……ご両親の間に、何があったんだろう）

敏生が本当に知りたいことを、森は言わなかった。そして、それを今夜告げられることはないと、森の顔を見ればわかった。

心の闇が深すぎて、真実を言葉にすることを恐れている……。そんなことを口にすれば森はムキになって反論するかもしれない。だが、敏生にはハッキリとそう感じられた。

「天本さん……」

無意識の仕草なのだろう。夢の中で母親に絞められていた首を、森は片手でそっと押さえていた。敏生は、優しくその手を外し、自分の温かい手でギュッと握ってやる。

その仕草に、森はふと我に返ったように敏生を見た。漆黒の闇のような森の瞳には、今は母親の亡霊ではなく、敏生がくっきりと映っている。

「すまない。……君を嫌な気分にさせてしまったな」

そう言って、森は苦く笑った。敏生は、いいんですよ、と囁いて、森の肌触りのいいパジャマの胸元に、頰を押しつけた。

「僕には、天本さんの話を聞くことしかできないけど。だけど、さっきみたいに心細くなったときは、いつでも呼んでくださいね、僕のこと」

「敏生……」

「今は、僕がここにいます。ずっと、天本さんの傍にいますから」

「……ありがとう」

囁くような感謝の言葉と共に、肩を抱く森の手に力がこもる。柔らかい前髪を掻き分けて額に触れる森の冷たい唇に、敏生はくすぐったそうに肩を竦めた。

「ねえ、天本さん」

「うん？」

「僕のベッド、きっともう冷たくなっちゃったと思うんです」

「……ああ」

敏生は悪戯っぽく笑って、森の顎を鼻先でつついた。

「この部屋凄く冷房が効いてるし、僕、冷たいベッド嫌いだから……ここでこのまま寝てもいいですか？」

森はフッと笑って、そんな敏生を胸に抱き込んだ。

「君は俺を甘やかしすぎるよ。本当は……それを頼みたいのは俺のほうなのにな」

「じゃあ、僕たち同じ気持ちだったってことですね」

敏生はクスクス笑いながら、布団に潜り込む。傍らに横たわった森の腕枕に頭を預け、敏生は幸せそうな吐息をついた。

「僕が寂しかったり悲しかったりするときは、いつも天本さんが一緒にいてくれて、僕のこと助けてくれるでしょう。僕は天本さんみたいに頼りがいはないかもだけど、それでも……」

「君は十分頼りになるよ」

森は、敏生の寝乱れていつもよりフワフワした髪に、冷たい頰を押し当てて言った。

「君がこうしていてくれなければ、俺は朝まで鬱々として過ごさなくてはならなかったんだ。……それが、今は……」

頭の上で聞こえる小さな欠伸に、敏生は微笑した。

「よかった。……おやすみなさい、天本さん」

「おやすみ」

挨拶を交わしたものの、敏生は、しばらく目を開けてじっとしていた。やがて聞こえ始めた安らかな寝息に、ようやく全身の力を抜く。

首を巡らせてみると、森は穏やかな表情で、ぐっすり眠っていた。

(僕が河合さんみたいに貘を身体の中に飼ってたら……)

敏生は、森の師匠ののんびりした笑顔と、その口から現れる貘のとぼけた顔を思い出し、ちょっと残念そうに呟く。

「貘がいたら、天本さんの悪い夢、もぐもぐ食べてもらうのにな」

それでも、森がさっきのような悪夢に苦しめられていないことは、その寝顔を見ればわかる。

(今度はいい夢見てくださいね、天本さん。……できたら、僕の出てくる夢)

まるでテディ・ベアのように抱きしめられ、敏生は自分自身もどこか安心して目を閉じた……。

＊　　＊

翌日は、雨だった。南国特有のスコールではなく、しょぼつくような弱い雨が、緑の木々をしっとりと濡らしている。雨のせいで湿度はさらに高くなり、空気は身体に粘りつくように生暖かく、土の匂いがした。

そんな中、森と敏生はホテルをチェックアウトし、バウの運転する車でタンソンニャット空港に向かった。

空港で、スーツケースをトランクから降ろしつつ、バウは残念そうに敏生に言った。

「観光、できなかったね、コチヒラサン。また来る、いいデス」

「そうですね。次は、仕事じゃなくて、観光で来ます。……もうちょっと、涼しいときに」

そう言って、敏生は斜め後ろに立つ森を見遣って、バウに片目をつぶってみせた。

ネクタイこそしていないがスーツ姿の森は、ショルダーバッグを掛け、すでにグッタリした顔で立っている。暑いならもっとラフな格好をすればいいと敏生は思うのだが、考えてみると、ポロシャツやらTシャツやらを着た森など、とても想像できない。

(天本さんって、何か可哀相だなあ。きちんとした格好しか似合わないなんて)

バウも人好きのする笑顔で、森を見た。

「ああ、アメモトサン、暑いの苦手ね。でもホーチミンは、いつもこんなの。ハノイ行く、いいデスね。ハノイ、涼しい」

「そうだといいなあ」

「今はもう暑いデスけど、涼しいときも……ありマス、よ」

「い……今は……暑いんだ」

バウの言葉に、敏生はガックリ肩を落としつつ、森がへたり込まないうちに、さっさと移動の手続きをすませることにした。そして、バウに別れを告げると、二人分のスーツケースをゴロゴロと押し、森を追い立てるようにして、建物の中に入ったのだった。

ホーチミンからハノイに向かうベトナム航空の飛行機は、ジェット機にしては比較的小さなものだった。機内は酷く混み合っていて、しかも皆、明らかに規定オーバーの大荷物を平気で持ち込んでいるため、荷物の収納に時間がかかる。森と敏生も、ずいぶん通路で立ったまま待ちぼうけをくらった後、やっとのことで席に着くことができた。

「ふう。何だか、向こうに着く前から疲れちゃいましたね」

敏生が笑うと、森は渋面で頷いた。

「まったくだ」

「空港の中、暑かったですもんね。クーラー、壊れてたのかな」

「さあな。……ああ、そういえば、ガイドに礼を言うのを忘れていた」

今さらながらの森の台詞に、敏生はクスっと笑った。

「僕がちゃんと言っておきましたよ。次は観光で来てくださいって言ってました」

それを聞くなり、森の眉間に深い縦皺が刻まれる。

「俺は二度とご免だぞ」

「わかってますよう。……そういえば、ハノイに着いてからは、新しいガイドさんがつくんですか？」

「いや……。飛行機と宿を手配するだけで手一杯で、そこまで手が回らなかったよ。必要なら、現地で手配するしかないな。まあ、行けば何とかなるさ」

森は投げやりな調子でそう言って、離陸前だというのに、さっさと目を閉じてしまった。ハノイに到着するまでの時間を、丸ごと昼寝に費やすつもりらしい。

敏生は仕方なく、小さな窓から外の景色を眺めることにした。雨がガラスを伝い、空にはどんよりと黒い雲が垂れ込めている。機内も、出発前だからか、あるいは人口密度が高いからか、酷く蒸し暑い。

（何だか、あんまり楽しい景色じゃないな）

そう思って溜め息をついたとき、視界の左端、つまり後部座席の窓近くに、扇子らしきものがチラリと見えた。自分の座席と窓の狭い隙間から、敏生は思わずその扇子に見入る。パタパタと忙しなく動くそれは、手描きらしい、綺麗な笹の絵柄だった。

（日本人かな……。感じのいい絵だなあ）

敏生は、ふとその扇子と、扇子の持ち主に興味を引かれた。

やがて、飛行機はほぼ定刻に離陸し、分厚い雨雲を突き抜けて、上空に出た。

そうなってみると、窓からの眺めも退屈なだけである。敏生は暇に飽かして後部座席の気配を窺い……そしてやがてその席に座っている人物の声が聞こえた。

「あっついなー。ずっとこんなんなんかな」

のんびりした関西弁。高からず低からずの、若い男の声。その声に聞き覚えがあることに気づき、敏生は思わず安全ベルトを外して立ち上がった。クルリと真後ろを振り返る。

三人並んだ後部座席の人々は、敏生のそんな行為に気づき、一斉に顔を上げた。通路側と中央の席の二人は、でっぷりした体格の白人男性だった。そしてもうひとり……。窓側に座っている扇子の持ち主は、ほっそりした東洋人の青年だった。つるんとした面長の顔。パサパサした短い髪。コミカルな丸眼鏡と、その奥にある、閉じたままの目。……そして、いつも笑っているような口元。

それはどこから見ても、森と敏生が嫌になるほどよく知る人物であった。敏生は愕然としながら、青年に呼びかけた。

「か……河合……さん？」

ぼうっと閉眼のまま敏生の顔のほうへ仰向いていた青年……森の師匠である河合純也も、呆気にとられた様子で口を開いた。

「その声、まさかと思うけど、琴平君か？」

「うわあ、ホントに河合さんだ。……天本さん、天本さんってば、起きてくださいよッ！河合さんが」

敏生は目をまん丸にしたまま、大慌てで森の肩を揺さぶった。

「……ああ？」

寝入りばなを起こされた森は、不機嫌に唸って薄目を開ける。敏生は急き込むように、森の耳元で言った。

「河合さんなんですってば！」

「大声を出すな。……河合さんがどうしたんだ」

森は、鬱陶しそうに両の瞼を指先で揉みながら、不機嫌な声で窘めた。だが敏生は、興奮しきりの声で繰り返す。

「だーかーらー！　河合さんがいるんですってば、ここに！」

「………何だって？」

さすがの森も、その台詞に目が覚めたらしい。顔から手を離し、自分も慌てて腰を浮かせた。振り返り、師匠の顔を見るなり、中途半端な姿勢で硬直する。

「河合さん……。いったい何をしておられるんです、こんなところで」

河合は、盲いた目をパチパチさせ、座ったままで首を左右に動かした。

「何や、テンちゃんもおるんかいな。いやー。えらいとこで会うなあ。はい、ちょっとソーリーな、兄さんがた」

河合は嬉しそうにそう言うと、やおら立ち上がり、座席をみっしりと埋めた白人男性を強引に乗り越え、森たちの座席のほうにやってきた。そして、森の隣のベトナム人女性に、いきなり話しかけた。

女性は、河合の言葉に笑って頷くと、何やら言い返し、さっさと後ろの席に移動した。どうやら河合は、席の交換を女性に頼んだらしい。

「よいしょっと。あんまり立ち話しとったら、アオザイの綺麗な姉ちゃんに怒られるからな。二人とも、座りや」

森の隣にひょいと腰掛け、いつものコットンシャツにジーンズという服に身を包んだ河合は、閉じた目を三日月のようにして笑った。

なるほど、臙脂色のアオザイに身を包んだベトナム人のキャビンアテンダントが、何事かと三人を見ている。相変わらず、河合は盲人にもかかわらず、人の気配を感じ取り、だいたいの動きを推測できるらしかった。

強力な睡魔も、この珍事には吹っ飛んだのだろう。森は、河合の顔を呆れたように見遣り、訊ねた。

「河合さん、いったいここで何を……」

「何をって、そら飛行機乗ってんねや。見たらわかるやろ」

「そうではなくて……」

「旅行やで。プライベートや」

河合は屈託なく言った。敏生は、感心したように河合のほうへ身を乗り出す。

「河合さん、ベトナム語喋れるんですか？　凄いなあ。それに、ひとりで旅行してるんですか？」

「ああ。そらオレ、日本離れてウロウロ旅暮らししとるとき、しばらくベトナムにおったからな。言葉は、姉ちゃん口説くんに必須やし、嫌でも覚えるわ」

「へえ……。じゃあ、もしかして……」

河合は、鼻の下を擦りながら、へへ、と笑った。

「ホーチミンの、古なじみの姉ちゃんに会いに来たんや。けど、あんまり暑いから、とっととハノイの姉ちゃんとこに移ろうかなーと思て。どっちも美人やから、どっちでも俺は嬉しいし、ハノイの姉ちゃんが留守やったら、新しい姉ちゃん探そうと思てなー」

「す……凄い。河合さんって、ホントに世界じゅうに四畳半があるんだー！」

「そんなことに感心してどうする」

森は渋い顔で敏生を睨む。そんな森を、河合は笑い飛ばした。

「そんな怒らんでも、琴平君はテンちゃん一筋やろ。それより、テンちゃんらは何しとんねんな。二人してラブラブ旅行か？」

森は僅かに目元を赤らめながらも、できるだけ平静を装って答えた。

「……河合さん、何を言ってるんですか。俺が、プライベートでこんなに暑いところに好きこのんでくるはずがないでしょう。仕事ですよ。『組織』の仕事で、ここまで来たんです。ホーチミンで話が片づくと思っていたんですが、事情があって、ハノイに移動することになりました」

「へえ。ベトナムまで仕事で出張ってきたんか。そらまたご苦労さんやな」

そう言ってニヤニヤしながら、河合は鼻をうごめかした。

「ん。ええ匂いしてきたな」

その言葉のとおり、ほどなく、キャビンアテンダントが二人一組でワゴンを押し、乗客に機内食のサービスを開始し始めた。三人の前にも、点心やサラダなどを載せたトレイと、飲み物が置かれる。

森はフルーツを口にしただけだったが、河合と敏生は、味付けの濃いシュウマイや春巻きをぱくついた。

「けっこう美味しいですね」

「ホンマやな。立派な昼飯や」

その身の内に飼っている貘を時折出し入れするだけあって、細い顔に似合わず大きな口でシュウマイを頬張った河合は、ちびちびとアップルジュースを飲んでいる森に話しかけた。

「で、さっきの続きやけど、今かかわってんのは、どんな事件なんや。テンちゃんらに持ち込まれたっちゅうことは、ややこしいんか？」

「ややこしいわけではありませんよ。ただ、依頼の内容が感傷的かつ抽象的すぎて、経験の浅い『表』には向かない……そういうことでしょう」

「ふん？　何やおもろそうな話やな。聞かせてんか」

森は、河合の好奇心に苦笑しつつも、これまでの経緯をかいつまんで語った。ふむふむと時折相槌を打ちながら聞いていた河合は、話が終わると、ふうむ、と小さく唸った。

「ほな、そのミエンっちゅう女の子は、女の子のままでこの世から消えてしもたんやな。生きとったら、ええ年のオバハンになっとったはずやのに」

いかにも河合らしい言いように、森は頷いた。

「で、その壺の安住の地とやらを見つけに、ハノイへ行くわけか」

「ハノイの近くの、バッチャン村ってところです。壺は、そこで焼かれたんだろうって、ホーチミンのガイドさんや、トーさんが言ってました。だから、もしかしたら、ミエンのお母さんの生まれ故郷は、そこなんじゃないかと思って」

横から敏生が言葉を添える。河合は、貧相な無精ヒゲが生えた顎を撫でた。

「バッチャン村か。ええとこやで。……で、そこにその壺、置いてくるつもりなんか？」

「まだわかりません。……だけど、手がかりはそこしかないし、とにかく行ってみようと思うんです」

「なるほどな。真面目やもんなあ、テンちゃんも琴平君も。オレやったら、その辺に穴でも掘って、埋めて帰るけどな。……ま、ええわ。ほんで、ハノイでの宿と足は、もう確保したんか？」

「宿は決まっていますが、足は向こうに着いてから、何とか手配するしかありませんね」

「宿はどこや？」

「デウー・ホテルです」

「デウーか。さすが早川さん、五つ星やな。そらええわ」

そう言ってしばらく黙りこくっていた河合は、やがてポンと手を打った。

「よっしゃ、決めた」

「何をです？」

森が怪訝そうに訊ねると、河合は揉み手をしながらこう言った。

「決まってるやんか。オレもいっちょ嚙みしたるわ」

「……は？」

「なんぼテンちゃんでも、ベトナム語は喋られへんやろ？　オレ、ペラペラやし。ガイド役引き受けたるて言うてるねん」

「ええっ、ホントですかあ？」

敏生は喜びの声を上げたが、森はやや慌てた様子で河合を諫めようとした。

「待ってください、河合さん。せっかくプライベートな旅行に来ておられるのに、俺たちにつきあわせては申し訳な……」

「ええねん、どうせ暇にあかした旅やし。面白そうな話やから、手伝ったるわ。……その代わり、条件があるねんけど」

「条件、ですか？」

「せや。オレにも、デウー・ホテルの部屋取ったって。あ、ダブルでな」

「……わかりました。しかし、本当にいいんですか？」

「ええねんて。可愛い弟子と孫弟子のためやん。一肌でもパンツでも脱ぐでー」

「……では、お言葉に甘えさせていただきます」

敏生とはまた違った意味で、河合は強情である。こう言いだしたからには、森がいくら断っても、聞き入れはしないだろう。それを誰よりもよく知っている森は、軽い頭痛を覚えつつも、師匠の……おそらくはありがたい申し出を受けることにした。

そんなわけで話がまとまり、機内食の空きトレイも下げられ、蒸し暑かった機内も、ようやく冷房が十分に効き始めた。そこで、森は再び昼寝に戻ろうと、目を閉じた。

ところが、そこで「あのう」と河合に呼びかけたのは、敏生である。

「何や、琴平君？」

敏生は、大真面目な顔で、河合に訊ねた。

「どうでもいいことなんですけど、さっきから気になってて。河合さん、どうしてわざわざダブルの部屋って言ったんですか？　広い部屋が好きなんだったら、ツインでも……あ、もしかして凄く寝相悪いとか？」

「あははは、違う違う、琴平君」

河合は、さも愉快そうに笑いながら答えた。

「ダブルベッドにひとりで寝なアカンほど、オレ、ガタイようないし。やっぱ、広々したベッドで、綺麗な姉ちゃんとしっぽり……」

「河合さん」

森が低い声で諌めようとしたが、河合はお構いなしにこう続けた。

「そら、琴平君くらい小そうて可愛らしかったら、テンちゃんとこのシングルベッドに潜り込んでも、ええ感じやろけど。やっぱしアレやん。何ちゅーか、いろいろしようと思たら、でっかいベッドのほうが便利ええやろ」

「そ……そ、それって……」

いくら鈍感を絵に描いたような敏生といえども、そこまであからさまに言われては、理解しないわけにはいかない。しかも、昨夜の今日である。すべてを見透かしているかのような河合の台詞に、敏生は真っ赤になった。

「そ、そんなこと……」

「あっはっは。純情でええなあ、琴平君は」

河合は、赤面した敏生を、楽しげにからかい、笑い飛ばす。

そして、そんな二人に挟まれた形の森は、軽かったはずの頭痛が、「頭が割れそう」レベルに跳ね上がったのを感じつつ、そのままハノイまで、延々と寝たふりを続けたのだった……。

五章　遠くまで見えるけれど

「ふわーあ、あっちゅう間に着いたな。お、涼しいやん」

それが、ハノイの空の玄関、ノイバイ国際空港に着いた河合の第一声であった。確かに、うだるようなホーチミンの猛暑に比べれば、北部の町であるハノイの気温は、やや低かった。摂氏三十度にはなっていないだろう。ただ、湿度はホーチミンよりずっと高い。空気の粘度は、全身をビニールシートで覆われたかと思うほどに高かった。

「うーん、確かにホーチミンよりは。それでも……」

敏生は、ふうと溜め息をつき、傍らの長身の青年を見上げた。

「天本さんには十分きついみたいですね」

「気にするな。まだ動ける」

森はぶっきらぼうに言い返し、回収したばかりのスーツケースをコツンと叩いた。二時間のフライトの半分ほどしか眠れなかったはずだが、河合の手前、気を張っているらしい。

「二時過ぎか。とりあえず宿に向かいましょうか、河合さん、敏生」

「うん。ほな、タクシー拾おか」

　そこで三人は、空港の建物を出て、タクシー乗り場へと向かった。一歩外に出るなり、陽光が、斜め上から強く照りつける。河合に腕を貸している森は、この世の終わりのような顔つきで、周囲を見回した。

「うわ、何だろあれ。『六甲山牧場行き』だって！」

　二つのスーツケースを押し、二つのショルダーバッグを肩に掛け、さらにバックパックを一つ背負った、ほとんど「荷物クリスマスツリー」状態の敏生は、駐車場の片隅に何台も停まっているバスを見て、笑い声を立てる。

　確かに、そのバスは、運転席こそ改造されて左右入れ違っているが、そのほかはまったくオリジナルの、日本の路線バスであった。ご丁寧に、行き先表示まで、日本で使われていたときのまま放置されている。

「あー。ベトナムはなあ、日本の路線バスの払い下げが、ようけ走ってるねん。へえ、六甲山牧場か。乗ってみたら、ホンマに行くかもしれへんで、琴平君」

「あははは、まさか。あ、あっちにタクシーが停まってる。行きましょう」

　暇そうに車の外で煙草を吹かしていた制服姿の運転手は、近づいてくる三人を見つけると、駆け寄ってきて荷物を引き受けてくれた。河合は、運転手にベトナム語で話しかけつつ、さっき空港内のカウンターで買った十ドルのチケットを手渡す。どうやらタクシーは定額制になっているらしく、運転手は心得顔に頷くと、さっそく運転席に乗り込んだ。やや古い型ではあるが、韓国製の自動車は、軽快に走り出す。

「街までは、四十分くらいや。ええ景色やろ。……ていうても、オレには見えへんけど」

窓に張り付く敏生に、河合はそう言って笑った。森も、真ん中の席から、敏生の鳶色の頭越しに、流れる風景を見た。

ハノイはベトナムの首都なのだが、戦争の影響か、近代化はホーチミンに一歩も二歩も遅れているように感じられた。

空港を出るなり、視界に広がるのは、一面の水田。ノンと呼ばれる円錐形の笠を被った人々が、牛に農機具を引かせていたり、二人一組になって、水路から長い紐のついた桶で田に水を汲み入れたりしている。

道路を走る車も一様に古く、バイクや自転車に交じり、牛の引く大きな台車までが、のそりのそりと通っていた。

「ええとこやろー。オレ、ホンマ言うたら、ホーチミンよりはハノイのほうが好きや。こっちのほうが、ベトナム来たーって感じがするわ。空気の匂いとか、音とかな」

「ホントですね。何だか、湿気のせいでベタベタして気持ち悪いけど、不思議に雰囲気はいいや。……あ、天本さんには、どっちにしても気持ち悪いかな」

敏生はクスクス笑いながら、ようやく窓から離れた。森は、少し怖い顔をして、敏生の頭を小突く。

「からかうなよ。冷房の効いたところにいれば、いつもどおり動けるさ」

「じゃ、期待しちゃおうかな」

「こいつめ」

敏生は森の拳(こぶし)を両手で防ぎながら、軽口を叩(たた)く。そんな二人の様子に、河合はただニヤニヤと笑っているだけだった。


ソン・ホン(紅河)と呼ばれる赤く濁(にご)った水を湛(たた)えた大河を渡り、ハノイの市街地に入ると、道路状況は途端に恐ろしさを増した。

信号が極端に少ないわりに、道幅は広い。そこを、あらゆる種類の「乗り物」が、物凄(ものすご)いスピードで走っているのである。タクシーが右折左折するたびに、ガラスに激突しそうなほど接近するバイクや自転車に驚き、敏生はのけぞる羽目になった。

さらに、歩行者はどうしているかといえば、どう見ても大丈夫(だいじょうぶ)とは思えないその道路を、軽業師のように横断していく。敏生の目には、それは奇跡のように映った。

「これ、事故が起こらないのが不思議ですね」

敏生が感心半分呆(あき)れ半分でそう言うと、河合はゆったりと座席に収まり、軽い口調で言った。

「あん？　事故、あるで。琴平君も、よう気ぃつけやー。轢かれても、あんまし誰も気にしてくれへんしな」

「……ええっ。どうしよう。僕、一発で轢かれそう……ん？」

呟いた敏生のTシャツの裾あたりで、何かがモゾモゾと動く。敏生がシャツをそっと持ち上げてみると、ジーンズの腰に下げている羊人形が、両前足でペシペシと敏生の脇腹を叩いていた。森が、右眉を跳ね上げ、ボソリと言う。

「道を渡るときは、必ず自分と一緒にいろ、と言っているようだぞ」

「そっか！　小一郎だったら、いざっていうときは、僕を掴んでびゅーんって飛んでくれますよね」

「……それはどうかと思うがな」

　あまりにも容易に想像されるその光景に、森は嘆息し、敏生は楽しそうに笑った。

　そして市街中心部から少し離れた湖の畔に、三人が宿泊するデウー・ホテルはあった。とにかく大きなホテルである。客室数は、四百を下らないだろう。外観は真っ白で、ロビーも壁や天井の白と大理石の床のコントラストが美しい、スッキリした内装だった。

　森はフロントに行き、流暢な英語でチェックインの手続きをすませた。そして、河合のために、要求通りのダブルの部屋をもう一室取り、ソファーで待っていた河合と敏生の元に戻ってきた。

「ホテルでは、さすがに英語が通じて助かるな。さて、行きましょうか。先に河合さんの部屋にお連れしますよ。階が離れているので」

「そうか。ほな、頼むわ」

「敏生。部屋に行っていてくれ。ポーターがスーツケースを運んでくるから。チップは一ドル渡しておいてくれればいい」

「天本さんは？」

「河合さんに手伝ってもらって、明日、バッチャン村へ行くための足を手配するよ。早川（はやかわ）に、無事到着の連絡もしなくてはならないしな」

森からルームキーと森のバッグを受け取り、敏生はちょっと上目遣い（うわめづか）に森を見た。

「……じゃあ、時間、かかりますよね？」

「少しはな。……ああ」

敏生の言いたいことを悟った森は、笑ってこう言ってやった。

「ホテルの周囲なら、小一郎と一緒に散歩でもしてくればいい。ただし、車に気をつけてな。あまり遅くなるなよ」

「はいっ」

そうと決まれば、一秒でも惜しいというように、敏生は元気に駆（か）けていく。それを見送り、森は嘆息混じりに河合に言った。

「では、行きましょうか」


それから、十五分後。敏生と小一郎は、ホテルのすぐ隣にあるトゥレ湖の畔を歩いていた。郊外の大きな湖は、住人にとって絶好の憩いの場所なのだろう。湖の畔にはベンチが幾つも設置され、湖に接して、動物園などもあるらしい。

「暑いねえ、小一郎」

「馬鹿が。何度言えばわかる！　俺は妖魔だ。暑いも寒いもないわ」

「……だろうね。じゃなかったら、そんな格好、とてもできないや。僕だったら、あっという間に汗だくになっちゃうよ」

敏生はTシャツにジーンズという軽装だが、人の姿になった小一郎は、何を思ったか、長袖タートルネックの迷彩色のシャツに、お気に入りらしきレザーパンツ姿である。ご丁寧にごついバックルが幾つもついたミドルブーツまで履いたその姿は、どう考えてもハノイの町にはそぐわない。

おかげで、どうやらただでさえ凝視癖のあるらしいハノイっ子たちの視線は、二人に……主に小一郎に集中していた。

「暑いと、何か不都合があるのか」

小一郎は、むしろ不思議そうに、首から掛けたタオルでごしごし汗を拭う敏生を見て訊ねた。敏生は、困ったように笑いながら、頷く。

「僕はべつに暑いの嫌いじゃないけど、やっぱり汗が出るから、水分いっぱい摂らないといけないし……それに」

敏生は、背後に白く輝くホテルを見返って笑った。

「暑いと、天本さんがしんどくなっちゃって大変だからね」

「ふむ。人間というのは、いちいち虚弱なものだな。主殿ほどのお方であっても、何かしら弱点がおありなのだからな」

そう言って、小一郎は空いていたコンクリートのベンチに勢いよく腰を下ろした。近くの売店でオレンジジュースを二つ買った敏生も、並んで腰掛ける。

小一郎にジュースを差し出しながら、敏生は言った。

「あのさ、小一郎。昨日のことだけど……。ごめんね、あれから何も話せずに」

式神は、そっぽを向いたまま、缶ジュースをグイと飲んだ。

「結局、来ちゃったね、ハノイ。小一郎、あんなに天本さんのこと心配してたのに。だけど僕……」

「うるさい」

小一郎は、乱暴に敏生の言葉を遮った。そして、真っ直ぐに眼前の湖を見た。敏生も、その視線を追いかける。

湖には、小さな遊技用のボートが何艘も浮かび、恋人や家族連れが舟遊びを楽しんでいた。湖面は静かで、水は取り立てて綺麗ではなかったが、深い緑色をしている。

小一郎は、黙りこくってジュースを飲んでしまうと、片手で易々と缶を握りつぶした。そして、それをさらに握り込んで小さな塊にしながら、ボソリと言った。

「昨日、お前と主殿が話すのを聞いた。それで、俺には十分だ」

「小一郎……」

「主殿は、お前に責任を持つと言われた。ならば、俺もお前に責任を持つ。これまでもそうしてきたように、主殿をお助けし、お前を守るだけだ。主殿がお心を決めておられると知った以上、異議は挟まぬ」

「……ありがとう」

「お前に礼を言われる筋合いはない。お前も、主殿の信頼を裏切らぬよう、心せよ。よいか」

小一郎は、そこで初めて敏生の顔を見た。精悍な顔に光る野生の双眸が、敏生を睨みつける。敏生は、相手を焼き尽くすような小一郎の視線を、鳶色の澄んだ瞳で受け止めた。

「わかった。天本さんの信頼も、小一郎の気持ちも、僕は一生懸命受け止めるよ。約束する。だから、一緒に頑張ろうね、小一郎」

「……ふん」

小一郎はムッとした顔で、またそっぽを向いてしまった。いつになっても素直になれない彼のそんな仕草に、敏生はクスッと笑う。

そのとき、不意に不思議な音が聞こえてきて、敏生と小一郎は顔を上げた。弦楽器独特の、凛とした、それでいて波のようにうねる心地よい音色である。

その音は、敏生たちのすぐ近くの木陰から聞こえていた。二人は、揃って身体をねじ曲げ、そちらを見る。そこには、ひとりの若い女性が座っていた。白いブラウスに黒いパンツという、ベトナムではよく見掛ける質素な服を着たその女性の前には、木製の平べったい箱のようなものが置かれていた。箱の側面には、美しい螺鈿細工が施されている。

「む？　あれは何だ、うつけ」

「何だろう……あ、わかった！　琴だよ。ほら、見て小一郎。箱の上に、弦が一本張ってあるでしょう」

「ふむ」

二人の視線を感じたのか、長い髪を後ろで一つにまとめたその女性は、少し恥ずかしそうに、軽く頭を下げた。そして、右手でピックを持ち、左手で、琴の側面から垂直に突き出した棹のようなものに触れた。

ピックで弦を弾きながら、左手で棹を揺らすことによって、どうやら音程に変化をつけられるらしい。

ゆったりした旋律（せんりつ）が流れ始める。初めて聴くはずなのに、どこか懐かしい……遠い日に聴いた気がする、心地よい曲だ。小一郎は、まるで難解な暗号を解読しているかの如き真面目（まじめ）な顔で、小首を傾（かし）げて聴いている。敏生も、目を閉じて、肌（はだ）を撫（な）でていく涼（すず）やかな風のようなメロディーに身を委（ゆだ）ねようとした。

だが、彼はふと、異変に気づいた。

「……あれ？」

「如何（いかが）した」

急に目を開け、素（す）っ頓狂（とんきょう）な声を上げた敏生に、小一郎もキッと表情を引きしめる。敏生の右手は、Tシャツの胸元をギュッと摑（つか）んだ。

「どうしたんだろ。胸が……熱いんだ」

「何だと？」

「胸が……熱い。何かが、反応してる……」

「おい、うつけ……」

何が起こっているのかわからず困惑する小一郎の目の前に、敏生は首から胸元に提げていた小さな袋を見せた。その袋の中から、そっと取り出してみせたのは、守護珠（しゅごじゅ）である。

蔦（つた）の精霊である母親から受け継いだ小さな水晶の球体の中には、いつでも青い小さな火が、静かに燃えている。

　その火が、今はいつもよりずっと大きくなっていた。敏生は、守護珠を左の手のひらでギュッと握りしめた。長いまつげが細かく震え、頰に影を落とす。

「……小一郎……感じない？」

「何をだ？　俺にはわからぬ」

「何だか……あの琴の音に、守護珠が……。ううん、守護珠は……何かほかのものに」

「……これか！」

　小一郎は、敏生の傍らにあった彼のバックパックを引き寄せ、ジッパーを勢いよく開けた。そして、中身を掻き回すと、何かを摑み出した。それは、『ミエンの壺』であった。

「……わからぬ。何かはわからぬが、この壺が……」

　敏生は、小一郎の手から壺を受け取り、守護珠とともにしっかりと胸に抱きしめた。そのまま目を閉じ、じっと黙り込む。

「……うつけ……？」

「小一郎……声が、聞こえる」

　敏生は、夢見るような声で言った。式神は、ハッと周囲の気配を窺う。妖魔の彼には、誰の声も聞こえなかった。邪悪な……彼らに危害を与えようとするものの気も感じない。ただ、静かに奏でられる一弦琴の音色に誘われるように、少年の抱いた壺と守護珠が、強いエネルギーを発していることだけがわかった。

「うつけ……俺には聞こえぬ。誰だ。誰の声だ」

「……わからない……」

敏生は、緩く首を振った。胸元から、全身にじんわりした熱が広がっていく。気温よりも、体温よりも高く、そして身体の芯まで染みいるような熱だ。

遠く近く、琴の音が心の糸を震わせる。そしてその振動に呼応して、微かな声が聞こえた。敏生は、全神経をその声に集中し、言葉を聞き取ろうとした。

「人の声みたい。……泣いてる……。何て言ってるんだろう……『ファイ……ヴェー』? 全部は聞き取れないけど、何か、ファイ・ヴェーとか言ってるように聞こえる」

「何だそれは」

「……わからない。人の名前か何かかなあ。日本語じゃないみたいだから、全然わかんないよ」

敏生はかぶりを振った。小一郎は、困り果てたようにそんな敏生を見守るばかりである。

「……あ」

敏生は、小さな声を上げた。一弦琴の音が、不意に止んだのである。空気を揺らす微妙な余韻を残し、音が消えていく。

白いブラウスの女性は、演奏を中断し、大急ぎで琴を片づけ始めた。その理由は、突然のスコールである。ついさっきまでカラリと晴れていた空が、みるみるうちに黒くたれ込めた雲に覆われ、辺りが暗くなる。大粒の雨に打たれて、木々の葉が太鼓のようにパラパラと鳴った。

「こっちも消えた」

敏生はフウッと息を吐き、壺を右手に、守護珠を左手に持って目を開けた。雨が身体を打つのも、まったく気にならない様子だ。

「大丈夫か、うつけ」

小一郎は、気が気でない様子で、少年の顔を覗き込む。だが、ケロリとした顔で、敏生は答えた。

「僕は大丈夫。……だけど、もう壺から声が聞こえなくなっちゃった。守護珠も元に戻ったよ、ほら」

鼻先に突きつけられた守護珠を、小一郎はぐっと睨んだ。確かに、さっき球体から飛び出すかと思われるほど強く燃えさかっていた青い火は、今は元通り、小さく揺れているだけである。

「……俺には何が何だかわからぬ。お前の抱えたその一品から、妙な波動を感じはしたが、それが何であるのか、まったく見当がつかなかったぞ」

小一郎は、琴を片づけ、その場を小走りに去っていく女性の背中を見遣った。敏生も同じほうを見ながら、呟く。

「あの琴の音に、壺が反応してた。守護珠は、壺の声に共鳴してたんだ」

「琴の音に……壺が、か?」

敏生は、どこか愛しげに、壺の表面を手のひらで撫でた。

「嫌な感じはしなかった。ただ、何だか胸がキュウッとなるみたいな気がしたんだ。悲しい声だった」

小一郎はムッとしたように、敏生の首根っこを摑んで立たせると、売店の屋根の下へ引きずっていった。

「壺もお前も、濡れてはまずかろうが。ぼんやりしておるでない。……だいたい、そのようないい加減な説明ではわからぬ。その声は、男の声か女の声か、いったい、何が悲しいのだ」

「そんなこと言われても……」

敏生は困り果てた顔で、壺と守護珠と、そして小一郎の顔を見比べた。

「男みたいでも女みたいでもある、よくわかんない声だったんだ。悲しそうっていうのも、僕が勝手にそう感じただけで、もしかしたら、音楽のせいかもしれない。ただ、琴の演奏が始まると同時に、壺から声が聞こえて、守護珠が熱くなった。演奏が止んだら、元に戻った。……ってことは、あの琴の音色か曲に、何かあるんじゃないかな」

「……ふむ。お前だけに感じられたということは……」

小一郎は、言いかけて、ふと口を噤んでしまった。敏生は、売店の壁にへばりつくように立ち、守護珠を胸から提げた袋に、壺をバックパックの中に戻しながら、式神に訊ねた。

「何？　最後まで言ってよ、気持ち悪い」

だが小一郎は、難しい顔をして、腕組みした。

「推測を語るのは、俺の仕事ではない。俺の愚かな思いつきより、主殿のご意見を求めるがよかろう。……お前の口から話したほうがよかろう」

「うん、わかった。後で、河合さんもいるところで話してみるよ。……それにしても、何か凄い雨だね。さっきまで、いい天気だったのに」

「ふむ。だが、雲の動きが速い。そう長くは降るまいよ」

「そっか。……じゃあ、もう少し雨宿りしてから帰ろうか」

「うむ」

二人はそのまま、売店の低い屋根の下に立ち、スコールが小やみになるまで、ひたすら無言で立っていたのだった……。

「……それはまた、奇妙な話だな」

「そうなんですよ。確かに、凄く綺麗な音でしたけど、あの琴」

その日の夕刻、『インドシナ』というこぢんまりしたレストランで早めの夕食を摂りながら、敏生は森と河合に、公園での出来事を話して聞かせた。

テーブルに頬杖をつき、黙って聞いていた森は、敏生に「どう思います？」と問われて、難しい顔をした。

珍しいアオザイ姿のウェイターが、魚介類と空芯菜の鍋物を作り始めたので、三人はいったん沈黙する。手際よく、唐辛子の程よく効いた料理を一同に取り分けてウェイターが去ってから、森は再び口を開いた。

「で、それは君お得意の『嫌な感じ』でなかったことは確かなんだな？」

敏生は、熱々の魚を吹いて頬張ってから、頷く。

「ええ。少なくとも、妖しの気とか、そんなのじゃなかったように思います。誰の声だかはよくわからないです。小一郎に怒られましたけど、性別もわからなかったくらいですから」

「なるほどな……。だが、その壺の近くにいたにもかかわらず、俺には今まで何も感じられなかった。小一郎にも感知できず、君だけがそこまで明瞭に壺から聞こえる『声』を聞いたとは……しかも、琴の音に反応して」

「そうなんです。何だかわからないことばっかりで……。小一郎は何か考えたみたいですけど、教えてくれないし」

「ふむ……」

「それはそうと、琴平君。さっき言うてた言葉やけどな」

森が何か言おうとするより早く、河合が言葉を挟んだ。敏生は箸を止め、河合の眠っているような顔を見る。

「何ですか？」

「壺から聞こえた声のうち、琴平君が聞き取れた言葉や。何て言うてたて？」

敏生は、しばらく考えた後、自信なさげに答えた。

「ええと……。どう考えても日本語じゃなかったから、もしかしたら全然違うかもしれないんですけど、ちょっとだけ聞き取れたのは、『ファイ・ヴェー』って言葉だったような気がします」

「もういっぺん言うてみ。できるだけ、正確にな」

乞われるままに、敏生は再度同じ言葉を、できるだけ聞こえたままの発音で繰り返した。

「ふーむ」

河合は、疎らに無精ヒゲの浮いた顎を片手で撫でながら、考え込む。

「河合さん、もしや、何か思い当たる節が？」

「ふん。ま、又聞きやから何とも言えんけど……」

　河合はそう前置きしてから、こう言った。

「その『ファイ・ヴェー』っちゅう言葉な。それがベトナム語やとしたら……『帰らなアカン』ちゅう意味やねん」

「帰らなくてはいけない……ですか？」

　敏生は驚いて訊き返す。河合は頷いた。

「せや。まあ、琴平君の発音が正しかったら、やけどな。ちょいと意味深な言葉やと思わんか？」

「ホントだ。……帰りたい、帰らなくちゃいけない……何か、僕が壺の声にぼんやり感じたイメージに、凄く合ってるような気がします」

　敏生は頷き、森を見た。森はしばらく沈黙し、やがて嘆息混じりにこう結論づけた。

「人間はどうしても、都合のいいように物事を関連づけようとするものだ。確かに魅力的な言葉ではあるが、それについて今あれこれ考えるのはやめたほうがいいだろう」

「……ですかね」

　敏生は曖昧な返答をする。森は、手をつけられないまま冷めてしまった料理を見下ろし、こう言った。

「ああ。その問題はいったん脇に置いて、ひとまず予定通りことを進めよう。明日の朝、バッチャン村へ行くべく、タクシーをチャーターした。通訳は、河合さんがしてくれる」

「あ、じゃあもしかしたら、ミエンのお母さんのことがわかるかもしれないんですね？」

「ああ。壺のことも、何かわかるかもしれない。……ただ、小さい村だとはいえ、ほとんど手当たり次第に訊いて回るしかないのが実状だ。かなり苦戦するかもしれないぞ」

敏生は、幼い顔を引きしめて頷く。森は頷き返し、こう言い添えた。

「早川にも連絡を取った。今のところ、依頼人の容態に大きな変化はないそうだ」

「よかった。……早く、いい知らせを持って帰らなくちゃですね！」

「そうだな」

「だったら、頑張って食べとかなきゃ！　明日はいっぱい歩くことになりそうですもんね」

敏生は元気よくそう言って、まだ皿に山盛りの炒飯に手を伸ばしたのだった……。

＊　　＊

翌朝は、快晴だった。朝から空は高く晴れ渡り、気温は気前よく跳ね上がった。

遅めの朝食をすませた……といっても、食べたのは敏生と河合だけなのだが……三人は、タクシーに乗り込み、バッチャン村へと出発した。

　紅河に架けられた長い鉄橋を渡り、料金所を越えると、道路は突然に細く、舗装も悪くなる。ガードレールも何もない、堤防ぞいのあぜ道のような砂利道を、タクシーは車体をがたがた言わせながら、相当なスピードで走る。

　例によって、自動車の周囲にはコバンザメのようにおびただしい数のオートバイが走っており、それに加えて、自転車や牛、果てはアヒルの群れまでが同じ道路を使用する。市街地よりさらに危険な交通事情に、森と敏生は肝を冷やした。

　道路の脇には、田畑や煉瓦工場に交じり、民家がぽつぽつと建っている。古い伝統的な瓦葺きの家屋があれば、鉄筋コンクリート三階建ての、パステルカラーに塗られた真新しい家もあった。しかしいずれの家も、窓や玄関は開けっ放しである。無論、風通し最優先ということなのだろうが、おそらくは治安が極めて良いのだろう。

　熱を帯びて陽炎の立つ地面を車窓から見遣り、森は嘆息した。

(外は恐ろしい暑さなんだろうな……)

　暑さに弱いことは周知の事実だとは言え、河合や敏生の手前、自分だけが怠けるわけにはいかない。森は心の中で、自分自身に気合いを入れた。

　そして、四十分ほどデコボコ道を揺られた頃、タクシーは急に右折し、短い坂を下った。するとすぐに、細い道の両側にさまざまな陶磁器が山と積まれた集落に入る。運転手は、車をごくゆっくり走らせながら、何か言った。河合が頷いて通訳する。

「ここがバッチャン村や。この辺で降りて歩くか？　どうせ、総当たり戦なんやろ？」

「そうですね。ここで降りて、それこそ端から一軒ずつ家を訪問してみるしかありませんから」

　森は投げやりな口調で言う。敏生はそんな森を心配そうに見ながらも、車の外に出た。途端に、ムッとした熱気が全身を包む。車内ですっかりクーラーに馴染んだ身体から、一瞬にしてどっと汗が噴き出すのがわかった。

（こりゃ駄目だ。天本さん、倒れちゃうよ）

　敏生は森に「僕が訊いて回りますから、天本さん、車で待っていたほうが……」と言いたかったのだが、森は青ざめた厳しい顔で、敏生をキッと睨んだ。心の中を見透かされて、敏生は亀のように首を竦める。

　森がそういう顔をするときは、彼が覚悟を決めているのだと、敏生にはわかっている。こうなれば、せめて一刻も早く壺の、あるいはミエンの母親の情報が得られますようにと祈りつつ、敏生は言った。

「じゃ、始めましょうか」

　それから四時間。彼らは、村の入り口から一軒ずつ家々を回り、そこにいる主に五十代以上の人々に、ミエンの壺を見せた。そして、壺の持ち主について何か知らないかと訊ねた。

　皆、一様に壺に興味を示し、それが確かに「バッチャン焼で、かなり質のよいもの」であることは保証してくれたが、いざその壺自体のことになると、見覚えがあるという者はなかった。

　いちいち落胆していてはきりがないので、黙々と同じ作業を繰り返した彼らだが、村の中心部に差し掛かる頃には、さすがに少々疲労していた。

　敏生と河合は汗だくだが、森は一滴の汗もかいていない。体質なのだからしかたがないといえばそれまでだが、発汗によって体温を下げることができない森には、暑さがことのほかこたえる。端正な顔には、隠しようのない疲労が見て取れた。

　それでも森は、止めようとも休もうとも言わない。見かねた敏生は、自分から休憩を申し出た。

「ちょっと、一休みしましょうよ。僕、お腹すいちゃいました」

「せやなー。喉も渇いたしな」

　河合は言ったが、森は難しい顔で周囲を見回し、言った。

「だが、ここには観光客用の飲食店はないようだぞ」

　確かに、通りを埋め尽くすのは陶磁器を販売する店や工房ばかりで、レストランらしきものは見あたらない。

「困りましたねえ」

敏生が思わず溜め息をついたとき、背後から怪しい日本語が聞こえた。

「お客サン、こっち、入る。お茶出しマス」

振り返ると、そこは村の中ではかなり規模の大きな土産物屋だった。玄関前で、中年男性が手招きしている。どうやら、三人のことを、陶磁器を買いに来た観光客だと思ったらしい。

ほかに休憩所のあてもないことであるし、森が、何なら皿の数枚くらい買っても構わないと言ったので、三人はありがたくその店に入り、椅子に座ってお茶の接待を受けることにした。

店の主人は、バッチャン焼の茶器を使い、ごく小さな湯のみに蓮茶を淹れて三人に出してくれた。暑いときは熱いものがいいというが、確かに熱い茶を啜ると、不思議にすっと涼しい風が体内に吹くようだった。

三人はここでも例の壺を見せ、同じ質問を繰り返したが、店の主人も、その母親という老女も、こんな壺は見たことがないと言った。

主人の「いい壺なので、よければ買い取ろう」という申し出を丁重に断り、敏生はバックパックに壺をしまい込む。

主人はテーブルに売り物の茶器や皿を何種類も持ってきて、森を相手にベトナム語と片言の英語と日本語を取り交ぜ、説明を始めた。河合は、面白そうに時々主人の美辞麗句を混ぜっ返して遊んでいるらしい。

しばらく、お茶と一緒に出されたジャックフルーツを囓(かじ)っていた敏生は、退屈してとうとう立ち上がった。大人二人は休息を必要としていても、敏生はまだまだ元気いっぱいなのだ。

「ちょっとだけ、通りを歩いてきますね。すぐ戻ってきます」

森が頷(うなず)いたので、敏生は店の出入り口の大きな瓶(かめ)の底で寝ている猫をちょいと撫(な)でてから、砂埃(すなぼこり)の舞う路地に出た。少し道幅の広い、この村のメインストリートに出ると、そこには小さな市が立っていた。

新鮮な野菜や肉を売る露店や、ちょっとした料理を売る屋台が小さなスペースにギッシリと並んでおり、その間を、信じられないような数の陶磁器(とうじき)を満載したトラックやバイクが忙(せわ)しなく通り過ぎていく。

地元の人々に交じって、敏生は露店の前をひととおり歩いてみた。肉を焼く香(こう)ばしい匂(にお)いに、少年の食欲旺盛(おうせい)な胃袋は、キュウッと悲鳴を上げる。敏生は思わず、ジーンズのポケットを探った。

鶏肉の串焼(くしや)きを売っている女性は、敏生を見てニッと歯をむき出して笑った。敏生も、笑いながら指を一本立ててみせる。こんな埃っぽいところで調理されたものを買い食いしたのを知れば、森はさぞ怒るだろうが、鬼の居ぬ間のなんとやらである。敏生はドン紙幣で代金を払うと、長い竹串を一本受け取った。

「あ、凄く美味しい！」

ハノイの市街地でも、家の前に平気で鶏が放し飼いされていたりする。おそらく、敏生が口にしたのも、そういった鶏の肉なのだろう。肉は硬いがよく締まっていて、味が濃かった。「美味しい」というニュアンスが表情から伝わったか、客や他の露店商たちも、敏生のそばに集まってきて、嬉しそうに笑った。

（そうか。何も、焼き物作ってる人だけじゃなくて、この人たちにも訊ねてみたらいいかもしれない）

そう思い付いた敏生は、急いで肉を平らげてしまい、手をジーンズで拭ってから、『ミエンの壺』を取り出した。通訳の河合が居合わせないので、とりあえず周囲に集まった人々……主に中年から老齢の女性たちに、壺を見せてみる。

皆、小鳥がさえずるような早口のベトナム語で、何か言い交わしていたが、その身振りから推定するに、彼女たちは壺を鑑定しているだけであって、別段、壺に見覚えがあるわけではないようだった。

ところが、そのざわめきを見て集まってきた近所の商店の従業員たちの中でひとりだけ、敏生に向かって突進してきた女性がいた。おそらくは七十歳代くらいだと思われるが、日に焼けた顔は目が埋もれてしまうほどしわくちゃで、正確に年齢を推定することができない。

敏生より背が低く、痩せた女性は、細い手で、敏生の壺を持った手首を鷲掴みにした。そして、唾が掛かるほど顔を近づけ、壺を指さしたり敏生の身体を揺すったりしながら、何か声高に叫び始めた。

「あ、あの……僕、すいません、言葉わかんなくて……えと……」

言葉はまったくわからないのだが、その女性が酷く興奮しているのはわかる。ほかの人々も、女性の言葉に大きくどよめいた。喧噪の渦の中央にいながら何一つ理解できない敏生は、途方に暮れて、思わず叫んでいた。

「こ、小一郎っ！　お願いだから、河合さん呼んできてよう！」


そういうわけで、小一郎の知らせを受け、河合を連れて駆けつけた森が見たものは、群衆に取り巻かれ、老女と揉み合っている敏生の姿だった。

慌てて割って入った森と河合は、ともかくも老女を落ち着かせ、敏生ともども、さっきの店に連れていくことにした。

森がある程度まとまった数の皿をすでに購入する約束をしていたので、店の主人は喜んで彼らに場所を提供した。そこで森たちは、河合の通訳で、まだ興奮さめやらぬその女性から、話を聞くことにした。

　女性は開口一番早口に何か言って、傍で聞き耳を立てていた店の主人をジッと見た。どうやら、あまり村の人間には聞かれたくない話らしい。森は、手振りで主人を店の奥に追い払い、先を促した。

「話を聞かせてください。あなたはこの壺を見て、どうしてそんなに興奮しているんです？　この壺について、何かご存じなのですか？」

　森の発した問いを、河合がすぐさまベトナム語に訳す。そして、女性からの返事を、すかさず日本語に訳して、森と敏生に教えてくれる。こうして、会話はかなりスムーズに進んだ。

「この壺は、この人のお姉さんが自分で染め付けして、大事に持っとったものやそうやで」

「お姉さんの名前は？　そして、今はどこに？」

「姉さんの名前は、ヴァン。今はどこでどうしてるんか……それを知っとるんはお前らやろうと言うてるわ。姉さんは、この壺を命の次に大事にしとったから、他人に渡すことは絶対あらへん、盗んだか、騙し取ったか、何か酷いことしたん違うか、て言うてるで」

「ということは、ミエンのお母さんは、ええと、この人のお姉さんのヴァンさん、ってことですか？」

敏生が勢い込んで訊ねる。河合は、うーん、と首を捻った。

「まあ、その可能性があるっちゅうことやな。とりあえず、本題に入る前に話こじれたら嫌やし、オレから、この壺手に入れたいきさつ、かいつまんで説明しよか？」

「お願いします」

森の言葉を受け、河合は普段ののんびりした関西弁とは似ても似つかぬ、抑揚豊かな、早口のベトナム語で、女性に事情を説明し始めた。最初は疑わしげな、怖い顔で話を聞いていた女性は、話が進むにつれ、ハッと息を呑んだり、大声で何か言い返したり、叫んだりしていたが、ついにハンカチを取り出し、涙を拭い始めた。おそらく、ミエンの母が死に、その娘も悲劇的な最期を遂げたことを聞いたのだろう。

河合は、延々数十分喋り続け、むせび泣く女性の二の腕を探り当てて慰めるように軽く叩きながら言った。

「何や、写真も何もないから、証拠出せっちゅうても無理やねんけど、子供の名前から言っても、たぶんそのミエンっちゅう子の母親は、この人の姉さんに間違いないやろて」

「何故です？」

「姉妹はえらい仲ようて、姉さんはいっつも、子供が生まれたら、妹と同じ名前をつけるて言うてたらしいねん。そんで、この人さんも、ミエンっちゅうねんて」

「なるほど。……では、とりあえずそれは信じましょう。しかし何故（なぜ）、お姉さんがその壺（つぼ）をそれほどまでに大切にしていたのか、どうしてそこまで自信を持って、手放すことはないと言ったのか、それが知りたいですね」

河合は女性……もう一人のミエンを宥（なだ）めながら、言葉を交わす。

「あんな、最初からちょっと順繰りに訊き出すわ。しばらく待っとってや」

そして河合は、それからさらに一時間あまりかけて、ミエンから根気よく話を聞きだした。そうして、その壺にまつわる話をすべて、森と敏生に語って聞かせた……。


ミエンの五つ違いの姉ヴァンは、バッチャン村の今は絶えてしまった窯元の家に生まれた。ヴァンは幼い頃から工房に出入りし、陶磁器（とうじき）作り、特に染め付けに、たぐいまれな才能を発揮していたという。

ヴァンはとりわけ、龍（りゅう）の絵を描くのが上手（じょうず）だった。店に出す蔦（つた）模様や魚やエビ模様の絵以外に、彼女は想像上の生き物である龍の姿を、まるで見てきたかのように生き生きと描くことができた。

そして、ヴァンが十歳の、とある夏の夜。

同じ蚊帳（かや）で眠っていたヴァンとミエンは、二人とも同じ夢を見た。

手を繋（つな）いで立ち尽くす二人の幼い姉妹の頭上から、雷鳴と共に、一匹の巨大な龍神（りゅうじん）が舞い降りてきたのである。彼女たち二人を束ねたよりずっと太い胴は、エメラルド色の眩い鱗に覆われ、獅子のような顔は、燃えさかる炎と、金色の長い長い髭に彩られている。

龍神は、真っ白の尖った歯がゾロリと並んだ口を大きく開け、殷々と響く声で、姉妹にこう告げた。

ヴァンがその日完成させた小さな壺に描かれた龍は、彼女の純粋な心と澄んだ瞳、そして無垢な指により、絵でありながら、天より命を授かった。ただし、壺から抜け出し、本当の龍となるには、功徳を積まなくてはならない。姉妹が心正しく生きてゆくなら、この壺の龍は、ただ一度、姉妹や姉妹に連なる者の、全身全霊をかけた願いを叶えるだろう。そしてそうして初めて、絵の中の龍は、正しき地にて、天上へと昇ることができるであろうと。

目覚めた姉妹は、互いの夢の内容を確認しあい、そしてその秘密をずっと守っていくことにした。大人たちが、それを信じるとはとても思えなかったからである。ヴァンはその日から、小さな龍の壺を、片時も肌身離さず持ち歩くようになった。

やがて、月日は流れ……。第一次インドシナ戦争が始まり、国じゅうが戦乱の渦に巻き込まれた。年頃になったヴァンは、ベトミン（ベトナム独立同盟）の兵士と恋に落ち、彼の後を追って、村を出ることにした。その計画をただひとり打ち明けられたミエンは、大切な壺を、姉が持っていくことを主張した。自分は村を出るつもりはないから、これから大変な目に遭うかもしれない姉こそ、壺を持っているべきだと言ったのである。そこでヴァンは、龍の壺と僅かな身の回りのものを持ち、故郷を後にしたのだ。

その後、ベトナムは南北に分裂し、ベトナム戦争が始まった。ようやく一九七六年に南北ベトナムが統一され、平和が戻ったが、皆、生きていくだけで精一杯の日々が続き、妹はまったく姉の消息を知ることができないまま、今日に至ったのである。

「……ということは、ヴァンは、自分のことは何一つ壺に願わないまま、それを娘さんに……ミエンに残したってことですね？」

敏生の言葉に、さすがに少し疲れた声で、河合は答えた。

「そういうことやな。小さな娘の行く末を心配して、そんな子供時代の夢物語にでも縋らんとしゃーなかってんやろ。きっと娘にも、小さい頃から教え込んでたんやろな。どうしようもなく困ったときは、この壺にお願いしなさい、て」

「……なるほど。だが結局、娘のミエンも、壺に自分のことは願わなかった」

森がそう言うと、敏生はハッとして少し大きな声を上げた。

「そうか！　ミエンは、大好きなデビッドさんの無事を、壺に願ったんだ。一生懸命、戦地から生きて帰れますように、死なずにすみますようにって。だから……だから壺は、デビッドさんが死にかけたとき、甘い水を出して、彼の命を助けたんだ」

森と敏生は、顔を見合わせて沈黙する。ただ河合だけが、二人の会話の内容を、年老いたミエンに説明してやった。

皺深い老女の表情は、怒りを湛えたり、悲しみに歪んだり、目まぐるしく変化する。おそらく、姉の娘……自分の姪の心根の美しさに感動したり、自分たちがずっと大切にしてきた「龍への願いごと」が、敵国人であったアメリカ兵の命を救うために使われたことへの複雑な思いが、彼女を混乱させているのだろう。

「でも……だったら、天本さん」

敏生は、不安げな目を森に向ける。森は、敏生の言わんとしていることが完璧にわかっている様子で、しかし敢えて物憂げに訊ねた。

「何だ？」

「あのう。……ってことは、もう、龍神が言ってた『ただ一つの全身全霊をかけたお願い』は、もう叶えられちゃったわけですよね？　小さなミエンが、デビッドさんのことを守るために」

「ああ」

「ってことは……もう、この壺の龍は、壺から解き放たれて、空に飛び立つことができるはず……なんですよね？」

「……そうだな」

「じゃあ、どうして。どうしてこの壺は、ずっとこのまま……今日まで何十年も？」

「大事なポイントを聞き逃しているぞ、敏生」

「え？」

「龍神の言葉を、君は一言聞き逃している。全身全霊をかけた望みを一つ叶えた後、『正しき地にて』龍は天上に昇るんだ」

森は、夏バテで青ざめた顔のまま、ごく冷静にそう指摘した。どうやら、身体はグロッキー状態でも、頭脳のほうは極めて明晰らしい。

「あ……そっか。でも、『正しき地』って？」

「それはわからないが。デビッドが負傷したジャングルでも、アメリカでも、日本でもなかったようだな」

「……うーん……。じゃあ、いったいどこなんだろう」

敏生は途方に暮れて呟く。一方森は、目の前の老女……ミエンに問いかけた。

「あなたの話を信じるならば、あなたは、お姉さんと共に、龍神のお告げを夢に見た人だ。お姉さんとお姉さんの娘さんが亡くなった今、本来ならば、あなたがこの壺を所有すべきでした。今、この壺の所有権をあなたが主張するなら、俺たちはこれをここに置いていくしかありませんが、どうなさいますか」

テンちゃん、また無駄な質問しよるなあ、とぼやきつつ、河合はベトナム語でミエンにそれを訳してやる。ミエンは、すっかり意気消沈して、力無くかぶりを振った。

河合は、狭い肩を大袈裟に竦めてみせる。

「もう、たった一つきりの願いが叶えられてしもたんやったら、壺には用はないて。それより、お姉さんとその子供が揃って死んでしもたて聞いたほうがショックやて。そら当然やな。壺は、テンちゃんらがあんじょう片したって、て言うてるで」

「……でしょうね」

「そうそうズボラはさせてくれへんて。ここまで来たら、真面目に仕事やり遂げんとしゃーないみたいやで？」

森は頷いて、壺を手に取り、敏生に差し出した。

「では、これはもうしばらく、君が保管しておけ」

「……わかりました」

敏生は大事そうにそれを受け取り、再び袋に収め、バックパックにしまい込む。

「ここで、これ以上の収穫は得られそうにないな。……引き揚げましょうか、河合さん」

「せやな。もう、今日は十分働いたわ。汗かいて、身体ベタベタや」

河合もそう言って、腰を浮かす。三人は、グッタリ椅子に座り込んだまま動かない老女に礼を言い、別れを告げた。だが、彼女はゆるゆると首を振るばかりである。あまりにも多くの情報を短時間に与えられたため、感情が麻痺してしまったらしい。

敏生は気の毒そうに彼女を見たが、かといってかけてやれる言葉も、してやれることもない。彼らは、場所代として何枚か皿を購入してから、待たせていたタクシーに乗り込み、バッチャン村を後にした。

ガタゴトと揺れる車内で、森はずっと目を閉じていた。河合も、さすがに喋り疲れたのか、珍しく軽口の一つも叩かず、黙って座っている。

敏生は、振動から壺を守るように、バックパックを大事に膝の上に載せ、抱えていた。頭の中で、さっき聞いた話を思い出す。

（……龍神のお告げ、か）

日本で聞けば、単なる子供の夢語りとして片づけられそうなそんな話も、まだ神々が人の心にしっかりと息づいていた頃の面影を色濃く残すこの地では、何故かすんなりと信じられるような気がした。

まして敏生は、彼自身の意識はなかったとはいえ、一度は龍神に会ったことがあるのだ。ヴァンとミエン姉妹の夢を、ただの少女趣味な夢だと笑い飛ばす気には、とてもなれなかった。

（『正しき地』……それって、いったいどこなんだろう。その場所を見つけられたら、この壺の龍は、本当に天に昇ることができるんだろうか。……そこがきっと、この壺の安住の地なんだろうな。だけど……）

考えても、思考は同じところをグルグル回るばかりだった。敏生は溜(た)め息(いき)をつき、窓の外を眺(なが)めた。

どこまでも、平たい大地。緑豊かなこの土地のどこかに、「正しき地」があるはずだ。だが、どうやって見つければいいのか……。

途方に暮れた三人を乗せて、タクシーは砂埃(すなぼこり)を巻き上げ、ハノイに向けて走り続けた……。

六章　空っぽの高い空

窓の外に広がるのは、つきぬけるような青い空。

だが、その光は、厚いカーテンに遮られ、室内にはほんの僅(わず)かしか入ってこない。

薄暗いホテルの客室内で、敏生(としき)はベッドにちょこんと腰掛けていた。

隣(となり)のベッドでは、森(しん)が俯(うつぶ)せて、枕(まくら)に顔を半ば埋(うず)めた状態で眠っている。一発や二発蹴飛(けと)ばされたくらいでは、とても目を覚ましそうにないほどの熟睡っぷりだ。

(うー。退屈だなあ。外、出ちゃおうかな。だけど……何だか、ちょっと暇つぶしに行くって気分じゃないな)

敏生は、今朝から何度目かもうわからない溜(た)め息(いき)をついた。

昨日、ハノイに戻ってきたときは、もう夕方になっていた。三人は、ホテル内のレストランで夕食をすませた。

「ほな、オレはちょいと出てくるで。明日の昼までには戻るし、それまで野暮(やぼ)はナシにしてや」

河合はそう言い残し、夜の街に消えていった。おそらく、本来ハノイに来た理由である「姉ちゃんに会いに」行ったのだろう。森も敏生も、敢えて引き留めず、河合を送り出した。

一方、森と敏生は、そのまま部屋に引き揚げた。お茶を飲みながら、その日の出来事を話し合いはしたものの、「正しき地」の場所については、二人とも何のアイデアも浮かばず、敏生が聞いた「壺の声」に関しても、昼間話した以上には、検討が進まなかった。

やがて二人の間に沈黙が落ち、ただ無為の時間が過ぎていき……。

「さすがに疲れたよ。悪いが、先に寝る。……明日は、いつもより少しゆっくり寝かせてくれ。朝食はいらないから」

シャワーを浴びた後、森はそう言って、珍しく濡れた頭のまま、ベッドに潜り込んだ。よほど疲れていたのだろう。敏生が返事をする前に、彼は眠り込んでしまっていた。

敏生も疲れてはいたが、何となくまだ眠ることができず、自分のほうのベッドライトだけを点けた暗い室内で、「ミエンの壺」を取り出して眺めてみた。

小さな壺の表面に生き生きと躍る、龍の姿。これを、幼いヴァンは、どんな思いで描いたのか。少女の純粋な崇拝と憧れの気持ちが、奇跡のような芸術品を生み出したのだろう。そして、そんな少女の気持ちに応え、龍神はその龍に命を与えることにしたのだ。

ただし、ただ一つの試練を与えて。

（龍神はきっと、その龍を生み出したヴァンと、彼女の大好きな妹のミエンが、子供の頃の純粋な気持ちを持ったまま成長してくれるかどうかを見届けたかったんだろうな。だからこそ、「全身全霊をかけた、ただ一つの願い」なんて、条件をつけたんだ）

少年の細い指先が、龍のシルエットを無意識になぞる。細い筆で丹念に書き込まれた鱗の一枚一枚が、本当に盛り上がって感じられそうなくらい、精緻な筆致だった。

（神様は、いつも人間を試すものだから。……姉妹が、ただ一つの願いをめぐって争わないか、自分のためだけに、その大切なお願いを使ってしまわないか……。きっと、龍神は、二人をいつも見てたんだ）

「でも二人は、龍神の言葉を信じ続けて、壺を大事にしてた。それに、妹さんは、お姉さんが旅立つとき、お姉さんの無事を祈って、壺を持っていかせた……。割れたら困るから置いていけ、なんて言わなかったんだよね」

姉のヴァンが村を出てからのこと……いったい、どのような過程を経て南部のホーチミンまで辿り着いたのか、娘のミエンを産み落とすまでの間に何があったのか、ミエンの父親は誰なのか……それは敏生にはわからない。おそらく今となっては、知る方法などないだろう。

だがおそらく、そんなことはどうでもいいのだ。大切なのは、大変な旅路で、そしてホーチミンでの厳しい生活の中で、ヴァンが、壺に宿った龍の力を疑わず、私利私欲のために「願い」をかけなかったことだ。

そしてヴァンは、深い想いを込めて、壺を幼い娘に託した。龍神の力を宿したその壺が、自分がもう守ってやれない娘の行く末を見届けてくれるように。ひとりぼっちになった娘が、もし何かを心から願ったとき、この壺がそれを叶えてくれるようにと。

「……昼間の声は、お前の……龍の声なの？」

敏生は、まるで猫の子と遊ぶように、絵の龍の頭部をそろりと撫でた。

「ミエンも、ヴァンの心を継いで、自分のことは壺に願わなかった。……願ったのは、大好きな人が生きていること。大事な人が、無事でいること……。お前は、その願いを叶えてあげたんだね。ミエンが、とっても純粋な気持ちで、心からそれを願ったから」

絵の龍は、何も答えない。昼間聞いた声も、今は聞こえない。敏生は、小さな声で囁いた。

「ミエンは、自分が幸せになりたいって願うことだってできたのに。本当に綺麗な心を持ってたんだよね。……でも、願いを一つ聞き届けてあげたのに、お前、ずうっとこの壺の中で、天に昇ることができずにいたの？　ずっとここで、その日が来るのを……誰かが『正しき地』にお前を連れてってくれる日を待ってたの？」

敏生がそう言うと、答えるように、手の中の壺がじわっと熱を帯びたような気がした。

それと同時に、胸の守護珠も温かな波動を敏生の胸に放ってくる。

(まるで、壺と守護珠が響き合ってる……話をしてるみたい)

敏生は、シャツの胸元に手を当て、守護珠に思いを巡らせた。

敏生自身は聞いていないのだが、龍泉洞の地底湖の底で、森は龍神と敏生のことを話し合ったという。森はずいぶん時間が経ってから、その時のことを敏生に少し話してくれた。

——君と、君の守護珠を大事にしろと、龍神から伝言を受け取っているんだ。

二人でのんびりくつろいでいた居間のソファーで、森はポツリと言った。

——その守護珠は、龍の血で磨かれたものだそうだよ。それを持つ限り、君は龍に連なる者であり、龍の守護を受ける者だと。

——じゃあ、この守護珠をなくしちゃったら?

敏生がそう言うと、森は苦笑して、絶対になくさないようにしろ、と叱った。

——いつも、身につけていることだ。君は、ただその守護珠を母親から受け取っただけじゃない。守護珠が、君を新しい主人に選んだんだ。

——選んだ? 僕が、守護珠に選ばれた……?

——そうさ。その珠を持っていた古い魔導師の魂、そして、その珠に血と力を与えた龍の魂……その小さな球体には、幾つもの古の魂たちが宿っている。彼らが、君を守護すべき者、その珠を受け継ぎ、守る者であると判断した。

――でも僕は、そんな……。

――今の君が、それに値するだけの能力を発揮しているという意味じゃないよ。君が、その「器」だと……まっすぐ伸びていけば、それだけの人物になる潜在能力と、純粋で正しい心を持っているということだと思う。

――だったら……もし、僕がそんな人物になれなかったら？　そんなつもりは今ないですけど、もし悪いことをする人間になったら？

――そのときは、この守護珠は君を見限るだろう。君から去るか、君を消すか。どうするかは、俺にもわからない。だが、俺に言えることは、これだけだよ、敏生。

森は、真面目な顔で、敏生を正面から見て言った。

――君のお母さんも、君がまっすぐな、優しい心を持って成長してほしいと、そんな願いを込めて、その守護珠を君に託したんだと思う。

――母さんが……。

――そうだ。君は、龍や古い魔導師に守られている以上に、君のお母さんの想いに守られている。それを忘れないことだ。

敏生は、胸から提げた守護珠の袋を、ギュッと抱きしめた。今はもう森に帰り、異なる世界で生きている母の愛情が、柔らかく自分を包んでくれるような気がした……。

「そうか。この守護珠は、龍に関係してるから……だから、壺の龍の声に反応してるんだ、きっと」

　敏生はそれに思い当たり、守護珠を袋から取り出してみた。壺に近づけると、小さな球体の中の青い炎が、ふわりと勢いを増す。それはまるで、守護珠が旧友に会って喜んでいるように、敏生には思われた。

「もっと、早く気がつけばよかった。この壺を初めて見たときからずっと、何か懐かしいみたいな、不思議な感じがしてたのは……守護珠が、壺の龍に……仲間に会えて喜んでたからだったんだ。その想いが、僕に伝わってたからなんだね」

　敏生は、自分が古い友達に会えたような嬉しい気持ちで、守護珠と壺を見比べ、微笑したのだった……。

　そして、今朝。

　森は宣言通り、いつもなら起床する時間になっても、ピクリとも動かなかった。敏生が、まさか死んでいるのでは……と顔の前に手のひらをかざして確かめてしまったほど、深い眠りの中にいたのである。

　仕方なく、敏生はせめて一緒に朝食をと河合の部屋に向かった。しかし、河合もまだ部屋に戻っていなかった。

「あー……河合さん、朝帰りどころじゃないんだ……。昼までに戻るって言ったら、ホントに昼までいないのか」

敏生はガックリ肩を落とし、だだっ広いレストランで、ひとり味気ない朝食を摂った。

そして、トゥレ湖を軽く散歩してから、部屋に戻った。

本当なら、森が眠っている間に、「正しき地」についての調査を進め、少しでも早くこの件を解決できるように努力したいところである。

だが、敏生にも、羊人形に収まって彼に同行していた小一郎にも、何をどうすれば「正しき地」がどこかわかるのか、まったく見当がつかなかった。

そこで、しおしおと部屋に帰ってきた敏生は、森の眠りを妨げないように、カーテンをごく細く開け、街の光景を窓から眺めていた。

コンコン！

突然聞こえたノックの音に、敏生はハッと振り向いた。森のベッドの前を足音を忍ばせて通り過ぎ、扉の覗き穴に顔を押し当てる。

「……あ」

廊下に立っているのは、ボーイと河合だった。敏生は慌てて扉を開けた。

「河合さん？　お帰りなさい。あーよかった。ちゃんと帰ってきてくださって」

「おはようさん、琴平君。実はけっこう黄色い太陽でなあ。姉ちゃんとこでもっとゴロゴロしてたかってんけど、約束やし帰ってきたで。それはそうと、ちょー、この兄さんにチップやってんか。オレ、持ち合わせなくてな」

「あ、はい……」

河合の冗談の意味がよくわからないままに、敏生はポケットを探り、一ドル札をまだ若いボーイに手渡した。ボーイは何事か河合に訊ね、河合が頷くとホッとした様子でチップを受け取り、去っていった。

「いやな、琴平君らの部屋行こうと思ってんけど、さすがにどこがどの部屋かわからへんやろ？　そんで、さっきの兄さんに、ここまで連れてきてもろたんや」

「何だ。電話してくださったら、僕、お迎えに行ったのに」

敏生はそう言ったが、その声は森を気遣って、小さく潜められている。河合はひゃひゃ、と笑ってかぶりを振った。

「せやかて、どうせテンちゃん、寝込んでしもてるんやろ？　電話で起こされるんは、気分悪いもんやしな」

敏生も、チラと室内を振り返り、頭を掻いた。

「ええ、昨日の無理が、さすがにこたえたみたいで。何だか、調査も行き詰まっちゃって、どうしていいかわかんないし、僕もちょっと散歩して、戻ってきたところなんです。どうしたらいいんだろうって途方に暮れちゃって……。あ、すみません、昨日は河合さんがいちばん頑張ってくださったのに、こんな弱音吐いちゃって。ええと、どうかしたんですか？」

「いんや、べつに何がどうってわけやないねんけど、どうせ琴平君、テンちゃんに放っとかれて腐ってるん違うかなーと思てな。暇しとるんやったら、オレとちょっと出えへんか？」

「え、ホントですか？」

敏生はパッと顔を輝かせ、しかし心配そうに部屋の中を見た。

「あ、でも天本さん……」

「テンちゃんは、ひとりで放っといたほうが、よう眠れるやろ。どうせ今、ガーッとやらなアカンこともないいんやし、そっとしといたろや。せや、何やったら、置き手紙でもしといたらええ」

「あ、そうですね！　じゃ、ちょっと待っててください」

部屋の中に引き返そうとした敏生を呼び止め、河合はこんなことを言った。

「あんな、あの壺、鞄に入れときや」

「え？　どうしてです？」

「ん……まあ、君が預かったもんやし、君が持っとくんがええやんか。ま、一応な。どこに手がかりが落ちとるか、わからんもんやし」

河合は、鼻の下を擦りながら、ニヤニヤと笑っている。

「……？　とにかく、わかりました。すぐ支度しますから」

敏生は不思議そうに首を傾げつつも、いったん扉を閉めた。薄暗い室内で、メモを探して森あてのメッセージを書き留める。

「『天本さんへ　河合さんと出かけてきます。心配しないでください。遅くならないように戻ります』……と、これでいいよね」

敏生は、メモを森のベッドサイドに置き、チラリと森を見た。カーテンを引いているせいもあるが、寝顔は酷く青ざめて、疲れて見える。

（昨日はホントに無理したんだ、天本さん……）

敏生は胸を痛めつつ、そっと立ち上がった。そして、しばらく森の寝顔を見ていたが、ごく小さな声で虚空に呼びかけた。

「ねえ、小一郎」

――何だ。

寂びた声が、どこからともなく返ってくる。敏生は、囁くように言った。

「ねえ、僕、河合さんと出かけてくるから。小一郎はここにいて。天本さんを見ててあげて」

――だが、お前……。

「河合さんと一緒だから、大丈夫。危ないことはしないから」

——……心得た。

いかにも渋々という声音で、小一郎は承知した。彼にしても、体調の悪い主人のことが気がかりなのだろう。それでも小一郎は、敏生にこう言った。

——人形を持ってゆけ。さすれば、お前がどこにいても、俺はすぐに見つけることができる。何かあれば……すぐに呼べ。よいか。

「うん、わかった。……それにしても、持ってけって言われるものが多いなあ」

敏生は頷き、ジーンズのウエストに、羊人形をぶら下げた。それから、バックパックに、布袋に収めた『ミエンの壺』を入れた。

「じゃ、天本さんのこと頼むね、小一郎」

——心得た。くれぐれも気をつけてゆけ。

「わかってるってば」

そう言いながら、敏生はもう一度、森に視線を戻した。

「えっと……行ってきます！」

ぺこりと頭を下げ、少年はそっと部屋を出た……。

ホテルを出るとすぐ、河合はタクシーに乗り込んだ。そして、運転手にベトナム語で行き先を告げ、後はゆったりと座席にもたれている。

「で、河合さん。いったいどこに行くんですか？」

敏生に問われ、河合は相変わらず眠ったような笑顔で答えた。

「もう、昼時やしな。とりあえず飯食いに行こや。あ。金持ってきたか？　オレ、手持ちないで、今」

それを聞くなり、敏生は元気よく頷く。

「大丈夫です。ええと、十五ドル分、ドンに両替したばっかりですから。どーんと奢りますけど、お店は河合さんにお任せです。何食べさせてくれるんですか？」

「んー。そら頼もしいなあ。まあ、店は着いてからのお楽しみやな。オレ、ハノイに来たら必ず食うことにしてるねん。気合いが入る、旨い飯やで」

「へえ、楽しみ……」

敏生は、窓から街の景色を眺めながら、ワクワクと胸を躍らせていた。

しばらく大通りを走ったタクシーは、やがて、旧市街に入り込んだ。大通り沿いの整然とした町並みとはうってかわって、フランス統治下の面影を色濃く残す古い家々が、競うように軒を連ねるエリアだ。道は綺麗に舗装されているが、幅はそう広くない。

二階建てあるいは三階建ての縦に長い家々は、白やクリーム色に綺麗に塗られ、窓枠は濃い緑色に塗られていることが多い。そのコントラストが、素朴な美しさを醸し出している。

　建物の一階部分はほとんど商店になっており、人々は、家の間口や歩道にごく小さな低い椅子を出し、座り込んでいた。ただ座っている者もいれば、そばや飯を長い箸でかきこんでいる者もいる。皆、賑やかに喋りながら、通り過ぎるタクシーを、興味深げに見ていた。

　そんな賑やかな街の一角に、タクシーは停車した。車から降りた河合は、鼻をクンクンさせてにま、と笑った。

「ああ、ここやここや。匂いでわかるわ」

「何だか、香ばしい匂いがしますね」

　敏生は、河合の手を取り、自分の腕に摑まらせてやりながら、店の正面で足を止めた。ちょうど玄関脇に、大きな竹籠を担いだ中年男がやってきて、店先に威勢よく中身をぶちまける。

「わっ！」

　ビチビチという音と共に足に水飛沫がかかり、敏生はビックリして飛び退いた。それが何か、音でわかっているらしく、河合は声を上げて笑った。

「おいおい琴平君、今から食うもん見て、悲鳴上げるんはあんまりやなあ」

「……え？　これ……食べるんですか？　だって……凄くグロテスクですよう」

敏生は思わず河合の手を離し、地面にしゃがみ込んだ。

ビチビチとコンクリートの路面を跳ね回っているのは、カーキ色にモスグリーンの斑模様がはいった、ずんぐりした魚だった。普通の魚と違って、まるで蛇のように寸胴で、胸びれが手のように地面を叩いている。

魚を持ってきた男と、その魚を選り分けている店の女は、ビックリして大きな目をパチパチさせるばかりの敏生を見て、ゲラゲラと笑い出した。

小柄な中年男は、いわゆる「ヤンキー座り」のまま、敏生の鼻先に魚を突きつけた。それこそ蛇のような魚の口が目の前で忙しく開閉する。男は、甲高い声で何か言った。

「ライギョやて言うてる。ライギョも知らんのかて」

背後から河合が通訳してくれる。敏生は、プウッと頰を膨らませて立ち上がった。

「ライギョなんて、名前しか聞いたことなかったです。……って、これを食べるんですか？　うー、美味しくなさそう」

「味のほうは、食うてみんとわからへんて。さ、入ろか」

河合に促され、敏生は渋々店の中に入った。目の不自由な河合を見て、店員は、一階席に一つだけ空いていた卓に、二人を案内してくれた。

「この店はな、出すもん一つしかないねん。さっきのライギョを、そらー上手く料理して食わしてくれるねんで。楽しみにしとき」

そう言って、河合はおしぼりを持ってきた店員と言葉を交わした。どうやら飲み物をオーダーしたらしく、河合の前にはビール、敏生の前には炭酸飲料が置かれる。敏生は、河合のグラスにビールを注いでやった。

「あ、おおきに。酌が返せんで悪いけど」

「大丈夫です。自分でやりますから」

敏生は、自分のグラスもサイダーで満たすと、河合のグラスにカチンと当てた。だが、その表情は冴えない。

「ええと……何に乾杯すればいいのかな。考えたら、今回の仕事って、あんまり何も上手くいってないですよね。ミエンは死んじゃってるし、壺の由来はわかったけど、そこまでで行き詰まっちゃってるし」

「そういうときは、これから起こる『ええこと』に乾杯するねん、琴平君」

河合の言葉に、敏生はきょとんとした。

「これから起こる、いいこと……ですか？」

せや、と河合は頷き、いかにも旨そうにビールを飲んだ。

「祝いの先払いや。これからええことが起こると強う信じとったら、神さんが『しゃーないな』て言うて、ええことの種を落としてくれるねん、この頭の上に、ポトンっとな。せやから……でっかい声で、空の上まで聞こえるように言わな。……乾杯！」

「……そっか……。じゃ、も一度、乾杯！」

河合が掲げたグラスに、敏生はもう一度自分のグラスを、さっきよりは少し強くぶつけた。まるで気休めのようなことでも、河合の口から言われると、何故か本当にそうなるような気がする。さっきまで半分空元気だったのが、全部本当の元気に変わってくるように思えた。

そこへ、店員が小さめの七輪を持ってきて、ドンと置いた。中では、赤々と炭が燃えている。何も言わず引き返した店員は、今度は大きな盆を持って戻ってきた。そして、河合と敏生の前に、皿や小鉢を並べ始めた。

ビーフンのような細い麵が山盛りの皿、さまざまな香草を盛り合わせた皿、煎ったピーナツを入れた小皿、そして、二種類のタレが入った小鉢。

「……これが、メニューですか？　何か、ウサギの餌みたいだ」

「もうちょっと待っとき。もうすぐ、メインが到着や」

ピーナツをつまみ食いしようとしていた敏生は、それを聞いてパッと手を下ろす。ほどなくさっきの店員が持ってきたのは、小振りだが厚手の鉄鍋だった。中では、何か黄色いものがジュージュー言っている。

「？」

何をどうしていいかわからず、ただ無言で鍋と河合と店員を見比べている敏生を見かねてか、店員は苦笑いしつつ、皿に大盛りの香草を、たっぷりひとつかみ、鍋に放り込んだ。黄色いものと香草を、鍋の中の油でざっと炒める。

次に店員は、河合の空っぽの小鉢を取り上げ、そこに皿からビーフンを少し取り分けた。その上に、炒めあがった黄色いものを香草と共に載せ、鍋の中の黄色い油をほんの少し振りかけた。そしてピーナツを散らし、二種類のタレを少しずつかけて、河合の前に置いた。

そうしておいてから、店員は敏生を見て、頷いた。お前は目が見えるのだから、自分でやってみろ、と言っているらしい。

敏生は、見よう見まねで自分の分を作ってみた。店員は満足げに頷くと、鍋に黄色いものを足し、新しい香草の皿を置いて、去っていった。

「おー。オレの分、作ってくれたんか。おおきにー。ほな、食べよか、琴平君」

「はいっ。こんなの、初めて食べます。美味しそう」

敏生はワクワクしながら、黄色いものと香草、そして麺を一緒に口に放り込んでみた。黄色いものは、油で揚げた、淡いカレー風味の白身魚だった。

「あ、もしかして、これがさっきの魚？」

「せや、ライギョや。意外に旨いやろ？」

「凄く。ふーん、ライギョってこんな味なんだ。見かけより、ずっと美味しいですね」

「テンちゃんは、こういう小汚い店、あんま好き違うやろ？　オレとでないと、こんなとこには来られへんで、琴平君」

「そうですね。天本さんはたぶん、入ろうとはしないかも。でも、僕はこういうところ、大好きですよ。気を遣わなくていいし」

敏生はたちまち一杯目を食べ終え、お代わりを作りながらニコニコして答えた。河合は、機嫌よく笑って頷く。

「せやせや。琴平君は、そうやって機嫌ようしとかんとアカンで。テンちゃんに釣られてグッタリしてしもたら、君の持ち味がのうなってしまうからな」

「河合さん……」

「せっかくベトナムまで来たんや、壺ばっかし見とらんと、ちーとは街も見な。飯食うたら、旧市街の辺りでもブラブラしてみよか。何か、思いもよらんとこで、ええネタ拾えるかもしれへんし」

「はいっ。そうですよね。ホテルの部屋に閉じこもってても、何も起こらないですものね」

敏生は元気よく言って、再び小鉢を取り上げた。


その頃、森は、一本の電話に叩き起こされていた。重い頭を片手で支えながら、受話器を耳に当てる。聞こえてきたのは、耳慣れた日本語だった。

『これは天本様。申し訳ありません。もしや、おやすみでしたか』

「ああ……お前か、早川」

森は、気怠い身体を起こし、ベッドライトを点けた。時計は、午後二時を指している。日本は午後四時。早川は仕事中のはずだ。

『ちと、外回りの仕事で社外におりますので、そちらの進捗具合を伺おうとお電話したのですが……。申し訳ありません、またかけ直したほうがよさそうですね』

「いや、いい。……すまん、寝過ごしただけだ」

そう言いながら、森は室内を見回した。敏生の姿が見えない。枕元に置かれたメモに気づいた森は、下手くそな敏生の丸文字に、さっと目を走らせる。河合と一緒ならまあ心配要らないだろうと判断し、彼は早川との電話に集中することにした。

昨日の出来事を要約して語ると、早川は感情の読めない声で、慇懃に言った。

『なるほど。……いかにも神秘的な壺にふさわしい、不思議で美しい話ですね』

枕を立てて背中に当て、ベッドヘッドにグッタリもたれた森は、不機嫌に言葉を返した。

「美しいかどうかは知らないが、ベトナムらしい話ではあるな。……この国の空気に包まれていると、そのミエンという婆さんの話を、疑う気にはなれないんだ。……姉と龍神に夢で出会った話をしていたときの、その目が澄んでいて……それが本当に夢であろうとなかろうと、何十年も龍神のお告げを信じていたその心を、信じてみたいと思った。たぶん、敏生も同じ気持ちだと思う」

『そうでございますか』

「ああ。……らしくないか？」

いいえ、と受話器の向こうの早川は、少しだけ笑った。その背後からは、車のクラクションが遠く響いてくる。そして、街の雑踏の音。おそらく、町中の電話ボックスから、かけてきているのだろう。

『いいえ。とても天本様らしいと思いますよ。依頼人にお聞かせしたら、お喜びになりそうなお話です。ところで、天本様。これから、如何なさるつもりですか？』

「それなんだが……」

森は、寝乱れた前髪を掻き上げ、嘆息した。

「何か、そっちに新しい情報はないか？　どうも、壺の由来はわかったが、だからといって、この壺をこの先どうしていいか、正直言って、俺も敏生も途方に暮れているんだ」

『正しき地がどこか、という問題でございますね？』

「ああ。ヴァンの妹のミエンの話では、特にヒントになりそうな場所の情報はなかったし、これからどうやって調査を進めればいいのか、いい方法を思いつかない」

『残念ながら、こちらでお伝えできるような新たな情報は、ございません。……では、ここで調査を打ちきり、いったんお帰りになられますか？　依頼人には、とりあえず壺についての詳細な情報を中間報告という形で提示し、もう少しお時間をいただいて調査方法を検討し直すことも、今の病状では可能かと思いますが』

　森はしばらく考え、いや、と答えた。

「組織の指示とあらばそうするが、そうでないなら、できるだけこちらで任務遂行に向けて努力してみる。……もし、『正しき地』の場所さえ知ることができれば、敏生が切り札になってくれると思うんだ」

『琴平様が、ですか？』

「ああ。とにかく、もう少し時間をくれないか」

『ええ、こちらはよろしゅうございますよ。では、依頼人にはそのようにお伝えいたします。ですが、お身体のほうは大丈夫でございますか？』

　早川の声は、気遣わしそうに少し低くなる。森は、小さく溜め息をついて答えた。

「大丈夫とは言いがたいが、敏生がよく助けてくれているよ。本来ならば無関係な河合さんまで、骨を折ってくれているんだ。音を上げるわけにはいかないさ」

『あまりご無理はなさいませぬよう。では、またご連絡いたします』

　早川はそう言って、通話を終えた。森は受話器を戻し、さすがに起き出して身支度をしようと、ベッドを出た。

顔を洗い、髭を剃り、いつもよりずいぶん酷い状態の髪を整えているうちに、軽い頭痛を残し、睡魔は去っていく。着替えて、さてカーテンを開けようとしたとき、再び電話が軽快な電子音を響かせた。

電話は、フロントからだった。ビジネスセンターに、森あてのFAXが来ているというのだ。森は、すぐに部屋を出た。

「……これは……」

ビジネスセンターの女性職員に手渡されたFAXを一目見て、森は思わずこめかみを押さえた。

てっきり日本からだと思われたそのFAXはホーチミン発信で、しかも手書きのベトナム語という厄介な代物だったのである。いくら英語には堪能な森でも、ベトナム語はからきし駄目である。かろうじて、ホーチミンでの彼らのガイドだったバウの名を読みとれたものの、文章の内容はまったく理解できなかった。

「参ったな。……いったい、彼が俺たちに何の用だろう」

困惑の面持ちで立ち尽くす森に、受付に座っていた女性は、見るに見かねて、という様子で声をかけてきた。

「お客さま。もしよろしければ、そのベトナム語を、英語に翻訳いたしましょうか？　しばらくそちらでお待ちいただければ、今、大急ぎでいたしますけれど」

綺麗(きれい)な英語でそう言われ、森はありがたく、彼女の申し出を受け入れた。そこで彼は、指し示された窓際のソファーにかけ、翻訳ができあがるのを待つことにした。

昼下がりのビジネスセンターはほかに客もなく、しんと静まりかえっていた。ただ、女性が辞書を繰る音と、タイプライターのキーを叩(たた)く音だけが、高い天井にこだましている。

森は、眼前のローテーブルに綺麗に並べられた、観光用のパンフレットに手を伸ばした。ハノイには、歴史的な建造物が多い。郊外にも、バッチャン村のほかに、日帰りで足を伸ばせるような名所が数か所あるらしい。

(仕事が無事終わったら、半日くらいは敏生をどこかに連れていってやってもいいな。珍しい景色ばかりだ、きっと、絵でも描きたくなるに違いない)

そんなことを思いつつ、森はめぼしいパンフレットを幾(いく)つか選んだ。

ホテル正面の車寄せに面した壁は、全面ガラス張りになっている。そこから、表通りを行き交う人々や、通り過ぎる自動車が見えた。

パンフレットを見るのに飽きた森は、ソファーに斜めに腰掛け、外の景色をぼんやりと眺(なが)めていた。いったんは去った睡魔が、また戻ってきて、瞼(まぶた)を重くする。クーラーの効いた室内で、ガラス越しの太陽光にじんわりと暖められるというのは、なかなかに心地よいものだと彼は思った。

手持ち無沙汰も手伝い、ついうたた寝をしてしまいそうになったそのとき、森はハッと目を見開いた。

「…………！」

視界を左から右にサッと横切ったもの。それを見た瞬間、森は驚愕のあまり、声を失った。

それは、初老の白人男性だった。長身痩躯で、仕立てのよい白いスーツを着ている。頭には、いかにも使い込んだ感のあるパナマ帽を被っていた。

男は、ホテルから出て、外の通りへと足早に歩き去っていく。森は半ば反射的に立ち上がり、驚く女性の声を背中に聞きながら、ビジネスセンターを走り出た。ちょうどチェックインしようとしている白人の団体を乱暴に掻き分けてロビーを横切り、ホテルの正面玄関から外に出る。

森は、普段の彼からは想像もできないほどに慌てふためいた様子で、白いスーツの男が歩き去った大通りのほうへ駆けだした。

（あれは……。あれは！）

男が森の前を通り過ぎたとき、一瞬目が合った。帽子の下から僅かに覗いた、シルバーブロンドの髪。痩せた顔に、沈んだブルーの瞳。いつも薄い笑みを湛えているような口元。そして、少し左足を引きずる癖のある、独特の歩き方。

そのすべてに、見覚えがあった。それは、彼が一度は慕ってやまなかった……そして今は、限りなく複雑な感情を抱いている人間の顔であったのだ。

「………………！」

大通りに飛び出した森は、素早く道の左右を、そして反対側を見回した。だが、極めて目立つはずの白いスーツの長身は、どこにも見えなかった。

「……くそ。見失ったか」

森は、それでも諦めきれず、トゥレ湖のほうへ走った。そこに求める人影がないことを知ると、今度は、かなり遠くの交差点まで、反対方向に全速力で駆けた。走りながら、白いスーツの背中を忙しく捜し回った。

だが、まるで魔法でも見ているかの如く鮮やかに、男は姿を消してしまっていた。森は、荒い息を吐きながら、呆然として通りに立ち尽くす。道行く人々の注目の的だったが、彼にはそれに気づく余裕すらなかった。

(間違いない……。もうずっと会っていないとはいえ、他でもないこの俺が、見間違うはずがない)

確かに、行き過ぎたときの男の目は、森を認識していた。一秒か二秒の邂逅であったが、男の青い目は、森を捉え、そして……笑っていた。

――お前はわたしの自慢の息子、素晴らしい造形物だよ。

そう言って幼い森に笑いかけたときと、少しも変わらないその瞳。

「……やはりここに……父さん」

森の唇から、掠れた呟きが漏れた。頭上からは、眩しい陽光が、まるで彼の行く手を阻むように、容赦なく照りつけていた……。


重い足取りでホテルに戻ってきた森は、フロントのカウンターから呼び止められ、足を止めた。

「……何か？」

英語で訊ねると、そこに立っていた男性職員が、つい先ほど、森あてのメッセージを預かったと告げた。胸騒ぎを覚えつつ、森は彼が差し出した紙片を受け取り、ビジネスセンターに入った。

さっきの森の勢いと、今の陰鬱な様子との違いに困惑ぎみの女性職員に手振りで挨拶し、森は再びソファーに腰を下ろした。慌ただしく、二つに折り畳まれた紙片を開く。

そこには、予想したとおり、ブルーブラックのインクで書かれた流麗な英文が書き付けられていた。

「ディア・マイ・ルシファー……父さん。今でも俺をその名で呼ぶのか……」

森は低く呟きつつ、その下の文章に視線を移す。

『久しぶりだな。昨日の夕方、車の中にいるお前を、通りから見かけた。すぐにわかったよ。どうしてここにいるのかは知らないが、立派に成長したお前を見たことは、わたしの喜びだった。少し前に出した葉書は受け取ったかね。今はまだそのときではないが、ときが来れば……それはそう先のことではないと思うが、お前に会おうと思う。そのときを楽しみに。　愛を込めて　トマス』

そっけない文章だったが、森は何度も何度も繰り返し、その短い手紙を読んだ。言葉にならない想いが、胸の内に渦巻いている。

文面がそのまま、父の声になって、聞こえてくるような気がした。

低い、少し掠れた声。父親は、森を幼い頃からずっと「ルシファー」と呼び続けた。その独特の抑揚と、日本語で喋るときの、ほんの僅かな訛り。そんな父親の声が、まるで耳元で囁かれているように、鮮烈に甦る。

(何故、今になって……こんな真似をする。何故、俺の心をいたずらに揺さぶるような、こんな中途半端な接触をする……)

森は思わず、紙片を手の中でクシャリと握り潰していた。

(もうすぐ……俺に会う、と)

父のほうから、森との再会を希望……というよりは予告するために残されたその短い手紙を消し去ってしまいたい衝動にかられ、力いっぱい握りしめる。

いったい「その時」とはいつを意味するのか、そして、いったい何故、家を出て十年近くになる今になって、自分と会おうとするのか……。暗澹たる思いを抱いて、森は、彫像のように座り続けていた。

そのまま、いったい何十分経ったのだろう。

「サー？」

頭の上から呼びかけられ、森はノロノロと顔を上げた。

ビジネスセンターの女性職員が、心配そうに森の顔を見下ろしている。森は、虚ろな表情のまま、ほとんど条件反射で立ち上がった。

女性は、そんな森に大丈夫かと問いかける。森が頷くと、彼女は綺麗にタイプされた白い紙を、森に差し出した。

「お待たせしてすみません。先ほどのFAXを、英訳しました。ご覧になってください。これでお役に立つといいのですけれど」

「……ああ。ありがとう」

森は女性から紙片を受け取り、軽く頭を振った。

(忘れろ。……時が来れば、とあの人が言うのなら、それまで放っておけばいいだけのことだ。何をしてもしなくても、その「時」が来るというなら、俺はただそれを待つだけで

いい。俺はここに、術者として来た。あの人に会うためじゃない）

森は自分にそう言い聞かせ、さっき見た父の顔も、手紙のことも、頭から追い出そうとした。そして、バウからのFAXに視線を走らせた。

『ハノイでの滞在先を聞いておいてよかった。実は、あれからお話ししたいことが……』

完璧な英語に訳されたバウからのFAXは、予想したよりずっと長かった。森は立ったままそれを読み、やがて、ゆっくりと紙面から視線を上げた。

「……なるほど……。そういうことか……」

FAXを読み終わったとき、森の鋭い切れ長の目には、すでに父親の残像は映っていなかった。黒曜石の瞳には、怜悧な輝きが戻っている。

森は、心配そうに自分の表情を窺っている女性職員に、もう一度丁重な感謝の言葉を告げた。そして、彼女の仕事の素晴らしさを褒めた。

「よかった。では、返事をお送りになります？」

彼女は、綺麗にメイクした顔で、安心したようにニッコリした。ベトナム人は皆、人懐っこい、自然な笑顔を見せる。

彼女の笑顔につり込まれたように薄く微笑した森は、少し考えてから、かぶりを振った。

「いや……。彼にはまた後日、礼状を送ることにします。ありがとう、助かりました」

そう言い残し、彼はビジネスセンターを後にした。そして、部屋に戻るためエレベーターに乗り込む寸前、彼は、灰皿に父からのメッセージを投げ捨てたのだった……。

＊　＊

敏生は、日暮れ前になって、ようやく部屋に戻ってきた。河合も一緒である。

「ただいま帰りました！　天本さん、起きられたんですね。よかった」

扉を開けて二人を迎え入れた森の顔を見て、敏生は心底ホッとしたように笑った。その笑顔は、森の復調を喜んでいるだけにしては、あまりにもはしゃいで見える。森は、軽く眉を顰めて訊ねた。

「どうした？　やけに嬉しそうだな。河合さんに、そんなに楽しい場所に連れていってもらったのか？」

べつにヤキモチを焼くつもりなどなくても、つい声が尖ってしまう。敏生は、困ったように笑って、違いますよう、と弁解した。

「ううん、確かに楽しかったですけど、ご飯食べて、旧市街を歩き回ってきただけです。あ、シクロにも乗りました。ほら、あの自転車の前に、座席がついた人力車あるじゃないですか、あれ」

「シクロは知っているよ。……危ないことはしなかっただろうな？」

「大丈夫ですってば。ちょっと買い物したくらいです」

「買い食いもしたんだろう？」

「えへへ」

図星だったらしく、敏生は照れ臭そうに頭を掻いた。二人の会話を笑顔で聞いていた河合が、絶妙のタイミングで口を挟む。

「いやー、ええ食いっぷりやったで。『チャーカー・ラボン』で死ぬほどライギョ料理食うた後で、フォー食って、バイン・ミー食って、ジャックフルーツとドラゴンフルーツ食って、仕上げにチェーまで食ったもんなあ」

「……今ひとつ、食品名だけでは、何を食べたのか理解しきれないんですがね」

森は呆れ返ったように両手を腰に当てる。河合は、手探りでソファーに腰を下ろすと、呑気らしい口調で言った。

「ええと……せやから、フォーはそばで、バイン・ミーはフランスパンのでっかいサンドイッチやろ。そんで、チェー言うたら、かき氷やん。どれも旨いでー。琴平君によう教えといたから、テンちゃんも試してみ」

「俺は遠慮しますよ。……よくもまあ、半日でそれだけ食えたものだ」

口調ほどには、森の顔は感心していない。買い食いを咎める視線に、敏生はヒュッと肩を窄め、上目遣いに森を見た。

「えへへ。……だって、何だかみんな凄く美味しそうに食べてるんですよう。試してみたくなるじゃないですか」

「……せいぜい、腹をこわさないようにな」

「大丈夫ですよ。ちゃんと晩ご飯も食べられます。それより天本さん、話したいことがあるんです。座ってください」

敏生はあっさりとそう言って、森の手首を引っ張った。ほとんど無理やり森を河合の隣に座らせると、自分も向かいに腰掛け、敏生は弾んだ口調で言った。

「実はね、ここに戻ってくる前、隣の湖に寄ってきたんですよ」

「ああ。それがどうした?」

森は、まだ渋い顔で先を促す。敏生は河合をチラと見てから、ワクワクを抑えきれない表情で口を開いた。

「あのね、一昨日、『ミエンの壺』が、琴の音に反応したって話、したでしょう? そうして、壺から声が聞こえたって」

「ああ。それがどうした?」

「河合さんがね、もしかしたら、同じ女の人が、いつも同じ場所で琴の練習をすることにしてるかもしれない、って……だから僕たち、行ってみたんですよ。そしたら、本当に、一昨日の女の人がいたんです」

「……それで？」

「テンちゃん、ホンマに話聞くん下手やなあ。琴平君見習うて、もうちょっと、興味ありそうに相槌打たんかいな」

　河合はニヤニヤ笑いながら、話を引き取った。

「でな、もう練習終わって店じまいしようとしてはったんやけど、オレ、その人に頼んでみてん。一昨日弾いた曲、もいっぺん聴かせてくれへんかー、て。一昨日は、最初の曲を弾きかけたとこで雨が降ってきて帰る羽目になったから、どの曲やったんか、よう覚えてはってな。弾いてくれはってん」

「凄く綺麗な音なんですよ、あの琴。曲も、メロディーがとっても素敵なんです。それで、やっぱり曲が始まると、壺も守護珠もボウッと温かくなって。壺からはやっぱり声が聞こえて」

　敏生は興奮した様子でまくしたて、しかしふと残念そうな顔をした。

「河合さんにも聞こえたら、ホントにベトナム語かどうか確かめてもろおうと思ったんですけど、やっぱり僕にしか聞こえないみたいで……。他にも何曲か弾いてくれたんですけど、壺が反応するのは、最初の曲だけだったんです」

「ほう。ということは、その特定の曲に、何か壺が反応する要素があるというわけか」

森は、そこで初めて興味を引かれたらしく、背もたれから身体を離した。敏生は、ここぞとばかりに声に力を込める。

「ええ。だから河合さんが、演奏が終わった後、その女の人に、曲のことを訊ねてくれたんです。その曲、古い民謡なんですって。本当は、ちゃんと歌詞があるんです」

「……どんな歌詞だ?」

それがね、と敏生はどこか得意げに胸を張り、ジーンズのポケットからくちゃくちゃの紙切れを引っ張り出した。どこかの店のレシートの裏に、ボールペンで何か書き付けてある。それを見ながら、敏生は歌うように語った。

「ええと……昔、とある海辺の村に、漁師の娘がいた。娘は網を繕いながら、いい声で歌を歌った。その声には、人間だけでなく、鳥も犬も猫も、皆が集まって聞き惚れた。娘が歌を歌うと、魚がたくさん岸に集まってきて、娘の父は、いつもたくさんの魚をつかまえることができた。ところがその海には、時折龍が舞い降りて、激しい嵐を引き起こす。その年にも嵐が来て、娘は波打ち際に立ち、雨にも風にも負けない美しい声で、歌を歌った。すると龍は、娘を連れて天に昇っていった。それからと言うもの、海はいつも穏やかで、嵐は二度と起こらなかった。娘は龍と天上に昇り、今も美しい声で龍の心を鎮めている。……ね。ちゃんと龍が出てくるお話でしょう?」

「ふむ。……それは、なかなか興味深いな。龍が舞い降りる村……か」

森は、親指の爪を軽く嚙みながら頷いた。それは、彼が何か考え事をしているときの癖である。河合は、森が話を聞きながら淹れた茶を啜り、こう言った。

「そんでな。惜しいことに、その姉ちゃんは、民謡の作られたその村がどこかっちゅうことまでは、知らんかってん。けど、ベトナム北部の民謡なんは確かやて。ってことはやな、龍の舞い降りる村て、けっこうここから近いかもしれへんやんか。で、龍が舞い降りる村いうんが、『約束の地』かもしれへんやん？　何も手がかりなしのお手上げ状態でじっとしとるよりは、そう仮定して、調べにかかったほうがええん違うかて、琴平君と言うててん」

「……なるほど。ですが、俺の持っている情報と合わせれば、そんな必要はなくなるかもしれませんよ」

「あん？　そらどういうこっちゃ」

「天本さん？　僕たちが出かけてる間に、何かあったんですか？」

不思議そうな顔をする二人にニヤリと笑いかけ、森はさっき英語に翻訳してもらった、例のFAXを見せた。もっとも、見せても河合には見えないし、敏生は英語などほとんど暗号に等しい状態なので、大して意味はなかったのだが。

「これ、何ですか？」

「今日の三時前に届いた、ホーチミンでのガイド、バウ氏からのFAXだ。それから、あの婆さん……何と言ったかな」

「トーさん？　あの、昔、ミエンと一つ屋根の下に暮らしてたっていうお婆さんのことでしょう？」

「ああ、そうだ。バウ氏が、そのトーに、あの後ホーチミンの町中で偶然会ったそうだ。そのとき、トーが、『あれから、ミエンについて思い出したことがある』と言って語った話を、バウ氏がこうしてFAXしてきてくれた」

「それが、ここに書いてあるんですか？　いったい何を思い出したんです？」

紙片に顔をくっつけたものの、解読はすぐに諦め、敏生は森に先をせがんだ。森は、わざとゆっくりした口調で答える。

「ミエンが、壺を見せてくれたときに語っていたことを、だそうだ。ミエンは、『いつか、この壺を持って、北の町に行かなくてはならない。お母さんがそう言っていた』と話したそうだ。当時、ベトナムは南北に分かれていて、しかも戦争中だった。とてもそんなことは無理だとトーが言うと、ミエンは、『でも、それがお母さんと約束したことなの』と言い張った」

「お母さんとの……約束？」

「ああ。ミエンは、死の床にいる母親から龍の壺を渡されたとき、こう言われたのだそうだ。『いつかこの壺を、お母さんの故郷に近い海に、投げてあげて。そうすれば、お前は神様に会えるでしょう』と」

「海？　それって……」

敏生は、両手を膝の上でギュウッと握りしめ、森を見た。河合は、ふうむ、とずり落ちかけた眼鏡をそのままに、感心しきりの唸り声を上げる。

「ミエンの母ちゃんがヴァンで、ヴァンの故郷はバッチャン村……っちゅうことは、ヴァンの言うた『故郷に近い海』っちゅうんは……」

「バッチャン村に近いところにある海ってことですよね！　そして、きっとそこが、『正しき地』なんだ。ミエンのお母さんは、壺を作った人だし、龍神のお告げを聞いた人なんだから、きっと壺の龍が本当の龍になれる場所がどこなのか、知ってたんじゃないかな」

敏生は跳ねるように立ち上がると、自分の鞄からガイドブックを引っ張り出した。慌ただしくページを繰り、北部ベトナムの地図が載ったページを広げる。

「ええと、ここがハノイ、で、すぐ南にある、これがバッチャン村……。そうすると、一番近い海っていうと、東側にずーっと行けばある、この辺りかな……」

「その通りだ。これを見てくれ」

森は、ビジネスセンターで貰ってきた観光案内の一つを、ＦＡＸの白い紙の上に置いた。敏生は、フルカラー印刷の厚手の紙でできたその小さなパンフレットを手に取り、中の写真をしげしげと眺めた。

「綺麗ですね。何だか中国の水墨画みたいな眺めだけど」

「いい感想だ。それは、『海の桂林』と呼ばれている、ハロン湾の観光パンフレットなんだ」

「ハロン湾か。……何や、聞いたような名前やな。行ったことはないけど、寝物語で姉ちゃんが言うとったような気がするわ。えらい綺麗なとこらしいやん」

河合は、そう言って笑った。森は頷き、話を続ける。

「ここからだいたい百五十キロほど離れたバイチャイという町から、ハロン湾を巡るツアーが出ているそうだ。……ハロン湾は、中国語で『下龍』と書くんだよ、敏生」

「下龍……それって……」

「そうだ。ハロン湾とは、すなわち『龍の下りる海』という意味だ。中国の侵略に苦しんでいた古い時代、空から龍が舞い降り、吐き出した宝の珠が、今も海面に突き出す数百の奇岩に姿を変えた……そんな伝説がある地なんだそうだ」

敏生は、フウッと大きな息を吐き、森をジッと見た。

「そこが……『正しき地』なんでしょうか。ヴァンが娘のミエンに言った、故郷に近い海……そうなんでしょうか」

森は肩を竦め、さあな、と曖昧に答えた。

「そうだと言い切る自信はないが……。調べた限りでは、ハノイの近くで『龍』に関連した地名は、そう多くない。まして海に関連しているのは、ハロン湾だけなんだ。少なくとも俺は、行ってみる価値があると思う」

「せやな。何もせんよりは、したほうがええ。……もし無駄足でも、オレはともかく、テンちゃんと琴平君はええやん。滅茶苦茶綺麗な景色、見られるんやろ。琴平君、壺もええけど、スケッチブックも持っていったほうがええんん違うか」

「河合さん、そんな呑気なことを……」

「そんな頑張りすぎたらアカンて、テンちゃん。なーんも期待せんと、行ってみたらええやん。行って、何も起こらんかっても、よさそうな場所やったら、そこの海にこの壺放り込んだったらええやん。な。そんなもんやで。気楽に行こや。それがベトナム風や」

気負いすぎた森と敏生の神経をほぐすように、河合はそんな冗談を口にする。

「……そうですね。君の意見は？　敏生」

森は、苦笑いして敏生に訊ねた。敏生は、一瞬の躊躇もなく答えた。

「行きます。行きたいです。何もせずにここにいるより、無駄になっても動いたほうがいい。行きましょう、天本さん、河合さん」

「……わかった」

森は頷き、口の端で微かに笑った。

「では、この行動がベトナム風かどうかはわからないが、善は急げだ。車を手配して、さっそく出かけるとしようか」

七章　柔らかな手のひらで

善は急げ、と森は言った。敏生と河合も、それに異を唱えはしなかった。

そこで森と敏生、そして河合は、さっそくタクシーをチャーターし、バイチャイの町に向かうことにした。

だが、予想外に、バイチャイの町は遠かった。確かに、地図で見た直線距離は近そうに見えたのだが、道路が目的地に向かってまっすぐ走っているとは限らないことを、彼らは忘れていたのである。

（タクシーの運転手がやけに嬉しそうだったその理由を、もう少し考えるべきだったな……）

森は渋い顔で、窓の外を見遣った。見渡す限り続く水田の彼方に、真っ赤な夕日が沈みかけている。人々は、農作業を終え、三々五々、水田から引き揚げつつあった。

前方から、百羽はいようかというアヒルの群れを、長い竹竿一本で従えて歩く少女がやってくる。

その愛らしくもたくましい姿を敏生に教えてやろうとして、森は初めて右肩にかかる重みに気づいた。いつのまにか敏生は、森の肩に小さな頭を載せ、眠り込んでしまっていた。

「……やれやれ」

森の口から、思わずそんな声が漏れる。おそらく、昼間に河合と遊び歩いて、すっかり疲れてしまったのだろう。きちんと舗装されたまっすぐな有料道路を、タクシーはひたすらまっすぐ走り続けてきた。延々と続く同じような景色と規則的かつ単調な振動が、少年を眠らせてしまったのだ。

「暑いんだがな……」

いくら車内は冷房が効いているといっても、子供のように体温の高い敏生にくっつかれては、暑苦しくてたまらない。

起こそうかと思ったが、しかしあまりに気持ちよさそうに眠るその無邪気な顔を見るとそれもできず、森は溜め息一つで諦めようとする。

そのとき、同じように寝ているとばかり思われた河合が、おもむろに口を開いた。

「何や、寝てしもたんか、琴平君は」

森はちょっと驚いたが、それを面には出さず、努めて平静な声で答えた。

「ええ。きっと張り切って、この暑さの中、元気に歩き回りすぎたんでしょう。河合さんも、敏生の奴につきあって、お疲れなのでは？」

「オレはテンちゃんと違て、暑いの好きやからな。べつにどうっちゅうことあらへんで。琴平君は何にでも興味津々やから、オレも楽しかったわ。カワイコちゃん連れてたら、街の姉さんたちも優しくしてくれるしな」

「……そうですか」

のほほんとした河合の言葉に、森は苦笑した。河合は、ずり落ちた丸眼鏡を指で押し上げ、ふわあ、と大きな欠伸をした。

「せやけど、こう車に乗りっぱなしやったら、眠うなるわな」

「どうぞ、おやすみになってください。どうも、まだ当分到着しないようですし」

「んー……」

それからしばらく起きているのか寝ているのかわからない状態で座っていた河合は、急にポツリと言った。

「何かあったんか、テンちゃん」

森はハッとして河合を見た。出会った頃から少しも変わらない、師匠の若々しい横顔には、謎めいたアルカイックスマイルが浮かんでいる。

「べつに……何も」

「嘘はアカンで。師匠舐めたら、もっとアカン」

どこまでもやんわりと、しかし容赦(ようしゃ)ない河合の言葉に、森は絶句する。河合は、相変わらず表情の読めない薄ら笑いで、飄々(ひょうひょう)と言った。

「オレは目が見えんかわりに、人の気はよう読めるねん。……テンちゃん、表面だけ取(と)り繕(つくろ)ってても、気がボロボロに乱れてんで。ま、琴平君には、まだそこまで気づけんかもしれへんけどな」

「……師匠には、隠し事は一切できないというわけですか」

「そういうこっちゃ。これから、仕事も大詰めってとこなんやろ？　そんな乱れた気で働けなんて、オレは教えた覚えないで」

「……すみません」

森は唇(くちびる)を噛(か)む。今の自分は術者なのだと言い聞かせ、プライベートは一切頭から追い出したつもりだった。だが、それが「つもり」でしかないと河合に指摘され、森には返す言葉がなかったのである。

「謝れ言うてるんと違うんやで。また、自分も大事な者(もん)も殺しかけるような、半端(はんぱ)な心構えで仕事する気か？　て訊(き)いとるんや、オレは」

「河合さん……」

そこまで言って、河合は初めて身じろぎした。片手を伸ばして、敏生越しに、森の頭を軽く小突く。

「どないしたんや？　琴平君と喧嘩したわけやないんやろ？」

「そんなんじゃありませんよ。……ただ、ハノイで今日、父に会いました」

「あん？　あの、外人の親父さんか？」

「ええ」

　森は言葉少なに答える。河合は、ふーんと言って、眼鏡を外し、ゴシゴシと両手で顔を擦った。

「なるほどなあ。テンちゃん、親父さんにはいろいろややこしい思いがあったんやったな、そういえば。……今もそうなんか」

「……すみません、進歩がなくて」

「謝らんでええねんて。親兄弟の事情は、当事者にしかわからんもんや。……で、親父さんと話はできたんか？　そう動転しとるとこみたら、滅茶苦茶久しぶりやったんやろ？」

「はい。母が死ぬ前から、ずっと会っていませんでした。今回も、すれ違っただけで。……ただ、俺あてにメッセージが残っていました。その時が来れば、父のほうから会いに来ると」

「なるほどなあ。オレも、そう何度も会うたわけやないから、ようわからんけど。相変わらず、マイペースな親父さんなんやな。そら、気分も乱れるわ」

「いえ。俺がまだまだ未熟なだけです」

森は悔しそうに目を伏せて吐き捨てた。その表情と心境を察したのだろう。河合は、きかん気な弟を宥める兄のような口調で言った。

「そら、しゃーない言うたらしゃーないことではあるなあ。けどテンちゃん、同じ間違いを繰り返すことだけは、絶対したらアカンで。今のテンちゃんがいちばん大事にせんとアカンのは、親父さんやない。琴平君やろ？」

「……はい」

躊躇いながらも、森は素直に答える。河合は、もういつものようにひゃひゃ、と笑って、眼鏡をかけた。

「臆面もなく言いよるわ。せやけど、その気持ちを忘れたらアカン。琴平君は、テンちゃんを信じとるんや。テンちゃんのためやったら、何でもやりよる。……その琴平君を、みすみす死なせるようなことをしたらアカンで。……そないなことになったら、オレは今度こそ、腹かっさばいて早川さんに詫び入れんとアカンようになるしな」

「……はい」

森は深く頷いた。河合は、うんうんと頷き、また、貘が飛び出してきそうな大口を開けて、欠伸をする。

「ほな、オレは、お言葉に甘えて寝るわ。目的地に着く前に、頭ん中、琴平君でいっぱいにして、親父さん追い出してしまいや」

「…………」

言いたいことだけさっさと言って、河合は窓枠に頭をもたせかけ、たちまち寝息をたて始める。森は嘆息して、至近距離で眠っている敏生の顔を見た。

あどけない、幼い子供のような顔。自分を信じ、何もかもを委ねて安心しきって眠る少年の顔を、森は飽きず眺めた。

シャツ越しに感じるこのぬくもりを、絶対に失いたくない。自分を信じてくれるこの心を裏切るような真似は、絶対にできない。そんな思いが、森の胸を満たしていく。

(……霞波の二の舞は踏ませない)

森は、心の中で、自らに誓った。

(どんなときも君を守る……けっして、俺のせいで、君を死なせたり、危機に陥れたりはしない。……約束する)

敏生の温かな頰をスルリと撫で、森は窓の外に視線を転じた。

彼の瞳の中では、今まさに沈みゆく巨大な橙色の太陽が、最後の輝きを大地に投げかけていた……。

結局、途中で一度休憩を挟んだせいもあり、バイチャイの町に到着したのは、日付が変わろうとする頃だった。

*　　*

タクシーの運転手は、車を港近くの駐車場に停めた。河合は運転手に、しばらく海を見てくるから街の宿屋で休憩していろと言い、幾ばくかの金を握らせた。

運転手が、やけに同情に満ちた視線を投げつつその場を去ると、河合はうーんと大きな伸びをした。

「あーあー。やっと着いたかー。運転手がな、『ここは昼間に来て、船遊びしながら景色を楽しむところやのに、こんな時間に来てどないすんねん。真っ暗で、岩どころか海も見えへんで』って言うてたで。ホンマやな。ここ、暗いんか?」

「滅茶苦茶暗いですよ。だだっ広いところなのに、街灯、まばらにしか点いてないし。それに、当たり前だけど、こんな真夜中だから誰もいません。……運転手さんに、何て言い訳したんですか?」

結局、バイチャイの町の直前で凄まじい悪路に叩き起こされた敏生は、まだ少し眠そうな顔で河合に訊ねた。

「んー？　そっちの男前は実は太陽アレルギーで、昼間は出歩かれへんねんて、そう言うた。太陽に当たりすぎたら、真っ黒に焦げて死んでまうて。そしたら、えらい可哀相やなあって気の毒がっとったで。ベトナム人は素直でええわ」

「ブッ！　それって、天本さんのことですか」

「まあ、一般的な男前言うたら、悔しいけどテンちゃんのことやしな」

河合はそう言ってからからと笑った。森は渋面で二人の会話を黙殺し、言った。

「……行きましょうか。時間が惜しい」

「はい」

敏生は頷いたが、河合はジーンズのポケットに両手を突っ込んで、こう言った。

「オレは行かん」

「河合さん？」

森は眉を顰める。河合は、閉じたままの目を三日月のようにして笑った。

「オレ、カナヅチやから、海はご免や。ひとりで沈むん、アホみたいやからな。……その代わり、ここでやれることがあるし、ついてきたんや」

「やれることって……？」

小首を傾げる敏生の肩を叩き、河合は軽い調子で言った。

「ちょいと、大仕掛けになるかもしれへんやろ？　式神君を、オレに預けていき。オレと力合わしたら、かなり丈夫な結界張れると思うねん。……ま、龍にはそんなもん通じへんかっても、周囲の住民が起きてこおへん程度の奴をな」

「あ……そうか……」

敏生はポンと手を叩く。森は、河合に頭を下げた。

「すみません、河合さん。よろしくお願いします。……小一郎」

「おそばに」

呼ばれるや否や、黒衣の式神が、森の前に跪く。ブラックジーンズに、黒のタートルネックシャツ。まるで、闇からにじみ出てきたような姿の小一郎に、森は命じた。

「河合さんの指示に従え。俺と敏生が龍神とコンタクトできたら、即座に結界を張れ。龍は俺たちに任せて、付近の住民たちを頼む。外の異変に、けっして気づかせるな」

「……承知仕りました」

森と敏生が二人で出かけて、自分が取り残されることが不満なのだろう。小一郎は、ほんの少しの間をおいて、返事をした。その吊り上がった目が、敏生をジロリと睨みつける。

(そんなに怒られてもさ……)

式神の八つ当たりに閉口しつつ、敏生は森に視線を向けた。

「じゃあ、天本さん……」

「ああ。行こう。では、後はお願いします」

「任せときー。くれぐれも、気ぃつけてな」

「ご無事を」

河合と小一郎に見送られ、森と敏生は、駐車場から桟橋に向かった。

幅の広い、長い桟橋の両側には、何隻もの船がひしめきあうようにして繋留されている。どれもクルーズ船で、大きさはまちまちである。うち寄せる小さな波に、船のシルエットはまるで呼吸しているように、ゆるやかに上下している。

桟橋の先端まで行き、森は傍らに立つ敏生に訊ねた。

「どうだ？　何か感じるか……？」

さっきとはうってかわって真剣な面持ちで、敏生は頷いた。バックパックを地面に下ろし、「ミエンの壺」をそっと取り出す。

「行けって言ってます」

「その壺がか？　何を？」

「言葉はわかんないけど、何か、言いたいことはわかる気がします。……船に乗れって」

「船？　海に出ろというのか。……だが、どの船だ」

森は周囲を見回した。どの船も、動力はエンジンである。いかに森といえども、船の操縦は未経験だ。

敏生は、空(あ)いた手をすうっと伸ばした。指さす先には、ほかの船より一回り小さな観光船がある。

「あれに乗れ。海に出ろって」

その声は、凛(りん)としていて、普段の敏生のものとは違っていた。海風に煽(あお)られてはためくTシャツの胸元で、何かが柔らかな金色の光を放ち始める。それが守護珠(しゅごじゅ)の放つエネルギーだと気づき、森はハッと敏生の顔を見た。夢見るように半眼に開いた少年の瞳(ひとみ)は、淡い菫色(すみれいろ)に変化していた。敏生の中の、精霊の血が優位に立っている証拠だ。

「わかった。行こう」

森は、敏生に手を貸して、彼が指さした船に乗せた。波は穏やかでも、桟橋(さんばし)の端を見極めるのがやっとの暗がりで、船の舳先(へさき)から乗り込むのは、かなり危険が伴う。まして、片手に壺(つぼ)を持った敏生は、危うく転びそうになりながら、何とか船に乗り移ることができた。

森は、敏生が安全に船に乗り込んだことを確認してから、舫(もや)い綱(づな)を解いて、船に飛び移った。そして、ほとんど隙間(すきま)なく並んだ両側の船を渾身(こんしん)の力で押し、何とか船を桟橋から離れさせることに成功した。

「敏生、大丈夫(だいじょうぶ)か？」

「ええ。……これから……壺(つぼ)と守護珠(しゅごじゅ)の力を合わせて、龍神(りゅうじん)を呼びます」

敏生は、ゆるゆると頷いた。まるで、森の言葉を半ば夢心地で聞いているようである。細い指先
少年は、再び右腕をまっすぐに伸ばし、虚空を指さして、何かを描き始めた。細い指先は、微かな軌跡を描き……それは、闇の中に浮かぶ小さな五芒星となった。

その薄く開いた唇から零れるのは、耳慣れない異国の言葉。懐かしいような不思議な旋律が、歌のように闇の中に溶けていく。

それと響き合うように、絡み合うように、森の耳に届いた、新たな声。それは、少年が左手に持ち、胸の前に掲げた「ミエンの壺」から聞こえていた。

（……敏生……）

森は息を詰め、少年の行動を見守る。龍が絡んでいると知ったときから、龍の守護珠を持つ敏生が、いざというときの切り札になるだろうと予測はしていたし、早川にもそう告げてある。

だが実際、その場に居合わせてみると、敏生の中の精霊の血が目覚めたときの表情や仕草の変化には、そうなるとわかっていても驚かされてしまうのだ。

「……天本さん」

船の舳先に立った敏生は、やがて微かな声で森を呼んだ。

「どうした」

森は、敏生の背後に立ち、その細い肩を両手で支えてやった。ゆるやかに揺れる船は、

独りでにゆっくりと、沖へ出ていく。けっして潮に流されているわけではなく、明確な意志を持って、船は沖のある一点を目指し、進んでいた。

「天本さん。壺が歌ってます」

「ああ。俺にも聞こえる。君の声に誘われるように、壺から流れていた。……今も、誰かに呼びかけるように、遠く近く、聞こえてくる」

森の囁くような声に、敏生は頷いた。

「僕が公園で聞いた声は、これです。あのときよりずっと、声が力強く聞こえてる。……きっと、僕らは辿り着いたんです」

「『正しき地』に……か」

「ええ」

敏生は今は鳶色に戻った瞳で、微笑した。

「言葉はわからなくても、何だか心でわかる。壺の中で、嬉しい、嬉しいって言ってるのが。……龍だけじゃない、何人もの人の声が、重なって聞こえる……」

「ああ。わかる。……俺にも感じられるよ」

森は、夜空を見上げた。細い月には、雲一つかかっていない。月明かりが、周囲の奇怪な形をした岩を、淡く照らしていた。海面から垂直に切り立った岩が、大小さまざまに、まるで空から岩を突き刺したように、幾つもそびえ立っている。森たちを乗せた船は、その岩の間を擦り抜けるように、沖へ沖へと進んでいった。

「星が……たくさん見えますね」

敏生はそう言って、自分も空を仰いだ。月の光があるにもかかわらず、日本の町中で見るよりずっと多くの星が、空に輝いている。その星々も、月も、日本で見るよりずっと高いところにあるように感じられた。

船は、ゆっくりと音もなく、波を切ってどこかへ向かう。岩の手前に、時折チラチラと灯りが見えた。

「あれは……？」

敏生は、微かな声で問うた。森も、囁き声で答える。壺の歌を、妨げることがないようにと。

「船だ。水上生活者たちの家だよ」

「海の上で暮らしている人たちがいるんですか？」

「ああ。……生まれたときから、波に揺られて育つんだ。……龍の海の民だな」

敏生は頷き、それらの黄色みを帯びた光を眩しげに眺めた。

やがて敏生の顔に、ハッと緊張の色が走った。同時に、森も身構える。

（……この圧迫感は……！）

森は、夜空を見上げた。まだ、暗い空には青白い月がさえざえと光っているだけである。だが、空から、確かに物凄いエネルギーが接近してくるのを、森は確かに感じていた。舟板を突き破り、海へと身体が沈み込みそうな凄まじいプレッシャーに耐え、森は敏生の名を呼んだ。

「…………来ます……！」

敏生は両手で壺をしっかりと捧げ持ち、掠れた声で言った。

「龍神が、下りてきますっ！」

敏生は、切羽詰まった声で叫んだ。おそらく、彼も華奢な全身で、龍神の強大なエネルギーを受け止めているのだろう。不安定な船の上で踏みしめた両足が、細かく震えていた。

壺の歌が、ふっと掻き消すように途絶える。一瞬の静寂の後、凄まじい雷鳴が轟いた。さっきまで晴れ渡っていた夜空に、みるみるうちに黒く厚い雲が立ちこめていく。稲妻が、闇を切り裂くように、夜空のあちこちから海面へと迸った。

「これが……これが、龍神の力か……！」

自分の声すら聞こえないような雷鳴の中、激しい雨が降り始めた。身体が吹き飛びそうな突風と共に、痛みすら覚えるような大粒の雨が、真横から全身を打ちのめす。目を開けることすら難しい雨の中、森は半ば手探りで、目の前の少年の身体を掴まえた。

「敏生ッ！」

「あ……天本さん！　龍神が……」

「ああ、わかってる」

悲鳴に近い敏生の声に応えてやりながら、森は片腕で敏生の身体を抱き支え、もう一方の手で、船縁を摑もうとした。

だがそのとき、大きな波が連続して船を襲った。敏生を抱えたまま、森の身体は甲板に叩きつけられた。もう、二人とも、全身が雨でぐっしょり濡れている。

そして、そんな二人の頭上に、何か巨大な黒い影がうねった。

「ああっ……！」

敏生の喉から、掠れた悲鳴が聞こえた。森は、投げ出した両足の間にしっかりと敏生を抱き、かろうじて体勢を保っている。

「見ろ、敏生……」

顔を打つ雨に耐え、森は夜空を見上げる。敏生も、壺を胸の内に庇うように抱き、じっと森と同じほうを見る。

天空から下りてくるのは、巨大な龍であった。黒々とした太い胴体が、ゆっくりと大空をうねりながら、森と敏生の船めがけて下りてくる。燃えさかる炎のたてがみから、雨と共に熱風が吹きつけた。

龍は、呆然とその姿に見入っている森と敏生の頭上で、動きを止めた。鋭い牙が並ぶ口から、凄まじい咆哮が上がる。鼓膜と言わず骨と言わず、身体じゅうがビリビリと共鳴し、振動した。

——何故、我を呼んだ。いたずらに神を招き下ろし、ただですむとは思うまいぞ。

厳かな声が、殷々と響く。それはどこの国の言葉でもなく、心に直接語りかけてくる不思議なメッセージであった。

激しい風雨にさらされながらも、敏生は必死で声を張り上げた。両手で、「ミエンの壺」を龍神に向かって差し上げる。

「僕は……僕たちは、ヴァンとミエンの姉妹と、ヴァンの娘のミエン、そしてミエンの大好きだったデビッドさんと、奥さんの節子さんの代わりに、ここにいます。彼らとあなたとの約束を果たすために、ここに来ました。……『正しき地』に、この壺を……龍の宿る壺を、持ってきました！　あなたの眷属が、ここにいます！」

敏生の声に呼応して、胸の守護珠の青い火が、勢いを増す。それを感じたのか、中空に泳ぐ龍神は、低い唸り声を上げた。

——お前は、我々に連なる者。半ば人ならざる者よ。我に、我が眷属の施した功徳を告げるがよい。我らの言葉で語れ、幼き者よ。

「龍の……言葉で……？」

——我らがことなれば、我らが言葉で語られねばならぬ。できぬとは言わせぬぞ。

龍神の太い胴が夜空にうねるたびに、鱗の一枚ずつが燐光を放つ。そして、より激しく、雨と風が二人に吹きつけた。木製の小さな船は、今にもバラバラになりそうに軋む。

そんな嵐の中で、敏生は森に囁いた。

「天本さん、お願いです……僕を立たせてください。しっかり、抱いていて」

「……わかった」

森は、必死で両足を踏ん張り、敏生の身体を引っ張り上げるようにして立たせた。そして、背後から両腕でしっかりと、少年の身体を抱き支えてやった。

敏生は、荒い息を吐きながらも、意識を集中させようとギュッと両目をつぶる。そして、右手で胸元の守護珠を握り締めた。

(母さん……。力を貸して。龍神と話す力を、僕に与えて)

鼻からも口からも雨が吹き込み、呼吸さえままならない。雨のように落ちてくる稲妻が、いつ船を直撃するかと思うと、身が竦む。だが、背中をしっかりと支えてくれる森の身体の温かさに、敏生は、心が不思議なほど落ち着いてくるのを感じた。

「大丈夫だ。……俺はここにいる。絶対に君を離さない。だから君は安心して、思う存分にやればいい」

低い声が、敏生の耳元で囁く。

(そうだ。天本さんが、そばにいてくれる。……僕を信じて、命を預けてくれてる。頑張らなきゃ。龍神に、みんなの想いを伝えなきゃ……）

　そう思った瞬間、息苦しさがふっと消える。敏生は、握った守護珠から、全身を温かな波動が包み込んでいくのを感じた。

　——力を貸そう。我が幼き友。我らを受け入れるのだ……。

　——怖がらないで。私たちの知識で、あなたを助けましょう。

　——幼き者、恐れることなく、心を開け……！

　守護珠から、今はもう滅びて亡い国の言葉で呼びかけてくる、幾多の声。この守護珠を守り、守護珠に守られてきた古の魔導師たちの魂が、敏生のために力を貸そうと申し出ているのだ。

　憑坐として自らの肉体をほかの魂たちに明け渡すことは、いつも非常な恐怖を伴う。だがそのときの敏生は、何故か微塵の恐れも感じなかった。

　長い長い守護珠の命の系譜に、自分も名を連ねるのだという自負。そして、先達たちが自分を仲間と認めてくれているのだという喜びと、誇らしさ。

（どうか、僕の身体を使ってください。……あなたたちを、信じます）

　敏生は、ゆっくりと自分の意識を、どこか深いところへと落としていった……。

　森は、耐えがたく激しい風雨に苛まれつつも、必死で敏生の身体を支え続けていた。

と、一度は力の抜けた敏生のほっそりした身体が、森の腕に手をかけ、勢いよく龍神のほうへ身を乗り出す。

「と……敏生っ」

大きく揺れる船の上である。ふとした拍子で、敏生の小さな身体は、荒れる海へと投げ出されそうになる。森は敏生を離すまいと必死だったが、敏生のほうは、まるでベランダから小鳥に手を伸ばすようなおおらかさで、龍神のほうへ、「ミエンの壺」を高く掲げてみせた。

その瞳は再び菫色にけぶり、唇から放たれたのは、鳥のさえずりのような、不思議な声。歌とも語りともつかないその不思議な言葉に、耳慣れない抑揚をつけて、敏生は何事か龍神に語りかける。

耳をつんざく雷鳴にも、甲板や水面を打つ激しい雨にも負けず、少年の声は、水晶のように澄み渡り、空高く龍神の耳にまっすぐ届いた。

龍神の口からも、金色の長い髭を震わせ、敏生の声に低く絡まるように歌が返る。それはまるで、二匹の龍が鳴き交わしているように、森には思えた。

(敏生……。これが、守護珠の本当の力か。……単に龍の守護を受けるということだけでなく、かつてこの珠の持ち主だった人間たちすべての魂にもまた守られる……そういうことなのか)

——蔦の童よ。我らの守護を受ける幼き者よ。お前の声を、我は聞いた。その壺に宿る三つの人の子の魂と共に、その龍、我が眷属として、天界に迎えよう。

龍神の言葉は、やがて森と敏生、二人の胸に響いた。森は、ハッと夜空に浮かぶ巨大な龍を見あげる。金色の虹彩に包まれた龍神の深紅の瞳が、二人を凝視していた。

――精霊の子よ。そして、精霊を守る人の子よ。我らの眷属を送り届けてくれたことに、礼を言う。お前たちが共に歩む道に、幸あらんことを……。

龍神の言葉が終わるか終わらないかのうちに、敏生の両手に捧げ持たれていた「ミエンの壺」が、眩い金色の光に包まれた。そして、その光に包まれるように、壺の表面から、あのヴァンが描いた小さな龍が、空から落ちる雨の雫を逆に辿るように、ゆっくりと天に昇っていく。

新たな龍の誕生に歓喜するように、敏生の胸元の守護珠が、再び龍と同じ金の光を放ち始める。

そして、小さな龍を従え、巨大な龍……龍神は、再び、天空へとその身を返した。まるで親子のような二匹の龍が、嵐と共に天高く、どこまでも昇っていく。

「…………ふ……っ」

守護珠の光が消えると同時に、敏生の身体から、ふっと力が抜けた。森は、敏生を抱きとめ、甲板にズルズルと座り込んだ。そして、ゆっくりと遠ざかっていく二匹の龍の姿を、見えなくなるまで、呆然と見送ったのだった……。

やがて、あれほど激しかった嵐が嘘のように去り、海には静寂が戻った。森の耳にはもう、小さな波が船縁を叩くささやかな音しか聞こえてこない。

と、腕の中で、グッタリと力を失っていた敏生が、微かな呻き声を上げた。

「敏生?」

「……ん……」

身じろぎして目を開けた敏生の瞳は、もういつもの鳶色のそれだった。森は、濡れてベッタリと頬に張り付く柔らかな髪を、そっと払ってやった。

「大丈夫か?」

「何とか……。天本さんは?」

答えながら、敏生は気怠げに身を起こし、森に抱きかかえられたままで、両足を甲板に投げ出して座った。

「俺は何ともない。……凄まじい嵐だったな」

「ええ。……天本さんが抱えててくれなかったら、海に放り出されるかと思いました。龍神は?」

「帰ったよ。……壺を見てごらん」

敏生は頷き、意識を失っていた間も大切に抱いていた、手の中の壺をジッと見つめた。

「……龍が……。そっか。よかった……」

再び晴れ渡った夜空からは、月明かりが白々と差している。その淡い光に照らされた壺の表面には、もはや龍の姿はなかった。そこにあるのは、ただの抜け殻……だが、確かにそこにさまざまな人の想いが詰まっていたことを示す、大切な壺だった。

森は、感慨深げに言った。

「壺から龍が抜け出すとき、同時に壺から三つの火の玉が飛び出して、龍に混ざり合った気がした」

それを聞いて、敏生は驚いたように目を見張る。

「火の玉、ですか？」

「ああ……。龍神は、壺に宿っている三つの人の魂を連れていくと言ったな。君はそれを、どう思う？」

敏生はしばらく考えていたが、やがて嬉しそうに破顔一笑した。

「それはきっと、ヴァンと娘のミエン、それにデビッドさんの魂ですよね。……きっと、壺に描かれたあの龍は、三人の魂も連れて、天上に昇ったんだ。……そう思いたいな、僕」

森も、微笑して頷く。

「そうかもしれないな。……この世では幸薄かった、しかし互いを深く思いやっていた三人の魂が、天上で溶け合って、ようやく一つになる。新しく生まれた龍の中で、共に生き続ける。俺も、そんなふうに思いたい」

敏生は壺をそっと自分の額に押し当て、愛しげに言った。

「日本に帰ったら、これを節子さんに渡してあげましょうね」

ああ、と森は頷く。それだけの動きで、漆黒の髪から、雨の雫が幾つも落ちた。

「君が病院に行って、直接話してやればいい。……君の口から語られる話が、いちばん真実を依頼人に伝えるだろう」

森はそう言って、深く息を吐いた。敏生は、ゆっくりと甲板に立ち上がり、港のほうを見遣った。

「河合さんと小一郎、大丈夫だったかな」

「河合さんのやることに、心配はいらないさ。あの人はああ見えて、常に完璧な仕事をする人だ。……その証拠に、あれほどの嵐が、水上生活者の船には何の影響も与えていないようだよ」

そう言って、森も腰を浮かした。そして、船をしげしげと見回した後で、渋い顔をして口を開いた。

「それはそうと、敏生」

「はい？」

両手で濡れた髪を後ろに払いながら、敏生は森のほうを向く。額が出ると急に大人びてみえるその顔を見ながら、森は言った。

「お互い風邪を引かないうちに、さっさと港に戻りたいものだが……。君、船の操縦には明るいかい？　俺には、エンジンのかけ方すら、わからないんだが」

「え……えええええっ⁉　しまった、滅茶苦茶沖まで来ちゃってるんじゃないですか、僕たち！」

大慌ての敏生に、森は大袈裟に両手を広げてみせる。

「君の仲間は、サービスが悪すぎるな。せっかく眷属を送り届けてやったのに、俺たちを海の真ん中に放り出して、さっさと帰ってしまったぞ」

「そ、そんなあ……」

敏生は、途方に暮れて甲板に再びへたり込む。

「どうするんですか、天本さん」

「どうって……どうにかするしかあるまいな」

結局、それから数時間の格闘の末、森が何とか船のエンジンをかけ、危なっかしい操縦ながら何とか港まで帰り着いたときには、すでに白々と夜が明け始めていたのだった……。

＊　＊

一行がハノイに戻ってきたときには、もう昼前になっていた。今日も快晴、空は抜けるように青い。

街には相変わらず人が溢れ、立ち並ぶ露店では、大鍋からぐつぐつと盛んに湯気が上がっていた。

「ああ、ここでええわ。お別れや」

旧市街の入り口で、河合はタクシーを停めさせ、身軽に降車した。

「荷物、チェックアウトするとき、フロントにでも預けといてや。姉ちゃんに取りに行ってもらうしな」

そう言って、河合は蛙のような顔で、ニイッと笑った。

「『お姉さん』のところに行っちゃうんですか？」

敏生の問いに、河合は「せやせや」と屈託なく頷いた。

「ええ子やねんでー。会わせたりたいけど、そんなんしたらテンちゃんになびいてまいそうやからな。……ああ、早川さんには、オレ、しばらくこっちにおるて言うといて」

「わかりました。どうぞ、お気をつけて」

敏生の向こうから、森が心配そうに声をかける。河合は、タクシーの窓から車内に首を突っ込み、いつもの軽い調子で言った。

「うん。ま、テンちゃんらもな。野暮天になりたないし、速攻消えたるわ。後はあんじょうやりや、テンちゃん。……ま、テンちゃんの場合は、『据え膳食わぬは男の甲斐性』って感じかもしれへんけど」

「か……河合さんっ」

「ははは、ほな、また日本で会おや」

河合は自動車の窓枠をコンと叩くと、車から離れた。それを合図に、タクシーは走り出す。

敏生は、不思議そうに森に訊ねた。

「天本さん、『据え膳が何とか』って、何ですか？　ご飯の話？」

「……知るものか」

森はつっけんどんに言うと、窓のほうへ顔をねじ向けてしまった。その目元が僅かに赤らんでいるのを見て、敏生はそれ以上追及できなくなってしまう。

（……何だろ。もしかして、天本さんが照れるようなことなのかなあ）

ただ、言葉の意味はわからなくても、河合が気を遣って、自分と森を二人きりにしてくれたことは理解できる。それが何だか気恥ずかしくも嬉しくて、敏生はそっと森のシャツの袖を引いた。

「……何だ」

そっぽを向いたままで、ぶっきらぼうに森が問う。敏生は、遠回しに訊ねてみた。

「あのね、天本さん。……疲れてます?」

「……俺が元気いっぱいに見えるのか、君には」

「いえ……あの、ヘロヘロに見えますけど」

「だったら、そうなんだろう」

「……じゃ、ホテルに戻ったら、寝ますよ……ね」

「そのつもりだ」

「そ……うですか」

「ああ」

「……で、明日には帰るんですよね?」

「そうだな。依頼人に、早くいい結果を知らせてやったほうがいいだろう。早川に、飛行機の手配をさせる」

「……そうですよね。仕事終わったんだから、早くここから去らなくちゃ、なんですよね」

「その通りだ」

取りつく島もない森の返答に、敏生はシュンとして口を噤む。車内には、居心地の悪い沈黙が落ちた。はああ、と長い長い溜め息が、森の傍らから聞こえる。

森は、チラリと横目で敏生を見た。口をとがらせ、やや拗ねた表情で座っている幼い横顔に、思わず笑いが込み上げてしまう。そこには、先刻ハロン湾で見た、精霊の面影はもうなかった。

（……やれやれ）

照れ隠しに意地悪をした自分の大人げなさを内心反省しつつ、森はシャツのポケットから何かを取り出し、敏生の鼻先に突きつけた。

「……天本さん？　何ですか、これ」

それは、何やらスタンプがつかれた、二枚の小さな紙切れだった。敏生は、戸惑いつつもそれを受け取り、しげしげと眺める。森は、片目をつぶってこう言った。

「午後六時開演の、水上人形劇のチケットだよ。無駄にせずにすむように、四時半には起こしてくれ」

「ええっ」

敏生は驚いて、ザラザラした質の悪い紙でできたそのチケットと森の皮肉っぽい笑顔を見比べる。

「ハノイに行くなら水上人形劇が見たいと言っていただろう？　昼間は遊びにつきあって

やれなくて悪いが、夜にしっかり埋め合わせをするから、勘弁してくれ」

　確かに、ホーチミンのホテルで、ベッドに寝転んでガイドブックを見ながら、何気なくそんなことを言った。そのときは、生返事で聞き流しているように見えた森が、実はしっかり自分の希望を覚えていてくれたのだと思うと、嬉しさが胸に込み上げた。

「天本さん……。僕が言ったこと、覚えててくれたんですか」

「たまには、君を喜ばせたいからね。……それで、機嫌を直してくれるかい？」

「……天本さんってば」

　今度は、敏生のほうが丸い頬をほんのり赤くする。いったい、いつの間にチケットの手配などをすませていたものか。敏生はチケットを見つめながら、幸せそうに笑った。

「嬉しいです。凄く」

「本当は、二、三日ゆっくり遊ばせてやりたいんだが、そうもいかないからな。人形劇を見てから、食事をして湖の畔でも散歩しよう。いくら迅速に現場を去るのが術者の掟だといっても、そのくらいの遊びは許されてしかるべきだ」

「はいっ」

「そのためにも、昼間は邪魔してくれるなよ」

「わかってます！」

　今鳴いたカラスが何とやらで、敏生はにこにこ顔で頷く。森は苦笑いして、再び窓の外に目をやった。

賑やかに、しかしどこかのんびりした様子で行き交う人々。店先に、溢れんばかりの花を飾る女性、両足を持って、鶏をぶら下げて歩いていく老婆。日本製のバイクに二人乗りして、どこか自慢げな若いカップル。

おそらくこの国は、急速に近代化を進めていくのだろう。日本やアメリカといった先進国に肩を並べる日も、そう遠くないのかもしれない。

(ヴァンや、二人のミエンのような心を持った人々も……少なくなっていくのかもしれないな)

森はそんなことをふと思った。

日本人が、いつしか「神」や「妖怪」といった、古来から共にあった隣人たちのことを忘れていったように、この国の人々も、いつか「龍」や「神」を敬う心を……いや、自然の中に息づくそれら古い魂の存在すら、忘却してしまうのだろうか。そして、今の日本人のように、心のよりどころを持たないまま、ただ日々の暮らしに追われて生きていくようになるのだろうか。

人間の心は変わるものだし、生活もそれにつれて変化していくものだ。それをどうこう批判する権利など自分にないことは、森にはよくわかっている。

だが、それでも。

(この国の人たちには、変わらずにいてほしいと思うのは、日本人のエゴなんだろうか)

森は、心の中で呟き、眩しい太陽に目を細めた。

(俺たちがこの国に感じる懐かしさのようなもの。それは、俺たちの先祖が捨てた心を、この国の人々がまだ持っているからなんだろう。……自然と共に暮らし、神秘なる存在を信じ、敬い……一生懸命に、しかしけっして柔軟さを失わずに生きている。そんなベトナム人に、俺たちは過去の自分たちを見ているのかもしれないな)

「……天本さん?」

呼びかけられてハッと我に返ると、敏生が澄んだ瞳で、心配そうに見つめてくる。

「大丈夫ですか? もうすぐ、ホテルですよ」

「……ああ。すまない。大丈夫だよ」

「部屋に戻ったら、いっぱい寝てくださいね」

「……ああ。君は?」

敏生はちょっと考え、腰に下げた羊人形をちょんとつついて、笑いながらこう言った。

「僕は、トゥレ湖までスケッチに行ってきます。小一郎と一緒に」

「元気なことだ」

内心、無理やりつき合わされることになるであろう式神に同情しつつ、森はそれだけ言って口を噤んだのだった……。

その日の夜。

予定どおり、ハノイ市街地の劇場で水上人形劇を見た二人は、夕食をすませ、街の中心にあるホアンキエム湖の畔を歩いていた。

ホアンキエム湖は南北に長い湖で、ベトナム語で「剣を返す湖」という意味を持つ。

湖には二つの小島があるが、そのうちの湖の中央にある本当にささやかな小島には、「亀の塔」と呼ばれる八角形の塔が立っている。昔、ベトナムの英雄が、この湖の神から剣を授かって中国軍を撃破することができた。後にその剣を返しに英雄がこの湖を訪れたとき、一匹の亀が剣をくわえ、湖底に戻っていった……そんな故事にちなんで命名された湖であり、建設された塔であるらしい。ちょうど、水上人形劇の演目の一つに、その「還剣」した英雄、レ・ロイの物語があったので、敏生はひときわ興味深そうに、亀の塔を見ていた。

湖自体は暗いのだが、それを取り巻く町並みの灯りが湖面に反射し、美しく照り映えている。湖の北側にある小島には玉山祠という名の美しい祠があり、島は岸から赤い橋で結ばれている。

森と敏生は、湖の畔をゆっくりと散策した。湖には、多くのハノイっ子たちが集っている。そのほとんどがカップルで、皆とても仲むつまじい様子である。どうやら、ベトナム人というのは、人と人の間の距離……人間が本能的に他者との間に保とうとする距離が、極めて近い人種らしい。同性であろうが異性であろうが、仲の良さと密着度が素直に比例しているのだ。

「みんな、仲良しですねえ」

敏生はヒソヒソ声でそう言って、森を見てクスリと笑った。そして、えいっと小さな気合いを入れて、森の腕に自分の腕を絡めた。

「おい、やめないか」

慌てて離れようとする森をギュッと摑んで引き留め、敏生は笑いながら言った。

「大丈夫ですってば。ここの人たち、みんな仲良くくっついて歩くんだから」

「……馬鹿。そうじゃない、暑苦しいからだ」

うわずった声は、それが本心でないことを告げている。だから敏生は、いっそうきつく腕を絡ませて、森を引っ張った。

「いいからいいから。夜は涼しいじゃないですか。日本じゃちょっとできないから、今だけ。ね、いいでしょう?」

「…………君も物好きだな」

「物好きじゃなくて、僕は天本さんが好きなんです」

そんなあまりにあけすけな敏生の台詞に森が絶句してしまい、後は敏生の好き放題に引きずり回されたことは、言うまでもない。

　のんびりと湖を一周し、歩き疲れた二人は、湖畔のカフェに入った。互いの顔を見るのも大変なほど、真っ暗なオープンカフェである。道の灯(あか)りにかざして何とかメニューを解読し、敏生はホットミルクを、森はベトナムコーヒーを注文した。

　夜になると、蒸し暑さが少し和らぎ、湖面を渡る風が、心地よく頰(ほお)を撫(な)でていく。

「すみません、歩かせすぎちゃいましたね」

　小さなテーブルに向かい合って座ると、敏生はすまなそうにぺこりと頭を下げた。森は右眉(みぎまゆ)だけを軽く上げた皮肉っぽい笑顔でかぶりを振る。

「そうでもないさ。夜は涼(すず)しいから、どうということはない。……君が張り付いていた左側だけが、少々バテぎみだがな」

「……もう、天本さんってば」

　敏生はプウッと頰(ほお)を膨らませてみせたが、すぐに真顔になり、森の顔を覗(のぞ)き込(こ)んだ。

「天本さん……」

「どうした？」

「やっぱりこの町で、お父さんに……会ったんですね」

　お父さん、という言葉に、森の端正な顔が僅(わず)かに歪(ゆが)む。

「……君……ハロン湾へ行く車の中で、寝てたんじゃなかったのか」

「ごめんなさい。天本さんと河合さんが喋ってる声で目が覚めて……あの、盗み聞きするつもりじゃなかったんです。ただ、ここで起きちゃったら、天本さんから離れなきゃいけないって思うと、何だか嫌で……そしたら、天本さんがお父さんの話を……」

ずっと、罪の意識を抱いていたのだろう。敏生は可哀相なほど萎れて、ごめんなさい、と何度も頭を下げた。

「……もういい。べつに、隠さなきゃいけないことでもないさ」

森は無造作にそう言って、肩を竦めた。敏生は、ようやくホッとしたように詰めていた息を吐く。

森は、運ばれてきたコーヒーカップの上のフィルターを外し、大量の練乳をコーヒーに入れて掻き回しながら、言った。

「だが、そのことは今は忘れるよ。いったい何をもって『その時』と判断するのかは知らないが、とにかく向こうから会いに来るというなら、それを待つまでだ」

「……ですね」

敏生はボソリと言って、両手でカップを持ち、熱々のミルクを啜った。その表情が冴えないのを見て、森は穏やかな口調で訊ねた。

「どうした？　俺の親父のことで、君がそんな顔をすることはないんだぞ」

「……ううん。天本さんとお父さんのことは、僕にはわからないから……そのことで何かを言う筋合いじゃないってことは、わかってるんです。ただ……」

「ただ？」

森が怒っていないことを確かめてから、敏生はおずおずと言った。

「僕は、天本さんと出会えたこと、本当に感謝してるんです。天本さんにも感謝してるけど……ええと、神様っていうか……何か僕たちを引き合わせてくれた、大きな力みたいなものに」

「ああ。……それを言うなら、俺もだよ」

森は頷く。敏生は嬉しそうに微笑して、こう続けた。

「だけど、考えてみたら、神様に感謝する前にもっと感謝しなきゃいけない人たちがいるなって思って。それって、天本さんのお父さんとお母さんですよね。……天本さん、何だか自分が生まれた理由が何とかって、難しいこと言ってたけど……」

敏生は、森の鋭い目をまっすぐ見て、澄んだ声で言った。

「それでも、お父さんとお母さんがいなかったら、天本さんもいなかったんだって思うと……。僕、天本さんをここに存在させてくれたってことだけで、天本さんのお父さんとお母さんに、とっても感謝したい気持ちなんです」

森は、しばらく触れれば切れそうに厳しい表情で、敏生を見据えていた。

だが、何か言おうとして何度か口を開いては噤み……という行動を繰り返した後、森はテーブル越しに手を伸ばし、敏生の栗色の柔らかい髪を、クシャリと撫でた。

「天本さん……」

敏生の髪を何度も撫でながら、森は、唇の端に、淡い笑みを浮かべて言った。

「……ありがとう」

その声が、涙を堪えているような熱い囁きであったことに、敏生は驚き、そして……最上の微笑みを返したのだった。


カフェを出てから、再び湖の畔に立ち、敏生は森に呼びかけた。

「ねえ、天本さん」

「今度は何だい?」

「ちょっとだけ、さっきの続き。……いいですか?」

「……君が望むなら」

森は感情を敢えて込めない声で、しかし一応、先を促してやる。

「何だかね、この国に来ると、人の心って柔らかいなあって思うんです。いろんな国に支配されて、いろんな国と戦って、本当なら、戦争した国を全部凄く憎んだって当たり前だと思うのに……」

敏生は、ガイドのバウの言葉を、彼のたどたどしい喋り方を真似て口にした。

「昔はいろいろあったけど、今はアメリカも日本もフランスも好き。それがベトナム人」

「……そういえば、何かの話をしていたとき、そんなことを言っていたな、彼は」

「ええ。……勿論、それって日本人相手のお世辞も入ってたかもしれないし、本音じゃないかもしれない。きっとそんなふうには思ってないベトナム人だってたくさんいるだろうし。……それでも、この国には、僕たちに親切にしてくれた人がたくさんいて」

敏生はそこまで一息に喋ってから、ちょっと困ったような上目遣いで森を見た。

「すいません。僕は頭が悪いから、上手に説明できないんですけど。ええと……。だからね、僕が言いたかったのは、国も人種も戦争も関係なく、人間ってわかりあえたり、心を通じ合わせられたりするんだなあって。ミエンとデビットさんみたいに」

森は真面目な顔で、ただ黙って敏生の顔を見返す。敏生は、森の瞳に浮かぶ僅かな戸惑いの色を見ながら、一生懸命に言葉を探した。

「人と人ってだけじゃなくて、僕の両親みたいに、精霊と人間でも……。だ、だから……。天本さんと天本さんのお父さんも、いつかは気持ちが通じるときがくればいいなって思ったんです。ごめんなさい、そんな簡単じゃないって……わかってるつもりなんですけど。でも、僕と父さんだって、最後の最後でわかりあえて、僕、そのことがとても嬉しかったから」

「敏生」

今にも泣きそうな顔で喋(しゃべ)り続(つづ)ける敏生の前髪を掻(か)き上(あ)げ、白い額(ひたい)に、森はそっと唇(くちびる)を押し当てた。敏生は、不安げに問いかける。

「すみません。お節介……でしたよね」

「謝らないでくれ。お節介だなんて思ってないよ。……さっきからずっと、俺は嬉(うれ)しいんだから」

「嬉しい？」

まっすぐ見上げてくる鳶色(とびいろ)の瞳(ひとみ)に、森は照れ臭そうに目を細めた。

「君が俺のことを気にかけていてくれることが……さ。ありがとう、と言ったのは、べつに愛想(あいそ)でも嫌味(いやみ)でもない。俺の本心だ」

「天本さん……あ！」

敏生は暗がりでも明らかなほど顔を赤らめ……しかし、急に驚きの声を上げた。

「雨。……昼間は晴れてたのに」

その言葉どおり、最初はぽつぽつと、しかしすぐに、かなりの勢いで、大粒の雨が降り始める。周囲で憩っていた人々も、慌(あわ)てて木の陰や建物の屋根の下に避難を始めた。

「……雨か」

「ち、ちょっと天本さん！　濡(ぬ)れちゃいますってば」

雨など気にする様子もない森の手を引っ張って、敏生は手近な木の下に駆け込んだ。青々と茂った葉が、雨をあらかた遮ってくれる。敏生は、腰に手を当てて、むしろ不思議そうな顔をしている森を叱った。

「もう、天本さんは。駄目じゃないですか、雨の中で、ぼーっと立ってちゃ。すぐ雨宿りしなきゃ駄目ですよ」

だが森は、それには返事をせず、ズボンのポケットからハンカチを取り出して、敏生の頭をゴシゴシと拭いた。

「ぼ……僕は大丈夫ですってばあ」

わざと強く髪を掻き回され、敏生は悲鳴を上げて逃げようとする。だが、そんな敏生を、森はギュッと腕の中に抱き込んだ。

「……あ……天本……さん？」

敏生はドギマギして、暴れるのをやめる。森は、穏やかな笑顔で、こう言った。

「君の言うとおりだな。……俺は雨が降っても、あまり傘をささないんだ。昔からそうだった」

「……？」

唐突な言葉に、敏生は黙って首を傾げる。

「何だか面倒だったんだ。自分の身を守ろうなんて、これっぽっちも思っていなかったから。べつにずぶ濡れになろうが風邪を引こうが、構うものかとずっと思ってきた。……だが、今は違う」

森の大きな手が、抱きしめた敏生の背中を愛しげに撫でる。

「今は、俺の上に降る雨を、君が遮ってくれる。俺よりずっと華奢なその身体で、精一杯に腕を伸ばして、俺を雨から守ろうとしてくれる。……自分がどんなに濡れても、君は俺のことばかり心配しそうな気がするんだ」

敏生は、森の広い背中に自分も腕を回し、ギュッと抱きついた。森の首筋に、鼻面を押し当てて囁く。

「きっと、僕はそうするでしょうね。だって僕は、天本さんのことがとっても好きだから。天本さんに風邪引いてほしくなんかないから」

衒いのない言葉に、森も素直に頷いた。冷たい指先で、敏生の滑らかな頬をなぞる。

「そんな君がいてくれるから……俺は前よりずっと、自分を大事にできるようになったよ。妙な言い方かもしれないが、君がそんなに好きでいてくれる自分のことを、少し見直した、ということなのかな」

「変なの」

敏生はクスクス笑ったが、ふと真顔になり、少し身体を離した。そして、森の首に両腕を回し、こう囁いた。

「じゃあ、これから僕はずうっと、天本さんのレインコートになりますよ」

「レインコートに？」

「そう。雨が降ったら、レインコートが濡れちゃうでしょう？　だから、レインコートの僕を濡らさないように、天本さんはいつだって、大急ぎで雨宿りしなきゃ駄目なんです」

「……なるほど」

唐突な少年の言葉に、森は驚いたように目を見張る。敏生は、優しく微笑んでこう言った。

「僕はいつも天本さんと一緒にいて、天本さんのことを、誰よりも大切に思ってます。だから……天本さんは、僕のために、自分のこと今までよりずっと大事にしてください。それが、僕のことも大事にするってことなんです。きっと」

「……敏生……」

森の冷たい指が、敏生の顎を優しく仰向かせた。そして、ゆっくりと近づいてくる端正な森の顔に、敏生はうっとりと目を閉じた。

やがて、唇が重なるのと同時に敏生の耳に届いたのは、その夜二度目の「ありがとう」だった。

そして、その温かな囁きごと、敏生は森の広い背中を、思いきり抱きしめたのだった……。

あとがき

皆さんお元気でお過ごしでしょうか。椹野道流です。

えー、本来ならば春の話であるはずの本作『雨衣奇談』ですが、実際蓋を開けてみれば、実質的には夏。本当の夏を前にして、四月なのに夏の話になってしまいました。だって、予告どおり本作の舞台はアジア、しかもベトナムなんですもの！　ベトナム南部には乾季と雨季しか存在せず、北部には四季がある。ハノイ在住のガイドさんは自慢げにそう言ってましたが、だからといって、ハノイの四月がマジで春かというとそんなことはなく、がっつり日本の夏並みに暑いのですね。とほほ。

おかげで、せっかくの「奇談シリーズ第二部」の輝かしき一作目だというのに、天本がすっかり夏バテ状態。非常に「たうーん」とした感じのお話になりました。その天本のもう一つの過去も、じわじわーっと明らかになりつつあります。おそらくはもうすぐ出てくるであろうあの人物も、不吉ににじり寄ってきた感じですね。そして、使えないモードの天本に代わり、今回も敏生は頑張ってます。小一郎との馬鹿兄弟漫才も健在。それ以外にも、前作『童子切奇談』で分裂大活躍（？）した龍村先生は今回お休み、その代わり、あの方が登場です。あとがきから先に読む方のためにネタバレは避けますが、今回はとにかく、異国情緒たっぷりの作品になりました。楽しんでいただけたら幸いです。

私は、小説の舞台に使う場所には、必ず取材旅行に行くことにしています。見ていない場所を書くほど、恐ろしいことはありませんから。勿論、それがベトナムであっても例外ではなく……行ってきましたよ、初ベトナム！　とはいえ、私が行ったのは二月。ハノイは素敵に過ごしやすい気候でした。ちょっと暑いかなという日もありましたが、大抵は半袖シャツでちょうどいい感じ、夜はジャケットがないと寒いくらい。おかげで、天本のような状態になることなく、元気に旅を楽しむことができました。

不慣れな国なので食事・観光付きのツアーにしたのですが、物価が安いせいで、とてつもなくゴージャスなホテルに泊まれて、ラッキーでした。ええ、天本たちが作中で宿泊しているホテルですが。実はここ、部屋もいいのですが、もっと素敵なのは朝食。バイキング方式なので、洋食あり、和食あり、ベトナムのお粥あり、フォー（お米の麺）ありの大盤振る舞い。朝から死ぬほど食べられます。敏生はここで凄いことになったのではないかしら……。オーダーすると目の前で作ってくれるフォーが、最高でした。

その他の食事も、美味しいものばかりでした。食事の間隔が短すぎて、お腹すいてなかったのが残念すぎるほどに！　ベトナム料理はどれも野菜たっぷりで、スパイシーなのに胃に優しくて、なかなか美味しかったです。でも本当に食べたいと思ったのは、街角でみんなが食べてる、普通のご飯。ああ、どっかのおうちのご飯が食べてみたいよう。

そして、数あるベトナム料理の中でも、特に印象に残った二度の食事の話を。まずは、作中でも重要な場所である「ハロン湾」へ行ったとき。我々は天本たちと違って昼に行ったので、クルーズ船の中で、船内の小さな台所でチャッチャッと手早く作られたシーフード料理のランチを食べたのですが、これがもう、一押しに美味しいご飯でした。今、手元にそのときの写真があるのですが、蟹と巨大エビを前にした自分の顔が、信じがたいほどに幸せそうで怖い。どうしてこう、ご飯のときはこんなにご機嫌なんでしょうか私……。いやそれよりもっと問題なのは、ツアーメンバー全員が、「蟹エビその他いろいろ地獄」にはまりこんでいて、食事が終わったときには、船も港に帰ってきていたこと。とほほ……。つまり、ハロン湾の景観とやらを、ほとんど見逃してしまったってことですね。同行者がせっせと写真を撮っておいてくれなかったら、あの場面は書けなかったかも。どの場面かって？　それは作中でどうぞ。

そしてもう一食。実は、ハノイの町中で河合師匠と敏生が食べているあの魚料理。チャー・カーといって、北部ベトナムの名物料理です。どのようなものかは本編で確かめていただければいいのですが、私はこの料理に、見事に敗北いたしました。そう、食あたりです。何が悪かったのかはわからないんですが……もしかしたら、油が身体に合わなかったのかもしれません。昼間、なんかムカムカするなと思っていたら、夜になって、物凄い胸焼けと腹痛が。久しぶりにそういう状態に陥ったので、もう、死ぬかと思いました。美味しかったのに……ちょっとリベンジは躊躇するほどのダメージでした。敏生たちは大丈夫だったようですが。

そんなこんなで、凄く楽しかったベトナム旅行。しっかりアオザイも二着作ってきました。アオザイは「着ているとスタイルがよくなる」服なんだそうです。毎日着てたら、もう少しましなスタイルになるかも……。

さて、今回、あとがきでもう一つ書かなくてはならないことが。それは、「奇談ドラマCD」のこと！　おそらく、この本とほぼ同時に発売になると思われます。タイトルは『幽幻少女奇談』、オリジナルストーリーです。CDにブックレットもつくそうなので、一度の買い物で二度美味しい仕上がりになっております。フフフ。

声優陣もとっても豪華。天本は郷田ほづみさん、敏生は石田彰さん、小一郎は矢尾一樹さん、龍村は森川智之さん、早川は大林隆之介さん、そして河合師匠は樫井笙人さんです。先日、録音に立ち会わせていただいたのですが、もう、至福のひとときでした。自分の創ったキャラクターたちが、突然生き生きと喋り出したのですから。特に、ボーナストラックなんて、本当にキャラクターが自分に語りかけてくれているみたいで、素敵ですよー。是非是非、聞いてみてくださいね！

それにしても、郷田ほづみさんが天本の台詞を読んでおられるのを聞きながら、地下スタジオの隅っこで、しみじみと物思いにふけってしまいました。だって、初めて郷田さんの声を聞いたのは、高校生のとき。ちょうど『装甲騎兵ボトムズ』というアニメの主役をやっていたのが、郷田さんでした。第一回放送を見た瞬間から、喋らない、人相悪い、そしてどんくさいという三重苦な主人公のキリコは、私のヒーローになりました。そして、そんな頃にできたのが、天本の原型。天本は最初から、郷田さんの声でイメージされたキャラクターだったのですね。

その頃は、いつかアニメ関係の仕事がしたいなー、なんて漠然とした夢があって、でもそんな夢はあっさり捨てて医者になって、ところがひょんな偶然から作家としてデビューさせていただいて、デビュー作が、たまたま奇談で。で、ドラマCDまで作っていただけることになって、しかも天本の声を本当に郷田さんにやっていただいているなんて、夢のようだな、と。

夢が叶った……そのことは勿論嬉しいのですが、それ以上に嬉しいのは、自分が本当に素敵な出会いに恵まれていると実感できたこと。二人のグレイツな担当さんに恵まれ、あかまさんという、私のキャラクターたちに顔と身体を与えてくださった漫画家さんに恵まれ、ＣＤ制作会社の担当さんや、演出家さんや、そのほか大勢の方々のお力をいただいて、「キャラクターの声を聞く」という希有な機会を得ることができたのだと思うと、その出会いこそが、自分にとっていちばんの幸福なのだと思います。

担当の鈴木さん、そしてイラストのあかまさんへの感謝を、今回は最後ではなく、ここで。お二人のお力なしには、とてもここまで続かなかったシリーズです。本当に、ありがとうございました。そして、これからもどうぞよろしくお願いいたします。

さて。最後に、いつもの話をダーッとやっちゃいますか。

今回は、Ｃｏｃｃｏの「焼け野が原」をＢＧＭに書きました。活動停止は本当に残念ですが、素晴らしい歌ですよね。後は、ロンドンで買ってきたアイルランドのバンド「ザ・ポーグス」のベスト盤を延々と聞いていました。どうしようもない親爺の塩辛声なんですが、それがキュートに感じられるのが不思議。愛すべきバンドです。是非機会があればお試しを。

それから、裏情報関係のお知らせ。例によって、お手紙に①80円切手②タックシールにご自分の住所氏名を様付きで書いた宛名シール（両面テープ不可）を同封してくださった方には、特製ペーパーを送らせていただいています。原稿の合間に少しずつお返事しますので、少々お時間がかかります。納得してお待ちいただける方は、どうぞご利用ください。また、そんなの面倒だという方には、お友達のにゃんこさんが管理してくださっている椹野後見ホームページ「月世界大全」http://moon.wink.ac/がおすすめです。こちらでも、最新の同人情報やイベント情報がゲットできます。メーリングリストもあるそうなので、奇談友達を作りたいという方は、是非どうぞ。

そして！　これが本当の最後、次回予告です。今のところ、信州あるいは丹後半島を考えております。本作が、ベトナムの風土に合わせてダークだけどおっとりした話だったので、次の話は反動で弾けたものになるかもしれません！　どうぞお楽しみに。……って、そうか。どのみち、次も天本は夏バテですね。……さて、どうなりますことやら。

では、今回はここまで。また近いうちに、お目にかかります。ごきげんよう。

――皆さんの上に、幸運の風が吹きますように……。

椹野道流　拝

椹野道流先生へのファンレターのあて先
〠112-8001 東京都文京区音羽2-12-21 講談社 X文庫「椹野道流先生」係
あかま日砂紀先生へのファンレターのあて先
〠112-8001 東京都文京区音羽2-12-21 講談社 X文庫「あかま日砂紀先生」係

N.D.C.913　310p　15cm

椹野道流（ふしの・みちる）

講談社X文庫

2月25日生まれ。魚座のO型。兵庫県出身。某医科大学法医学教室在籍。望まずして事件や災難に遭遇しがちな「イベント招喚者」体質らしい。甘いものと爬虫類と中原中也が大好き。
主な作品に『人買奇談』『泣赤子奇談』『八咫烏（やたがらす）奇談』『倫敦（ロンドン）奇談』『幻月奇談』『龍泉奇談』『土蜘蛛奇談』（上・下）『景清奇談』『忘恋奇談』『遠日奇談』『蔦蔓奇談』『童子切奇談』がある。

white heart

雨衣奇談（あまごろもきだん）

椹野道流（ふしのみちる）

●

2001年7月5日　第1刷発行

定価はカバーに表示してあります。
発行者——野間佐和子
発行所——株式会社 講談社
東京都文京区音羽2-12-21 〒112-8001
電話 編集部 03-5395-3507
販売部 03-5395-3626
業務部 03-5395-3615
本文印刷—豊国印刷株式会社
製本———株式会社国宝社
カバー印刷—半七写真印刷工業株式会社
デザイン—山口　馨

落丁本・乱丁本は，小社書籍業務部あてにお送りください。送料小社負担にてお取り替えします。なお，この本についてのお問い合わせは文庫出版局X文庫出版部あてにお願いいたします。

ISBN4-06-255561-1　（X庫）

講談社X文庫ホワイトハート・FT&NEO伝奇小説シリーズ

天命の邂逅　女戦士エフェラ&ジリオラ7　ひかわ玲子
双子星として生まれた二人に、別離のときが!?（絵・米田仁士）

星の行方　女戦士エフェラ&ジリオラ8　ひかわ玲子
感動のシリーズ完結編！　改題・加筆で登場。（絵・米田仁士）

グラヴィスの封印　真ハラーマ戦記1　ひかわ玲子
ムアール辺境の地に怪事件が巻き起こる!!（絵・由羅カイリ）

黒銀の月乙女　真ハラーマ戦記2　ひかわ玲子
帝都の祝祭から戻った二人に新たな災厄が!?（絵・由羅カイリ）

漆黒の美神　真ハラーマ戦記3　ひかわ玲子
〈闇〉に取り込まれたルファーンたちに光は!?（絵・由羅カイリ）

青い髪のシリーン 上　ひかわ玲子
狂王に捕らわれたシリーン少年の運命は!?（絵・有栖川るい）

青い髪のシリーン 下　ひかわ玲子
シリーンは、母との再会が果たせるのか!?（絵・有栖川るい）

暁の娘アリエラ 上　ひかわ玲子
〝エフェラ&ジリオラ〟シリーズ新章突入！（絵・ほたか乱）

暁の娘アリエラ 下　ひかわ玲子
ベレム城にさらわれたアリエラに心境の変化が!?（絵・ほたか乱）

人買奇談　椹野道流（ふしのみちる）
話題のネオ・オカルト・ノヴェル開幕!!（絵・あかま日砂紀）

泣赤子奇談　椹野道流
姿の見えぬ赤ん坊の泣き声は、何の意味!?（絵・あかま日砂紀）

八咫烏（やたがらす）奇談　椹野道流
黒い鳥の狂い羽ばたく、忌まわしき夜。（絵・あかま日砂紀）

倫敦（ロンドン）奇談　椹野道流
美代子に請われ、倫敦を訪れた天本と敏生（とき）は!?（絵・あかま日砂紀）

幻月奇談　椹野道流
あの人は死んだ。最後まで私を拒んで。（絵・あかま日砂紀）

龍泉奇談　椹野道流
伝説の地・遠野でシリーズ最大の敵、登場！（絵・あかま日砂紀）

土蜘蛛奇談 上　椹野道流
少女の夢の中、天本と敏生のたどりつく先は!?（絵・あかま日砂紀）

土蜘蛛奇談 下　椹野道流
安倍晴明は天本なのか。いま彼はどこに!?（絵・あかま日砂紀）

景清奇談　椹野道流
絵に潜む妖（あやか）し。女の死が怪現象の始まりだった。（絵・あかま日砂紀）

忘恋奇談　椹野道流
天本が敏生に打ち明けた苦い過去とは……。（絵・あかま日砂紀）

遠日奇談　椹野道流
初の短編集。天本と龍村の出会いが明らかに！（絵・あかま日砂紀）

☆……今月の新刊

講談社X文庫ホワイトハート・FT&NEO伝奇小説シリーズ

蔦蔓奇談　椹野道流
闇を切り裂くネオ・オカルトノベル最新刊！（絵・あかま日砂紀）

童子切奇談　椹野道流
京都の街にあの男が出現！　天本、敏生は奔る！（絵・あかま日砂紀）

☆**雨衣奇談**　椹野道流
奇跡をありがとう――天本、敏生ベトナムへ！（絵・あかま日砂紀）

龍猫―ホンコン・シティ・キャット―　星野ケイ
友情、野望、愛憎渦巻く香港で新シリーズ開幕！（絵・夏賀久美子）

聖誕風雲―血のクリスマス―　星野ケイ
死体から血を抜きとったのはファラオの仕業!?（絵・夏賀久美子）

城市幻影―愛しのナイトメア―　星野ケイ
人間の肉体を乗っ取るウイルスの正体は…!?（絵・夏賀久美子）

烈火情縁―愛と裏切りの挽歌―　星野ケイ
いま、香港の街が〝死人〟に侵されていく！（絵・夏賀久美子）

非常遊戯―デッド・エンド―　星野ケイ
刑事とバンパイアの香港ポリス・ファンタジー完結編！（絵・夏賀久美子）

堕落天使　星野ケイ
人間vs.天使の壮絶バトル!!　新シリーズ開幕。（絵・二越としみ）

天使降臨　星野ケイ
君は、僕のために空から降りてきた天使！（絵・二越としみ）

天使飛翔　星野ケイ
天使の生態研究のため、ユウが捕獲された!?（絵・二越としみ）

爆烈天使　星野ケイ
JJ、なぜそんなに、俺を避けるんだ……!?（絵・二越としみ）

天使昇天　星野ケイ
達也たち四人の行く手には別れが!?　完結編。（絵・二越としみ）

斎姫異聞　宮乃崎桜子
第5回ホワイトハート大賞《大賞》受賞作!!（絵・浅見侑）

月光真珠　斎姫異聞　宮乃崎桜子
闇の都大路に現れた姫宮そっくりの者とは!?（絵・浅見侑）

六花風舞　斎姫異聞　宮乃崎桜子
〈神の子〉と崇められ女たちを喰う魔物出現。（絵・浅見侑）

夢幻調伏　斎姫異聞　宮乃崎桜子
夢魔の見せる悪夢に引き裂かれる宮と義明。（絵・浅見侑）

満天星降　斎姫異聞　宮乃崎桜子
式神たちの叛乱に困惑する宮に亡者の群れが。（絵・浅見侑）

暁闇新皇　斎姫異聞　宮乃崎桜子
将門の怨霊復活に、震撼する都に宮たちは!?（絵・浅見侑）

燐火鎮魂　斎姫異聞　宮乃崎桜子
恋多き和泉式部に取り憑いたのは……妖狐!?（絵・浅見侑）

☆……今月の新刊

〈応募の方法〉

○資　格　プロ・アマを問いません。

○内　容　ホワイトハートの読者を対象とした小説で、未発表のもの。

○枚　数　400字詰め原稿用紙で250枚以上、300枚以内。たて書きのこと。ワープロ原稿は、20字×20行、無地用紙に印字。

○締め切り　2002年5月31日（当日消印有効）

○発　表　2002年12月25日発売予定のX文庫ホワイトハート1月新刊全冊ほか。

○あて先　〒112-8001　東京都文京区音羽2-12-21　講談社X文庫出版部　ホワイトハート大賞係

○なお、本文とは別に、原稿の1枚めにタイトル、住所、氏名、ペンネーム、年齢、職業（在校名、筆歴など）、電話番号を明記し、2枚め以降に400字詰め原稿用紙で3枚以内のあらすじをつけてください。

原稿は、かならず、通しのナンバーを入れ、右上をとじるようにお願いいたします。

また、二作以上応募する場合は、一作ずつ別の封筒に入れてお送りください。

○応募作品は、返却いたしませんので、必要なかたは、コピーをとってからご応募ねがいます。選考についての問い合わせには、応じられません。

○入選作の出版権、映像化権、その他いっさいの権利は、小社が優先権を持ちます。